龍門

市井小民的愛恨糾葛，真相藏在人間煙火中

Everyday People

魯迅文學獎 《十月》文學獎

二十幾年前，工廠失竊，失蹤的龐有亮被列為頭號嫌犯
多年過去，一位癌末病患竟向警方自首
案子告破，卻也揭發了更多的謎團……

胡學文 —— 著

目錄

目錄

龍門

◆龐丁或扁頭

其實，龐丁才是我的本名。那時，我還是張家口第二小學的學生。我沒覺得自己的名字有什麼不好。五年級上半學期，新換了語文老師。他長了嘴齙牙，嘴巴外突，總是合不攏。我叫他鱷魚，范大同認為更像野豬。齙牙每次喊我的名字，總要停頓兩三秒，龐——丁！每次都有爆炸效果，整個教室都要笑翻了。他似乎很喜歡這種爆炸效應，每堂課都叫三五回。我很是不爽，決定給他點顏色。

大街上的車還沒現在這樣擠，老師的交通工具多數是自行車。齙牙的自行車並不難找，他到校早，喜歡放在角落。座包套是針織的，咖啡色。我和范大同扎過賀梅的車胎。范大同想和她好，她愛理不理的，腦袋翹得老高。輪胎沒氣，她只好推走著。范大同奔上去，愣是扛到修車鋪。自此，她肯和范大同並排走了。齙牙當然沒賀梅那麼幸運，對他是懲罰式的。放學，我和范大同遠遠跟著齙牙。輪胎癟癱，自行車歪歪扭扭，齙牙也歪歪扭扭。跟到明德北路口的修車鋪，我和范大同詭笑著離開。

次日，齙牙將我拎到辦公室，問我一個人幹的還是兩人合謀。上來就給出選擇題，非A即B，我才不上他的當呢。齙牙一掌蓋住我的額頭，另一隻手擠壓著我的後腦，說還真是扁頭。對了，我還有個綽號：扁頭。你相不相信，我會讓你的扁頭變成麵餅！這嚇不倒我，我一言不發。齙牙並未繼續擠壓，他緩緩鬆開，突然扯了我的左耳，叫，十個，扎了足足十個窟窿呢。我暗想，不對呀，明明是九個，怎麼成了十個？莫非范大同多扎一下，還是鮑牙被修車的坑了？鮑牙說，我沒冤枉你吧，要不和修車的對對證？我的心撲騰一下，忙抿緊嘴巴。

鮑牙沒審出結果，很不甘心。他讓我先回教室，如果放學前不主動交待，他就報警了。還沒等放學，我就看見了小舅。讓我帶上書包跟他走。我說還沒放學呢。小舅輕輕推我一把，說老師准假了，現在就走。

我一路磨蹭，想著怎麼應對。見小舅發火了，才跟上他。我家住在黃土場六號，據說過去是槍斃犯人的場所，山腳下一垛擠著一垛的黃土，我和范大同仔細尋過，但沒發現什麼。

上坡便看見停在巷口的警車，我頭皮陣陣發緊，想鮑牙真夠狠的。小舅又推我一把，走呀！

竟然來了三個員警，兩男一女。楊翠蘭坐在餐桌邊的椅子上，雙眼紅腫。年長的員警在她對面坐著，年輕的一男一女分站在兩個角落。第一次看到這種陣式，我慌了神。女員警摸摸我的扁頭，叫我不要害怕，說著摘下我的書包。她把課本、作業本、鉛筆盒掏出來，鋪在地上，一一翻檢。作業本上對鉤不多，更多的是紅叉。那一刻我挺羞的。末了女員警依序裝回，對年長的員警搖搖頭。

員警離去，楊翠蘭一把摟住我，號啕大哭。

員警不是衝我來的。一工廠的財務室被撬，盜走放在保險櫃的2萬現款。同一個夜晚，值夜班的工人不知去向。那名工人叫龐有亮，是我父親。員警來了不止一趟，詢問楊翠蘭，還有我。旮旮旯旯都搜過了，連龐有亮的二胡都沒放過。那一陣，楊翠蘭的眼睛基本是腫脹的。開始她和舅舅小聲嘀咕，後來說話跟放炮一樣，有亮被挨刀貨代替。

龐有亮沒有蹤跡，員警也一無所獲。

兩年後的某日，我放學回家，楊翠蘭正陪李叔喝酒，就如她陪龐有亮一樣。李叔是龐有亮的同事，也是龐有亮最好的朋友。李叔每次來喝酒，都會給我帶禮物，一盒餅乾、一包軟糖，還有彈弓什麼的。龐有亮叫他不要慣我，李叔總會說，孩子嘛。我挺喜歡他的。有次他翻我的作業本，我以為他要皺眉頭，孰料他只是笑笑，說我比他強，他沒一門功課及格。你看，我也當了工人是不？咱照樣掙錢！還有一次，他喝多了，外面下著雨，被龐有亮強行留下，他和我睡在外面，第二天，他竟然有些羞，還向我道歉，說他嗆著了我。

龐有亮沒把李叔當外人，楊翠蘭也是。龐有亮攜款逃亡，他那些朋友生怕沾惹上麻煩，躲得遠遠的，楊翠蘭就是這麼說的。李叔不怕。除了小舅，李叔來的次數最多。有亮不是那種人，你要相信他，李叔每每這樣說。或者，以我對有亮的了解，他沒那個膽子。那時，楊翠蘭便凶神惡煞般的大嚷大叫，他把我和小丁拋棄了，這總是事實吧？李叔嘆口氣，就算是，誰還不犯個錯呢？等他醒悟——李叔的聲音被楊翠蘭排山倒海的叫罵淹沒。我覺得楊翠蘭有些過分，李叔本來是安慰她的，她卻把人家當出氣筒。

重體力活，自然是李叔幹，如換煤氣啦，買個米麵什麼的。張家口冬天寒冷，入冬前院子裡必須備兩噸煤。我們住的是排子房，前後距離很窄，沒法進車，煤塊只能卸到巷口。我家的煤都是李叔一筐一筐抱進來的。小舅得過肺結核，不能幹重活，根本幫不上忙。龐有亮離開後，李叔就只幹活不吃飯了。有時楊翠蘭菜都炒好了，李叔也不肯。他總說有事，匆匆離去。楊翠蘭就塞盒菸給我，我追上去塞給李叔。李叔總要摸摸我的頭，輕輕嘆口氣。

所以，那天見李叔和楊翠蘭喝酒，我很意外。楊翠蘭也完全不是先前灰塌塌的樣子，穿了件紫色的襯衣。龐有亮離開，她就沒光鮮過。楊翠蘭的腿動了一下，一顆光潔的籃球滾過來。我滿心歡喜，抬腳踩住。知道誰給你買的嗎？楊翠蘭笑盈盈的。我已經是初中生，她還以為我是小孩子呢。我說謝謝李叔。李叔擺擺手，快吃飯吧。這時，楊翠蘭的笑一點一點收撿起來，她的臉有些嚴肅，從今天起，你改叫爸吧。

我好一會兒才反應過來。有些東西突然湧上，說不清那是什麼。我沒說話，低頭進了裡屋。背後傳來李叔的聲音，別為難孩子。

◆毛頭

黃理朝我走過來時，我的腸子都快餓斷了。他像我見到的其他公交司機一樣，拎個特大號水杯。夜色昏暗，我仍能看清杯底的殘水上飄了幾朵菊花。

四月的張垣，特別是晚上，寒意甚濃。十分鐘後，我和黃理走進明德北紅燜羊肉店。一天前我就訂了房間，酒早已擺好，五星的張家口老窖。黃理說買這麼貴的酒幹什麼，二鍋頭就行。我說黃哥哪裡話，二鍋頭是我這種人喝的。黃理說，也罷，不過下次可不能把我當外人。我說，我從沒把黃哥當外人。黃理呵呵一笑，這就對了，誰跟誰呀。

黃理酒量大，我領教過。每次我都做乾杯狀，但杯底總要剩那麼一點點。其實，我敞開喝，他喝不過我。我不是來和黃理比酒量的。我帶了兩瓶酒，如果我少喝一點，另一瓶可能就不用開了。還有，我盡量夾火鍋裡的蘿蔔豆腐粉條，油水足，也很好吃的。羊肉自然留給黃理。這樣的小九九，我心裡有一大把。我並非小肚雞腸，可日子過成這樣，不精打細算不行。大魚大肉的日子誰不想？命裡沒有呀。

黃理喝到鼻尖冒汗時，往後仰了仰，他的目光穿過一縷縷熱氣，定在我臉上。我問過了，不大好辦。我說肯定不好辦，好辦還用得著黃哥嗎？黃理說，你倒是有啥說啥，只是，我直接掛不上話，也得透過別人。我說，這就麻煩黃哥了。黃理說，單給校長就得一萬。我立刻道，沒問題。我早打聽好了，校長一萬，借讀費、雜費、書本費另算，也得一萬。我妻子在附屬醫院打掃衛生，她打聽的也是這個價。黃理說，中間人那兒……我說，絕不讓人家白跑腿。我從上衣內兜掏出兩遝錢，昨天就準備好了，一遝一萬一遝五千。黃理愣了愣，旋即笑了，我沒退路嘍？我嚴肅地說，我沒幾個朋友，只能給黃哥添麻煩。黃理說，好吧，我試試，辦不成可別怪我。我說，黃哥能辦成的，到時我……黃理打斷我，辦成了請我喝酒，辦不成也不要罵我。我說黃哥說笑了，我毛頭不是那樣的人。黃理問，為什麼一定要去二小？我聽說二小一個班七八十號人，跟煮餃子一樣。我本來想說誰不想念個好學校，臨時想起那句話，大聲說，我不能讓女兒輸在起跑線上。黃理哈哈一笑，點著我的鼻子說，看不出來呀，毛頭，真有你的。

那瓶酒還是開了。心情好，喝得痛快，餐館快打烊了，我和黃理才離開。我住得遠，在大境門外，走回去已是午夜。平時，妻子快睡醒一覺了，她起得早睡得也早。那天，她直愣愣坐在沙發上，我一隻腳還沒邁進門，她便彈起來問我結果。我說快渴死了，不能讓我先喝點水嗎。妻子接了杯自來水，遞過來突又撤回去，你不說，就甭想喝！我說好吧，大姐，聽你的。

被鬧鈴叫醒，天已大亮。我嗅嗅鼻子，順著香氣望去，看到餐桌上的炒雞蛋和炸饅頭片。想起昨夜的折騰，我笑了笑，覺得骨頭也被炸過了，酥酥的。我洗過臉，將炸饅頭片和炒雞蛋放在飯盒裡，拎上昨日喝剩的半瓶酒。

父母也住在大鏡門外，與我隔一條河，直線距離不過幾百米，但因為只有一座橋，每次去父母家要繞一大截。從橋這邊走到橋那邊，再從橋那邊走到橋這邊。如我的日子，反反覆覆，沒有變化。

進院便聽到父親的咳嗽聲，鑿石頭一樣，哢！哢！！哢！！！我的腦殼陣陣發麻。

母親正伺候小可洗臉，她護在小可身邊，左手香皂，右手毛巾。她瞅見我手裡的酒瓶，小聲責備。我沒接茬，說你別這麼慣她，讓她自己洗。小可說，我自己洗不了。母親說，聽見了吧，我可沒慣她。我說，小可，秋天你就要上小學了，自己連臉都不會洗，老師和同學可要笑話你的。小可猛拍幾下水，母親忙說，那時小可就會了。

我沒有馬上進里間，又被鑿了幾下，靜等片刻，掀起門簾。屋子有些暗，父親靠在角落，有些模糊。身旁放一個看不出顏色的痰盂，幾年前他就離不開了。昨天好點兒了沒？我問。明知是廢話，但還是要問。每天問。父親問，酒呢？我不由笑了，你耳朵倒是好使，我媽不讓你喝。父親一陣劇烈地咳嗽，我忙在他後背拍了幾下。父親喘息片刻，催促，拿進來呀，你是來饞我的？我說哪有大清早喝酒的。父親沒好氣，大清早怎麼啦？誰規定了？我妥協，好吧，那你少喝點。父親哼了哼，以為你是大夫呢！

雖然母親反對，我仍隔三差五給父親買酒。父親好這口，他和母親因為這個常鬧彆扭。早些年，父親在工廠上班，我和母親在村裡侍弄那二十畝薄地。我們村莊管這叫一頭沉。工資月月發，一頭沉總是讓人羨慕的。父親倒是每月都回，但帶不回多少錢，工資多半買酒了。夜晚吵了架，白天母親仍是滿臉笑意。鄉親打趣母親是不是半夜半夜數票子，數得眼睛都睜不開了。父親帶不回錢，但他說會把母親弄到張家口，還說我將來可以頂他的班。父親倒是沒有食言，我們的家在九二年秋天搬到張家口，但我並沒能頂父親的班。據說，兩瓶茅台就可以搞定，父親也準備好了，但那天晚上他喝醉了，沒找見廠長家。第二天廠長出門了。待廠長回來，已有了新政策。母親自是經常嘮叨，我也有過怨言，但能怎麼樣呢？活著的路又不只這一條。父親仍然愛喝，母親管不住。父親住了幾次院後，母親的反對更加強烈。父親照舊，只是不喝那麼多了。我口頭是贊同母親的，行動卻偏向父親。他的日子不多了，喝點又能怎樣呢？不喝怕也熬不到年底。我無能為力，能做的就是讓他離開時少些遺憾。

◆范大同

死者是女性，裸體，三十歲上下，脖頸處有明顯勒痕，嘴角有凝固的血跡，小腿處有兩處梨狀淤青。除丟散的衣服鞋襪，沒有任何隨身物品。賓館監控顯示，昨天中午，該女子登記入住，半小時後，一男子進入其房間，三小時後男子離開，手裡多了個女式挎包。男子一米七左右，體形偏瘦，頭戴鴨舌帽，看不清面容。

我對小李說，摸清死者的身分及社會關係，逐一排查。除了體貌，要注意是不是左撇子。小李問，為什麼是左撇子？我說，重新檢查屍體，再看一遍監控。小李點頭，我懂了。

九天後，案子告破，我和小李輾轉呼和浩特、鄂爾多斯，最後在包頭將嫌疑人抓獲。又是一起婚外情導致的凶殺。我經辦的案子，與婚戀出軌相關的占有半數。五花八門，奇奇怪怪。鬧出人命並非深仇大恨，常常是芝麻粒般的事。一個人住賓館走錯房間，屋裡三個男人正在聊天，走錯的人道歉後欲退出，其中一個男人罵了髒話，被罵者下樓買了把水果刀，捅死兩人，另一個重傷。更離譜的一樁是一旅客在車站打了個噴嚏，對面的男人說唾沫星子濺他臉上，兩人言語不合，撕扯起來。其中一人摸出酒瓶，對方重傷致死。遍地戾氣、暴氣、怨氣，是不是很邪性？

案件雖多，我沒有報怨過。我是工作狂。第一次辦案，驗完腐爛的屍體，嘔吐了三次。現在當然不會了，有時半夜突然想起某些疑點或意識到可能忽略的地方，會立刻趕到停屍房重新查驗。我喜歡自己的工作，但還沒到因嗜成癮的程度。破獲一個案子會休息一兩天。

正好是週末，我打算把洋洋接回住一晚，當然，住兩個晚上就更好了。我知道這有些困難，但必須試試。我給老頭兒買了一盒蟲草，給岳母買了兩盒進口的鈣片。給洋洋的東西不好買，她不像別的女孩喜歡布娃娃小熊之類，也不饞哪一類食品。我在商場轉了兩個多小時，選定幾盒蔬菜餅乾、一套有彩繪的童話。毫無新意，我自己都有些洩氣。但實在不知道選什麼，實在不知道她喜歡什麼。她有個專門放玩具的櫃子，都快撐爆了，其實叫垃圾箱更貼切，因為那些玩具丟進去後，她再無興趣。

老頭兒住在三義巷，四周高樓林立，社區顯得老舊了。他在高新區還有一套房，帶電梯的，空置多年。他捨不得離開三義巷，他對三這個數字情有獨鍾。他當年的辦公室是301，住宅也在三層。我早已離開老頭兒的羽翼，但每次進這個門，都覺得自己矮了一頭。

剛剛吃過飯，餐具還在桌上。我叫聲爸媽，同時瞥瞥洋洋的房間。老頭兒點點頭，拿起桌上的報紙，這是他多年的習慣，飯後讀報。岳母問我吃過沒，我說吃過了。岳母說，剛回屋，才上個三年級，就一大堆作業……你來有事？我捕到她眼底的警惕，說，今天休息，過來看看。

岳母走進廚房，老頭兒仍埋在報紙裡，我叫聲爸，他抬起頭。與我第一次見他的時候一樣，雷打不動的表情，只是皺紋多了些。我說，我想帶洋洋回去住……一晚，明天就把她送回來。老頭兒看著我，似乎沒聽懂。我突然有些慌，這令我羞惱。但我畢竟不同於先前了，老頭兒也不是從前的老頭兒。我的目光晃了晃，穩穩地和老頭兒對在一起。若雲怎麼樣？他問。我說，上個月去看過她，她還好，就是瘦了一些。我沒撒謊。老頭兒說，你媽想去看看，你帶上她。我遲疑一下，下周行嗎？老頭兒說，看你時間。腦袋重又埋向報紙。我忙說，明天吧，我開車過來。老頭兒說，你和你媽商量。

岳母自然不同意，每次都這樣。她能擺出一萬種理由。但老頭兒只要點頭，她難不住我。她囑咐一遍，又囑咐一遍，喝水，寫作業，吃藥，我沒有失去耐心，一遍遍地應答，媽，我記住了。臨出門，岳母突然又想起，洋洋昨天說想吃燜大蝦，晚上回來吃吧，我說門口的餐館蝦做得特別好。岳母說飯館不衛生，別帶洋洋去那種地方。我說，好吧，那我自己做。我夾起洋洋，快步下樓。

洋洋對我和岳母的爭奪——姑且這麼說吧，無動於衷。有一次岳母讓她選擇，她看看我又看看岳母，垂下眼皮，任隨發落的樣子。她的茫然讓我內疚，也讓我有說不出的寒意。

一路無話。直到上了1路公車，洋洋的眼睛方綻放出細碎的光澤。坐公交是洋洋唯一的愛好，她的嘴巴只有坐公交才撬得開。能坐到終點嗎？洋洋問。我說，當然可以，坐到終點咱再坐回來。作業很多嗎？我問。洋洋說，我能寫完。她很聰明，能聽出我的話外音。

坐了兩遭，到明德北，已是中午。在就近的餐館吃了點東西，我問洋洋下午想幹什麼，洋洋毫不猶豫地說，坐公車。我暗暗嘆口氣，說，改天再坐行嗎，咱換個花樣，登山怎麼樣？你還沒登過山吧，萬一哪天老師讓你寫登山的作文，你都不知道怎麼寫。洋洋沉思一會兒，說，聽你的。

西太平山就在明德北，一條緩坡，一條石階，有些陡。我讓洋洋選，她竟然選了石階。倒也沒多高，但爬到山頂，洋洋後背有些溼，額頭也汗漉漉的。我脫下外衣讓她披，她喊熱。我說山上風大，一會兒就不熱了，感冒就不能上學了。洋洋乖乖披上。

我和洋洋在朝陽亭坐下去。從這個位置能望見張家口的全貌。我和龐丁常爬太平山，後來多了賀梅，再後來是我和賀梅。每次都要在朝陽亭坐一坐，說說話。有時什麼都不說，就那麼坐著。我第一次和賀梅接吻，不是在樹下，也不是在牆角，就在朝陽亭。後來有人上來，我和賀梅分開，人離開，又吻在一起。

本來打算坐一會兒就離開，但思緒飛揚，醒過神，一個小時過去了。洋洋兩手托腮，目光如水。我問她想什麼，她說什麼也不想。我說去別處看看，她不肯，就要坐著。我只好陪她坐著。

從太平山下來，已近黃昏。我和洋洋商量，打個計程車，那麼多作業等著。洋洋不說話，徑直走向公交站牌。我跟過去，她說，我能寫完。等公交的人多，我讓洋洋靠後站站，同時拽了拽她。在站牌旁邊立定，我便注意到那個瘦瘦的後生，長髮細眼，還有他吊在手腕處的外套。他的目光遊移不定，顯然在尋找目標。幹這麼多年員警，我雖然沒有火眼金睛，但這點兒判斷力還是有的。2路公交到了，我拽著洋洋尾隨後生身後。一婦女上車的瞬間，包到了後生手裡。我喝了一聲，將後生撲倒。我沒穿警服，手銬卻隨身藏著。這時，我聽見尖細的哭聲，是洋洋。她站在幾米遠的地方，雙肩抖顫。我說，別害怕，爸爸逗他玩呢，過來，咱們坐下一趟。洋洋遲遲疑疑靠近我，我拽著被反銬的後生退到臺階上，掏出手機。掛了電話，發現後生用異樣的目光看著洋洋，我突然急了，大吼，你他媽給老子蹲下！

◆李丁

如果一個人脾氣暴躁，最好不要開出租。柔韌的血管也會變得脆烈，說不定什麼時候就炸裂了。但開出租卻又是治癒急躁的良方，一天天下來，藏在身體裡的火星一粒粒熄滅，再無燃燒的可能。被車流挾裹，任喇叭轟鳴，也可安之若素，比如我。

我旁側的哥們兒不停地按喇叭，雖然他清楚摁也無濟於事，還是頻頻拍打。他肚裡有火，他在發洩。可有的時候，越急越上火，越上火越急。我估計他開出租不超三年。長青路是張垣最堵的一條，早先市委市政府在這條路上，常有上訪告狀的，男男女女疙疙瘩瘩，從政府門口一直堵到新華書店。若運氣差，被裹在其中，沒有兩三小時逃不出來。開發商跑路，工廠發不出工資，被坑的被騙的，每個人都是火藥桶，你一個計程車司機，敢大嚷大叫嗎？後來市委市政府搬到高新區，長青路變成單行道，但照樣堵。第一附屬醫院還在這條路上，不光壩上壩下，內蒙外蒙的病人都往這兒跑。我拉的父女也是到一附院的，他們上車我就告知會堵。我從後視鏡窺視，老人倒是安穩，女兒神色焦急，但沒有狂躁舉動。老人腿腳不便，若現在走著過去，二十分鐘也到了。

終於捱到醫院門口。比剛才好走多了，但快到三中時，又不動了。我想不對呀，這個時間不該如此。當然，堵就堵了，還能怎麼著呢。我搖下車窗，正想抽支菸，腦裡突然閃了一下。雖然只是預感，但我沒有遲疑。鑽出車門，穿梭前行。

還沒到明德北，我就看見了在路口指揮的楊翠蘭。她周圍的車輛如一堆亂蟻，那多半是沒聽她指令被她逼停的。那時，已有一個交警靠近她，並試圖將她拖離，哪裡拖得動？楊翠蘭化身交警，力氣超凡，根本不像六十五歲的女人。我奔過去抓住楊翠蘭，與交警形成左右合圍之勢。楊翠蘭叫，幹什麼？沒見我正忙著嗎？我朝她耳朵叫，媽，我李爸四處找你，他快急死了。楊翠蘭頓時被針刺一般，迅速偏過頭，在哪兒，他在哪兒？我忙說就在前面，猛拽一下。楊翠蘭步態不穩，身體不時碰到車身。交警尾隨我和楊翠蘭一直到人行道，我回過頭，實在對不起，給你添麻煩了。交警說，今年已經是第三次了。我說，真的對不起。交警揮揮手，走吧，看好她。

楊翠蘭左顧右盼，你李爸在哪兒？我牢牢抓著她，就在前面，拐過彎就到了。楊翠蘭說，你可別哄我啊。我說我不會哄媽的，李爸馱個煤氣罐，你去幫幫他。楊翠蘭臉上泛起喜氣，沒錯，他是換煤氣去了。

終於到了，我幾乎被水洗了一般。楊翠蘭問，你李爸呢？怎麼不見他？我拽開車門，你上去，咱們開車找他。楊翠蘭說，你又哄我，我不上。我大吼，楊翠蘭！楊翠蘭直定定地看著我，你叫我？我可是你媽啊。我說，你再磨蹭，就再也見不到李爸了。楊翠蘭緊張極了，那快點兒啊。

我仍住在黃土埸6號，上坡，楊翠蘭認出來了。你怎麼回來了？你李爸呢？她不像剛才那麼狂躁了。我將車停在路口，他出遠門了，沒跟你說嗎？楊翠蘭叫，他沒出遠門，他換煤氣去了。我說，馱回煤氣他出的門，他會打電話回來，你必須守在電話跟前。我這麼說，楊翠蘭乖順許多。

我結婚時，李爸和楊翠蘭將隔壁的房買下，拆掉院牆，改造成一個大院子。楊翠蘭仍住原來的屋，數年前裝修過一回，現在只是多了兩扇護窗。那麼粗的鋼筋竟然鋸斷了，顯然不是一天兩天完成的。楊翠蘭仔細地擦拭著那部紅色電話機，每天不知要擦多少遍，快擦破皮了。等待李爸的電話，是楊翠蘭五十九歲以後人生中最重要的內容，每次看到她一動不動地守在那裡，我都心如刀絞。可此刻，我卻有難以形容的驚駭和慍怒。我伸出手，聲音如鐵，拿來！楊翠蘭問，什麼啊？我指指護窗，鋼鋸條！楊翠蘭甚是緊張，什麼鋼鋸條？我抓起電話舉過頭頂，你要不交出來，我就把電話砸碎。楊翠蘭慌了，別砸別砸啊。她轉過身撩起床墊。我暗暗心驚，竟然藏了三根鋼鋸條。哪來的？我追問。楊翠蘭搖著頭，眼睛盯著我手裡的電話，隨時要撲上來的樣子。我說，你辦不到，電話一砸就碎，告訴我，哪兒來的？楊翠蘭指指頭頂。角落有個通風口。我看著楊翠蘭，她說，我不騙你。我緩緩將電話放下。

通風口處扣著木蓋，沒有固定，我輕輕移開，沿四邊摸了一圈，竟然還有兩根鋼鋸條。此外還有一把鈑手、一把改錐。我問楊翠蘭什麼時候放進去的，楊翠蘭搖搖頭。她抓過電話摟在懷裡。我嘆口氣，媽，你可不能往外跑了，李爸打來電話，沒人接，他該多傷心呢。楊翠蘭拚命點頭，我哪兒也不去。

下午我便把護窗焊好。我跑出租，妻子與人合開麻將鋪，誰也沒有大把時間陪楊翠蘭。有時我想，這和監牢沒什麼區別，但有什麼辦法呢？讓楊翠蘭跑出去等於害她。

我又把屋子檢查一遍，連楊翠蘭的被褥枕頭都仔細搜過，確認她沒有藏匿別的工具，但我並不踏實。電話啞得時間久些，她就變得狂躁。妻子讓麻將鋪的客人假扮李爸往家裡打過幾次電話，但立刻被楊翠蘭識破。李爸的聲音已經滲入她的血肉，哄她可沒那麼容易。

媽，我出去接應李爸，你好好守著電話。楊翠蘭一動不動，沒有任何反應。我摸摸她的肩，說睏了吧。她仍一聲不吭。一綹白髮垂在臉側，我輕輕順了順。她就這樣，前一個小時還大嚷大叫，後一個小時就突然痴呆無聲。我把她扶到床上，試圖把電話機拽出來。她摟得緊，只好作罷。

我給賀梅打電話，問她忙不忙，我過去一下。賀梅問，是不是阿姨的病又加重了。我說，有點兒。賀梅說在民政局聽講座，結束我去家裡找你。我忙說，開點藥就行，我在診室等你吧。賀梅停頓一下，說也好。但不到十分鐘，賀梅的電話就過來了，說已經往回趕。我說不急的，賀梅說少廢話，等我！開了藥，賀梅執意要去家裡看看楊翠蘭，我說她正睡覺呢。賀梅白我，她是我的病人，我有這個權利。我只好笑笑。

楊翠蘭仍是痴呆安靜模式，賀梅給她量血壓，她極為順從。但對賀梅的詢問，她一言不發。她今天又跑出去了，從屋裡出來，我向賀梅解釋，她可能有些累。賀梅問，闖禍了？我說還好，沒發生事故。賀梅說，再讓阿姨來院裡住一段吧，畢竟有人護理，各方面都比家裡方便。我遲疑一下，吃完這兩瓶藥再觀察。賀梅說，住院費用你不用操心，這個可以變通的，我們畢竟有福利性質。我立刻道，那可不行！賀梅目光犀利，我知你不缺這個，但如果可以省，為什麼不呢？我說，已經夠麻煩你了。賀梅說，我是醫生，有什麼麻煩的？把阿姨送過來吧。我說，今天不行了，明天吧。賀梅突然笑了，我可沒規定日子。我說，其實我打算請個陪護的，我老婆的麻將館現在也挺掙錢，只是……賀梅問，阿姨和你繼父生活了多少年？我怔了怔，說，二十一年。賀梅問，和你父親呢？我說，十五年零三個月。賀梅不語，半晌才說，難怪。我說，這和時間多少沒關係。賀梅說，當然，我清楚，但未必一點關係沒有。我不知道怎麼開口。賀梅偏過頭，你現在特煩我吧？我說，那又不是祕密。賀梅說，我想把治療方案調整一下，不過你得配合。我說，這還用說？賀梅說，我還沒說呢，說出來，你就不會這麼痛快了。

◆賀梅

站在樓頂邊沿的是盛紅敏，紅衣黑褲，長髮飄飄，格外搶鏡。她喜歡紅衣服，顏色隨季節更替變化，粉紅、桔紅、紫紅、黑紅。樓倒沒多高，八九層的樣子，但摔下來，非死即殘。我雙手呈喇叭狀，朝她大喊。盛紅敏沒聽見，或不屑於理我。她緩緩張開雙臂，很優美的飛翔姿勢。我的心幾乎蹦出來。鈴聲大作，我從夢中掙脫。電話就在床頭，兩次才摸到。我不想安裝固定電話，手機足夠了，但院裡有規定，誰也不能例外。半夜來電，肯定沒好事。果然。掛了電話，我快速抓過衣服。衣服團在一起，其實井然有序，我焦急，卻不慌亂。

還沒到二樓，便聽到瘋狂的嚎叫。焦姓病人身子捲曲，如一張陳舊的弓，雙手捂著襠部。值班醫生跪壓著焦姓病人，護士小賈手足無措，瑟瑟發抖。我問叫救護車了嗎，小賈幾乎要哭了，賀大夫……我喝叫，打120。她這才跌撞著往醫辦室跑。我蹲下去，抓住焦姓病人的胳膊，讓他放鬆，慢慢抬離。他下身赤裸，挪開血淋淋的手，一目了然。我問，在哪裡？值班醫生沒聽懂，我又問一遍，他方醒悟，往四下裡亂瞅。焦姓病人幸災樂禍地笑起來，你們找不到了，哈哈。我瞅瞅開了半扇的窗戶，讓值班醫生即刻下樓，無論如何要找到。記得帶上手電筒，我說，叫上小賈。我得留在病人身邊。我不是外科大夫，處理不了這個，但我可以讓病人鎮定，減少出血。

終於能喘口氣，喝口水，已經是次日中午。焦姓病人的命是保住了，但……他是三天前住進來的，我還沒記住他的名字。不出所料，當天家屬團就到院裡交涉了。雖然焦姓病人還在一附院的床上躺著，雖然我認為患者為上，但我亦能理解家屬的憤怒。院裡臨時成立了事故小組，院長自然是組長。院裡不會讓我參加，因為我總是為病人和家屬說話，有一次院長急了，對我拍了桌子。我不是故意和院長唱對臺戲，家屬也不會找我，但說著說著我就投敵叛國了。院長原話。院長挺不容易，上個月有個病人吞了鋼筆帽，才消停幾天，又發生自宮事件。

達成賠償協定後，院長把我叫過去。他臉色晦暗，眼袋又大了一圈。他問，喝水不？我說不喝。他問抽菸不，我說不抽。院長拍拍鬆弛的腮幫子，牙疼，上火就牙疼，不等退休，牙齒非掉光不可。我說，你可以提前退啊，掉光牙，就啃不動排骨了。院長哼一聲，我焦頭爛額，你倒說風涼話。我說，不敢，我自知有罪，聽憑院長發落。院長說，罪談不上，但責任是有的，不能不處理。我說，你叫我就這事吧，你定就是，不用和我商量。我已經背了好幾個處分，再多一個也沒什麼。就如我收到病人的錦旗一樣，已經沒了感覺。處分記載在檔，那一大抱感謝信錦旗在櫃子裡沉睡。功過於我都是浮雲。

院長感慨，我能像你這麼灑脫就好了。我站起來，如果沒別的事……院長做個手勢，我又坐下。院長問，他的刀片是哪來的？我回答不上，這也是我疑惑的地方。入院時已經檢查了他的衣物，沒攜帶什麼，自入院就沒出過病區。事後我問過值班醫生和小賈，傍晚焦姓病人沒什麼異常，除了想摸小賈的手。被小賈呵護後，也只是嘻笑一陣。自宮不是臨時起意，入院前怕就有過念頭。由此我推斷刀片是他帶進來的，沒被搜到。但僅僅是猜測，或有別的可能。我問，這有意義嗎？院長反問，你說呢？你不在乎多背個處分，我可不想被點著鼻子罵娘。我瞅瞅那幾盆花，君子蘭的葉子七零八落，龜背竹只剩下半個背了。每次糾紛，那些花都跟著遭殃。

院長說，他們拿花撒了氣，就不在我臉上留記號了。我第一次感覺院長可憐兮兮的。我扭過頭，我一直在想。院長說，刀片其實沒什麼可怕，可怕的是摸不清他們腦裡藏著多少瘋念頭，沒有刀片，還有別的。盛紅敏的面容閃出來，我突然一悸。院長說，你常常讓我不痛快，但我還真是敬重你，因為你像一把鑽頭，越硬的東西你越不服輸，如果說有誰能鑽進患者的腦子，那個人只能是你。我有些不適，略帶調侃道，謝謝領導。院長目光凝重，為了醫院，也為了你自己。我說，聽見歌聲了嗎？我得走了。

院長室和行政科室都是平房，在醫院最後一排，與病房樓隔著幾百米距離，但我確實聽到了歌聲。盛紅敏在唱。非常奇怪，無論在醫院哪個角落，我能聽到的。她唱的是卡倫卡朋特的《昨日重現》。卡倫卡朋特，一個32歲便離開人世的歌手。盛紅敏最喜歡唱她的歌。我其實是個音樂盲，也完全沒有音樂細胞，沒有盛紅敏，我不會知道這些。

快下班時，小賈把盛紅敏帶到醫辦室，仍是紅黑標配。住這麼久醫院，她的身材依然令全院女性嫉妒。小賈退出去，只剩我和盛紅敏。盛紅敏每天要單給我唱一曲，不然她會狂躁不安。起初，我只是作為輔助治療的手段，漸漸的，我有些依賴盛紅敏的歌聲。如果某天沒聽到，睡覺都不踏實。熟悉的旋律，《時光飛逝》，《卡薩布蘭卡》的主題曲。唱的專注，聽的痴迷。直到小賈敲門，我的思緒才從另一個世界拽回。再見，賀大夫，盛紅敏深深鞠躬，每次謝幕都如此。我微笑示意，她可以走了。隨後立刻扭頭，盯著另一個方向。

盛紅敏在這座城市曾經家喻戶曉，她是山城最美的主持人。那時，我讀中學，最喜歡看她主持的節目。我沒資格認識她，她與我是天與地的距離。後來盛紅敏從螢幕消失了。傳聞很多，她出國了，她失戀了，等等。我不相信那些傳聞，她是什麼人？她怎麼可以失戀？還有說她精神失常，我認為更是無稽之談，是嫉妒她的人故意編排。沒想到盛紅敏會成為我的病人，原來那些傳聞並非空穴來風。盛紅敏永遠不會知道，她的仰慕者在那一刻突然被尖硬的利器刺穿。盛紅敏和我不僅是醫患關係，也不僅是歌唱與聽眾的關係。我說不上來那是什麼，那該稱之為關係，還是別的什麼。我只知道，我對她，有不捨，有心痛。盛紅敏的病情始終沒有好轉，但也沒太大波動，不在重點監控之列，可我常常夢到她告別人世，割腕、跳樓、吞物……沒有一個病人如盛紅敏這樣折磨我。院長說的沒錯，每個病人腦裡都有刀片，盛紅敏不會例外。但我鑽不進去。

◆毛頭

在橋頭蹲了不到半小時，我就攬上了活兒。談妥價錢，我隨業主看房，然後拉單子讓他買料。我換上工作服，噴水，鏟牆皮。我幹過很多種活，跑車、裝卸，還在屠宰廠殺過三個月豬。現在是刮膩工。這個城市每天都在建樓，不愁沒錢賺。老鷹吃肉，麻雀吃穀，各有各的活法，各有各的奔頭，我挺知足的。但我不能讓女兒像我一樣，她該往吃肉的方向努力。大女兒讀了所技校，不怎麼好，這怪我，從念那天起她就和別的孩子拉開了差距。在小可身上，我要下大注，讓她進張垣最好的學校。

兩天半，三百八十元到手了。業主不錯，我少要了二十塊錢。我買了兩袋小可愛吃的無水蛋糕，割了二斤肉。叫化子雞剛出爐，來了一隻。這等美味自然要喝點酒，不然父親還不嚷翻天？明德北堵車了，電動車、自行車、行人都鑽縫兒走。我是他們中的一員，我可不傻傻地站在路邊等待暢通。又是那個瘋癲的老女人，我明白堵車的原因了。她有家人嗎？怎麼不看著她點兒？一個司機伸出頭呵斥，這麼窄，擠什麼擠？我沒理他，只要不蹭著他的車，想怎麼走就怎麼走。終於鑽出來，我把肩上的電動車放下來，像打了勝仗一樣挺挺脖子。

母親面帶驚訝，真是你呀，老東西說你回來了，我以為他胡說八道呢。目光落到酒瓶上，頓時冷了臉。我笑笑，少喝幾口，養人。一陣咳咳之後，父親說，已經買回來，就不要饞我了。母親說，聽見了吧，老東西不識慣。父親提高聲音，你再說我壞話，我把暖壺砸了。母親氣呼呼的，有本事你把房頂揭了。父親啪啪拍牆，我掀開門簾，連洗杯的工夫也等不及了？父親揚起的胳膊緩緩垂下，囁嚅，我就是氣氣她。

兩口酒下去，父親的神色便活了。這酒不錯，不過不如上次的，父親評價。我說，那還用說，上次喝的是五星。父親問，你請客了？請誰？我說，黃理。父親的嗓子又開始鑿了。黃理這個名字讓他不舒服。他和黃理的父親同一年進廠，黃理父親不但把老婆孩子的戶口轉成非農業，還給兩個兒子安排了工作。喝口水？我問。父親搖搖頭，大大喝下一口酒。酒比什麼都管用，他說，小可媽不是幹得好好的嗎，怎麼又想換工作？我說是小可上學的事。父親問，念個書也得找人？我說，那得看上什麼學校，我想讓小可上張家口二小，沒關係哪裡進得去？父親沉默一分鐘，那得花不少錢吧。我喝了口酒，嚼了粒花生米，見父親仍瞪著我，說，喝你的酒吧。父親說，要花多少？我說，你操心自個兒吧。父親便垂了頭。

過了一會兒，父親問，我還有多長時間？我裝出生氣的樣子，胡說什麼呢？父親說，自個的病自個清楚，怕是沒幾天了，我想問問，醫生是怎麼說的？我說，我媽還指望你的退休費養老呢。父親說，我對不住她，也對不住你，我是個爛人。父親從沒用過這樣的詞。我說，這酒勁大吧，沒喝兩杯，你就胡說八道了。父親說，別看我嘴巴硬，心裡一直愧疚，我就一混蛋。我說，醉了，別喝了。父親擋住我的手，我是混蛋，卻不是窮光蛋。我樂了，莫非你藏了寶貝？是祖傳的嗎？父親窺窺門口，彷彿怕母親聽到，我確實藏了……現在我不能告訴你，等快閉眼睛的時候，所以我得清楚自個還有多長時間。我嘻嘻哈哈的，你想立遺囑，我可以請個律師。父親一本正經，沒那個必要。我說，行了行了，我不要你的寶貝，你少對我媽發點兒脾氣就行了。父親說，習慣了，改不了。我說，那你留給她吧，省得你愧疚。父親問，不相信你老子？我說，相信！行了吧？父親說，你會相信的。

妻子帶回一張《張垣日報》，第二小學校慶日，有兩個整版都是關於二小的。我把那張報紙看了好幾遍，妻子說都快吃了。從第二小學畢業的名人很多，官員、老闆、主持人、記者、作家、經濟學家，連現任市長都是。社會上說二小多麼多麼牛都是有根據的，絕不是胡說八道。興奮之餘，我也有些不安。想把孩子弄進二小的家長絕不只我一個，在這個城市，太多人和我競爭。

一大早，我就給黃理打電話，黃理說正在進行中，有什麼情況隨時和我聯繫。他說，沒那麼簡單，你別催！我聽出黃理不高興了，忙解釋說不急的。上午，我特意去了趟二小，當然進不去。我扒著欄杆瞅了一會兒。氣球和彩色條幅還在，魚一樣擺來擺去。

下課了，娃們湧出教室，嘰嘰喳喳的。沒有比這更動聽的音樂了。有朝一日，小可也會成為這音樂的一部分。我閉上眼睛，沉醉其中，直到鈴聲再次響起。眨眼之間，校園空空蕩蕩。另一種聲音傳來。一男教師走出樓道口，朝側面的平房走去。又出來一女老師，徑直朝大門走來。我盯著她，也許她就是小可未來的語文或數學老師。怎麼這麼面熟？我暗自嘀咕。她走到校門前，保安迎上去，不知說了什麼。大門緩緩拉開，那是保安遙控的。女老師走出大門，我突然想起，女老師應該是第二小學校長，昨天的報紙登了那些從二小學畢業的名人照，也登了校長的照片。沒錯，她就是！我還記住了她的名字，孔侃。我敢說，見到總統我也不會這麼激動，渾身過電一樣。我甚至想跑過去，問聲好。當然我沒那麼做。那會把人家嚇壞。我像打擺一樣抓著欄杆，望著那個背影鑽進轎車，望著轎車消失……

◆范大同

去單位的路上，小李打電話，說晚到一會兒，隨後說了棄嬰什麼的。我隨便唔一聲。昨天去戒毒所看若雲，回來便心不在焉。整個夜晚都被她糾纏——結婚多年，她第一次進入我的夢境。她手持利刃，目光又凶又冷，在我的身體上比比畫畫，我被她震懾住，完全不能動。清早，我腦裡似乎塞滿糟糠，難以集中注意力。小李沒必要打電話給我，不要說晚到一會兒，就是整日不露面，我也不會訓他。過了三分鐘，也可能是五分鐘，腦裡突然哢嗒一聲，隨即回拔過去。告訴小李在福利院門口等我，我馬上趕過去。

一旦有事，整個人便上了發條，二十三分鐘二十秒之後，我將車停在福利總院門口。嬰兒放在一個沒有提把的籃子裡，身上蓋一塊荷花圖案的薄毯。小李去櫃員機取款時發現的，在靠近門口的地方。小李把攥著的紙條給我，我瞅瞅就說，我來處理，有事你忙吧。小李說，我沒事。我說，那你找點事幹。

小李沒再說什麼，他當然聽出我想支開他。我沒作任何解釋。其實沒什麼祕密，有祕密就不會這麼說了。

這個地方我太熟悉了，龐丁家就在附近，以前我倆常到這兒玩。總院下設三個分院，養老院、孤兒院、精神病院。無聊時，我們故意挑逗精神病人，朝他們扮各種怪相。有欄杆護著，絲毫不用擔心他們撲過來。那些可以在院裡自由行走的，病情較輕，沒什麼攻擊性，但也不能刺激。唯一有趣的是小啞巴，每次見到我和龐丁都會敬禮，左手敬了右手還要敬。

辦完交接手續，院長送我出來。我和院長見過兩次，一次辦案，一次也是送一個棄嬰，算是老相識了。院長說你連杯水也不喝，我真是過意不去。我哈哈一笑，等我退休了，打算住到養老院，你給我留張床。院長也笑了，沒問題，我爭取當到你退休。精神病院是側樓，通體白色。我拽回目光，對了，聽說你們這兒有位大夫，特別擅長治失眠症？院長說，有啊，我們院的頂梁柱賀梅，賀主任，很了不起。然後壓低聲音，不瞞你說，市裡有位領導，還有領導的老婆，嚴重失眠，都是賀大夫治好的，范隊長怎麼知道她的？你想找她瞧瞧嗎？我說，最近睡眠很差，如果方便……院長說，當然方便，走，我陪你過去。我問，是在那座樓嗎？我自己去吧。院長說她這個人很怪，我怕她衝撞了你。我說，不要緊的。院長推我一把，走吧，我得給她介紹一下。

算起來和賀梅有一年沒見了，上次還是在同學聚會上。說了沒幾句話。我本想送她一程，但她喝醉了，由龐丁扶著，我沒再上前。

我平時走路沒什麼聲響，可不知精神病院的樓梯是什麼材料做的，每邁一個臺階，都像錘子砸在冰上。賀梅正在給病人量血壓，她很專注。院長打個手勢，讓我坐，我搖搖頭。賀梅該是瞥見了院長，也該注意到了我，但她的姿勢表情沒有任何變化。量完，病人離去，她把測壓儀放回盒內，這才抬起頭。

賀大夫，這是刑警隊范隊長，院長介紹。賀梅的目光終於落我臉上，沒有意外，當然更沒有驚喜。我忙上前，伸出手，賀大夫好。賀梅冷冷的，隊長？我犯什麼事了嗎？院長搶先道，瞧你這張嘴，范隊長……我向院長示意，院長無可奈何地笑笑，那我下去了，讓賀大夫給你瞧瞧。

我在賀梅側面的凳子上坐下來。在老頭兒面前，我矮了一頭，在賀梅面前，我至少矮兩頭。我已經沒有和他們並肩的可能，雖然我從未放棄努力。賀梅說，你別影響我工作。我說，我是來看病的。賀梅冷笑，你該明白，這是什麼性質的醫院。我說，當然知道。賀梅問，專程嗎？我搖搖頭，不，順便瞅瞅。賀梅說，好吧，什麼症狀？她的目光柔軟了許多。我問，不量量血壓嗎？賀梅帶著嘲諷，這是精神科。我硬著頭皮說，可是，你剛才也量了的，難道他看的不是精神科？賀梅審視著我，一言不發，就像我無言地瞪著犯人那樣。我不是犯人，可我還是發慌。賀梅說，這裡可不是刑警隊。我說，對不起，我忘了。賀梅說，有一類病是妄想型的，病人總懷疑自己得了什麼病，好吧，既然你想量，把袖子撩起來。我忙說，謝謝謝謝。她沒理我。她一絲不苟，沒敷衍我。我直視著她，甚至有些放肆。她注意到了，我以為她會臉紅，但直到量完，她的神情都沒有變化。一百到一百五，略高一點兒，也還正常，她邊放測壓儀邊說，不用吃藥，注意休息。

謝謝你，我輕輕地說。賀梅仍是醫生的口吻，建議你找個專科大夫，你可以走了。我說，你還沒給看呢。賀梅帶了些慍怒，你到底想幹什麼？我說，我睡眠不好，真的。賀梅顯然有所懷疑，你……睡不好？我說，忙起來還行，一旦沒有案子，大腦鬆弛下來就睡不好。賀梅揶揄，你每天都盼望著這個城市發生點兒什麼吧。我說，你錯了，我向老天發誓，我從無那樣的念頭。賀梅瞪我一會兒，最差的時候，睡幾小時？我說，說不好，三小時，也可能兩小時，還全是夢。賀梅笑笑，誰不做夢呢？很多人白天都做。我突然又矮了一些。我垂下頭，我只做一個夢。賀梅沒再笑，示意我往下說。我說，我總是夢見自己的身體長出東西，有時是一株花，有時是一棵樹，有時是鐵欄杆，還有一次一群蛇從身體裡鑽出來，每搖搖擺擺。賀梅問，你害怕嗎？我搖搖頭，只是有些惱火，我不停地拔，可總是拔不完，累得要命，每次醒來都特別口渴，所以睡覺前一定要在床頭放兩大杯水。賀梅說，過度焦慮，不要緊，我開點藥，你先吃著試試。我說，那謝謝你了。賀梅低下頭，開了方子給我，到一樓取藥。我站起來，卻沒馬上離開。賀梅一動不動，還有事嗎？我問，我可以給你打電話嗎？賀梅說，當然可以，如果你諮詢用藥的話。我說，可不可一起吃個飯？你方便的時候。賀梅極其乾脆，不可以！

發動著車，我看見龐丁拎著一兜水果往福利院走來。我從車裡鑽出，喊他。龐丁顯然很意外，用那樣的目光看著我。我再說一遍，我叫李丁！我說，叫慣了，改不過來呢。龐丁問，你怎麼在這兒？我笑，我怎麼就不能在這兒？你不接我電話，我只好在這兒等你。龐丁說，我開車的時候不接電話，誰的都不接。我說，你不用解釋，接不接都是你的權利。龐丁問，找我幹什麼？如果讓我約賀梅，我辦不到。我說，我剛從她辦公室出來。龐丁眼睛發硬，你找她幹什麼？范大同，是個爺們兒，你就離她遠點兒！我說，你不用對我嚷嚷，我只是找她開點藥。我返身從車座抓出那兩個藥瓶，看見了吧？龐丁譏諷，不愧是公安，什麼招都使得出來。我嘆口氣，我知道你不相信我，我也沒指望你相信，你有理由這樣。但我告訴你，在我心裡，你仍然是我最好的朋友。龐丁說，我可沒資格和員警交朋友。我聽到心裡的碎裂聲，很響。我說，你是想說我沒資格對吧，或許是，不過，你不要把我想得那麼壞。龐丁說，哪敢啊，據說你是這個城市的英雄，常在電視上露臉。我家的電視不好，我總是看不清，不知道是不是你。真的是你嗎？有個硬岳丈確實不一樣。我有些生氣，我是幹出來的，龐丁，你不要把我想得那麼無恥。龐丁說，我哪兒敢呀，你覺得我有這個膽子？沒別的吩咐，我要進去了。我問，去看賀梅？龐丁的神情閃過一絲波紋，像水面掠過微風，很快就合回去。他用近乎嚴肅的聲調說，我母親在上面，這不需要向你彙報吧。我叫，阿姨住院了？為什麼不早告訴我？我得去看看她。龐丁說，不必了，她不喜歡不相干的人靠近。丟下我，大步走開。

◆龐丁或李丁

初三畢業前夕，我參與了一場群架。一方是范大同，另一方是鄰班的楊不凡。楊不凡的父親是紅星鎖具廠廠長，據說常給學校捐款捐物。楊不凡擁有一輛雅馬哈摩托，他常在操場上顯擺，嚇得女生們尖叫躲避。賀梅沒躲，不但沒躲，還罵了他。楊不凡就這樣認識並迷上賀梅，常糾纏她。范大同和楊不凡幹了一架，沒分勝負。楊不凡約范大同再戰，范大同當然不懼。星期六的黃昏，我隨范大同到大鏡門外應戰。對方五人，為首的楊不凡持了一把水果刀。范大同問我怕不怕，我說怕個毬。其實我有些發毛。范大同撿起兩半拉磚頭，塞給我一塊。混戰持續了十幾分鐘，范大同小臂扎了一刀，楊不凡被范大同拍倒在地。兩人都挨了處分。楊不凡沒再糾纏賀梅。我損失最大，因小腿骨折，未能參加中考。

在醫院的半個多月，基本是李叔陪我。我習慣叫他李叔，叫別的我彆扭。楊翠蘭負責送飯，中午一趟晚上一趟。不是燉排骨就是煲雞湯，出院時我長了五斤肉。回家繼續躺著，李叔請了半個月假，沒法再請，楊翠蘭也上著班，白天基本我一個人在家。我抓著遙控器，從頭摁到尾，再從尾摁到頭。喜歡的就停一下，不喜歡的就翻過去。范大同來過幾次，其中一次與賀梅一道。他找了份零活，也待不長。有時，任電視響著，我呆呆地望著窗外的杏樹。杏樹是我和龐有亮一起移栽的，那年我五歲，與杏樹苗一樣高。龐有亮說比比看，你倆誰長的高。我的個子躥得快，一度超過范大同，但還是沒長過杏樹。又結果了，再有一個月就可以採摘。一棵樹能摘兩三筐，當然吃不了，龐有亮打發我給左鄰送一碗左舍送一碗。李叔則把杏做成醬裝在小罐頭瓶裡，仍與左鄰右舍分享。龐有亮的影子一點點地從我和楊翠蘭的生活中淡出。起初，楊翠蘭說起他還咬牙切齒，罵他自私鬼，沒良心，她隱約聽到龐有亮有個相好，他與相好一起跑的。後來，她沒了怨怨，如果說起來，用「那個人」稱呼。李叔雖不會拉二胡，但廚藝很好。他只要有空，絕不讓楊翠蘭沾手。他最擅長紅燒，紅燒肉、紅燒豬蹄、紅燒鯉魚、紅燒冬瓜和蘿蔔。龐有亮和我一樣總是吃現成的，如果楊翠蘭不在家，他只會白水煮掛麵。龐有亮的業餘時間都用來拉二胡，彷彿這才是他的正業。楊翠蘭為此常數落他，她最常說的一句話是有本事你摟著二胡睡。龐有亮沒打過楊翠蘭，偶爾嚷叫，多半是楊翠蘭摔了他二胡的時候。李叔脾氣更好，嚷都不嚷，鄰居們說楊翠蘭因禍得福，掉進了蜜罐。如果當楊翠蘭面說，楊翠蘭總會嘆息一聲，還能怎麼辦呢，我和小丁總要吃飯。聽上去是被逼無奈，其實心裡美著呢，這個我知道。就像那些被樹葉掩映的杏，不管藏得多麼嚴實，我還是能發現。一個兩個三個……我像將軍一樣辨識著士兵的面孔。

那天，李叔拎個編織袋回來，滿臉興奮地讓我猜。還沒等我張嘴，他就伸進袋子。竟然是一長尾錦雞，我不由啊了一聲。錦雞受到驚嚇，不停地掙扎，李叔抓得牢，幾片羽毛飄下來。我以為是李叔抓的，他說他哪有那麼大本事，是從別人手裡買的。你一個人怪悶的，給你弄個伴兒。李叔連夜做了籠子。籠子吊在窗外我看得見的地方。錦雞仍然驚魂不定，也可能是悲傷過度，對食槽裡的大米粒視而不見。偶爾鳴叫一聲，聽著讓人難過。第三天越發蔫了，一聲都不叫。我問李叔怎麼才可以讓錦雞進食，李叔想了想說，也許不合胃口，我試試吧。他捉了一些蟲子，錦雞終於有了興趣。我喜出望外，說李叔你真了不起。李叔說如果你整天想著一件事，一定能做成。李叔讓我快快恢復，這樣就可以親手捉蟲子餵錦雞。你餵牠，牠就喜歡你。我信李叔的話，每次都親手放食。一個月後，錦雞的羽毛亮閃閃的，叫聲也不那麼悲傷了。我取得了牠的信任，靠近，牠便撲閃翅膀。牠的眼睛亮極了，像兩面小鏡子。哪天沒捉到蟲子，牠也可以吃大米，當然只有我撒牠才吃。范大同不信，試驗過，嘿了一聲，挺通人性啊，真他媽的。范大同問我怎麼訓練的，我沒告訴他。說了他也未必信，那實在算不上密招。

九月底，我重返校園。但我的心並沒有回來，常常走神，牽掛我的錦雞。腿沒好利索，不能快走，但是放學我就一路疾行。錦雞見到我便歡快地撲騰。只是我沒有蟲子餵牠，這個季節哪裡找的到蟲子？就算我有時間也不可能。當然，錦雞可以吃米粒和麥子。一個冬天，錦雞瘦了許多，羽毛常常是零亂的。李叔說也不全是吃不上蟲子的原因，野雞，野外的環境更適合牠。我猶豫幾天，把我的想法對李叔說了。李叔說，小丁，你有任何想法我都支持，只是牠在籠裡生活得時間久了，覓食能力褪化，這麼冷的天，凍不死也得讓野貓野狗吃掉，不如天暖了再放。我認為李叔說得有道理，就擱下了。

轉年春天，一個週六的上午，我與李叔一起上太平山放生。真要放了，又怪不捨的，我的情緒十分低落。在那片樹林前立住，李叔說，現在你還可以反悔，給你五分鐘時間，你決定吧。我凝視著錦雞，牠也正注視我。我說，還是讓牠解放了吧。我緩緩打開籠子，錦雞遲疑著，我做了個飛的動作，牠也邁了一步，又一步，仍在遲疑。牠終於站在石頭上，卻沒有飛。我問李叔牠是不是不會飛了，李叔說有可能，等等看。我連做了兩個動作，牠撲棱一聲，飛到樹枝上。我哈一聲，牠會飛呢。錦雞鳴叫幾聲，飛向樹林深處，轉眼就不見了。我以為牠會回頭看看我，但沒有。我悵然若失，李叔拍拍我的肩，回吧，牠會記著你的。

我和李叔準備下山，錦雞卻又飛回來，仍舊站在剛落過的樹杈上，對我鳴叫。我興奮得五官都變形了，快看，牠還認得我。李叔說，牠當然認得，在和你告別呢。叫了幾聲之後，錦雞再次飛離。李叔說，怎麼樣？牠也捨不得你，你信了吧。我雙目放光，憋足勁兒叫了聲李爸。他愣了愣，說，好小子！

◆毛頭

父親咳嗽了多半夜，母親沒睡好，滿臉倦意。母親心疼我，說我白天幹活，不讓我留在父親身邊。可我也心疼母親，她也一把年紀了，況且她白天也有忙不完的活兒。我提出和母親輪流陪父親睡，母親沒拗過我，同意了。

父親是從午夜開始咳嗽的，斷斷續續，凌晨三點，他坐起來。坐著就沒那麼劇烈了。父親讓我睡，說再不瞇一會兒天就亮了。我倒了杯水給他，坐他對面。父親說，你要不睡，就給我倒杯酒吧。我不同意，哪有半夜三更喝酒的。父親央求我，就一小杯，待會兒咽了氣，就喝不成了。我心下不忍，倒了一小杯。父親伸出舌尖輕輕點了一下，喘著粗氣說，酒也能止咳的。我說，你喝酒總有理由。父親咧嘴笑了。突然間，父親變得嚴肅，毛頭，咱爺倆說說話。

我到底還有多長時間？我清楚地記得，那個夜晚，父親問的特別認真。我佯裝生氣，怎麼又說這個？就不能說點兒別的？父親說，人都是要死的，我想得開。我說，我要能掐算，不成神仙了？父親說，你問問醫生。我硬梆梆地，醫生也不是神仙，要問你問。父親說，你要不問，我就自己去，我還動得了。我瞪著他，你還嫌不亂？父親固執地，我心裡得有數，咽氣前，把該交待的都交待了。我說，有什麼話現在說吧。父親瞪我，你咒我現在死嗎？我氣笑了，咋說你都有理。父親說，你明天回趟老家，先把墓地選好。我說，我還沒問醫生呢，急什麼？父親說，選墓地很要緊。我不理他。父親說，別把我埋在張家口，埋不起。這倒是實話，我諮詢過墓地價格，最便宜的一平米也要三萬，好一點兒位置都要七八萬。我沒敢和父親提，不知如何開口。父親如此說，我大大鬆了口氣。父親說，把我埋在祖墳，祖墳不要錢，活著是你們的累贅，死了不能再成為你們的負擔。我突然一陣羞愧，為自己剛才的想法。我小聲說，如果你……父親打斷我，我要和你爺爺、太爺爺在一起。我說，聽你的。父親說，你明天回去一趟。我說，你急什麼？父親說，早晚也得回去，宜早不宜遲，定了我踏實。我問，還有啥交代的？父親說，對你媽好點兒。他的腔調讓我不快，這還用你交代？父親說，你媽跟我一輩子，沒享上啥福，說起來我是吃公家飯的，人人羨慕，可到頭……連戶口都沒遷過來，我對不起她，也對不起你。父親猛咳一陣，接著說，這房別賣，等著拆遷。顯然在交代後事了，我有些難過。父親說，這輩子讓酒害了，我要不饞酒，不會這麼糟，毛頭，我是不是很自私？我說，我也愛喝兩口，你都瞅見了。父親說，我算個什麼東西。我說，越說越離譜，醉了？父親說，我還有些錢，不多，連你媽都沒告訴。我笑了，那是你的喝酒錢吧？父親在鞋墊下櫃縫處都藏過酒錢，害得母親每天像個偵探。父親也笑了。我問，你的寶貝呢？現在拿出來讓我瞧瞧？有一刻，父親的臉變得僵硬，還有一絲尷尬。其實我是逗他的。父親垂下頭，我做夢都想有一件寶貝，咽氣前傳給你。我說，那你繼續做，沒準夢想成真呢。父親抬起頭，好像相信了我的話。

次日一早，我趕到長途汽車站。父親催得急，況且如他所言，早晚要辦。定了，他踏實，我也踏實。村莊距縣城尚有四十公里，到村已經中午。我找到家族主事的長者，說明來意。我計畫當日返回張家口。長者領我去了一趟墓地，我才知道事情遠非先前想得那麼簡單。墳墓原本排列有序，也留了活人的位置，是按一具棺木的大小留的。那是過去的標準，現在喪葬風氣變了，時興大穴，一個逝者占去約兩個位置。沒有空位，後逝者只好埋在別處。雖然也在祖墳附近，但等於另立墳頭。所以選墓不是一句話的事，要和族人商量，還要請風水先生。我只好住下。

長者問我墓穴什麼樣的標準，有一萬八的，有兩萬八的。我吃了一驚，這麼貴？長者說一萬八的是硬磚砌牆，白灰壁，大理石地面，墓頂為水泥板。長者特意強調是張家口磚，三七式。二萬八的仍是三七磚牆，但四壁全是大理石，有精美的圖案。我問，含棺木錢嗎？長者的表情有些複雜，頓了頓說，棺木是棺木的，有幾千的，有幾萬的。我沒吭聲，這和在城裡買公墓差不多了。過了一會兒，我問，不用喪葬公司不行嗎？長者說，至少砌墓要用吧，莫非你還能自己砌？我真想自己砌，自己刮膩子，但我清楚，不大行得通。我問人們都選什麼標準的，長者說當然一萬八的多，也有選二萬八的，你父親怎麼說也是吃官飯的，還是選兩萬八的好，不然面子上過不去。我說，其實都一樣，人死燈滅。長者道，怎麼可能一樣呢？人在地上幾十年，在地下是永久的，活著想好，死了就不想了？古代的皇帝墳墓蓋的不比宮殿差，不就打算死了也過原來的日子嗎？普通人活著過不上，死了總可以。你別認為黃土一埋就得了，那是你父親以後的住處呀。我並不認可長者的話，不過沒有反駁。況且，他只是建議，決定權在我。接下來又說了些別的，但我心不在焉。我來回權衡，睡覺前才決定。長者讚賞，這就對了，你父親活著風光，跌倒頭必須體面。

第三天我才返回。雖然超出我的想像，但還能承受，可以向父親交差。我仰靠在座椅上，想瞇一會兒，回去還有許多事等著。

電話響了，是黃理的。

◆賀梅

上班的路上，我疾步如飛。總是這樣，被追著似的，偶有人打招呼，我稍稍點下頭，絕不停留。踏進總院大門，準確地說，捕到盛紅敏的歌聲，我的腳步才會放緩。院長雖多次批評我，但也經常表揚，從未遲到啦，愛院如家啦。他根本就不知道，我是因為牽掛一個人。值班醫生不打電話，說明一切安好，但被噩夢擾了一夜，我管控不住自己。我只相信自己的耳朵。

盛紅敏唱的是《廊橋遺夢》的主題曲《此情永不移》。不知她腦裡裝了多少支曲子，如果上帝讓我許願，我第一個願望就是鑽進盛紅敏的腦子。溝壑還是叢林？峽谷還是險灘？我常這樣想。此刻，我小心翼翼的，就像踏過不知深淺的河流。

不待我問，值班醫生首先彙報了盛紅敏的情況。我點點頭，問楊翠蘭怎樣。值班醫生說還算安靜，就是不讓人靠近。頓了頓又補充，她只信你。我說應激性障礙常常把現實和想像混淆，思維混亂，但某一瞬間是清醒的，如果把那一瞬間拉長，長到幾個小時甚至幾天，等於在現實和想像之間豎起了隔離牆，那麼就有治癒的可能。值班醫生馬上問，賀主任又有新點子了？我說談不上新，只是把治療方案調整一下。

把該做的安排妥，我才去楊翠蘭病房。她每次來都住單間，誰讓她是李丁的媽媽呢？我好歹有這個權利。除了去大街上指揮交通，更多時候她喜歡一個人待著。單間對她的病有利。她仍抱著那部暗紅色的已經磨破皮的話機，睡覺吃飯上廁所也是如此，她生怕錯過丈夫的電話。我坐在她對面，阿姨，你今天好漂亮。楊翠蘭露出羞澀的笑，你也漂亮。我說，與阿姨差遠了。楊翠蘭抓抓耳邊的頭髮，都白了，怕他認不出我呢。我說，那怎麼可能？你依然這麼漂亮，叔肯定認得你。楊翠蘭扭頭望著窗外，換個煤氣，咋這麼長時間？不會被車撞了吧？我說，不會的，叔又不是第一次幹這個，準是順便辦別的事去了，以前不也有過類似情形嗎？楊翠蘭的眼睛再度有了亮光，他車胎爆了，害我熱了兩次飯。我說，我就說是吧。楊翠蘭嘟囔，也不打個電話。我說，周圍沒電話，怎麼打給你？楊翠蘭盯住我，手機呢？他帶了的。我說，如果沒電呢？他怎麼打？她想了想說，也是。我作驚訝狀，阿姨用什麼牌子的搽臉油，好香！楊翠蘭說，紫羅蘭。我哇一聲，這名字聽起來就香。楊翠蘭的臉頰微微泛紅，他喜歡聞這個。我小聲問，李丁不知道這個祕密吧？楊翠蘭略顯緊張，你別告訴小丁，他還小。楊翠蘭的思維串臺了。我立即道，好，我不告訴他，誰也不告訴。楊翠蘭鬆口氣，你真好。我問，外面有人唱歌，你喜歡嗎？楊翠蘭大幅度搖頭，嗚嚕哇啦的，像哭一樣。我笑笑，那是外國歌曲，你不喜歡，咱放點別的。我把小答錄機拿出來，問，準備好了嗎？然後輕輕一摁。低沉憂傷的二胡曲緩緩流出。楊翠蘭怔了一下，僅僅是怔了一下。好一會兒，她才盯住答錄機，眼睛有些大。我屏住呼吸，觀察著她的反應。但她只是瞪著，彷彿那是她從未見過的怪物。阿姨，我輕聲問，你以前聽過嗎？楊翠蘭沒有反應。等了一會兒，我又問，楊翠蘭說，聽過，老早了。我迫不及待，你能記起什麼時候在哪兒聽到的嗎？楊翠蘭說，老早了。我啟發她，是不是和小丁一塊聽的？楊翠蘭搖頭，忘了。我問，你能聽出是什麼樂器嗎？楊翠蘭眨眨眼，不會是二胡吧？我豎起大拇指，阿姨太牛了！怎麼樣？好聽嗎？楊翠蘭說，也像哭。我立即摁下停止鍵，不聽這個了，咱換一曲歡快的。除了《二泉映月》，楊翠蘭的前夫最喜歡拉《賽馬》。激昂的旋律在屋裡回蕩，楊翠蘭皺皺眉，但仍在傾聽。她的身體慢慢向桌子傾斜，我小心翼翼地叫聲阿姨。楊翠蘭突然豎直，關了！太亂了！！我說，聽阿姨的。楊翠蘭喘氣不勻，像隨奔馬跑了一圈。我問，你也聽過是吧？是和小丁一起嗎？楊翠蘭搖頭。我說，不要緊，你慢慢想，想起來告訴我，有獎勵哦。

回到醫辦室，我從櫃子裡取出二胡。李丁送來時，兩條弦均已斷掉。我找人安了兩根新弦，調了音，定了調。裝扮換了換，身體仍是原先的。只待樂師奏響，那是下一步計畫。循序漸進，不可操之過急。傢俱、器物，包括楊翠蘭的記憶都與李丁的繼父有關，唯有這把二胡是李丁生父的。李丁的生父擠進楊翠蘭的腦子，那麼另一個人就有可能往外退，哪怕一點點。我承認這個想法有些瘋狂，但作為精神科醫生，我知道藥物永遠達不到最佳療效。我沒十足把握，只能試著往前走。李丁猶豫了幾天才答應。我知他擔心什麼，那也是我擔心的。但李丁還是相信了我。沒他的配合，試驗不能進行。今天是第一次治療，還算滿意。我給李丁打了電話，末了說，謝謝你。李丁叫，賀梅，你是打我臉嗎？他在大街上，我聽得出來。我說，不，我說的是心裡話，阿姨出院那天，我請你吃飯。李丁生氣了，你越說越不像話了。我笑了笑，小心開車，見面再聊。

我不是心浮氣躁沾沾自喜的人，但那天有些興奮，很想找個人說說話，最好喝上一杯。院長、助理、護士，想了一遭，沒有合適的。我猶豫一下，給他發了短信。他是我的病人，失眠症患者，是我治癒的。在治療期間和他有了關係。但我從不聯繫他，除非他給我打電話。他很忙，幾乎每天都能從電視看到他。離婚後，我獨自生活，有的是時間，他發信號，我即刻趕到賓館，像個應召女郎，但我不以為意。除了時間，我只有寂寞。他曾提出讓我去個輕鬆的地方，那是他一句話的事。我說考慮考慮。他沒說什麼，衝這一點，他挺善解人意的。過了半小時，他回信了，檢查組來了。沒有多餘的話，但我清楚那五個字的分量。每一個都超過我的體重。我並不怪他。我想起范大同，也許他可以。有些滑稽，怎麼想起他了？雖然我不再恨他。時間確實是良藥，但也沒有徹底將過去放下，對飲歡慶？拉倒吧。

夜晚降臨，我開了瓶紅酒。法國的。我沒要過他任何東西，除了酒。我還抽菸。院長眼毒，問我平時抽哪種牌子。我當然不會回答。我只在自己的房間抽，什麼牌子都與他無關。我打開答錄機，盛紅敏的聲音響起，是《昨日重現》。我錄了好多，說起來，盛紅敏是陪伴我最多的人。酒與歌聲一道流進我的身體，帶著些許醉意，我跳了一段舞，在昏沉中進入夢鄉。

次日，我的腦袋有些沉，但沒在床上拖延。仍舊步履匆匆。范大同是在我撫摸那把二胡時進來的。我停下來，問他睡眠怎樣，是不是還需要開藥。范大同揚揚手裡的食品袋，說來看看龐丁的母親。我說，這裡是特殊病人，沒有家屬的同意，不能探視，你問過李丁了嗎？范大同說，我只是探望一下，送些吃的。我拿起電話，范大同可憐巴巴的，賀主任，求你。我說，那麼，請你離開吧。范大同說，這些東西你交給她，好嗎？我停了一會兒，說只此一次。范大同說我保證，如果……我豎起手指，他說，好吧，謝謝你了。他仍站著。我問，你還有事？他上前一步，欲拿二胡。我攔住他。范大同問，這不是龐丁父親的二胡嗎？我看了他好一會兒，你認得？范大同說，當然認得，你知道，那會兒我和龐丁天天膩一塊，每次去，他父親都拉二胡，喏，這缺了一個角，是龐丁碰到地上磕的，弦是剛換的吧？我說，沒錯，就是那把。范大同問，怎麼在你這兒？我說，你開始辦案了？范大同帶了些歉意，對不起，我是好奇。或許是他歉意的神情觸動了我，或許是我仍沉浸在治療的興奮中，對他簡單講了。范大同滿臉疑惑，這管用？我說，你該離開了。范大同叫，我可以幫你啊。我冷冷地，這裡不是刑警隊。范大同急躁的，聽我說行麼？要喚起龐丁母親的記憶，最有效的不是二胡。輪到我疑惑了。范大同目光閃亮，他生父不比二胡管用？我問，你什麼意思？范大同把臉扭向窗外，你該明白的。

◆李丁

突然看見了龐有亮。

我猛地踩了下剎車，坐在後排的女士幾乎撞到隔離網。顧不得那麼多了，我迅速右靠，停車，往龐有亮行走的方向追了幾十米。已無蹤影。從路口拐進去是古玩市場，人頭攢動。我掃了幾掃，不甘心地拽回目光。女士問發生了什麼，聽得出她的不悅。我說實在抱歉，收你半價。女士立即不吭聲了。從火車南站返回，我走進古玩市場。我不懂行，平時極少到這種地方。轉了兩遭也沒掃見那個身影。或許是幻覺，但也有可能是他。雖然只看個側面，但臉形，走路的姿勢都錯不了的。二十多年過去，龐有亮還有他犯的事早已被忘記，他本人也會這麼想吧，那麼他回張垣瞧瞧也極有可能。如果是這樣，總有一天會撞見他。

用龐有亮治療楊翠蘭的病，我覺得實在荒唐，但架不住賀梅勸說。那些理論那一堆專業術語我聽不懂，她打的比方我是明白的。她說如果湯鹹了，最好的辦法就是用水稀釋。我答應配合，萬一有可能呢？就不用整日把楊翠蘭關在牢籠裡了。

龐有亮的痕跡已剔得乾乾淨淨，只有那把二胡留了下來，和扳手、改錐一起藏在頂棚的角落。楊翠蘭最該丟棄的是二胡，因為龐有亮拉起二胡便把一切拋諸腦後，楊翠蘭深惡痛絕，幾次揚言要砸掉二胡。可是，她沒有丟棄。我想不通，問賀梅。賀梅說，每個人心裡都藏著祕密，本人也未必能破解。賀梅回答了我，我卻不知道答案。但不管怎樣，二胡是龐有亮的寶貝，喚起楊翠蘭的記憶該是可能的。但願吧。

龐有亮也移出了我的腦子，偶爾記起，也如飛煙，轉瞬即逝。我以為和他再沒有關係了。賀梅開始對楊翠蘭治療後，他頻頻閃現。起初只是一粒粒懸遊物，慢慢連成一條條線，之後便一塊塊堆在那裡，由模糊漸至清晰。那年中秋節，楊翠蘭把排骨燉在鍋裡，讓龐有亮看著，她去商場買月餅。這天月餅打折，她是會過日子的女人。她特意囑咐龐有亮好好盯著。龐有亮倒是沒拉二胡，值了夜班，他睡著了。楊翠蘭風風火火地趕回來，龐有亮剛剛被煙嗆醒。楊翠蘭的嘴可不是吃素的，龐有亮招架不住，便向我求救。是的，只有我能平息楊翠蘭的怒氣。事後，龐有亮塞給我三元錢作為獎賞。我常常闖禍，龐有亮常被請到學校，校長、政教主任、班主任都訓過他，彼時的龐有亮像罪犯一樣弓腰點頭，發誓要狠狠收拾我。他把他們都騙了，他所謂的收拾就是他拉二胡的時候罰我站立。只有一次，他當著某女生的家長扇了我一掌，拎著我的耳朵怒衝衝地離開。走出校門，他就說，如果他不動手，那個女人就先動手了，或許就不是一巴掌。他還說，不管什麼場合，都要動心眼。

我想起了很多……

是不是這個原因我出現幻覺，而並非龐有亮回到張垣？我不知哪種可能更大。我再難以專注，從早到晚，坐在車裡左右掃視。當看到一個人，還在很遠的地方，只是有幾分相像，我便點下剎車，放慢速度。然後加速前進。我清楚，這很不應該，但就是不由自主。有一次，一個客人惱怒了，雖然我再三解釋致歉，他還是叫我停車，罵罵咧咧地走了。

我給楊翠蘭送換洗的衣服，賀梅說進展還算順利，如果治癒楊翠蘭，盛紅敏也有希望。盛紅敏的歌唱得棒極了，她沒準能重返舞臺。賀梅吃了興奮劑般。盛紅敏家喻戶曉，我當然知道。賀梅從腳底拎出一盒茶葉，讓我帶走，說有些家屬蠻不講理地謝她，她實在招架不住。我說，那是謝你的。他們不知道我最在乎的是什麼，她說，你該知道的。我下意識地瞅瞅賀梅的小臂，那兒有一道疤痕，是被家屬劃傷的。我當時說，幹嘛不改行？她回答我說，慢慢你就知道了。

我開始給阿姨減藥了，賀梅仍沉浸在興奮中，我找到一個願意來醫院拉二胡的人，在喚起阿姨一部分記憶後，我就讓他當面拉給阿姨。然後，她突然盯住我，怎麼了你？心不在焉的。我說，沒有啊。賀梅笑笑，騙我！我問，什麼時候可以出院？賀梅問，怎麼啦？我說，沒怎麼，就是問問。賀梅搖頭，我給不了你準確時間，心理療法，我也是嘗試。你安心開你的車，我在這兒，你儘管放心。費用的事，我已經向院裡申請，應該沒多大問題。我忙說，這就不必了，已經給你添了太多麻煩。賀梅反擊，這話很傷人呢。我說，我檢討，不過，確實是，醫院不是你家開的。賀梅說，不是沒有先例，況且我在阿姨身上進行的治療是試驗性質的，在別的醫院，所有試驗藥品都是免費的。我知道你這個人，怕麻煩別人。我不是別人，對不對？其實，應該感謝的人是我，沒你的信任，我怎能進行下去？我說，好吧，聽你的。賀梅說，這就對了，只要能治好阿姨的病，別的都是次要的。我說，是。賀梅打趣，那為什麼還垂頭喪氣的？

我想向賀梅說的，見了她又不知道怎麼開口。在她追問之下，我講了最近的一切。沉默一會兒，賀梅說，幻覺的可能更大一些，相隔二十年，即便他真的回來，相貌體形會發生很大變化，你怎麼可能一下認出來？我說，萬一他真的回來呢？賀梅說，糾纏你的不是他是否回來的問題。我問，那會是什麼？賀梅說，說起來縹緲，但你被困住了，他若回來，被你發現，你該怎麼辦？報警，還是視而不見？我被問住。

◆范大同

去年，局裡將十宗案件列為重案，都是陳案。破獲了幾起，其中一樁命案，嫌疑人逃亡28年，更名換姓，娶妻生子，還是個小老闆。此案的偵破給局裡長了臉，慶功會副市長都參加了。海燕電子廠失竊案不在重點之列，根本就沒人提起，似乎被遺忘了。如果不是去看龐丁母親，我也想不起來。龐有亮外逃多年，或許練就了狐狸的嗅覺，但更重要的是緝捕他的網沒有持久張開，可能與涉案金額有關吧。如果龐有亮是一劑藥，沒有什麼比把他本人帶到楊翠蘭面前更有效。我一直想為龐丁做些什麼，我希望和他回到從前。那麼，就從這個案子開始吧。

當年負責此案的隊長三年前因病辭世，接手的警員也已經退休多年，在秦皇島與兒子住在一起。我去了一趟，約老警員在餐館見面。老警員雙鬢斑白，但面色紅潤，狀態很好。我迫不及待，直奔主題。老警員輕輕哦了一聲，說，這是真正的海鮮，你嘗嘗，在張家口吃的不新鮮，即便是活的，也沒這兒的味道。我說，我可不是來吃海鮮的，我更喜歡牛羊肉。老警員說，習慣就好了，我剛來也吃不慣，現在沒海鮮喝酒都沒味兒。我說，還是說案子吧。老警員問我多大了，我說這是你當年的習慣吧。老警員說，你四十上下吧，我在這個年齡也覺得自己跟鐵塊似的，一有案子幾宿不睡，抓捕了嫌疑人，那個興奮。但人畢竟不是鐵，說老就老了，好些案子沒著落，揣了一堆遺憾退休。哪能事事如意？可這股勁就是緩不過來。剛退那幾年，做夢都是案子的事，現在好些了，那已不屬於我。我理解你，但你縱有三頭六臂，也難免遺憾，幹嘛這麼急？我說，我已經訂了返程票。老警員說，那麼久了，總得容我想想，來，這是母蟹。

我拽掉螃蟹的腿，老警員緩緩開口。那個案子我記的，因為接手時我有點情緒。有一樁大案，沒讓我參與，理由就不說了。幹咱這行，誰不想啃硬的？普通案子沒什麼勁。當然縱有情緒，我也不馬虎。只是……我調查的時候，海燕電子廠已經被北京一公司收購，生產的也不再是收音機，工人退的退調離的調離，認識嫌疑人且有過接觸的也就三五個人。當時的兩萬塊錢還算個大數，後來就不算什麼了，我調查那幾個人對嫌疑人不是很了解，對他的評價只有一個字：傻，竟為兩萬塊錢扔下老婆孩子跑了。當然，也有關於嫌疑人的傳言，如受情婦蠱惑等，沒有證據，不足為信。他們對抓不抓到嫌疑人毫不關心，反問我，為什麼還查？就是把他抓回來又能怎樣呢？覺得嫌疑人不值得，員警也不值得。只有那個躺在病床上的原廠長有些激動，他因為這個挨了處分，但也提供不了什麼線索。這樁案子在我手裡沒什麼進展，我只是補充了些調查筆錄，發了些協查函。你在卷宗裡看到了吧。其實也沒什麼可調查的，竊款逃亡，所有的證據都指向他。如果發現他的匿身處，直接抓捕就可以。我一度想從他家屬那裡尋找線索，做那個女人很多工作，但沒有收穫。對了，你為什麼突然對這個案子感興趣？難道沒有更值得破的案子了？我說，所有的案子都值得辦，大小只是性質問題。老警員別有意味地笑笑，我差點忘了，你是個副隊呢。我沉默一分鐘，這樁失竊案發生時，我正讀小學，嫌疑人是我要好同學的父親。老警員點頭，凡事必有緣故，祝你成功。我問，嫌疑人是否有同夥？老警員說，卷宗裡不寫著嗎？我說，是寫著，但我發現前後意見並不一致。老警員說，廖隊長起先認定是有同夥的，後來排除了這種可能，理由寫得清清楚楚，我傾向於有同夥參與，卻寫不到紙面上。我問，為什麼？老警員說，只是個人感覺。我說，很想聽聽。老警員說，那天傍晚，嫌疑人去十字街口的商店買了一瓶二鍋頭，他常去那兒買東西，店主認得他。在他值班的辦公室發現了瓶蓋，但沒發現酒瓶，應該是離開時帶走了，或是扔到什麼地方，反正廠子裡沒尋見。誰會在出逃時揣半瓶酒？我認為瓶裡的酒已喝光了，他沒那麼大酒量，該是兩到三人一起喝的。可是現場只有他一個人的腳印。還有，如有同夥，應一起出逃，但廖隊長調查過，市區沒發現無故失蹤人員。他逃了，同夥像平常一樣過日子，這說不通啊。所以，我只是感覺，你知道，幹咱們這行的，有時管不住腦子。咦，快吃啊，都涼了。

從秦皇島到張家口只有慢車，要坐十多個小時。距開車尚有兩小時，我在街頭轉了轉。買了幾張報紙，好打發火車上的時間。廣場入口處有一乞丐，蓬頭垢面，每有人經過，就舉起不鏽鋼茶杯。我掃他一下，沒怎麼在意，腦裡似乎有東西在飄，我竭力抓住。走出十幾米，我終於捕到，突然一個激靈。我返回，慢慢走到乞丐身邊，將買報紙找回的一元硬幣投進鋼杯。噹啷一聲，很響。乞丐說謝謝，卻沒抬頭。我摸了摸，沒硬幣了。我問，你餓嗎？要不要吃些東西？乞丐仍未抬頭，雖然頭髮長，臉也髒，但臉的輪廓還是看得清。那一刻，我的心都快蹦出來了。我說，如果你餓，我可以買些給你。乞丐說，包子，豬肉大蔥餡。乞丐猛抬起頭，兩籠我才能吃飽。我愣了愣，說快到點了，丟下二十元離開。乞丐在我背後說，你是好人，願你長命百歲。

我邊走邊想，也許龐丁的父親已經淪為乞丐，兩萬塊錢夠幹什麼？以往的思路，總認為他藏匿在什麼地方，如果成為乞丐，就沒有藏的必要，或者說，是另一種形式的逃亡，是被警方忽視的藏匿方式。甭說在陌生的地方，就是在張家口的街頭流落，又有幾個人能認出他？緝捕思路該調整一下。只是——我突然想，如果將已淪為乞丐的龐有亮拎到龐丁母親面前，他是藥，還是毒藥？我和龐丁的裂痕就此癒合還是越來越寬？在那一刻，我感覺自己和那些疑問同時懸在了半空。

◆毛頭

我登上公交，站在距黃理最近的位置。他說，我等你好幾天，每天都揣著，恰今天沒帶。我說，我不是來拿錢的。黃理問，那你來幹什麼？我說，找你呀。

事沒辦成，黃理要把錢退我。接到電話那一刻，我覺得心被整個挖掉了。就在長途汽車上，我給其他人打電話。有的當場就拒了，有的過兩天告知幫不上忙。妻子不知怎麼和一個陪床家屬搭上話，那人說試試。今天上午給了回話，又一扇門堵死了。我又想到黃理，他是唯一的指望。我沒把錢取回，就是怕斷掉這根線。到公車上找黃理有些不妥，但我實在等不及了。

我小聲講了，黃理沒吱聲。到了終點，人下空了，黃理方說，不是我不幫，朋友說難度大，我有什麼辦法？我說，你再和朋友說說，使使勁唄。我掏出剛剛取出的一萬塊錢，說只要能成，錢不是問題。黃理斜我，毛頭你瘋了吧。他擋了一下，我還是把錢塞給他。你把我的話轉給你朋友，幫幫我，行嗎？我搖晃著，快站立不住了。黃理說他就再拽下臉試試。我說，無論如何也要辦成。黃理說，沒有這麼說話的。我說，對不起，這兩天我腦子要炸了。黃理問，為什麼非要去二小？大境門有學校呀，他已是第二次問。我沒有正面回答，說哪怕砸鍋賣鐵。

第二天開始，我不住地給黃理髮短信，諸如，天熱了，黃哥多喝水；吃了嗎，要不要坐坐？還有一些黃段子，讓他解悶。黃理終於煩了，別催我好不好？我盯著那個問號愣了好一會兒，回覆：對不起。我有催促的意思，但不完全是。

第九天，終於等到黃理的電話，他張嘴先罵我，但聲音裡滿是興奮。那時，我正站在架梯上幹活，舉一托板膩子。巨大的喜訊差點將我擊倒，我晃了晃，一隻手撐住牆，黃哥，謝謝你。黃理又罵，你小子，沒日沒夜地催。我說，今晚坐坐吧，我給黃哥賠罪。黃理說，還是免了吧，我都怕你了。我再三懇求，黃理應了。掛了電話，我仍打擺子一樣抖，直到女業主進門。她是個孕婦。我的失態被女業主瞅在眼裡，她問我是不是發燒了。我說沒有啊。女業主說，你在抖哎，我瞧著都暈。我說，有點累。女業主說，那你歇歇吧。我笑笑，不妨事。女業主說，得給我刮平哦。我說，你放心，我幹這個不是一年兩年了。我凝神屏氣，終於平靜下來。女業主沒有離去，這是要監督了。她有一搭沒一搭地和我說話，提及孩子，我告訴她，小女兒在第二小學就讀。女業主甚是吃驚，真的呀？你可不簡單呢。我不是愛吹噓的人，那一刻也不知怎麼了。女業主問我家在哪兒，我說大境門。女業主叫，那更不簡單呢。她說買這處房就是為了孩子將來能上二小學，多花很多錢呢。我瞄瞄她的肚子，暗暗嘆服，也就六七個月吧，與人家相比，咱那點本錢算什麼？

中午，我買了兩個肉包、一瓶啤酒，找處乾淨的臺階坐下。身後是女業主的社區，對面是第二小學，學校已經放假，校園空空蕩蕩。慶祝的彩色氣球早已不在，只有旗幟在飄。我的小可就要成為這裡的一員了。我覺得和這所高大上的學校有了某種親密關係。一個人在校門前溜來溜去，立刻引起我的警覺。他有些鬼祟，我停止咀嚼，死死盯著他。如果他有什麼企圖，我會立即衝上去。過了一會兒，有一個人走到他身邊，兩人握握手，走向停車場。我吁了口氣，繼續吃包子。

啤酒只是慶祝序幕，晚上我和黃理猛猛喝了一場。我對黃理說，小可入學那天，要在張家口最高的旋轉酒店擺一桌，約上他的朋友及朋友的朋友。黃理說等小可上了大學，我說那怎麼行，一定要擺！黃理用手指點著我，你呀，真拿你沒轍兒。

出餐館，我踉蹌一下，黃理問不要緊吧，我說再喝半斤都沒問題，硬是把黃理送上公車。路上的情景我仍記得，穿越小橋時，我堅持不住，趴在欄杆上嘔吐起來。我醒來時，躺在父親身邊。父親將水杯遞給我，渴了吧？我揉揉發脹的腦袋，我怎麼回來的？父親哼一聲，鬼知道你怎麼回來的。我使勁地想，還是想不起。我說，這麼晚了，怎麼不睡？父親說，我等著喝酒呢，你拎個空瓶回來。我看看錶，已經後半夜了，說，趕緊睡吧。父親說，睡不著，覺越來越少了，怎麼喝這麼多？我說，小可上學的事定了。父親說，難怪，醉一場也值。又說小可的事解決了，該操心操心他了。我說，瞧你這話說的。父親問，你問醫生了嗎？我問，問什麼？父親很不滿，我就知道你不上心。我想知道還有多少天，你就不能問問醫生？我又氣又好笑，沒見過你這樣的人，非要掰著指頭算。父親固執地說，我想知道。我說，那你問去唄。父親說，醫生不會告訴，不然我就去了。我說，不告訴你，就能告訴我？父親說，你不一樣，醫生會說實話。父親像中了魔，我的爭辯和勸說絲毫不起作用。

◆賀梅

二胡曲喚起了楊翠蘭部分的記憶，雖然我說不準那部分究竟是多少。是溫暖的，還是傷感的，我心裡也沒譜。但我清楚，那部分的記憶如窗戶的縫隙，終會變寬，直至徹底打開。也許會刺激到她——還有什麼比目擊丈夫的車禍過程更刺激呢？那是她應激性障礙的病因——但若能驅散她的陰霾，那也值得。

楊翠蘭抱電話的胳膊鬆弛許多，我試著從她懷裡拽出來，但未能成功。我一碰她又抱緊了。她緊張地說，賀大夫，不能動。我說，我替你保管。她拚命搖頭，不行，他李爸快來電話了。我說，好吧，咱邊聽邊等。一天上午，我終於把她的寶貝拿到手。我輕輕放到桌上，繼續和她聽二胡曲。她很投入。一曲終了，她突然興奮地叫起來，我知道了，這是《賽馬》！我比她還激動，你確定？她的目光畫畫一樣繞了一圈，就是《賽馬》。我說，恭喜你。楊翠蘭不安地說，你真要獎我？我說，當然，有獎狀，還有獎品。都是準備好的。獎品是一塊放在塑膠盒裡的蜂蜜蛋糕。她吃了一半才想起電話。我說吃完再給她，她不肯，一定要抱在懷裡。

半個月後，我覺得火候差不多了，電話脫離她懷抱的時間越來越長，最長的記錄是三小時。播放的那幾支二胡曲，她均說出了曲名。我和楊翠蘭講，她表現越來越好，所以打算給她舉辦一場專門的音樂會。楊翠蘭問是不是要去劇院，我說就在這兒，觀眾就你和我。楊翠蘭問李丁可以聽嗎？我說那就把李丁也喊來。

那天，楊翠蘭換了一身新裝，我打趣她像新娘一樣好看。我注意到李丁的眼神，這樣的玩笑讓他緊張。接到我電話那刻，他心上的弦可能就繃著了。楊翠蘭努努嘴，竟有幾分羞澀。

樂師如約而至，灰色中山裝，黑褲子，這是楊翠蘭前任丈夫最喜歡的裝扮。我窺視著楊翠蘭，她沒有特別反應。像正式演出一樣，樂師深深鞠了一躬，我碰碰楊翠蘭，她隨我鼓掌歡迎。沒有序幕，沒有過渡，樂師往凳上一坐，直接開場。樂曲如瀑，我立刻覺得自己被浸透。再瞧楊翠蘭，微張著嘴，要大口呼吸的樣子。也就是三五分鐘，楊翠突然喊，別拉了！樂師顫了一下，並沒有停。他在等我的手勢。楊翠蘭坐在我和李丁中間，這樣安排自然是以防萬一。沒想楊翠蘭動作神速，猛跳起來撲向樂師。相隔不過兩米，樂師根本沒有躲閃的時間和空間，徑直被她撲倒。我和李丁把楊翠蘭拽開，李丁死死抱住她。我扶起樂師，說了一萬個對不起。楊翠蘭仍在跳叫，我暗暗想，虧得李丁在場。回到醫辦室，樂師摸著被楊翠蘭抓傷的臉，很是惱火。你說她是個病人，可沒說她是個瘋子！我說，她就是病人，這世上沒有不得病的人，她的病不過特殊些。又說了些致歉的話，在費用上做了補償。

楊翠蘭已經安靜下來，那部電話又被她牢牢抱在懷裡。我讓李丁忙他的，李丁不放心。我說，我心裡有數。李丁壓低聲音，你要繼續嗎？我說，當然，療效很好，為什麼要停止？李丁說，藥還是用一些好。我說，心理干預也是藥，而且是可以根治的藥，你既然相信我，就相信到底。李丁垂了頭，好吧，有情況隨時給我打電話。我說，你配合我的最好方式就是安心開車。李丁說，這幾天我挺好的。我說，那就好。

我削了一個蘋果，一半給楊翠蘭，咱們邊吃邊聽好嗎？就像昨天一樣，女人多聽音樂會變得漂亮。我觀察著楊翠蘭的反應。她沒有反對。播完一曲，我問，是不是比剛才那個人拉得好？她好像沒聽見，小心翼翼地擦拭著電話機，但我知道她在聽。好半天，她終於抬起頭，帶了些戒備。我笑笑，這是考試題，你必須回答。她的目光變虛，像被大霧籠罩住。我輕輕擊擊桌子，濃霧慢慢散開。我說，其實，我清楚你在想什麼。楊翠蘭縮縮肩。我說，樂師是我花錢雇來的，你把他趕跑了，不過，我不生氣，他讓你想起一個人，對嗎？楊翠蘭低下頭，繼續擦拭。我問，那個人，你恨他？楊翠蘭頓了頓，說，不。我加重語氣，你撒謊了，你還在恨他。楊翠蘭抬起頭，沒有。我說，你該恨他，若是我，也會恨他。楊翠蘭滿臉驚愕。我說，你細細想想，有些地方，他還是不錯的。楊翠蘭搖搖頭。我說，不急，你慢慢想，咱們再聽一次《賽馬》好嗎？楊翠蘭輕輕點頭。

◆李丁

我剛發動著車，范大同拽門進來。我就知道你在家，為什麼不接我電話？我說，靜音，沒聽見。范大同哼了哼。我也沒好氣，我犯了什麼事嗎？范大同說，想和你談談。我說，沒空，還得掙錢呢。范大同說，我打車，你不至於拒載吧。我不情願地，去哪兒？范大同說，南站，走西壩崗。

西壩崗堵車程度僅次於長青路，那天還好，踩油門的腳可以用力了。范大同喂了一聲，慢點開。我問，什麼時候司機歸刑警管了？范大同掏出錢夾，將二張粉色的百元大鈔拍在儀錶盤上，是這個價吧，我包了。我沒吭聲。過了一個紅綠燈，我放慢速度。我暗暗猜測范大同找我的目的。他肯定有目的。雖說後來我和他來往不多，但他是什麼樣的人，我最清楚。不需要問，等他開口就是。范大同發完信息，偏過頭。我不理他，目視前方。范大同盯我一會兒，將頭轉向車外。我心裡嘿嘿幾聲，你是刑警隊副隊長又能咋樣，我不犯法，你還能把我銬了？我以為范大同只是暫時沉默，好大一陣，他仍沒開口，不由掃掃他。他並沒有陷入沉思或發呆狀態，而是瞅來瞅去。這小子別是在欣賞風景吧？抑或是檢查市容市貌？這不可能，他沒這份閒。報紙上說他忙得沒日沒夜的，午飯夜晚吃，晚飯凌晨吃，他的時間像黃金一樣。他似乎在尋找什麼人……突然一個激靈，不由踩下剎車，猛了些，范大同上半個身子幾乎傾倒。沒這麼撒氣的，他說。我沒接茬。龐有亮才從我腦裡淡出，最近幾日，我再沒看見他。或如賀梅所言，那不過是我的幻覺。但范大同的怪異舉動……我只和賀梅說過，難道賀梅告訴了范大同？有萬分之一的可能，范大同也不會放棄，我又想起記者的話。他是來追捕龐有亮了。一定是這樣。他以為坐在我的車上，抓捕龐有亮就更有把握。他打小就想當員警，也確實是這塊料。但這次他要失望了。我冷笑一聲。

南站亂哄哄的，我說這兒不能久停。范大同說誰說要停？往回返，走清河路。我有些惱火，你這是幹什麼？范大同說，我不能告訴你，別忘了，我是包車。我說，把你的錢拿走，我不拉你了。范大同說，小心我投訴你。我哈一聲，隨便。范大同語氣柔軟了許多，龐丁，我——我打斷他，我叫李丁。范大同說，好吧，那就李——丁，我沒折騰你的意思，絕沒有！我直視著他，那你要幹什麼？范大同說，我會告訴你的，但現在不行，先開，好嗎？如果我拒絕，他會乞求我，這也是他的本事之一。

說實話，我有點緊張。我粗聲大氣，也是為了掩飾。我並不擔心龐有亮被范大同抓捕，如果他確實溜回張家口的話。可不知為什麼，我還是緊張。這種感覺從來沒有過，在范大同面前。

范大同仍是捕獵的神態。他在找人，確定無疑，也許還揣著手銬呢。這時，我倒希望他和我說說話。我幾次偏頭，他沒有任何反應。快到古玩市場時，我感覺心跳在加快。范大同嘿了一聲，我下意識地問，怎麼了？范大同回頭望了望，路面有一隻被壓死的鳥，我以為你會躲過去。我譏諷，員警都這樣？范大同說，你可是為鳥舉辦過葬禮。那是放歸錦雞的那年冬天，我在西太平山發現十多隻凍死的鳥，用撿來的石頭壘了個墳包。我說，挺奇怪的，一個連誓言都能扔到腦後的人，卻會記住一些爛芝麻。范大同說，你有資格損我。我說，我哪敢，除非你借給我膽子。我以為他會回擊，但他只是笑笑。

依照范大同的吩咐，我把車停在路邊。范大同走向明德北超市。我摸出手機，翻出賀梅的號。聽到賀梅的聲音，我突然語塞。怎麼不說話？賀梅問。我深吸幾口，喉嚨暢通了些。昨天吃多了，我說。賀梅笑了一聲，學會幽默了，吃什麼大餐？我說，烙餅卷大蔥，還有醬菜絲。賀梅說，故意來饞我。我能想到她板臉的樣子，忙說，打擾你了吧。賀梅說，真不經誇，是要和阿姨說話嗎？我說，不用了，晚上去看她。賀梅說，狀態挺好的，安心開你的車吧。合上手機，我吁了口氣。就算賀梅說了，也是無意的，怎麼可以問她呢？

范大同出來了，拎了一大包東西。他把東西扔到後座，仍舊坐到副駕駛。西太平山，他說。我怔住，去那兒幹什麼？范大同反問，我必須告訴你嗎？我說，開不上去的。范大同說，非要我一遍遍求你，你才答應？我一聲不吭地發動了車。

山門在半腰，門是伸縮的。范大同亮出證件，守門人把門打開。我說，這算不算以權謀私？范大同笑了，你打算告發我？我反問，以為我不敢？范大同說，那我告訴你，我在工作。我說，這錢也是單位報銷？范大同笑出聲，審問我呀？我有權保持沉默。

就停在這兒吧，范大同指了指。路側有幾株山桃樹，山桃拇指大小。山桃長不大，也就這樣了。范大同拎著袋子走了幾步，回頭，下來呀。我說，我是司機，沒義務陪你幹別的。范大同走過來，算我求你，給個面子行不？我遲疑一下，推開車門。

范大同說到西太平山，我就想到朝陽亭。果然。范大同從食品袋掏出火腿腸、鴨蛋、礦泉水、罐裝啤酒，還有麵包。他擰開礦泉水瓶蓋遞給我，自己開了一罐啤酒。你還記得嗎？咱們比賽誰吐得遠。我說，忘記了。范大同說，那時，什麼都有趣。我說，成功人士都喜歡懷舊。范大同說，反正沒旁人，你隨便損隨便罵，就像——我立即道，我可不敢。范大同並不在意我的冷嘲熱諷，繼續道，一晃就四十了，真他媽快。我說，報紙上說你忙得睡覺都沒工夫。范大同仰脖，把整罐啤酒全倒進去。你生父酒量多大？他抹抹嘴角的泡沫問。我愣住。我見過他喝酒，不知道他酒量多大。似乎漫不經心，但我瞧出他是有準備的。是的，他從來是有目的的。我瞪他好一會兒，才問，你繞了半天，就是為了問這個？你直接問就可以，何必兜圈子？還搭上二百塊錢。范大同笑笑，直截了當，你會回答？我惱怒地，你以為兜個大圈子我就會回答?范大同說，前幾日，在秦皇島火車站廣場碰到一個人，很像龐叔。我哼了哼，那你把他抓回來呀。范大同說，可惜不是，我想他說不準會回到張家口。我問，有人告訴你了?范大同說，這倒沒有，僅僅是個人推測。我問，你什麼意思?要審問我嗎?范大同又開一罐，做個碰杯的架式，怎麼總是氣衝衝的?我意識到自己的反應確實激動了些。靜默幾分鐘，我問，你到底想幹什麼?范大同問，你不想知道他的下落嗎?我沒有任何猶豫，極其乾脆，不想!范大同說，那樁案子歷經三任隊長，現在我接手了，但要破獲，需要你配合調查。我重聲強調，我不想知道他的下落。范大同拍拍我，我躲開。他說，我是員警，既然接了，就不會罷手。

◆范大同

出了戒毒所，我沒有立即上車。腿有些沉，每次都這樣。你他媽把兩個女人都害了。龐丁的聲音帶著徹骨的寒意，那是很多年前了。當員警一直是我的夢想，卻被擋在門外。終於有了一線可能，我不願錯過，哪怕擠得頭破血流。我是壞人嗎?我不清楚。從帝王到乞丐，誰不設計謀劃自己的人生?我沒想傷害誰，許多事非我所願。當然，不能排除我的嫌疑。那些被我抓捕的嫌疑犯個個都要辯解，有時我挺羨慕他們，信口開河，胡說八道。而我只能默默承受——幹什麼不付出代價?

我點了一支菸，望了望湛藍的天空。一行大雁飛過，不留任何痕跡。我給岳母打了個電話，說若雲挺好的，醫院那邊也已經聯繫妥當，明天一早我開車去接。老頭兒散步淋了點雨，他沒在意，夜裡便發燒了。吃了藥燒退了，卻斷斷續續地咳嗽。老頭兒似乎對醫院懷有恐懼，我和岳母為勸他費了許多口舌。如果是我父親，我早發火了。但對老頭兒不能，以前不能，現在更不能。岳母壓低聲音，問那個專家的情況，我說沒問題，放心。岳母不說話了，但並未掛電話，我眼前立馬浮現出她嘴角下彎的弧度，於是補充了專家的相關資訊。岳母嗯了一聲，說聽人說起過。

本來有別的事，路上接到小李的電話，我立刻拐了方向。小李一路小跑迎上來，叫聲範隊。看得出來，他已在臺階等候多時。翻來覆去就那幾句話，嘴硬得很，小李解釋，掩飾不住他的惱火。我擺擺手，讓他先去休息。小李略顯不安，範隊？我說，後面還有任務，你把覺補夠了。

疑犯看見我，坐姿馬上有了變化，垮塌的腰立時豎直。昨日抓捕的，入室盜竊。審問非常順利，連以前的兩起也交待了。但問題就在於太順利了，他有急於交待的迫切，似乎被抗拒從嚴坦白從寬幾個字震住了。實話說，我之前沒太把他放在心上，覺得不過是個小毛賊，他尚顯青澀的臉在戴上手銬的同時幾乎被恐懼扭歪，整個人都在戰慄。審訊時依然戰戰兢兢，一度不能進行。我和顏悅色，說了些改邪歸正之類的話，他方放鬆下來。其實，他交待的同時我就有所懷疑。他言語流利，眼神卻遊移不定，完全不在一個節拍。我相信自己的感覺，他不是普通竊賊。審訊交給小李，他需要錘鍊。小李撬不開，只能我來。

我盯著他，一言不發。審訊時我有隱祕的難以言說的興奮，因為在疑犯面前我不會矮著。我從不報怨忙碌，鬧著對我是折磨。

和我對視一會兒，他的目光緩緩移開。該說的都說了，他等了幾分鐘，見我沒反應，補充道，沒什麼可說的了。閉嘴！我喝。他甚為驚愕，眼神帶著試探。我仍舊瞪著他，目光不凶，並非凶才起作用。有些疑犯耐不住我的瞪視，十多分鐘就繳械。當然有例外，不是百發百中，那樣我會改變套路。我是不是要坐牢？他想裝嫩，但太嫩了。我幾乎要笑了，臉肌外擴，然後慢慢收攏。他低下頭，像睡著了。但我清楚他仍能感受到我的瞪視。他有點兒慌，低頭不過是掩飾。許久，他偏偏頭，我立刻將他的目光攫住。坐直！我喝。

我掠過牆上的鐘錶，整整一小時，僅僅有些慌張，絕對是個毛油子。開始吧，我輕聲道，甚至有幾分溫柔。你先說，還是我先說？他說，該說的我都說了，總不能讓我胡說吧。我說好，那就聽我說。

我就講去年破獲的重點案件，疑犯潛逃28年，終於落網。抓捕他時，他和家人正在飯店為16歲的女兒慶祝生日。我們沒有立即衝進去，一直等到他們唱完生日歌，吹滅蠟燭。帶他離開的時候，他女兒撲上來，認為我們抓錯了人。她哭叫著，我爸爸是天底下最好的爸爸。疑犯提出想和女兒說句話，我們同意了。知道他說了什麼嗎？我問，他搖搖頭，看得出來，他很好奇。我說，我們沒聽到，他是咬著女兒耳朵說的，但是他和女兒都流淚了。

接著講另一起，也是潛逃數年。因為一個女孩，一個男孩把另一個男孩捅了，一刀扎在胳膊上，另一刀刺偏了，只傷及皮肉。持刀男孩連夜登上南下的列車，他不敢在一個地方待太久，最多半年，遇到心儀的姑娘，姑娘也喜歡他，但他不敢和姑娘發展。逃亡九年沒睡過一天踏實覺。他決定自首。被捅的男孩當年就和女孩結婚了，兩人還到刑警隊為逃跑的男孩說情。捅人的男人知道這一切後，追悔莫及。他自己把自己毀掉了。

你為什麼和我講這些？疑犯問，我又沒殺人。我說，你害怕聽這些嗎？疑犯說，我有什麼害怕的？隨便你。我說，如果犯困，就說，我最會治了。疑犯馬上端正身體。我接著講破獲的案子，搶劫、殺人、偷竊、縱火、強姦。說到案子，我記憶力出奇好，許多細節都能說出來。

小李進來一趟，把盒飯和礦泉水放下便退出去。他知道我的習慣。從中午到黃昏，從黃昏到深夜。疑犯問，能不能吃點東西，我說，到現在我連早飯都沒吃。疑犯說，想喝點水。我指指自己的喉嚨，誰才有資格喝水？疑犯說，你不能虐待我。我說，你懂的詞挺多呢，你沒吃沒喝，我也沒吃沒喝，我和你一樣待遇，這叫虐待？疑犯問，吃點再講不更好？我說，我有個習慣，得把自己掏空才吃得下去。疑犯說頭暈，堅持不住了。我說我可以幫你堅持，如果你有需要的話。需要嗎？疑犯揣測的看著我，搖搖頭。他的目光已不如白日有神。

凌晨三點，疑犯已是滿臉的困頓和倦意。審訊正式開始。半小時後，疑犯終於招供。確實不是普通竊賊，有命案在身。我喊進小李，讓他做筆錄。

五點半，審訊結束。

小李敬服地看著我，欲言又止。我說，我知道你想問什麼，沒有根據，只是感覺。小李勸我關掉手機，好好睡一覺。我說得去醫院了。

毛頭

等車的實在多，我費了點兒勁才擠上去。黃理喊，往後走，別堵在門口。然後，他看到了我，皺皺眉。我沒有朝後擠，我不是來坐車的。連續找他三天了。開學前，黃理托的人回話，校長讓緩一星期，等開了學，穩定了，再往班裡插。開學一星期，小可仍不能入學，回話說還要等，教育局和市政府收到了狀告第二小學的信，上面正在查。兩星期後，答覆今年班容量實在太大，只能明年了。小可已經到了上學年齡，明年？那不是胡說八道嗎？若明年還不行，那是不是要推到後年？我讓黃理再叫朋友找找校長，黃理不肯。他說如果不願意等，就讓朋友把錢退回來。我並不是擔心那兩萬五打了水漂，小可上不成學，我沒法和妻子及小可交代。妻子打聽到，開學後仍有插班的，校長給出的理由不足信。小可進不去，只能說明關係不行，也可能嫌錢少。如果是錢的問題，我可以再拿麼。黃理認為不是錢的問題，並勸我別再砸錢。可不砸小可就徹底沒了希望，我急得起了滿嘴泡。

到展覽館下去一堆人。一個女孩登上來，身後跟一個中年男人，個頭高，幾乎摸到車頂。我偏了偏身，但兩人沒往後走，女孩幾乎與我並立，她抓扶杆的手與我碰在一起，她往旁邊稍移了移。抓牢了，男人對女孩說。剛才上車時，女孩穩穩的，他卻做著護的架式。有些怪，但我沒多想。

你連活兒也不幹了？黃理問。我說，哪有心思幹活？黃理說，你就是天天跟著我也沒用。我說，再催催你朋友。黃理說，已經答覆了，再等一年又能咋的？我說，不能等了，今年必須上！黃理苦笑，我實在是無能為力了。我說，只要能進，什麼條件都行。黃理明白我講的是什麼，搖搖頭，不能再往進陷了。我拚命克制，還是帶出火氣，我已經陷進去了！

車顛了一下。

我的肩感到厚實的力。是剛才上車那個高個男人。不要和司機講話，他的目光像他的手一樣有壓迫的感覺，車上不是你一個人。雖然他高出我許多，但我並不怵他，滿腔的怒火正沒處發呢。你管得著嗎？我有些惡狠狠的。我是乘客，當然管得著，如果你不把別人的安危放在心上，我就把你揪下去。他抓住我的胳膊，我不由齜了牙。女孩喊聲爸爸，他鬆開手，仍死死盯著我。靜默了兩分鐘，我向車尾走去。

只能躲開，骨子裡我是怯懦的。車空了許多，我坐在最後一排，等男人和女孩下車。到白橋站，只剩下三名乘客。男人和女孩在前，我在後。男人偶爾掃掃我，他像猜透我的心思，故意和我耗著。我暗暗罵娘。我就不信他能陪到底。我有的是時間，看誰能耗過誰？他能耗下去，莫非他女兒會陪著他耗？

兩個來回，上上下下，男人與女孩竟然沒下車。我簡直要瘋掉了。到明德北，我衝下車。我瘋了不要緊，小可怎麼辦？我打算明天繼續找黃理，不信還能碰到男人和女孩。明天是週一，難道女孩不上學，男人不上班？

睡了一覺，我改了主意。我是個笨人，但某一刻突然靈光閃現。為什麼非要黃理的朋友送錢呢？我自己也可以。校長已經拿了我兩萬塊錢，並已經許諾，對小可的名字自然有印象。何必求黃理？何必讓黃理找他朋友？捷徑對我對校長都有好處。我打算先送一萬，加上先前的已經三萬，該差不多了。後來一想，再送兩萬勝算更大。妻子不同意，說四萬塊上大學也用不了。我好一頓勸，妻子仍不同意，還摔了碗。存摺她保管著，她不同意我就拿不到錢。她下班回來，我接著做工作，她還是不肯。我火了，揪住她的頭髮揍了一頓。

取出錢的當天，我便守在第二小學門口。我見過校長真人，登她照片的報紙就在我枕下壓著，出門那刻我塞進包裡。我仍怕認錯，隔一會兒就拿出來瞅瞅。有些緊張，有些激動，在我心目中，第二小學校長比市長分量重。臉被妻子抓破了，火辣辣的。

一個牽著狗的女人走過，那狗長得像獅子，渾身金毛，極長極長，腦袋上也是，幾乎把眼睛蓋住了。獅子狗在我褲口處嗅了嗅，我正想伸手摸摸，那女人喝叫一聲。小狗好像沒聽見，倒是我嚇了一跳，立刻縮回。一個背著手的老年男人走走停停，一瞅就是那種有退休金拿著閒得近乎無聊的人，遇見下棋的觀一陣，碰上吵架的必伸長脖子瞅個究竟。經過我面前，他頓住。肯定是臉上的傷痕引起他的注意。我的目光直定定的，他立刻扭開。我碰碰傷痕，問自己，這麼做會不會魯莽了些？要不要和黃理商量商量？下課鈴響了，校園立刻開了鍋。裡面本該有小可的聲音。我的心立刻被油煎了，一陣陣抽搐。試試也沒什麼不妥，我想，小可實在是不能再等了。

校長是最後出來的，和一位教師相跟著，到門口兩人說了幾句話，校長似乎在囑咐他什麼。乘這個工夫，我又拿出報紙對了對。校長朝停車場走去，我跟在她身後，有十米左右的距離。她拉開車門，我喊了聲孔校長。孔校長轉過身，我快跑幾步，自報家門，我是毛小可父親。孔校長問，學生家長？我連忙點頭。孔校長說，有事找班主任，幾班的？我的臉突然就紅了，還沒上呢，黃理的朋友找過你，毛小可，想上一年級，你有印象吧。我的手已伸進包裡。孔校長說我聽不懂你說什麼，人一閃，砰地關了車門。我呆呆地站著，眼瞅著轎車駛離。

回想整個過程，我沒說不當的話，如果有不妥，就是不該當下就掏錢，那可是停車場。雖然沒掏出來，但我的動作她是明白的。那時似乎有人經過，我聽到了說話聲。好在她沒有翻臉，我有補救的機會。

我吃了幾個包子，夢遊似的轉了半天，下午再次來到第二小學門外的停車場。看到孔校長的車，我長籲了一口氣。然後我攔了一輛計程車，商量好價錢，我讓司機把車開到孔校長車的對面，那兒正好有個空位。停車費我出，不待司機張口，我就說了。我給他指指孔校長的車，告訴他，一會兒跟在那輛車後面。我不幹犯法的事，司機從後視鏡窺窺我。我說，你看我像壞人嗎？你大可放心，我們祖宗幾代連個小偷都沒有過。司機沒再說什麼。他的後腦被削了似的，比面板還平。他不是那種繞舌司機，除了必要的問題，沒說過多餘的話。正合我意。我無法預知結果，但我覺得運氣正在轉好。

孔校長終於出來了，她換了身裝扮，穿了裙子。天氣轉涼，像她這個年紀的女人很少穿裙子了。我讓司機跟上，別太近了，不跟丟就行。司機一言不發。大街上車水馬龍，車廂內靜得能聽見心跳聲。我換了幾次姿勢，但眼睛始終盯著前方。司機不錯，始終與孔校長隔著兩三輛車的距離。我還是不放心，生怕跟丟了，那樣還得多花一天時間。我耗得起，小可耗不起。

堵了。我不由罵娘。雖然孔校長的車也被堵在路上，我以為司機會有所回應，但他仍沉默不語，孔校長的車過了路口，綠燈開始閃爍，我的心提到嗓子眼兒，在變成黃燈那刻，計程車衝了過去。孔校長原來住在富麗山莊，我在這個社區幹過活的。我把錢塞給司機，車一停便推開車門。

◆賀梅

我煮了碗麵條，倒了杯紅酒。碟子裡半截吃剩的黃瓜、一塊豆干。晚餐越來越簡單，有時生個火都懶，兩杯紅酒、一碟小菜就打發了。剛吃兩口，收到他的資訊：我十點以後有空。這是他的信號，是他的召喚方式，沒有多餘的話，沒有任何溫度。這是多年修練的結果，什麼場合都滴水不漏。我把手機放到一邊，雖然知道他絕不會有第二句，還是瞄了好幾次。我吃完麵條，喝掉兩杯紅酒，回覆了一個微笑的表情，然後開始化妝。當然不會濃妝豔抹，我不喜歡，他也不喜歡。

我踏上賓館臺階，坦然、平靜，有時自己都懷疑是來約會的。刷門卡時，我下意識地看看錶。十點一刻，剛剛好。我不是刻板的女人，但約定還是要守的。

凌晨，他還在熟睡，我悄悄起身。怕影響他睡覺，我從不開燈。但燈突然亮了。他坐起來，夢遊似的看著我。我怔了怔，輕聲說，還早呢。他沒說話，直到我穿戴妥當，才提醒，別拉下東西。我笑笑，替他把燈關了。他的提醒得體、溫暖，但我有奇怪的感覺。等電梯時，我拉開手包，多了一張銀行卡。一定是趁我洗澡時放進去的。沒有密碼，但我猜得到。傳言他要調離，這麼說是真的。那麼，他突然開燈算是告別儀式了。這是他的方式。我並沒有什麼不適。我沒有向他提過任何要求，這張銀行卡是他的補償費了。可我並不覺得需要補償。電梯上來了，無聲地打開。我返回，把卡從門縫塞進去。

走出賓館的旋轉門，我打開手機，沒有來電提示。我鬆了口氣。回到家，我又看座機的顯示幕。時間尚早，睡一會兒綽綽有餘。但總覺被繩子拽著，煮了碗燕麥粥，煎了個雞蛋，吃畢便往單位走。

下午三點，我把樂師帶進病室。我講了楊翠蘭的故事後，樂師同意與我合作。這已是第四次演奏了，楊翠蘭安靜了許多。樂師落座，楊翠蘭便主動把那部電話放到桌上。這次拉的是《良宵》，我不時觀察著楊翠蘭，她的身子微微前傾，雖不能用沉醉形容，但已經入戲。上次用了兩分十秒，這次只用一分九秒。如果樂師換成她前夫……我不能預判她的反應，但我敢肯定，她不會抓狂。我已成功地幫她從記憶裡撈起前夫的許多好。一旦扎根，那是會繁殖的。當然，那是個緩慢的過程，快了未必好。

院長不聲不響地閃現在門口，我正要起身，院長擺擺手。這一段沒出什麼亂子，院長似乎不大適應，一趟趟往精神病房跑。以往不是這樣，沒有事故，很難見到他。送走樂師返回，院長正和楊翠蘭說話。楊翠蘭雙臂垂順，規規矩矩地站著。我對楊翠蘭說，院長只想知道你吃得好不好，不用緊張。我推推院長，小聲說，這不是你待的地方。院長邊走邊說，你還給我劃定範圍了？問我晚上有無安排，想請我吃頓飯。末了強調，我每次請客你都不到場。我說，你知道的，我不喜歡人多。院長說，今晚單獨請你，賞個臉吧。說到這份上，我只好點頭。

我準時趕到明德北紅燜羊肉店，院長已經在座。桌上立了一瓶紅酒，我的目光不由自主掃過去。院長說，拉菲，九六年的。我怔了怔。院長說，紅酒，你該比我懂。我很弱智地問，你怎麼知道我喝紅酒？院長說，猜出來的。我知不是實話，但這個也沒必要認真。院長問還要為那個女人演奏多少次，我糾正，是治療。院長說，好吧，還要治療多少次？我說，十次左右。院長說，請樂師是你自掏腰包吧。我說，我不能預知結果，不想加重家屬負擔。院長說，你可以找我啊。我甚感意外，頓了頓說，已經減免了她的住院費用……院長說，這種帶有試驗性質的治療，院裡應該支持的，你何必？我不知該批評你還是表揚你。我說，那樣最好，只是……院長擺擺手，那就這麼定了。我舉起酒杯，我代病人及家屬感謝院長。

聊了一會兒楊翠蘭，話題不知怎麼轉到他的家事。一籮筐。他女兒所在的企業倒閉了，又遇上婚變，她整日待在家裡，他擔心她精神出問題，想讓我幫幫忙。我以為要我做心理輔導，但他說明意思，我突然愣住。我想起那張房卡，以為沒人知曉我的祕密，許久才道，我不過是個醫生，怎麼和人家說上話？院長說，你治好他的失眠，你去找他，他肯定給你這個面子。在回來的路上，我曾想，如果范大同把李丁的生父抓回，找找他，或許會判得輕些。但也只是想想，因為一切都是假設。現在我與院長面對面坐著，他的要求實實在在。院長聲音低沉，聽說他要調走了，這是最後的機會。我端起杯，一點點地啜盡，斟酌著，院長這麼信任我，我很感動……然後，我看看窗外，說，恐怕要讓你失望了。

◆范大同

我找見了龐有亮曾經的兩個同事。接到出警電話，我正和其中一個聊天。是的，聊天，而不是詢問。我已經找過他兩次，這是第三次。基本上是廢話，但有價值的東西往往在廢話中。這和淘金一個道理。只要有耐心，不愁沒收穫。龐有亮曾在元旦晚會上拉過一曲《賽馬》，那人說以前並不認識龐有亮，他本人平日愛哼唱，所以散場後找到龐有亮，還給了龐有亮一支菸，誰知第二天龐有亮就不認識他了。不過也正常吧，有才的人難免古怪。我讓他哼唱《賽馬》，他剛唱出腔，電話響了。我說，實在不好意思，有緊急任務。

案子有點兒特殊，死者係第二小學校長，社會影響大，市領導做了批示，要求盡快破案。局長也立了軍令狀。在案情分析會上，局長連鞠三躬，甚是動情。然後他又把我叫到辦公室，說破了此案，我將由代理正式升任隊長。其實，他不許諾，我也不會懈怠。

死者被扼頸窒息。顯然雙方打鬥過，其指甲處提取的血跡非她本人。但現場只有一個打碎的杯，其餘並無損毀。死者包裡的鑰匙、身分證、銀行卡、美容卡均在，另有八百元現金。連夜從外地趕回的家屬確認沒有丟失其他物品。盜搶錢物，基本可以排除掉。

監控顯示，死者的車進入社區不久，一個男子跑進來。死者往3號樓方向行走，男子尾隨其後。死者邊走邊打電話，顯然沒注意到身後有人。男子沒有任何遮擋。我注意到他的挎包，不大。如果是凶器，那就是蓄意的。兩人在樓道口消失，二十四分鐘，男子倉皇離開。小李問要不要把疑犯的照片列印出來，我說暫時不用。我覺得在哪裡見過疑犯，但腦裡總有一個地方卡著。調看社區門口的監控時，突然記起來了。我對小李說，走，去公交公司。

二十三小時後，嫌疑人被抓獲。還沒到審訊室就交待了。結果令人瞪目，亦令人唏噓。

次日一早，我在刑警隊門口看見那個老頭兒。昨日抓捕嫌疑人費了些周折，嫌疑人沒抵抗，但老頭兒死活不讓帶人。他顯然身有重病，不說話還喘，激動起來更是劇烈地咳嗽，臉膛紫黑，似乎隨時會昏厥過去。我解釋半天，甚至嫌疑人也勸他，他仍顫顫巍巍守在門口質問為什麼抓人。半小時過去，老頭兒沒有鬆動跡象，我試圖拖開他。豈料老頭兒突然抱住我的腿，說我們一定弄錯了，他娃連個螞蟻都不敢踩的，不會做犯法的事。我說只是去問個話，稍後就放他回來。他這才有所鬆動，說不放他娃，他就死在公安局門口。沒想到他還真來了。

老頭兒一手扶牆，一手掐著佝僂的腰。喉嚨卡著，他費力地咳，感覺脖子要抻斷了。小李端過來一杯水，老頭兒接了。他喝水的工夫，小李告訴我，老頭兒早就來了，非要在門口等。

喝了幾口水，老頭兒呼吸通暢了些。然後被小李攙進辦公室。說話不算話，老頭兒坐定便這樣質問我。我說，你家人呢？老頭兒說，家人讓你們抓了。我笑笑，我來告訴你為什麼。

老頭兒的反應出乎意料，半天才罵，傻娃子！然後凍僵似的定住。良久，臉化開，兩行淚蜿蜒而下。我說你打車來的吧，讓小李送你回去。老頭兒猛又咳嗽起來，臉由青轉紫。我讓小李打 120，聲音不高，老頭兒竟然聽見了。他揮舞一下胳膊，大喘著粗氣說，用不著，給我點兒水。喝過水，老頭兒緩過一些。他問能判幾年，我說我不是法官。老頭兒問他娃有立功表現呢，我說當然沒壞處。老頭兒提出要和兒子見面，我說現在還不行。老頭兒瞪著我，目光並不凶惡，像是揣測我。我示意小李，小李去攙他。老頭兒甩了甩。我說，這不是你待的地方。老頭兒說，我要是犯人，你就不趕我走了吧。我笑笑，抱歉，我很忙。老頭兒大聲說，我沒說假話！我怔了怔，盯老頭兒一會兒，說，主動說出來，就是自首。老頭兒問如果他自首，他兒子是不是可以減刑。我說這是兩回事，你自首可以對你寬大處理。老頭兒說那我不自首了。我說隨便你。小李看我，我用眼神制止他。老頭兒不像玩笑，我相信自己的判斷。老頭兒咳幾聲，我快死了，寬不寬大都一樣，我只盼毛頭……你請示一下上級。我說，那你等著。出屋，我在門廊站了片刻。打了個電話，是給岳母的。轉回去，老頭兒滿臉期待。我說，打了。頓了頓說，上級說可以考慮。老頭兒急切地說，能減幾年？我說，這不是做生意，不可以討價還價。老頭兒說，你別騙我。我說，還是送你回去吧。老頭兒說，海燕電子廠。我突然一個激靈，然後盯住他。老頭兒說，窩在心裡二十多年了。我生怕老頭兒反悔，小心翼翼地說，你知情？老頭兒神情裡竟有一絲嘲弄，當然知情，那就是我做的。小李已經記錄，我倒了杯水，讓老頭兒潤潤嗓子。

斷斷續續的，說了近兩個小時。中間，我問了幾個問題。躲了這麼久，還是沒躲過老天的報應，老頭兒最後說。

關係重大，我立即向局裡做了彙報。隔天，兩臺挖掘機開進海燕電子廠南側的荒地。電子廠連同南側的荒地被兩米高的紅磚圈著，這一區域已經屬於某房企，不日高樓將拔地而起。白天，老頭兒被救護車拉至現場，夜晚再送回醫院。雖然安排了員警輪流監守，我還是不放心，當然不是擔心他逃了。撲朔迷離，關鍵時刻，老頭兒絕不能出意外。

第八天中午時分，白骨被挖出。法醫擺出一個完整的人形。身分需要進一步確認，但基本明瞭。做DNA親源認定，龐丁和母親必須到場。我不知怎麼和龐丁說，交給了小李。這不妥，大不妥。很快，我叫回小李。必須我去。

過程我不想說了。比對結果出來，我立刻回到病房。和這個紅星鎖具廠前技工聊了一會兒，我話鋒一轉，你說謊了。老頭兒瞪大眼睛，都挖出來了，這還有假？我說，龐有亮死了這沒假，但你還有隱瞞，沒有全交代，我之前沒問你，就是等你主動說出來。老頭兒皺巴的臉輕輕抽了一下。他說，該說的，我全說了。我說，你有同夥。一絲慌亂掠過老頭兒的臉，一陣猛咳。我說，有一點點隱瞞，那就不算自首。告訴我，同夥是誰？半晌，老頭兒抬起頭，告訴你也沒用了，他死好幾年了。我冷笑，既然死了，你為什麼還替他藏著？獨自擔罪有什麼好？老頭兒說，錢大半歸我了，我發過毒誓的。我審視著他，兩人做案，你分了大半的錢？老頭兒囁嚅，他還得了別的。我問，什麼？老頭兒說，說了你未必信。我有些不耐煩，到底是什麼？老頭兒說，他娶了那個人的女人。

◆龐丁

昨天下了一場雨，冷嗖嗖的。花謝了，花枝已被風雨摧打得滿身汙泥，不成形狀。半山腰的楓葉仍紅得耀眼，再有個把月，楓葉也該凋落了。

車停在山腳下，我一手拎錘，一手拎鍬，拾級而上。不是很陡，但拐來拐去的。臺階兩側的松樹一樣高，據說長到一定程度就不長了。張家口有好幾處墓地，這裡是北山墓地，從西太平山可以望得見。他的墓地是我選的，不在中心，但也不是角落，我覺得這個位置剛剛好。墓碑是白色的，上面兩行字，黑的一行是他的，另一行沒顏色的是楊翠蘭的。楊翠蘭說過要和他埋在一起，人過世，字才能漆黑。墓前的石板顏色灰暗，那是焚燒冥幣留下的痕跡。每年我都要祭奠三次，清明、中元，還有年根的時候。

這個人，我先叫叔，後叫爸，連姓氏都改了。我至今難以相信，那又怎樣呢？鐵證如山！所以他不能再躺在這兒了。他失去了這個資格。我脫掉夾克，掄起鐵錘，狠狠一擊。墓碑竟然紋絲不動。我又一錘，再一錘。終於裂開，仍然沒倒。似乎有什麼聲音，我扭頭四望。也許他就在附近，在某個樹杈上蹲著。我希望他在場，讓他看得明明白白清清楚楚。如果他有疼的感覺那就更好。

再次舉錘，雙臂卻抖起來。我不知何故。終於，胳膊垂下來，還有我的腦袋。我本該咬牙切齒，本該仇恨他，可鼻子一陣一陣地酸。我稀泥一樣坐在地上。腦裡過電影一樣，全是他和楊翠蘭那些事。他做的紅燒魚很好吃，那天楊翠蘭或許是太餓了，粗心大意，一根魚刺卡到喉嚨裡。她吃掉兩個饅頭，喝了半斤醋。沒什麼感覺了，以為沒事了。第二天她的脖子就腫了，送到醫院已經說不出話。做了兩次手術才把那根魚刺取出來。他二十四小時守護，我要替他，他堅決不讓。楊翠蘭出院，他瘦得脫了形。自那之後，餐桌上再沒出現過魚。他對楊翠蘭的好，我能說出來一籮筐。可怎麼就……我知道了真相，卻更加糊塗。如果不是那場車禍，他至今……他換煤氣回來，楊翠蘭正好走出明德北超市，兩人是斜對角，楊翠蘭看見他，喊出來。他本該等在那裡，楊翠蘭的聲音似乎有魔力，他連紅燈都忘了。在那個上午，楊翠蘭的喊叫也毀了她自己。他是這樣一個人。可他究竟是怎樣的人？

本想稍歇歇，可坐下去就是半天。中午，我緩緩站起來。墓碑砸碎了，但我沒有把他挖出來。讓他躺著好了，雖然墓地很貴。獨自躺著吧，讓他。

我不能把龐有亮埋在這個墓穴。

我在東山買了塊墓地，花光我僅有的積蓄。這是我唯一能為龐有亮做的。埋葬那天，范大同也來了。我和他不是一路人，來往漸少，不過，這件事我挺感激他。龐有亮不再是畏罪逃亡。

從山上下來，我走得極快，遠遠地把范大同甩在後面。不知為何，我有一丁點緊張。范大同喊我，我假裝沒聽見，徑直走向停車場。龐丁！范大同突然提高聲音，我只得站住。多陪陪阿姨，范大同拍拍我的肩，轉身離去。

臨近中午，我去清真食府買了一斤燜丁，胡蘿蔔牛肉餡。快到明德北，又堵車了。我給賀梅打電話，讓她轉告楊翠蘭。到精神病院已是十二點一刻。賀梅在樓梯拐角站著，吁了口氣，總算來了，阿姨等急了，進去吧。

以為你不來了，楊翠蘭盯著我手裡的餐盒，那是什麼？我說，你猜猜。楊翠蘭說，我聞到香味了，肯定是飯。我豎豎大拇指，真聰明。打開餐盒，楊翠蘭歡叫，燜丁！我夾到不鏽鋼碗裡端給她。她小心翼翼咬了一口，有湯滴出來，她吮了吮，咬第二口。我問，好吃嗎？楊翠蘭嗯一聲。頓了頓，我又問，你記得第一次吃燜丁和誰一起嗎？楊翠蘭指指我。我問，還有誰？楊翠蘭的眼珠不動了。她是想轉的，但有些吃力。我忙說，快吃吧，趁熱。楊翠蘭的神情浮起一個大大的問號，你……不吃？我笑笑，指著牆上的二胡，你吃，我伴奏，想聽什麼？

在高原

◆一

終於嘗到了高原天氣的滋味。中午陽光烙人，下午落了場雨，氣溫陡降。米高穿著短袖，竟抵不住涼意，哆嗦了一下。外套是帶著的，但返回賓館已經來不及。路邊的麻辣燙冒著騰騰熱氣，米高無意中瞟了瞟，攤主馬上問要不要來一碗。米高略一猶豫，點點頭。平時他根本不吃這些。所有擺在露天場合的，如燒烤煎餅之類，他都不吃，即便吃碗麵也得找個小館子。並不是多麼講究，也沒什麼特別的緣由，比如衛生，小館子也未必乾淨。就是習慣。

米高坐下來，有意無意地覷著校門口。食攤距校門口二十幾米，還不到下課時間，已有接孩子的家長彙集在校門外。這情形與城市那些小學沒什麼不同，不過是接送工具，轎車夾在形狀顏色各異的電動車、自行車、三輪車之間。吃了兩個海帶串，嘈雜聲已經大起來，米高的視線被大腿或車擋住。他急忙站起，抹抹嘴巴往前擠。猛又停住。他搜見了她。她總是搶在最前面，距校門也就一步之遙。雖然看到的只是側面，仍能感覺出她的專注，還有焦灼。那些家長探頭不過是形式，她不。她從不與人閒聊，似乎也不去聽旁人說什麼。彷彿她接的人不在教室而是從一個遙遠的星球回來。米高觀察三天了，她的姿勢幾乎沒有變化。

放學鈴響起的同時，門衛便將大門打開。堵在校門外的家長自覺分成兩排，讓出中間的通道。米高又往前靠了靠，能看清她的正面了。她穿一件深紫色上衣，襯得臉有些暗。手裡還抓一件小襖，粉色的。她的另一隻手突然揚起，招了招——又一隊學生出來了。都穿著校服，米高不知她是怎麼辯認出女兒的。她準確地從隊伍裡牽出她，麻利地套上粉襖，拽著她往外擠。她的目光不像先前那麼專注了，而是多了些……警惕。是的，警惕，左掃右切。米高與她的目光撞在一起，這是第一次。他迅即滑開，裝出找人的樣子。再回頭，她和女孩已經走到馬路對面。她的電動車在那裡。

校門口空了，食攤一個接一個離開，米高仍然站著，彷彿忘記了寒冷。她看見了他，雖然她不認識他，可畢竟是看見了。她把他當成家長，還是……也許她根本就沒在意他。那麼多面孔，他又沒什麼特別。目光的瞬間撞擊很可能是他的錯覺。可是，米高還是有些焦躁。其實已經沒必要再來校門口守候。昨天就確認了，他相信自己。沒必要來的。他又來了。為什麼要來呢？他沒有自責，只是有些焦躁，還有不知所終的空。

天色暗下來，米高才往回走。縣城不大，被一條窄河割成兩半，東西一遭也就一小時。共五所小學，米高來的第一天就摸清了。女孩就讀的學校在縣城邊上，有些偏，可能是女人特意選的。這些年她該是換過挺多地方，當然也可能一直躲在這個高原縣城。

米高回賓館穿了外套，在門口的餐館要了兩個菜、一碗米飯。菜是服務員推薦的，炒蕨菜、炒黃花，均是當地特產。確實好吃，米高搜腸刮肚，想著怎麼誇比較合適——服務員目光殷切，似乎等待驗證她沒誆他。牙硌了一下。是沙粒。米高下意識地捂捂腮幫子，隨後吐到餐巾紙上，又漱漱口。服務員有些緊張，她看到了他的動作。米高並未說什麼，再硌到牙就不客氣了。咀嚼速度沒有慢下來，反而加快了，似乎非要硌一下。兩盤菜吃得乾乾淨淨，感覺撐著了。縱是這樣，他還是遛達到豐豐理髮店所在的巷子裡。豐豐與女人的名字沒有任何關係，理髮店的位置也有些僻。女人和女孩就住在店裡，晚上就關了，和街面上的髮廊正好相反。此刻，米高看到的只是透著燈光的窗戶。來巷子更是沒有必要，米高也說不清楚，可能是心裡發空。肚子飽脹著，心卻更空了。來回走了幾遭，起先還能看到進出的人，後來整條巷子只剩米高孤絕的黑影。

再回賓館快十點了。沖澡時，他覺到了不適。不只心空，整個身體都是空的。他搖晃一下，然後小心翼翼地貼在牆壁上，喘息片刻。噴頭還在淋水，有如濤聲。入住第一天，他便感覺到身體的反應。以為是高原反應，海拔兩千多，比不上西藏，也可以了。睡了一覺便恢復過來，畢竟不是西藏。一次性反應，對身體沒什麼損傷，怎麼又……腦裡晃過什麼，可能太空了，他沒抓住。濤聲越來越大，他伸出胳膊，摸索著將水龍頭關掉。濤聲仍舊不絕。他終於明白，襲擊他的並不是高原反應。又停一陣子，他使勁兒抹把臉，扶著牆走出去。躺了一會兒，混雜的聲音漸漸平息。頭不暈了，另一種慌卻襲上身。這麼多年過去，他以為再不會有窒息的感覺。這是怎麼了？

鈴聲是自己設的，老曲子，每天不知聽多少遍。可半夜三更叫起來，仍顯陌生刺耳。其實，他並沒睡。週末，又逢月底，肯定會來電話。快一年了，他已經摸清這個電話的規律。

在哪兒？沙啞的聲音透著凌厲。

古原。他頓一下又補充，一個高原小城。

古原？顯然，這對他完全陌生，他沒有任何想像。

米高說，靠近內蒙邊境。

男人問，有消息嗎？

米高望望牆壁，空空蕩蕩，沒有任何裝飾，然後說，還沒有。

男人說，下個月的錢已經打給你了。

男人沒有多言，他所有的話都藏在薪酬裡。米高明白，那不是簡單的話。收到了。每次掛斷電話，米高都有不可遏制的慍怒，彷彿男人逼他簽下了生死契。

◆二

為什麼躲我？許麗麗不厭其煩，一成不變窮追不捨地追問。米高的回答也千篇一律。為什麼我見不到你？你在哪裡？我現在就要見你！她呼喊著。米高說我在外地，現在不行。許麗麗不死心，外地是哪裡？就是火星我也要去。米高說不行，你不能過來。許麗麗嚷起來，你就是躲我！米高說，好吧，就算是吧，我們不要再見了。你他媽就是一個混蛋！許麗麗終於歇斯底里。這是她的收場方式。米高掛斷電話。

許麗麗和男人的電話不同，沒時沒點，清早正午半夜，似乎她時時刻刻在想念米高，他是她的空氣，沒有他她就話不下去。有時，他無情地切斷之後，她仍頑強地撥過來，米高不堪其擾，只得接起。仍是那幾句話，語氣都不帶變的。數次交鋒，米高不再接她的電話，她就瘋狂發短信。有時他回覆一下，但多數情況置之不理。

回覆當然有他的道理，她的問題與他無關。比如：嗓子疼得厲害，發不出音了。他回覆：找含片啊，多喝水。都是廢話。她奔四十的人了，又不是不懂。但必須有所表示。他心腸還沒冷硬成生鐵。次日，她說含了兩盒，更疼了，好像喉嚨長了東西。他說一定是化膿了，你必須去打點滴！！！他用標點符號加重語氣。她再問你是真心的嗎？他就不說了。這種時刻她就會妥協，好吧，我現在就去。

感覺到褲側的振動，米高正面對著閃電湖發呆。他是看了古原的宣傳圖冊跑過來的，閃電湖距縣城十幾公里，據說有上百種鳥類繁衍生息。米高喜歡鳥，還養過一隻畫眉。對於彼時的他，他的愛好有些奢侈。他前前妻如是說。畫眉死後，他沒再養過，想看鳥就去周邊的湖泊或城市公園。當然是在閒暇的日子。現在，他又有大把的時間了。休息日，女孩不用去學校，女人也不用接送，米高勿需去校門口守候。

湖面遼闊，卻沒幾隻鳥。瞅了老半天，才看見遠處的湖面有幾個黑點。應該是野鴨了。以前到野外看鳥，他會帶上望遠鏡。看不清，坐坐也好，至少這是個有鳥的地方。

褲側又振動一下，米高慢吞吞地掏出手機。不用猜，也只有許麗麗這般惦記他。

我在回西安的路上。

你在哪兒？

米高的手有些僵，「哦」寫了兩遍才發送出去。

我母親去世了。

什麼時候？米高問，覺得被什麼東西拽了一下。

昨天夜裡。前幾天還好好的。我沒娘了。

我能幫什麼忙嗎？米高盯了一會兒，又一個一個刪掉。節哀！他說。

許麗麗沒回，米高等了片刻，仍然沒回。他抬起頭，湖面上的黑點似乎變多了。他數了數，確實多了六隻。黑點與黑點距離很遠，但知曉彼此的存在，就像他和……許麗麗。這個他竭力躲避的女人。或許能為她做點兒什麼？這樣想著他站起來。可是，能做什麼呢？突然出現在她身邊？她老家在西安郊縣，他是知道的。以什麼身分出現呢？又能幹什麼？米高在大壩踱了兩遭，再次坐下。看鳥吧，雖然只是一個個黑點。

先是暈眩一下，似乎被捂住口鼻，呼吸變得艱難，與此同時，心卻被挖割著，米高已清楚與稀薄的空氣無關。這是他兩次婚姻的後遺症。好多年沒犯過，以為再不會了。身邊不缺女人，卻遠離了婚姻，防火牆是有效的。他不知是怎麼回事。他沒改變姿勢，竭力對抗暈眩和窒息的襲擊。一刻鐘，也可能兩刻鐘，他終於平靜下來。

中午在閃電湖畔的農家酒店隨便吃了點，想著回賓館也無事，不如留在湖邊。看鳥也是理由。這些高原的鳥，回城就看不到了。那明天呢？一個聲音問道。明天還來看鳥，索性看個夠，把癮過足過透。那麼後天呢？他皺皺眉。

傍晚，米高終是閒不住，信步向巷子走去。突然聽到一聲嚎叫。一個臃腫的女人往巷口跑來，一個男人追在她身後，兩人都跑得不快。女人胳膊揮舞，雙腳虛飄，男人則有些搖晃。兩人相隔七八米。終究，男人還是趕上來，抓住女人猛一扯，突又鬆開。女人如一個鬆鬆垮垮的包袱垂到地上，連滾兩遭。男人幾步上來騎住她，從她懷裡掏拽。女人雙手死死護著，男人推不開，抽了她一個嘴巴。女人嚎叫著，搶劫啦搶劫啦。

旁邊迅速聚攏四五個人。圍觀，都無動於衷。米高正欲上前，一老婆子說，老三灌貓尿就打老婆，早晚得出人命。米高的腳便定住。

男人終於得逞，從女人懷裡拽出個小袋子，那或許是她和他僅剩的家當。男人起身欲離開，女人突然一撲，拖住男人的腳，男人猝不及防，摔個大馬趴。周圍一片哄笑。女人連滾帶爬，把男人壓在身底。布袋重新回到女人手上。待男人搖晃著站起，女人已經沒了影兒。她沒走遠，鑽進了對面的豆腐店。有人往另一方向指了指，男人罵罵咧咧地去了。

米高站在周邊，注意力已經轉到豐豐理髮店。女人自然聽得到巷口的吵鬧，她至少要探探頭吧。但人去巷空，理髮店的門始終合著。外邊的世界與她無關，理髮店儼然成了她和女孩的堡壘。

◆三

燈光下，照片上的女人略顯灰白，但完全沒有病弱的感覺。這與她的大眼睛有關，那麼黑那麼深，似乎輕輕一觸便被融化掉。照片是男人提供的，此外，還有半本日記。另一半顯然撕掉了，痕跡尚存。其實就是個抄寫本，多是詩句，也有一些勵志故事，偶爾在空白處插一行個人私密記載。她踢我，剛好在放下筆的時候；突然想起昨夜的夢，在高原上拚命跑。加起來也不足百字。還有呢？她用過的東西，比如舊手機或梳子之類。男人搖搖頭，說都處理了，女人住的房子因為火車站搬遷，也拆了。

那天是中秋節，整個大樓可能只有米高一個人。為了躲避許麗麗，整整一天沒有下樓。傍晚接到一個陌生電話，以為又是許麗麗，有時她會借用別人的手機。他猶豫一下，接通。

半小時後，米高和男人在咖啡館會面。關了一天，米高想透透氣。當然，男人絕望的語氣也起了作用，他像個瀕死的人急於託付後事，聲音沙啞中夾著淒厲。

這些年，米高接了無數案子，碰到過各類奇奇怪怪匪夷所思的人和事。兒子告老子，母親告兒子，小三告原配，私生子與生父對簿公堂……在律師界，米高綽號米大膽，什麼案子都敢接，什麼官司也敢打。當然有危險。他臉上有傷痕，腦袋縫過兩次。女兒在國外，他孤家寡人，不怕這些亂七八糟。讓米高揚名的一樁官司，他三年追尋，終是找見化名的包工頭，以及包工頭藏匿轉移財產的證據，為那些民工討回百十萬的工錢。

男人無疑是有什麼官司。男人大約說過，米高有些錯愕。我是律師，米高特意強調。男人說，你沒必要提醒我。米高讓他找私家偵探，他不接這樣的活兒，也幹不了。男人說雇過六個偵探，八年過去，一無所獲。米高說你報警呀，員警的效率比私家偵探高幾倍。男人不言。米高覺察到男人的不悅。要麼不願意報，要麼不能報，男人不說米高也清楚。米高說自己真不行，讓他另請高明。起身打算離去。男人猛地揪住米高，我還沒說完，再坐一會兒。一會兒，行嗎？米高只好再次坐下。男人提到費用，非常可觀。米高不動聲色，胸中還是起了微瀾。男人篤定的神情明白無誤地告訴米高，他出的就是這個價，並非口誤。男人補充，我只要求你不要分心。米高靜默片刻，還是搖頭。男人讓米高開價。米高緩緩道，這不是費用問題。男人出價非常高，但對米高沒有太多誘惑。米高雖不是腰纏萬貫，但足夠女兒以及女兒的女兒高品質生活。她又不購置私人飛機私人遊艇。至於他自己，所需無多，一日三餐而已。現在接案子已不是為了掙錢，而是他活著的方式。男人困惑地看著米高，米高並不想做過多解釋，再次讓他另找高明。男人說你就是高明呀。米高說我不是。男人僵硬的目光垂下去，忽又翻上來，懇求道，幫幫我吧。米高的心尖銳地痛了一下。幾年前一個女人也是這般可憐巴巴地望著米高，讓他幫幫她，替她丈夫伸冤。米高沒接，因為他彼時已經和女人家的對手方簽約。米高幫事主打贏官司，只出了點喪葬費。但米高的心沒有絲毫輕鬆。好長一段時間，米高都會想起女人的眼神。現在換成了男人。雖然剛才這個男人還帶著霸氣，但此時臉上有崩塌式的悲傷。米高有些無力地說，好吧。

男人非常迅速地拉開提包。銀行的封條尚在，人民幣像結實的磚頭。這是定金，餘下的錢他會按月匯米高銀行卡上。協議早就準備好了，只需米高簽字。米高翻了翻，沒什麼苛刻條件，就簽了。男人把協議裝起，目光不再那麼凌亂，你不用給我打電話，我會打給你！然後，男人把照片和半個日記本交給米高。

米高後來想，他之所以和男人簽約，也有挑戰自己的意思，換一種活的方式未必不好。那一段被許麗麗糾纏，焦頭爛額的，正好躲躲。男人和女人之間自然是有故事的，男人不講，米高當然知道沒必要問。是是非非恩恩怨怨，很難說清。但是……線索也太少了。

她的同學朋友的聯繫方式呢？

男人搖頭，我不清楚，她從來沒告訴我。

米高再次將目光聚到照片上，她的家人呢？

男人略顯不耐煩地皺皺眉，彷彿不是他求米高，而是米高求他。

米高說，如果你不希望……

良久，男人說，她是個孤兒。

◆四

與往常一樣，女人牽住女孩的手，走過馬路對面，開啟車鎖。女人用的是U形鎖，她習慣鎖後車輪。就在她蹲下去的刹那，一個黑影掠過，迅速抱走女孩。待女人反應過來，黑影已經跑出十幾米。女人拔腿便追。黑影夾著女孩鑽進路邊的轎車絕塵而去。女人撲倒，哀嚎不止。

米高從夢中驚醒，喉嚨火燒火燎的。他趿著拖鞋灌了大半杯涼水，看看時間，還不到四點。再次躺下，卻怎麼也睡不著了。耳邊似有哭聲，米高不由屏住呼吸，確實有，就在隔壁。隔壁住一對青年男女，米高在電梯見過他們。兩人鬧騰了多半夜，米高一度想去敲門。終是不忍，誰還沒年輕的時候。

剛打開手機，許麗麗的短信跳出來，只有一個字：冷。兩小時前發的。八月，西安的夜晚或許有幾絲涼意。但他清楚，許麗麗的冷與氣溫無關。她需在兩個哥哥之間站隊。他從她沒有邏輯的短信中窺見了被親情遮掩的黑洞。他沒給她任何建議。家庭官司於他駕輕就熟，卻在自己的婚姻中兩次敗北。勝負之外，很多東西是釐不清的。除非他是她的代理律師。因為曾經的關係，已經再無可能。他不會給自己人當律師。他和許麗麗交往時間並沒有多久，可內心裡，至少某些時候，他把她當自己人。米高斟酌半天，回了三個字：我也冷。忽然想起夢裡的女人。她比他和許麗麗更冷。雖然他沒有近距離凝視過她的眼睛，但就這幾天的觀察，她的舉止她的神態，還有夜晚便成了堡壘的理髮店，無不透著寒冷與恐懼。

正是這樣的原因，米高陷入猶豫。只需一個電話，他的任務就徹底結束。條款中有一項是關於獎賞的。付薪酬之後，有額外的獎勵。但米高明白，女人和女孩的生活會從此改變。雖然他不清楚男人和女人及女孩之間的故事，基本能猜個大概。雖然不清楚男人怎麼做，也知道數年尋找一個女人絕不僅僅是為了尋找。米高不敢往下想。敷衍男人？即便尋找未果，男人也照常付酬，協議寫得清清楚楚，男人賴不掉也沒有賴的意思。但那樣米高會陷入另一種不安。與薪酬無關。

腦袋有些脹痛，米高沖過澡，遛達到學校門口。已經沒有守候的必要和意義，但米高忍不住。而且，除此，他不知在這個高原小城還能做什麼。他連續看兩天鳥了。

食攤已經依次排開，到校最早的不是老師，不是學生和家長，而是那幾個攤販。米高買了份煎餅，拎在手上當掩護。沒有放學那般喧鬧，米高難以混在人群中，他怕被她識破。她也許注意到他了。看上去她和別的家長沒什麼不同，但她揣著戒備，那是她的防衛武器。

女人和電動車進入視野，米高竟有幾分緊張。女人停住，想抱女孩下來，但女孩不肯。她推女人一下，顯然要自己下。女人說了什麼，但終是妥協，只做了個防護動作。小女孩蹦蹦跳跳往裡走，進入大門，女孩回過頭，對站在原地的女人揮揮手。女人沒有馬上離去，目光一直追著女孩進入教室。

校門外空空蕩蕩，空氣也變得稀薄。米高返回途中，把煎餅給了路邊休息的清潔工。是個臉呈褐色的女人，對米高說了差不多二十聲謝謝。她的清掃範圍就是校外這條街，這幾日米高來來回回，好多不該熟識的都熟識了。他想起石城的育才街，女兒就讀的小學在育才街與槐北路交口。離婚後，女兒基本是他一個人接送，他不但熟悉兩側店鋪的名字，甚至育才街的味道也是熟悉的。女兒初中讀的寄宿制學校，初中畢業他就把她送到了國外。國外沒那麼方便，他沒去看過她。每次想女兒，他就到育才街走走。店鋪不斷變換名字，但育才街仍是那種味道。若再走下去，這兒就成他的育才街了。在育才街行走，他知道自己要幹什麼。在高原這條街，他已經失去目的，更像迷路或夢遊。

走至橋頭，米高倚石欄停住。天淨如洗。石城看不到這麼藍這麼清的天空。這可以作為他仍留在高原小城的理由，至少是部分理由。高原的天永遠是藍的，他可以永遠留在這兒。如果他願意。

◆五

母親下葬的當天，許麗麗就離開了。原想多住幾日，母親的魂還沒有走遠，在老宅才能感知到。可兩位兄長像剪子一樣把她夾在中間，往哪邊靠她都不忍，所以選擇逃離。沒有了母親，家不再是家。

米高像技藝高超的裁縫，細針密線，把許麗麗的片言隻語對接縫合在一起。正如她所言，他懂她在說什麼。從接觸第一天起，他就成了她的裁縫。許麗麗有幾分姿色，但絕不是他和她在一起的緣故。那時，他已經有些名氣，不缺錢當然也不缺女人。婚姻讓他止步，對女人還是迷戀的。他中意一夜情，不拖泥帶水，天亮各奔東西，彼此陌生，再無交集。特別有感覺的，會互留號碼，但絕不會留戀。米高這方面有嚴苛的分寸，他專有一部手機，用的都是臨時號碼。不停地換卡，切斷一切不必要的聯繫。他不是獵豔高手，只是杜絕可能的麻煩和糾纏。所以那些和他上床的女人並不知曉他的身分。直至遇見許麗麗。他是她的代理律師。可以向老天發誓，他絕沒有打她的主意。那是犯忌的，而且是大忌。因此，他和她來往，聽她傾訴，格外坦然。都怪那個該死的大雨滂沱的夜晚，他阻隔在她家，等待雨停下來。她提議喝點酒，他點了頭。任他怎麼努力，也沒有點滴記憶，那一切是怎麼發生的。為躲避許麗麗，他傷透了腦筋。她沒有威脅他，不過是想和他在一起，但那恰恰是米高的恐懼。世界雖大，沒幾個人可以說話。這是許麗麗原話。米高躲她，卻沒和她斷絕來往，那句話起了極大的作用。

我想把頭髮剪了，許麗麗說。她長髮及腰，髮質特別好，剪掉怪可惜的。她並不是和他商量，但他有什麼建議，她肯定會聽。他能給什麼建議呢？為他留著？腦裡突然一閃，如果許麗麗在，他會陪她到豐豐理髮店剪頭髮。那麼，可否讓許麗麗過來？她會來的，只需把地址給她。

我在……米高盯視良久，又一個一個刪掉。這是利用許麗麗，有些卑劣。他想到女人和女孩的堡壘中看看。理髮店營業時，是可以進去的。他是顧客。他擔心驚著她，怕堡壘的瓦片碎裂。可是，他確實想去。如一趟趟去學校門口守候一樣，已經沒有必要了。但如果是陪許麗麗剪髮就不同。反正許麗麗要剪，在哪兒剪不一樣呢？他和她多半年沒見了，他知她在哪裡，她卻不知他身處何方。可以借這個機會見見啊。在這個高原小城。

米高終於寫下一行字。

六

許麗麗是次日傍晚到的。米高估算了一下，她至少要兩天以後到，小城沒飛機場，除非許麗麗會騰雲駕霧。所以看見許麗麗的一剎，米高整個人呆立著，像靈魂出竅。沒等他反應過來，許麗麗已經撲到身上咬住他的肩。又穩又狠，像餓極了但不亂陣腳的獵豹。米高沒有章法地推著。許麗麗焊在他身上。他齜著牙，輕……輕些。許麗麗鬆開口，米高剛鬆口氣，她又咬住另一側。沒那麼狠了，但時間更久。米高嘶拉著，沒有叫出聲。然後不知他推著她，還是她卷著他，兩人倒在床上。

好一陣折騰。屋裡已經暗得漆一般。兩人躺著，悄無聲息，似乎說話的力氣都沒了。但她抓著他的手，過了一會兒，米高說沒吃飯吧。許麗麗鬆開。米高打開燈，許麗麗舉手遮遮眼。米高的目光掠過她的裸體，她覺察到了，返手護下體，同時罵他流氓。米高笑笑，把衣服丟她身上。兩人的衣服均有不同程度的毀壞。

米高帶許麗麗到常去的那個餐館，除了蕨菜黃花，又點了炒口蘑燉鯉魚。鯉魚是閃電湖的。米高說明天我帶你去。許麗麗沒回應，上上下下纏繞著他。大半年沒見面，兩人均有變化。有些能看出來，有些是看不出來的。她瘦了，大約與母親離世有關。

你不頭暈吧？米高小心翼翼地問，這裡是高原，容易缺氧。

許麗麗說，我去拉薩都沒事，你在，我到哪兒都不會缺氧。

米高下意識地瞅瞅左右，許麗麗聲調極高。

許麗麗問，又讓你緊張了？是你缺氧吧。

恰服務員端上炒黃花，米高忙說，你嘗嘗，野生的，味道不錯呢。

許麗麗說，你喜歡野的對吧，你就因為這個躲我？

米高不想和她爭吵，尤其在公共場合。他努力陪著笑，你扯遠了。

許麗麗哼一聲，這次你甭想躲開我。

回到賓館，兩人又滾到一起。許麗麗溫柔了許多，她小心地摸著他雙肩的血印，問疼不疼。米高反問，你說呢？許麗麗說，誰讓你躲我這麼久？沒吃了你算你命大。米高說，我的肉沒那麼好吃。許麗麗問他來這裡做什麼。米高腦裡晃過女人的身影，遲疑一下說，不做什麼。許麗麗說，你躲我也不用跑這麼遠呀。米高嘿嘿一笑，這麼遠，還是被你追殺到底。許麗麗戳他一指頭，為什麼躲我？我就那麼討厭？米高說，也不是躲你，就是想一個人靜靜。許麗麗問，現在呢？野食吃膩了？不待米高回答，就說，你幹什麼我都不怪你，就是不能逃跑。想都甭想，記住了？米高點頭。

許麗麗非要枕著米高的胳膊。米高幾次想抽出來，胳膊有些麻，他睡不著。每次稍有動作許麗麗就醒了。她沒說什麼，卻枕得更緊。米高失落地想，她以後會不會給他拴上鏈子？他並不後悔把地址告訴她，他還是在乎她的。他窺見了自己以往不曾窺過的內心，這是他在高原的另一個收穫。何況他還有私心。

第二天吃過飯，他說還想在小城待幾日。小城空氣好，生活節奏慢，不像城市，每個人臉上都掛著焦慮。你多休息幾天，散散心。許麗麗直截了當，你待幾天我就待幾天，你住一輩子我就住一輩子。米高愣怔間，許麗麗撞他一下，怎麼？害怕了？米高忙搖頭，你不後悔就行。許麗麗嘲諷，喊，少來虛玩藝兒，是你會後悔吧。米高笑笑。

然後……米高沉吟片刻，摸摸她的頭髮，是有些長，稍剪一些，沒準效果更好呢。許麗麗嗯一聲，是有些長了，可這小地方……米高說，紀念吧。許麗麗極其敏感，紀念什麼？米高說，重新開始的紀念。許麗麗的目光就幽幽的。米高直想給自己個嘴巴。

米高帶許麗麗從賓館出來，穿過十字街，大約百米便到了巷口。許麗麗當前鋒，米高可以大搖大擺進入女人的堡壘。他尋她大半年，還沒近距離接觸過她。他並不清楚自己的目的，或許近距離接觸之後才能決定怎麼答覆男人？

看見豐豐理髮店，米高的心抑制不住地狂跳。營業時間，門敞著，不過豎著門簾。門簾是橢圓形珠子串起來的。沒有風，每一顆珠子都安安靜靜的。

是這裡嗎?許麗麗問。

米高點點頭。

許麗麗撩門簾的剎那，米高突然抓住她的胳膊。許麗麗不解地看著他，怎麼了?米高扯起她就走。許麗麗叫，幹什麼呀?他步子飛快，她被他拖著。米高說，不剪了，我喜歡你留著長髮。許麗麗咕噥，莫名其妙。但她整個臉龐都被驚喜塗抹過，閃閃的。你喜歡我就留著，跑什麼跑?米高說，看鳥啊，慢了鳥就飛了。

米高和張吾同

◆一

那天的酒場，米高原沒打算去。他一向不喜歡熱鬧。年過四十，就更不喜歡了。臨近下班，老夏又打過電話，米高不好再推。老夏和他上下屆，雖說只是個小老闆，但交際廣，哪個行當都有朋友，別人求到米高的事，米高多半得找老夏。米高沒幫過老夏什麼，也幫不上。老夏與米高性格趣味相差甚遠，但常混在一起，特別是喝灑，老夏總要招呼米高。

堵車，不長的路，走了一個多小時，趕到包間，他們已經開始。除了一張陌生面孔，其他的米高都認識。朋友也談不上，說不是朋友吧，又常在酒桌碰面。介紹過陌生面孔，其他人便起哄，說米高遲到，須罰酒三杯。米高先和陌生面孔喝了一杯，又自個兒喝了一杯，老夏便打圓場，兩杯行了，他酒量一般，我喝多，還得他送。有人說，換個人送，老夏說那不成，我老婆只認米高，別人叫不開門。眾人哄笑，米高忙舉杯說，就一杯，我喝了吧。老夏在什麼場合都是角，是中心，而米高生怕別人注意，那會讓他不舒服。被忽視的感覺更讓他自在。米高坐穩當，話題很自然地轉移。

話題一個接一個，普京當選，朝鮮核子試驗，速成雞，瘦肉精，表叔，房姐，股票，通脹，精子庫，世界末日等等，把大家都熟悉的舊聞拿到酒桌再炒一遍。當然，也有米高平時聽不到的小道消息，如某個官員的背景，某個交易的黑幕。米高很少插話，他沒什麼祕聞提供給大家，聽就是。喝一通，說一通，酒場嘛，也就這樣。某個人的手機響了，稍稍安靜了一些。那人掛斷，老夏提議，幹嘛老說不相干的事，咱說說自己。眾人嚷嚷，說什麼，我們的事你不都清楚？老夏說，你們幹過的勾當我倒是略知一二，咱別說幹過的，說說最想幹但還沒幹的吧。眾人嚷著叫老夏先講，老夏說好吧，我帶個頭，我最大的願望是五十歲前建一百個行宮，每個行宮養個小三。笑聲頓起，你長幾個腎，不要命了？一百個是替別人養的，你自己十個就差不多了。老夏定了調，眾人也胡說八道，有想當釣魚島島主的，有想和某個女明星睡一覺的，有想搞個印鈔機的。輪到米高，米高說能天天吃沒有農藥的蔬菜。眾人不買帳，不行，這不是你個人的願望，都想呢，說個你自己的。米高抓耳，老夏說，同過床的，扛過槍的，今兒加一條，說過機密的，米高，你不能掉鏈子。

目光聚到臉上，米高沒有選擇，說，審判張吾同。

沒有爆笑，場面突然靜了。彷彿呼吸都被濾掉。目光仍然在米高臉上定著，顯然在等下文。米高想笑一笑，沒笑出來，那句話便僵僵的，我想審判張吾同。

張吾同是誰？

是……我不知道是誰。

應該是挺好笑的，仍沒一個人笑。不但沒笑，神色反有些怪。很輕，可米高覺到了。還是老夏圓場，氣氛起死回生。

老夏又喝高了，米高照例打車送他回去。老夏酒局多，他的車常年在車庫睡大覺。和老夏喝酒，十次有九次是米高送他回去。這可能是米高唯一能幫老夏的地方。往常，米高要把老夏送到樓上，老夏酒後嗜睡，米高怕老夏走不到樓梯口就睡過去。那天下了車，老夏沒讓米高進社區，說他沒事了，讓米高早點兒回。米高問真沒事？老夏說真沒事。米高轉身，還是有些不放心，半路往老夏家打了個電話。

米高也有些暈，栽到沙發就瞇糊了。後來，他被凍醒，摸出手機看時間，看到吳京的短信。她說要帳不順，還得晚幾天回。米高把手機合上，丟到一邊，躺下片刻，又爬起來，看了看吳京發短信的時間。

◆二

第二天，米高沒去上班。他所在的單位極不起眼，說出來沒幾個人知道。有時米高說了，對方會瞪大眼，問這個部門是幹什麼的，米高得解釋半天，後來，他就不說自己的單位了。老夏介紹米高，稱米高米總，米高也不解釋，由他去。可有可無，因而總是被忽略。也有好處，米高早去晚去，去與不去都可以。

這幾天，米高正看央視十套的紀錄片《人類星球》，昨晚錯過一集，他在電腦上補回來。一個人在家，他把音量調得極高。如果吳京在，他就得戴耳機。他戴耳機的時候不多，吳京一年有三百天出差。吳京比他能幹，和他結婚時，她是臨時工，而他是本科生。米高開始分配在農業局，兩年後到了現在的單位，再沒挪窩。再挪窩的可能性很小了，哪個單位會要個四五十歲沒有任何特長的男人？米高閒散慣了，換個地方未必適應。他的性格和他的單位也算脾味相投。與米高相反，吳京換了十幾個工作，直到進了這家燈具廠，由推銷員一路幹至銷售主管。沒有獎金，沒有任何福利，米高那點工資基本忽略不計，這個家全靠吳京撐著。吳京沒因自己掙得多給米高甩過臉，米高也從不看吳京臉色行事。吳京在家，米高戴耳機是因為吳京怕吵，她在外邊說得太多聽得太多，回到家只想安靜休息。默契？平等？米高說不上來。他是希望吳京不那麼忙的，可吳京在家時間久了，他又感到不自在。怕吳京看出他的不自在，她休息，他準時準點上下班。

吃過午飯，睡了一覺，正琢磨該不該去單位遛一遭，老夏來了電話。米高以為老夏又有飯局，無論如何，今天不去了。老夏問他在哪兒，他說腦袋有點昏，在家窩著。老夏賊賊的，問，咋？怕我喊你喝酒？米高說真的不怎麼舒服。老夏問，不打緊吧？米高說，不打緊，可能是有點感冒。老夏忽然道，你不夠朋友。老夏的聲音有點兒重，米高聽出來了，笑笑說，我真的不舒服，又有飯局？老夏說，我說的不是這個。米高問，不是這個是哪個？老夏說你清楚。米高問我清楚什麼？老夏頓了頓說，米高啊，我可是從不把你當外人。米高聽出老夏的嚴肅，愣了愣，我也沒把你當外人呀，什麼事你不知道？什麼事不找你？老夏說，我等了你整整一上午，等你給我打電話，你小子撐勁大啊，我只好上趕了。米高摸不著頭腦，問，你說的什麼事呀，我怎麼聽不懂？老夏罵，你小子，和張吾同是什麼關係？

米高愣了片刻，突然就笑了，根本就沒有張吾同這麼個人，我不過是隨便說說。老夏追問，沒有？你敢說沒有？米高幾乎看到老夏瞪圓的牛蛋眼。老夏眼大，眼皮厚，自嘲是牛蛋眼。米高說，也不是沒有，可我並不認識他。老夏說，認識也罷，不認識也罷，反正有這麼個人吧？米高說可能有這麼個人，但與我無關。老夏問，無關你審判他幹什麼？米高笑罵，靠！那不是胡扯嗎？老夏說，朋友歸朋友，有些事不能擺到桌面上，我懂，你和張吾同有什麼過節，不說也罷，什麼時候用我，一個電話就得，咱公檢法都有熟人。老夏如此認真，米高急了，叫，我和他沒什麼過節啊。老夏不客氣地回敬，沒過節審判個鳥？米高意識到邏輯上有些混亂，越想理順，越理不清楚，惱火地咳一聲，反正，我不認識他，隨你怎麼想吧。老夏說，算啦算啦，我哪有那麼賤，上趕著求著幫你，實話說吧，我上午接到四個電話，問你和張吾同怎麼回事，我說不知道，他們根本不信，我是你最好的朋友啊，他們認為我肯定知道。我他媽不知道怎麼解釋。你不說，我也不想知道。我又不想認識張吾同，也不關我的事。

和老夏通過電話，米高的腦袋真昏了。昨天，他確實是隨意扯的。距社區不遠有個公園，米高常去散步，公園廁所牆上有這麼一句話：審判張吾同。每次上廁所都能看到。不知怎麼就刻到腦子裡，竟然隨意扯出來

米高沒去單位，而是去了公園。他走得很快，從未有過的快。還在，模糊了一些。歪歪扭扭的，或許是哪個頑皮孩子的傑作。那幾個字對米高的意義就是上廁所時看一遍，再無其他。不知別人是否注意到，是否放在心上。米高也僅僅是掃掃，怎麼……米高摸摸兜子，找出數日前交有線電視的發票，報復似的把那幾個字擦一遍。突然心一沉，他把證據毀了。又一想，什麼鳥證據？暗嘲自己愚。

米高不怎麼痛快，看書看電視注意力都不集中。後來，他去街角看下象棋。晚上，覺得還是向老夏解釋一下。那邊很吵，米高說你不方便，改天吧。老夏說能講就講，沒什麼不方便，我出來了，你說吧。米高就講，那句話是從公園廁所牆上看到的。老夏笑了，米高，你解釋這個幹嘛？米高說，真是這麼回事，我真不認識那個鳥人。老夏說，不認識就不認識吧，我又沒逼你認識。米高問，你相信啦？老夏笑了，一個子虛烏有的鳥人，你幹嘛這麼在乎別人信不信？米高腦子又有點亂，於是狠狠罵了髒話。老夏說，瞧瞧你這脾氣，你平時不是這樣嘛，我信，你沒事就好。老夏語氣很平靜，可米高總覺得其中摻了什麼。掛了電話，米高發了好一陣子呆。

◆三

米高的每一天是以刷牙來結束的，刷完牙就該上床睡覺了。那天，他刷完，對著鏡子齜齜牙，忽然想起一檔子事。他重新打開電腦，搜索張吾同的相關資訊。叫張吾同的還真不少，有作家，有經理，有教師，居然還有一個殺人犯，潛逃八年，終於落網。這幾個張吾同應該不是廁所牆上那個，都在別的省份。米高仍在紙上草草記下他們的資訊。突然生自己的氣，隨後把那張紙揉作一團扔了。

吳京回來是兩天後了。她進門先洗澡，每次出差都這樣，好像一路都在灰裡滾著。米高掐著點兒，她進門，他放好水，不遲不早。她在家睡覺時候不多，吃飯時候不多，米高能替她做的沒幾樣。洗完澡，馬上過夫妻生活，倒不是兩人多當緊，而是不敢耽誤，吳京隨時可能拎包走人。那次，吳京洗完澡，米高接了一個電話，扯得時間稍久了些，其實也就二十分鐘吧。他剛掛，吳京被電話催走，半個月不見影子。米高從來不問吳京生意上的事，吳京也不說。吳京升銷售主管後，更忙得首尾不見。

兩人在一起的日子很像流水線，在不同的時間複製相同的過程。有些乏味，不過，習慣了，也沒什麼不好。米高一個人在家，除了更自在，也沒什麼不同。

吳京從衛生間出來，不是披著浴巾，她穿戴整齊，不過換了一套裝束。已經習慣那個過程，米高就有些愣，問，這就走嗎？吳京反問，誰說我要走？剛回來就讓我走，你什麼意思？吳京蕩著淺淺的笑，語氣中卻透著怨。米高忙說沒有，我怎麼會……我巴不得……他沒往下說，他覺得該說出來，但他沒有，似乎怕那幾個字燙著。吳京說，可以歇兩個星期。米高啊一聲，隨後就想擰自己的嘴。吳京稍稍瞪他一眼，你驚著了是咋的？米高辯解，沒有沒有，你該好好休息幾天，他們不能當牛馬一樣使喚你。

程序亂了，米高有些不適應，吳京很隨意地問米高怎麼了。米高說沒怎麼呀，吳京說，你想問什麼就直接問。米高愕然，我問什麼？吳京說，問你想問的。米高笑了笑，我，沒什麼想問的，什麼也沒有。吳京拍拍沙發，坐呀，好像你是客人。

吳京有些反常。在外面把舌頭磨短了，回家就不想張嘴，這是她說的。今天，她的話格外多。

我說說外面的事，你想聽不？

米高說，行啊，你想說，我就想聽。

吳京抿抿嘴，積蓄力量似的。我以前不願意講，是不想讓你難受。你我沒背景，沒資源，我還比你少一樣，沒文憑。可是，咱得掙錢是不？靠什麼？除了一張嘴兩條腿，就是辛苦了。進燈具廠，人家問我能吃苦不，我說我最拿手的就是吃苦。試用期半年，底薪只夠吃喝，完不成銷售任務，半年就得滾蛋。六個月的中間，我好容易簽了個單子，沒這個單子，我離滾沒多遠了。那個單子是和外地的教育局簽的……算了不說了，我被折磨過了，不想再折磨你。現在當了主管，在領導眼裡，依然是個扛包的，不過原來扛一個包，現在扛幾個包。在外面更什麼都不是，孫子都不如。有時下作得自己都懷疑，但我沒做過對不起你的事，你信嗎？

可能是吳京拐彎過快，米高的反應便有些遲鈍。對視數秒，米高才意識到她在等他回答，忙不迭地點頭，信呀，我沒說過你什麼。吳京說，你沒說，不一定就相信。我知道你不相信我。米高有些惱火，我沒招惹你，你這是怎麼了？吳京說，我也沒招惹你呀，誰知你怎麼了？你看看這個吧。

吳京的手機有一條短信：米高在調查你和張吾同的事。

米高的腦袋砰地一聲，像被槍擊中了，但他的眼睛並沒有發黑，硬而亮。

燈具廠沒有叫張吾同的，大老闆姓李，二老闆姓喬，我的客戶中有姓張的，但沒有這個名字。下三爛的勾當我沒少幹，我雇過小姐，只要客戶有要求，我盡量滿足。但我沒賣過自己，誰稀罕一個老女人？

誰發給你的？米高的呼吸很粗。

吳京說，問你自己吧。

米高按那個號撥過去，接通，他的腿突然有些顫。沒人接聽，米高一遍遍地撥，後來就撥不通了。米高接住吳京的目光，我沒調查你和張吾同的事，這是造謠，是胡說，你別理他。吳京說，那個人不會無緣無故給我發短信，他怎麼知道我的手機？還知道你？米高說，惡作劇，一定是惡作劇。吳京說，但願吧，這也太無聊了。米高罵，簡直是無恥。

米高說出去買點水果，到樓下便迫不及待地給老夏打電話。米高聲音不高，可氣衝衝的。老夏說，你這口氣是興師問罪呢，你是不是懷疑我給吳京發的信息？米高說，懷疑你就不給你打了，那天吃飯的沒幾個人，你幫我分析分析，誰最有可能？幹嘛陷害我？老夏說，把那個號碼發給我，我試試吧，別上火。

米高進屋，吳京問，水果呢？米高一拍腦袋，瞧這記性，被氣昏了。吳京意味深長地看了他一眼。

◆四

米高把那天晚上吃飯的人過濾一遍，除了那個陌生面孔，沒有誰和他有過節，他們沒有理由惡他，陌生面孔八竿子打不著，更不可能。他後悔自己信口胡扯，別人當了真，竟然還把張吾同和吳京扯上關係。米高不是沒懷疑過吳京，但的確沒怎麼猜忌她。這話有些矛盾，他實在是說不清楚。吳京長得沒多出色，但有時候挺迷人的，尤其笑起來的時候。有時在書上讀到某句話，在電視上看見某個鏡頭，他會突然想起吳京，但不允許自己想下去，那對他對吳京都是汙辱。刺激反應來得快散得也快，如狂風中的一綹輕煙。他沒猜忌她，怎麼會調查她和別人的事？都怪老夏這傢伙，喝酒就喝酒吧，非要亂講，而他竟然扯出那麼一句風馬牛不相及的話。

次日，米高起床，吳京還在睡。挺罕見的。她有限的在家時間，總比他起得早，睡過頭她會頭疼。米高沒敢驚動她，輕手輕腳的。到單位，米高便迫不及待地給老夏打電話，問老夏查了沒有。老夏說你得限個工夫呀。米高說你快點兒，媽的，我半夜沒睡。大約一個小時後，老夏說找人查了，那個號碼沒註冊，可能是街頭賣的一次性卡。米高失望地說，那怎麼辦？就這麼放了他？老夏說，如果僅僅是玩笑，就不要在意，如果……米高打斷老夏，沒有的事，可我在意。老夏說，既然無中生有，幹嘛在意？米高吞了穀糠似的有些噎，梗梗脖子，不是我在意，是吳京在意，老夏，你得幫我。老夏也罵了髒話，我什麼時候沒幫過你？這種忙沒法幫啊。兩人在電話裡分析那天吃飯的人，都被老夏否掉了。那幾個人我還了解，絕無可能。米高問那個陌生面孔，老夏說他根本就不認識你，更不可能。米高說，他們都不可能，那是怎麼回事？老夏叫，你這是給我拴套子！米高，你明說嘛，幹嘛繞圈子？米高忙說，你誤會了，我沒懷疑你。老夏說，我傷心了，你讓我傷心了。米高說了一大堆好話，求老夏挨個給那晚吃飯的朋友，還有那個陌生面孔打個電話，如果是他們中的哪個，站出來說一聲，玩笑開過頭了。我問不合適，老夏，你得幫我一把。老夏無奈地說，好吧，我給別人擦過屁股，你這還不如屁股呢。

吳京沒再提那條短信，沒再提那個叫張吾同的傢伙，但明顯有什麼豎在兩人中間。不提並非不存在。有時，往往相反。晚飯是吳京做的，她很多年沒下過廚，不知油鹽醬醋在哪兒放著。她沒用米高幫忙，但米高也沒閒著，守在廚房門口，等她詢問。準確點說，這頓飯是兩人合作的。飯後，米高在沙發上坐了很久，像在等待什麼發生。吳京說，忙你的，別管我。米高自問，我管了麼？沒管她呀！於是，他打開電腦，戴上耳機。手機就在旁邊擱著，鈴聲一響，他就接了，但沒馬上說話，進了衛生間，才喂了一聲。老夏說問了幾個，都說沒開這種玩笑，根本不知道你老婆的號碼。還有兩個沒聯繫上，只能明天問了。怕米高著急，先彙報一聲。米高，這可是得罪人的差事，哪天得請我。米高應了，匆匆掛掉。

熄燈後，米高仰躺了一會兒。這是吳京回家的第二個晚上，昨天他們囫圇著睡了，誰也沒碰誰。心彆扭，身體自然也彆扭。今天不同了，但也沒有多麼的不同。米高思忖她會不會拒絕，會不會嘲諷他。終於，他決定摸過去。如果真有那麼一個人，他又在調查的話，絕不會碰她的。這話不能說出來，只能用行動來說。吳京倒沒拒絕，但米高覺得她身體有些僵。他再次躺下去時，她問，你還讓我出去不？你覺得我在家好，我就天天在家。語氣是徵詢的，話是委婉的，可話外音很多。她還在勁兒上。米高頓了頓說，你想在家就在家，想出去幹，也沒問題啊。吳京說，什麼叫沒問題？過日子得要錢，房貸是還完了，沒幾個餘錢，碰上頭疼腦熱的，連醫院的門都進不去。這是實話，吳京養著這個家。米高的工資少得可憐，夠他自己花就不錯。米高也因此底虛。憑良心說，吳京沒有因他掙得少而說過什麼。憑良心說，他也沒幹過任何對不起她的事。因此，米高的話就有些硬，隨你的便，你愛信不信，我沒調查過你。吳京說，你想清楚了，我天天在家可能會妨礙你，你接電話不那麼方便。米高想糟了，儘管躲進衛生間，她還是聽見了。索性開誠布公吧，他說電話是老夏的，沒什麼祕密，只想讓老夏搞清楚，是誰開這麼無恥的玩笑。

吳京呼地坐起來，黑暗中，眼睛依然瞪得嚇人，怎麼和老夏講，想傳播是咋的？米高說，要想查清楚，還你一個清白，也還我一個清白，只能靠老夏。吳京似乎冷笑了一下，你我清白不清白要靠老夏證明？米高辯解，不是證明，是查明真相。吳京問，老夏能查明？米高說當然能。突然意識到說過頭了，可是改似乎更加不合適。吳京反而平靜下來，那就查吧，我倒要看看真相是個什麼東西。

◆五

老夏終於聯繫上另外兩人。當然了，他們也沒給米高老婆發任何資訊。其中一個叫白五的，還給米高打了電話。可能是喝了酒，口齒不那麼利索，直叫米高不夠意思，為什麼不問他，難道他的嘴需要老夏撬嗎？米高解釋，白五好像沒聽進去，連著問，相信兄弟嗎？……相信兄弟嗎？米高說相信啊，我懷疑你幹嘛？白五追問，真的？米高說當然是真的。儘管白五不在跟前，米高依然被他的酒氣嗆著似的，捂了捂鼻子。白五說，你說的任何話我都不會告訴嫂子，我最恨無事生非。米高幾乎是乞求了，我一萬個相信你，行了吧？正要掛斷，白五問那個傢伙叫張什麼同來著。米高說張吾同，白五說想起來了，你想把他怎麼著？咱黑道上有人，做了他都行。米高說你喝大了，白五說我是灌了不少，但說的不是酒話。米高掛斷了。他覺得什麼東西往下掉，抬頭看看天空，好一會兒才意識到是腦門上的汗。

連著三天，米高接到八九個朋友的電話，有的直接問他與張吾同怎麼樣了，有的沒提到張吾同，但關切的語氣顯然聽到了什麼。米高盡量耐心地平靜地說自己沒什麼事，根本不認識什麼張吾同。那天中午，大學時的輔導老師也打來電話。那時，米高剛走進單位廁所，還未蹲下去。他便祕好幾天了。輔導老師對米高不錯，但畢業後再無聯繫，直到兩年前的同學聚會，輔導老師也參加了，米高和他互留了手機號，但也僅限於節假日發條短信。老師說的時候，米高慢慢解褲子，他感覺腸胃有那麼點兒聽話的意思了，不敢錯過良機。老師仍然是老師的口吻，說沒有哪個人是一番風順的，難免遇到什麼危機，這是正常的。老師說，米高嗯，老師終於拐到米高個人問題上，說昨天才聽到的，勸米高想開，別做傻事。米高沒忍住，叫，沒有的事，別聽他們胡說。老師顯然被米高嚇著了，頓了頓說，沒有就好，是我多嘴。米高恨不得將手機砸了。他像一條被激怒的公牛，只是沒有犄角。他狠狠拍著廁所的門，半晌才想起自己是上廁所的。他痛苦地努力著，什麼都拉不出。

米高趕到老夏那兒，進門就嚷，你把我害苦了。老夏哈一聲，誰害誰呀，沒良心的東西。米高講了自己的遭遇，老夏苦笑，是你求我給那幾個人打電話，我是按你的意思問的，沒多說沒少說，我不是亂講的人，你知道。沒想到那麼多人給我打電話，惦記你的人還真不少，他們問你和張吾同的事，我說不知道，他們說我不講實話。這幾天，我盡忙你的事了，你說，誰害苦了誰？米高洩氣地仰在沙發上，老夏，你得幫我呀！

老夏攤開手，我什麼都不知道，你讓我怎麼幫？

米高咕噥，反正，你得幫我。

老夏說，你得跟我說實話。

米高叫，我什麼時候沒說實話了？

老夏盯住米高，那個張吾同，究竟⋯⋯

米高氣乎乎的，我早說了，沒有那麼個人。

老夏斟酌著，你老婆，她……

米高說，她沒外遇，我從沒懷疑她。

老夏擊掌，既然沒有張吾同這麼個人，你也沒懷疑過老婆，由別人說去吧，你害怕什麼？

米高想，我害怕了麼？不，他不害怕，可是，他難受。他，一個被忽視，享受忽視的人，突然間被置於舞臺中央，被巨大的燈光烤著，比不自在痛苦萬倍。還有吳京，得給她個交代。

米高在老夏那兒泡了半天，老夏答應向吳京解釋，再當一回惡人。話可以說，相不相信我就管不著了。吳京挺給老夏面子，適度地笑著，我不在乎破短信，自個兒乾淨，外人潑不髒，我生氣的是他滿世界地嚷嚷。老夏解釋，是他的破嘴嚷出去的，並不是米高，怪就怪他好了。

老夏走後，吳京雖然責備米高，臉顯然晴了許多。夜裡身體也軟了許多。吳京說，我已經是菜幫子了，也就是你啃幾口。米高很賣力，似乎要告訴她，就算她是菜幫子，他也當菜心吃。

吳京在家快一週了，後天必須得走。明兒想去趟醫院，這幾天乳房老隱隱地疼。米高忙說，我陪你去。次日起了個大早。乳腺增生，輕微的，醫生開了兩盒藥。兩人大鬆一口氣，商量著中午去吃牛排。剛出醫院，吳京接到一個電話，街上嘈雜，吳京捂著一隻耳朵往小巷走。米高站在那兒，看著她的背影。吳京返出來，步子遲緩了許多，臉色也不怎麼好看。米高問怎麼了，吳京不答。米高再問，吳京說，有人給我的同事打電話了。米高的心縮緊了，他已經意識到，還是愚蠢地問，幹嘛？吳京說，還能幹嘛？

米高覺得一條冰涼的蛇緩緩地爬上後背。好半天才說，你還懷疑我……

吳京說，我相信，你不至於。

米高說，那不得了，別人愛他媽怎麼嚼怎麼嚼。
吳京說，你沒調查我，我信。那個張吾同，你和他到底怎麼回事？
米高急了，不是說過麼，我隨便講的。
吳京緩緩地說，好吧，這個我也信。

◆六

家裡終於剩下米高一個人了。那幾日單位跑得太勤了，得歇一歇。電視開著，電腦開著，聲音灌滿每個房間。在混雜的震耳的聲波中，米高反而是無聲無息的。後來，他想起該給吳京發個短信。有兩個未接來電，一個是朋友的，一個是陌生號碼。他把手機丟在沙發角落，離開沙發。

當然，他不會二十四小時這樣，超過限度，那就不是享受。還有人會問他，但只要提到張吾同，他就毫不留情地掛掉。他相信無聲的駁斥會使張吾同更快地死掉，更久地消逝。

但老夏的電話他不能掛。許多事，還得仰賴老夏。老夏問還有沒有人打聽張吾同，米高稍稍猶豫一下，大聲說沒有了。老夏抱怨被米高折騰得夠嗆，米高聽出老夏邀功，忙說改天坐坐。老夏也不客氣，說行啊。米高問哪天，老夏說有空我給你打電話。

那天，老夏定的是晚上，後來說晚上另有活動，改在中午。人都是老夏喊的，有米高認識的，也有不認識的。因是中午，又開著車，喝酒的沒幾個。米高做東，自然得喝。另一個原因，米高想借酒壯膽。米高有些虛，有些緊張。他害怕他們問到張吾同，又希望某個人問起，這樣，他就能將來龍去脈說清楚。像兩根繩子，米高被五花大綁，一會兒往這邊歪，一會兒又往那邊倒。

有一個晚到半小時，邊落座邊和眾人打招呼。和米高對視時，目光突然亮了幾分，問米高，沒事吧？米高說沒事呀。那個人比米高低一屆，是米高和老夏的師弟。他說沒事就好，昨天聽說你把一個人打了，本來要給你打電話，後來接待了兩個上訪的，就把這事忘了。米高再次被目光圍住，他冷笑著問，那個人是不是叫張吾同？師弟說好像姓張，我忘了，真打了？老夏忙打圓場，說別在飯桌上扯這些沒影兒的事，你看米高像打人的人嗎？米高沒買老夏的帳，某一端的繩子突然抻緊。他說在座的都是朋友，老夏，你把經過講一下吧。

老夏就講了。

米高說，張吾同這個名字是我在公園廁所的牆上看到的，誰不信，我領你們去看。

老夏說，沒有誰說不信呀，看個鳥，別提這個碴啦。眾人也附和，勸米高別放在心上。氣氛突然就有些悶，雖然老夏一再慫恿著講黃段子。米高又不自在了，是吳京在家時間過久的那種感覺。

老夏和米高走在最後。老夏重重拍米高一掌，有些勸慰的意思。米高突然一陣難過。他讓老夏跟他去公園，看看廁所牆上是不是有那幾個字。老夏又拍他一下，鬧什麼鬧？米高說，我看出來了，他們不相信，你得給我作個證。老夏說，由他們講去，別折騰自個兒。想到自己仍然掛在別人嘴上，米高更加難受，一定要拉老夏去。老夏有當緊事。米高抓著老夏胳膊，很有些蠻不講理。老夏挺惱火，狠狠甩開米高。

米高看著老夏鑽進計程車，看著計程車匯進車流。意識到自己過分了。又一想，也沒逼老夏幹什麼，不過讓老夏作個證。既然老夏沒工夫，那米高自己取證好了。並非無聊，而是舞臺的滋味難以消受，他需要回歸觀眾席。

米高怕手機拍不清楚，從家裡取了相機。相機是吳京的，米高出門少，用相機的機會不多。走到廁所那兒，才想起那行字早被他擦掉。米高一陣心驚肉跳，虧得老夏沒來。證據沒了，他仍盯著那面牆站了好久，彷彿時間足夠長，那幾個字會從水泥中凸出來。終於，被酒泡過的腦子轉動起來，他拐出公園，買了一支黑彩筆。寫下那一行字，仍覺不夠解氣，又加了一行。我操你媽張吾同！！！

米高舉起相機，哢嚓一聲，張吾同就這樣被定格住。

我們的病

是一對青年男女。男的細長，女的個矮，略胖。他們不像別的青年男女那樣一同坐在後排或男的坐在副駕位，而是女的坐在前邊。她關車門的力氣使過了頭。我瞄一眼，她臉上掛著臘月天的烏雲。我問去什麼地方，男的剛吐出一個音兒，女的便搶過去。乾脆俐落。男的欲糾正，女的聲音突然提高了八度。車拱了拱，停在路邊。我問誰說了算，到底去哪兒。女的說，我說了算，北斗路！男的沒再吱聲。我問，你認識路嗎？女的偏過頭，什麼意思？我說對不起，我沒到過那兒。女的說前面紅綠燈左拐，照直走。

開差不多十年的出租了，我拉過各式各樣的人。拉過孕婦，離醫院還差幾百米，孩子性急，結果車廂成了產房。拉過自殺未遂少女，那天我連闖七次紅燈。還拉過一對同性戀。我至今沒有拒載過。我很清楚自己的職業。

拐過彎，男的開口，我沒和她見面，我是個男人，向你保證過。

女的嗤一聲，很不屑。

男：你為什麼不相信我？

女：我憑什麼相信你？

男：憑我……你要我怎樣才肯相信我？我可以為你去死。

女：你死去吧。

男：我要說清楚，說清楚再死。

女：你還想說什麼？我聽夠了！

男：我向你保證，我沒和她見面。

女：那你幹什麼了？

男：我是業務員，必須去。

女的冷冷一笑。

如果不是車流和路兩側霓虹燈的提醒，沒準我會以為自己坐在沙發上，聽著蹩腳的電視劇對白。據說中國老年痴呆症患者逐年增加，發病率超過世界上任何一個國家，凶手之一就是那些濫俗的電視劇。

男：我給老闆打電話，讓他告訴你，是不是他派我去的。

女：你別費那個心了。

男：怎麼？你懷疑老闆和我串通？我怎麼可能？……小玉！

我問，照直走？

女的說，過第六個紅綠燈，右拐。

男的說，師傅，你開慢點。

女的斜我一眼，別聽他的，速度快點。

速度不可能快，雖說已經八點多，不是下班高峰期，但這個鐘點正是許多人離開酒店的時候，他們或者往所謂的家走，或者去別的什麼地方，還有一些人，晝伏夜出。因此，車並不比白天少，甚至更多。

堵車了，喇叭聲此起彼伏。摁喇叭並不能疏通車道，反平添幾分焦躁，但總有司機瘋狂地摁。喇叭聲也傳染，就像一群狗，有一隻狗叫，整個狗群就會回應，說不清誰激怒了誰。平時遇到這種情況，我安安靜靜的，不急不躁。但那天，我猛力拍打著。男女的爭吵戛然而止，他們似乎被喇叭聲驚著了。其實，我並不是衝著他倆。我和老婆吵架了，心情不好。

我結婚二十年了，老婆是原裝的，平時也拌嘴，慪幾天氣就重歸於好。沒有不颳風的天，颳風難免嘴裡進沙子。我習慣了，不覺得這是個事。坎再高，跨過去，就不再是坎。但是……要說這連坎也算不上，可我的生活從此陷入沼澤。不，一點也不誇張。

事情的起因很簡單。老婆的父親看病花了一筆錢，需幾兄妹分攤。我剛剛買了樓房，手裡緊張，但這五萬塊錢不能賴，於是就和大哥借。我們弟兄兩個，大哥比我幸運，讀的是名牌大學，畢業後在政府機關工作，數年前辭職下海，儘管沒做大，畢竟是小資本家了。我高中畢業頂替父親進廠當工人，沒幾年就成為下崗一族，整日為養家糊口奔波。我沒能耐，遇到什麼事總是找大哥。一個月前，我和老婆攢夠五萬，還給大哥。大哥沒催過我，這錢對他也不算什麼，但有債在身，儘管是欠自己親哥的，那感覺也不爽，就像整日穿著發潮的衣服。那天，我記得很清楚，我開的是夜車，上午睡了一覺，中午趕到大哥的廠子。大哥說如果我用就先留著，我說不用了。我把包錢的報紙展開，整整五遝。我想提醒大哥點點，大哥的手機響了。接過電話，他把錢草草扔進抽屜，說咱倆好長時間沒一起吃飯了。我的話就沒說出口，也不打算再說。我倆吃麻辣燙，大哥不吃辣，但我愛吃。鴛鴦鍋，他吃他的，我吃我的。席間，我們聊了些家長裡短。我和大哥分開不久，老婆打電話，問我還了沒有。我說還了。我沒喝酒，大約是辣椒的緣故，我挺興奮的。老婆問大哥寫收條沒有，我遲疑間，她提高聲音，怎麼跟你說的？讓他寫個收條。我說寫什麼收條，他是我大哥。老婆說寫一個吧，寫一個好。我嗯唔著，老婆掛斷了。如果在大哥辦公室，他點完錢，我提出來，他可能順便就寫了。現在回去讓大哥寫收條，怎麼也不合適。再說，也確實沒有必要，大哥還會賴我？

晚上，我換班時，老婆還沒回來。她在藥廠當會計，藥廠原先在市區，後來搬到郊區，單程得一個多小時。第二天清早，我進門，老婆便攤開右手。我把手裡的油條豆漿遞過去，老婆左手接了，右手仍然攤著。收條！我哦一聲，忙掏兜。亂七八糟一大堆，但沒有收條。我撓頭，老婆識透我的伎倆，生氣地說，你別演戲了。我只好實話實說，強調收條毫無必要。借錢大哥沒讓我打借條，還錢憑什麼讓大哥寫收條？老婆說如果打借條倒好了，你把借條收回，萬事大吉。因為沒打借條，必須讓大哥寫個收條，這是還錢的依據，日後如果有什麼事，這就是證據。大哥是什麼人，會因為五萬塊錢訛我？老婆說騙人之心不可有，防人之心不可無，現在大哥倒是不會，但以後呢？萬一……這世道說不準兒。到那個時候，什麼都晚了。

我和老婆大吵一頓。與過去不同，吵過，事情沒有結束。老婆仍逼我找大哥寫收條。我妥協了，硬著頭皮去找大哥。

到了現在，你還抵賴。女的聲音弱下去，似乎絕望了。

靜默幾分鐘，男的終於招架不住，我是見過她，但絕不是專程去看她。

你為什麼騙我？

我絕不想騙你，是怕你誤會。

我是斤斤計較的人嗎？

你不是，都怪我。我接到她的短信，她問我在哪裡，我就說了。她問我能不能和她見一面，就一面。我沒回覆。她又發來一條，內容是空的。我突然有不祥的預感，她割腕自殺過。

因為你？

不，和我無關。

你知道的挺清楚麼。

對不起，我……

女的再次哼哼。

我打車去了她那兒。

你記性不錯，兩年沒見，還記得這麼清楚。

那是個城中村，房租便宜，外地人都喜歡住那兒，很容易找的。我敲半天門，她不開，打她手機，沒人接。我慌了，你的電話就是那個點兒打進來的。我沒耐心和你說，因為，那個時候……對不起！我又一頓狠拍，正想報警，她上來了。她住二樓，可她氣喘吁吁的，像爬了幾百層。

你記得可真夠清楚。

不是你讓我說清楚麼？好吧，我說得簡略點，我問她為什麼不接電話，她說以為我不會過來，把手機扔屋了。她一天沒吃飯，出去買麵皮。

她為什麼和你見面？

她那晚心情不好，想找個人說說話。

說話？哄鬼去吧。無賴！騙子！

我發誓，我向老天爺發誓，如果做了對不起你的事，讓我爛嘴巴。

你的嘴巴已經爛了。

我真什麼也沒幹呀。

說了一整夜的話？

是……一整夜。

說什麼？

她的那些事。

什麼事？她當間諜了？

她……有點兒麻煩。

那天的事可能與大哥的情緒有關。我進去的時候，大哥正嗚啦嗚啦打電話。我點點頭，大哥沒回應，目光突然硬硬地向牆角刺去，好像那兒出現了什麼怪異的東西。聽他的聲音，明顯生氣了。我無聲地縮在沙發上，靜靜看著他。大哥在催一筆貨款，半年前就該結的。大約二十分鐘，臉色發青的大哥掛斷電話。他連聲罵著髒話，那不是大哥平時的風格。大哥內秀，和我不同。我正要站起，桌上的電話又響了，大哥喂一聲，突然就躬了腰，看上去比剛才矮了半頭。大哥稱對方行長，聲音甜膩，含著麻糖似的。我能猜出大概，大哥也金融危機了。我邊替大哥著急邊慨嘆，當老闆也並非別人想像的那麼舒心。終於打完電話，有人敲門起來，是大哥的會計，請示大哥發不發工資。似乎她的話衝撞了大哥，大哥猛地揮揮胳膊，不發。會計提醒，已經拖了兩月，再拖……大哥打斷她，很不理智地讓她出去。我看不清女會計的臉，但猜測她臉色一定很難看。女會計轉身離開，大哥卻又叫住她，讓她先發一個月。大哥的語氣有些無奈，也有些歉意。

大哥發了幾分鐘呆，突然看見我似的，招呼我，問我什麼事。說來羞愧，我每次找大哥不是這事就是那事，應了那句俗話，無事不登三寶殿。大哥總是有求必應，從來沒有敷衍我。我從未說過任何感激的話，倒不是覺得理所應當，而是覺得那樣反而生分。默念的好，才是真正的好。讓大哥寫收條，比我讓大哥辦的任何一樁事都容易，也比我讓大哥辦的任何一樁事都難。我說不出口。大哥追問我到底怎麼啦，是不是還要用錢。並說他是遇到一點困難，可手裡不缺錢。我搖頭。我腦袋發脹，不知從何說起。大哥有些生氣，有話直說，吞吞吐吐的幹什麼？我吭吭哧哧，結結巴巴說了，每個字都帶著鉤子，豁得我嘴唇火辣辣的。大哥表情有些怪異，我躲著他的目光。大哥問是不是老婆打發我來的，我含混地嗯唔一聲。大哥輕輕笑笑，我聽出那笑聲含了諸多不快。大哥盯著我，你借錢我沒讓你打借條，為什麼還錢非讓我打個收條？怕我賴你的帳？我說不是那個意思。大哥問不是這個意思又是哪個意思？我答不上來。找個地縫鑽進去，我真正明白這句話的含義了。大哥沒有再為難我，嘆口氣寫了收條。他舉著收條端詳一會兒，又撕了。他稍有些嚴肅，老二，沒這個必要，我可以寫收條，但這樣一來，你我還是兄弟麼？其實，我早就後悔了，不該聽老婆的，冒冒失失幹這麼一出。我贖罪似地表態，就是，大哥說的是。大哥送我出門，拍拍我的肩。那是更複雜的語言。

我和老婆吵架了。我把大哥的話轉給她，不是用這些話擋她，而是我認可大哥的看法。老婆說一個收條就能改變的情分，根本不叫情分，情分沒那麼容易改變。退一步說，親兄弟明算帳，打個收條，哪個朝代也合情合理。老婆舉了她單位的例子，不只兄弟之間，還有父母和兒子打官司的。如果當初寫清楚，什麼事也沒有，現在依然是一筆糊塗帳，官司打下來，甭說親情了，仇恨都有了。老婆說的也不是沒有道理，但畢竟是個例，我和大哥之間不會發生。老婆不摔盤子不摔碗，都是錢買來的，她是會計，特別會算經濟帳。她對付我的法寶有兩招，一是不給我做飯，二是不跟我睡覺。不做飯不要緊，開多年出租，已經習慣在地攤餵肚子。不跟我睡覺有點難受，這種事在外面解決要花錢，咱掙錢不易，捨不得，但為了不損兄弟情分，我咬牙忍著。老婆見她的絕招失效，板著臉對我說，如果我不去找大哥，她就去。我頓時慌了，擔心她和大哥吵起來。想來想去，還是覺得我去找大哥好些。

男的講述過程，有些語無倫次，我以為女的會阻止，因為和他見面的女孩的事有些複雜，牽涉到另一個男人，她應該不會有那麼大耐心。但女的竟然保持沉默。說來，那女孩和另外一個男人的事並不複雜。一個未婚女孩，一個有婦之夫。遍地這樣的垃圾故事，繞著走都躲不過。不同的是——其實，也算不得不同，我聽得相對少一些而已——女孩主動提出分手，沒向有婦之夫索賠。

這麼說，是她把那個男人踹掉了？女的冷笑著問。

男的似乎沒防住，啊一聲，說，男人不適合她。

女的追問，誰適合？你嗎？她繞一大圈，發現你最適合她，對不對？

男的意外地提高聲音，不！過去結束了，我們根本沒提過去，她知道我已經找到伴侶，她知道我是幸福的。

女的哼一聲，是麼？她怎麼知道？

男的比剛才更加理直氣壯，我告訴她的。我們保留著手機號。

女的說得很慢，滿是嘲諷，過……去……結……束……了？

男的說，結束了，只是個手機號。
女的噓一聲，學著男的聲調，只是個手機號。
男的說，我和你說過，你早就知道。
女的說，死灰復燃，老天爺也防不住。
男的說，咱們馬上要結婚了，幹嘛……
女的似乎愣了一下，結婚？噢，你惦記的事還真不少。
男的說，你別這樣。
女的問，我哪樣了？我關心你們還不行？你們沒提過去，整整一夜你們幹嘛了？
男的聲音像剔掉骨頭的肥肉，頓時又軟又滑，說話，她說，她遇到點兒麻煩。
女的問，什麼麻煩？
男的吭哧著。
女的火了，舌頭斷了？是她遇到麻煩了，還是你和她遇到麻煩了？
男的囁嚅道，是她，她懷孕了。
女的極其機敏，她懷孕找你幹嘛？你的？
男的嚇壞了，連聲道，不不，是那個男人的。
女的逼問，她為什麼不找那個男人？
男的說，她沒找到，後來知道，那個男人進去了。
進去了——坊間，這三個字很普通也很神祕，神祕在於那是一個已知卻難以言說的世界，普通是因為誰都曉得其含義及含義的輻射意義。

女的問，所以，她就想到你？

男的無力地說，算是吧。

女的突然叫，夠了！你們兩個……哼，至少有一個說謊。

男的申辯，我沒有……她也不至於。

女的冷笑，不至於？她主動提出分手，鬼才信！要麼，她向你撒謊，要麼是你替她撒謊。你這是坦白嗎？我不是白痴！

車一點兒點兒往前挪，蝸牛一般。整個世界都在堵，早已見慣不驚。但這個時間……前面可能出車禍了。摁喇叭並不管用，可仍然此起彼伏。車裡是聲音，車外是聲音，我的心也堵滿聲音，亂糟糟的。

我之所以找大哥，還是覺得許多事情兄弟之間更好溝通。或許大哥受些委屈，但任何委屈也會被親情化解。退一步說，就是個收條的委屈。我剛開口，大哥就變臉了，一張破收條，你就那麼看重？我說不是這樣。大哥指著我，不是這樣，又是哪樣？老二，外人我都沒賴過，還會賴你？這不是收條的事，這是對我的汙辱，對兄弟情誼的汙辱。你少拿女人來擋，她還活吃了你？是你心裡有鬼。

我無地自容。但是，自責之外，心裡也冒出另外的聲音。縱然全是我的錯，可大哥打個收條又能怎樣？缺胳膊還是少腿了？如果一個收條就能把兄弟情誼葬送，說明那情誼原本就不牢靠。不牢靠，如同偽劣房屋，早晚會坍塌。我沒把這話講出來，這樣等於和大哥決裂。當然，我也沒時間，大哥下了逐客令。

沒法向老婆交代。後來，我想到一個自認為不錯的辦法，找人代寫一張收條。當然，落款是大哥。

老婆要的就是已歸還大哥的憑證。她身體不怎麼好，因為這個再鬧出點兒別的病，更加不划算。妥協和退讓聽起來讓人不爽，從另一個角度說，這也是過日子的良方。老婆識破我的計謀，掃一眼就把收條扔了。她說雖然不認識大哥的字，但知道這是假的，因為我的眼睛不會撒謊。不是老婆厲害，是我演技太拙劣。老婆追問，我照實講了。我站在大哥的立場，說我們的要求確實過分，如果是我也會生氣。意外的是，老婆沒有吵，我們的身體還狠狠摩擦了一回。我以為她將此事放下了，誰知我背上的汗還沒落下去，她就說，收條還得讓大哥寫，非寫不可。我問為什麼，她說，你想，開始不和大哥提這個事，咱只是擔心，可能出現不好的結果，也可能如你所說，我是杞人憂天。現在，大哥已經生氣，心裡有了坎，後果就很難說。情分不過是薄薄的窗戶紙，不捅很像樣，一捅就是窟窿。實話說，讓大哥寫收條，並不是糟蹋大哥的人品，大哥對你不錯，我都知道。是怕大哥忘了，大哥事兒多。他肯定不會坑你，可他確實忘記你歸還了，朝你要，你怎麼辦？老婆這樣說，我幾乎打了冷戰。許多事，經不起推理分析。我抱怨老婆多事，也只能抱怨老婆吧？老婆說，我不是瘋子，還不是為了少點兒麻煩？我沉重地嘆息一聲，不知道接下來還能怎麼辦。摁住大哥脖子，讓他寫收條？老婆明白我的憂慮，說，你再去找大哥，只會更僵，咱手裡沒大哥的收條，絕對不能和大哥鬧翻，得想別的辦法。我說只要別傷著大哥，怎麼都行。雖然在家裡，雖然只有我和她，她竟然很鬼祟地湊過來，對著我的耳朵，輕聲講了她的計畫。我真想狠狠揍她一頓。

女的揪住那個問題，說呀，她撒謊，還是你撒謊？

男的說，我沒撒謊，我向老天爺保證。

女的嘲諷，向老天爺保證，管用嗎？

男的改口，向你保證。
女的哼一聲，你沒撒謊，那就是她撒謊嘍，她沒把和那個男人分手的真正原因告訴你。
男的說，可能吧。
女的叫，什麼可能？絕對是！你知道她說謊，對不對？
男的承認了。
婦的說，她是個撒謊的壞女人。
男的沒吱聲。
女的說，你替她掩蓋謊言，和她是一路貨。
男的說，我絕沒有騙你的意思，她因為什麼分手和你我有什麼關係？
女的說，不，只是和我沒關係，和你不同，你和她有過去。她沒把真正的原因告訴你，是怕你輕看她，怕你輕看她，是因為她還在乎你。你心裡清楚，你心裡什麼都清楚，不然，她為什麼給你打電話？可是，不要忘了，你和我有關係，就是說，她和我不是一點關係沒有，我不是旁觀者，我有權力知道，對不對？
不知男的聽懂了，還是被女的這番推理繞懵了，順著她的話音說，沒錯。
女的問，你這算不算撒謊？
男的老老實實地說，算。
女的問，為什麼？
男的喘息聲很重。

女的催，說呀！
男的嘟囔著什麼。
女的問，她懷孕，找你幹嘛？
男的頓了一下，說，讓我陪她去醫院做掉。
女的問，為什麼不找別人？
男的說，她在那個城市沒親戚。
女的搶白，她為什麼不給外地親友打電話？你不也在外地麼？
男的說，可能……誰知道她……大概……
女的制止，行了，別說廢話，你陪她去了沒有？
男的說，去了。
女的問，做掉了？
男的說，做掉了。
女的說，後來呢？
男的說，我就回來了。
女的猛然喝道，你胡說！

我沒打過老婆，老婆也沒打過我。儘管，從結婚那天起，我們就開始爭吵。柴米油鹽的日子，不爭吵似乎不大可能，但動手就是暴力了。我很瞧不起那些動不動就拳腳相加的夫妻，過不下去就離，這是何必？但那天，我突然想揍老婆一頓，她太過分了。當然，我沒付諸行動。而且，被她說服，做她的同謀。

星期天下午，我把大哥請到家裡。中間有些波折，就不說了，請一次，大哥肯定不會來。大哥愛吃魚，我特地從黃壁莊水庫買了一條三斤八兩重的野生鯉魚，老婆從菜市場拎回來一隻現殺的柴雞。老婆燒得一手好菜，她有一項本事，能把菜的邊角料，比如芹菜的根鬚整成正菜。看著滿滿一桌子菜，大哥舉著筷子，似乎不知從哪兒下手。他責備我們兩口子，不該弄這麼多，我又不是外人。我殷勤地笑著，但有意無意躲著大哥的目光。

我不打算出車了，好好陪大哥喝一頓。由於預設陷阱的存在，這番情意有些骯髒。我喝得猛，也是藉以掩飾。大哥勸我少喝點兒，今夜不開車，明天還開。我掛著笑，可臉是僵硬的，有些扯不開。大哥說些生意上的事，還說了些別的。他竭力避開那個不愉快的話題，我呢，自然繞著走。但……那終究是個坎，看清說清才能邁過去。於是，繞了一大圈，還是扯過來。我說對不住大哥，大哥擺手，說並沒有放在心上。老婆插話，並沒別的意思，就是怕時間長記不起來。大哥說，記不起來又能怎樣，不就五萬塊錢嗎？我還和弟弟打官司不成？我注意到老婆的手明顯抖了一下。就這個話題，三個人說得非常明白，特別是大哥，說得再清楚不過。

把大哥送走，我忙把懷裡的錄音筆掏出來。雖然隔著衣服，仍被這家什刺得難受。好在只是可能的證據，如果大哥的記憶不出問題，這個證據會永遠睡在抽屜。也是基於這樣的考慮，我才答應老婆。老婆急不可耐地搶過去，想聽聽錄音效果。什麼聲音都沒有。老婆問我是不是沒摁那個紅鍵，兩個鍵必須同時摁下去。我記不清了。老婆大怒，說我幹什麼都辦砸。我說怎麼錄是她教的，錯也是她的錯。我和老婆突然啞住。大哥站在門口，臉色鐵青。我結結巴巴叫聲大哥。大哥哼哼鼻子，大步走至沙發旁，抓起遺下的手機，摔門而去。事後我回想，送大哥走的時候，一定是太緊張，也可能是太興奮，忘了拉門。顯然，大哥什麼都聽到了。老婆嫌我沒用，我則怪她出這樣的餿主意，搬石頭砸自己的腳。吵有什麼用呢？已經徹底把大哥得罪。嘴上怪老婆，心裡把自己罵得豬狗不如。

向大哥解釋也許沒用，但不能裝啞巴。沒等我上門，大哥的電話打過來，質問我為什麼算計他，我一再解釋，致歉，還抽自己幾巴掌。大哥不為所動，冷笑道，老二你行啊，學會了鴻門宴。誰讓我立場不堅定呢？我接受大哥的任何訓斥，接受他最狠毒的責罵。我提出見面和大哥說。大哥冷冷地說，不必，我不想看見你。然後，他將自己的決定告訴我。老二，我要你歸還我的五萬塊錢，限你三天，過期不還我就請律師。我借給你錢的時候，你沒打借條，我拿不出什麼證據，但是這個官司我必須打。要錢也不是我的目的，你讓我不好受，我也讓你嘗嘗難過的滋味。

果然出車禍了，路上橫著兩輛面目全非的車。我掃了掃，收回目光。

那對男女仍吵得不可開交。準確地說，也算不得吵，而是審問和辯解。不知女的做什麼工作，嗅覺極其厲害，男的最終承認自己胡說。他確實陪同那個女孩去了醫院，但那女孩突然改了主意。女的問男的為什麼每句話都是謊言，男的沒有正面回答，反覆表白他的真誠，若不是在車上，他或許會有更加激烈的舉動。作為旁觀者，我早就聽清楚了，也明白個中緣由。但我不想插嘴，我只是個計程車司機。

怎麼還不到？女的突然問。

這也正是我的疑問。這條路我走過很多次，不會這麼遠，女的目光斜過來。我聽出她的意思，說一直是按她的指點行駛。女的說我沒懷疑你的意思，確實該到了。我問繼續開嗎？女的有些惱火，你是司機，怎麼問我？車緩緩停下。我說，開始我就說過，我不認識路。女的語氣很衝，不認識路，開什麼出租？我梗梗脖子，回敬，我已經說清楚，我就是不認識北斗路，還走嗎？女的說，當然走，你不能把我們扔半道上。

男女不再爭吵，兩人死死盯著窗外。我提醒她是不是記錯了，按理，我也開了多年出租，沒聽說這個城市有條北斗路。女的說太陽從西邊出來她也不會記錯。大約一小時後，我看見三環的標誌，再往前就出城了。我折回來，攔住兩輛出租，司機都搖頭。問到第四個司機，他說十幾年前有條路叫北斗路，後來都重新命名了。女的大叫不可能，去年她還看見北斗路的牌子。她應該不會說謊的，那是怎麼回事呢？我也糊塗了。

又繞了近兩個小時，仍沒看到任何與北斗路有關的標誌。我讓他倆換車，我實在無能為力了。兩人幾乎是異口同聲，黑天半夜的，絕不能把他們扔下。我有些煩，和他們爭辯。男的說要投訴我，我說隨便，女的氣哼哼的，要投訴也得天亮，現在，他們絕不下車。對峙一會兒，我妥協，說不收他們任何費用。男女仍不下車，說車費一分不少我的，但必須把他們拉到地方。我說我是沒辦法了，你們愛怎麼著怎麼著吧。女的問，你要耍橫？我說，只能這樣了，隨便你。男的緩了口氣，說他們有急事，試著再找找，也許三個人都眼花了。女的聲調也柔和了，說我找不到，換別人也未必順利，還是乘我的車合適，肯定會給我車費的。就算一趟黑夜的旅行吧，你說呢，師傅？唉，誰沒有惻隱之心呢？我再次發動車。

繞了許多街道，幾乎把這個城市轉了一圈，確如女的所言，算得上一趟旅行了。兩人先前還指著外面說話，後來都不言聲了。他們睏了，再一會兒，我聽到輕微的鼾聲。拐進一條小路，我再次把車停下。我實在不知怎麼開了。讓他們踏實地睡一會兒吧。我不認識他們，可他們和我一樣，身體的某個地方出了問題。看起來，這不是什麼事沒什麼可怕的，可它的可怕也正在於它看起來不可怕。這是某種徵兆，我說不清是什麼。天亮前，我必須叫醒他們。無論如何，他們得下車。太陽升起的時候，一場官司在等著我。現在，我什麼也不能做。我點了一支菸，默默抽起來。

離婚

秦月娥是趙不忘的妻子。趙不忘是秦月娥的丈夫。他們是夫妻。這一點，甭說整個宋莊沒人否認，就連曾在宋莊插過隊的尹知青也還記得。別人說起秦月娥，他馬上接過去，那不是趙不忘老婆嗎？那女人可不好對付，我偷她一棵蔥，讓她追出二里地。嘰嘎大笑，肉把眼睛都擠沒了。

秦月娥確實不好對付，有例可考。光棍馬五趁秦月娥獨自挖豬草，欲行不軌，差點讓秦月娥捏爛蛋子。馬五落下後遺症，走路大叉腿，一邁一彈，像負力過重的蜘蛛。只有遇見秦月娥，他才兔子一樣奔逃。秦月娥跟貨郎買了幾卷線，回家發現找給她的錢缺了角。貨郎腿快，早沒了影兒。秦月娥尋了一天，硬是在另一個村莊尋見他，可貨郎不認帳，秦月娥挑起他的擔子就走，貨郎撕拽幾下，乖乖給秦月娥換了。

但秦月娥作為宋莊名人絕不是因為她不好對付，也不是因她有什麼奇特之處。她長相普通，不好看也不難看。她腿長氣力大，可宋莊的女人長腿的短腿的哪個力氣也不小。秦月娥出名與趙不忘有關。出嫁那天，趙不忘幾乎讓她成了廢人。按宋莊風俗，娶親新郎是不能去的，須在門口守待。可趙不忘猴急猴急的，悄悄溜出去。娶親車進村，趙不忘從隱身的樹後閃出來，嗨了一聲。娶親車是馬車，相當於現在的悍馬，規格相當高的。馬突然受驚，狂奔不止。秦月娥被甩出來，連同她的驚叫。新婚之夜，秦月娥和趙不忘是在公社衛生院度過的。宋莊自此多了個歇後語，趙不忘娶老婆——急紅眼了。

那樁事故讓秦月娥沒少出名，各個村莊流傳好幾個版本。但真正讓秦月娥出名的也不是這個，而是與趙不忘的離婚大戰。

秦月娥第一次鬧離婚還沒出月子。什麼好的都由著她吃，上頓小米粥饅頭，下頓麵餅小米粥，中間沖碗雞蛋湯。秦月娥哪有過這樣的日子？她胖了不少，脖子上能看見贅肉了。正當她喜滋滋地盤算怎麼過滿月，趙不忘出事了。他睡了三條女人。三條是車把式，常不在家，那天恰好回來了，堵個正著。趙不忘溜得快，三條沒出夠氣，拎塊石頭登上門。趙不忘哪敢回家？三條裡外尋個遍，怒衝衝地罵個遍，一石頭將鍋砸塌，還拎走半籃雞蛋，揚言這事沒完。

最終，賠了三條一口半大的豬。秦月娥不過了，要離婚。必須離。堅決離。秦月娥鐵了心。剛結婚一年，趙不忘就亂搞，這日子還怎麼過下去？趙不忘跪在那兒，又是掌嘴又是摑臉，罵自己鬼迷心竅，不是東西，懇求秦月娥原諒。秦月娥理都不理他，半夜，秦月娥被孩子哭醒，見趙不忘還跪著，恨恨地罵，你就是跪出坑兒也白。秦月娥開口了，趙不忘看到希望，說你摔斷胳膊都沒和我離，這麼一個錯誤就過不去了？秦月娥罵，你把我的心摔碎了。趙不忘檢討，我該死！你怎麼懲罰我都行，可不能離婚呀，離了婚，孩子就沒爹了。秦月娥說，滿街的男人，還怕給孩子找不上個爹？趙不忘說，找是能找，但不是親爹呀，你就不怕孩子受委屈？孩子再次哭出聲，彷彿已經受了委屈。秦月娥把乳頭塞進孩子嘴裡，恨恨地罵，後爹也比你強，你個騙子，你不是給她送簸箕嗎？怎麼把自己也送進去了？趙不忘垂下頭，我不是騙子，她才是，她說後背鑽了樹毛，讓我夠夠，誰知——秦月娥打斷他，夠了！沒廉恥的東西！你賠進去還不算，連豬也賠進去，我……我……秦月娥嗚嗚起來。趙不忘這才站起，又是哄又是勸。

秦月娥說她原諒了趙不忘，但婚還是要離。她甚至等不到月子滿了，收拾包袱要回娘家。母親勸，公婆勸，趙不忘還搬來秦月娥舅舅。他們怎麼勸，秦月娥只一句話，這日子沒法過了。婆婆說，你要離就離吧，不過咋也要出了月子，落下病可是你自己的。公公說，離婚也得先出了氣，你下不去手，我來。他捆了趙不忘，一下一下地抽。邊抽邊罵，讓你賤！讓你賤！！秦月娥流淚了，還能說啥呢？

夜裡，秦月娥看趙不忘背上青一條紫一條的，已經心疼了。趙不忘齜牙咧嘴，仍不忘開玩笑，看到了嗎？找後爹就這個下場。秦月娥撲哧笑了。

趙不忘保證見到女人眼睛朝天，再犯一次她割了他。她恨恨地，餵狗都不吃。

第二次離婚，秦月娥正懷著第二個孩子。趙不忘老毛病犯了，對方是宋莊的寡婦。秦月娥聽到信兒，挺著肚子跟蹤兩次，人贓俱獲。她和寡婦打了一架，將寡婦的臉抓成地圖。其實趙不忘本名趙步旺，此事發生後人們就叫他趙不忘了。趙步旺與趙不忘，宋莊的發音幾乎一樣。狗不改吃屎，秦月娥對趙不忘絕望了。趙不忘自是沒少檢討，將自己豬狗牛羊輪番過一遍，還發誓沒添寡婦任何東西，倒是寡婦給他不少。那二斤黃豆並不是他撿的，是寡婦的。秦月娥抓起櫃上的雞蛋砸趙不忘臉上。砸完又心疼了，當然是心疼雞蛋。可想接住已經來不及，蛋清流到地上，碎蛋殼和蛋黃還在趙不忘臉上糊著。趙不忘連叫打得好，秦月娥跺著腳吼，離婚離婚離婚！

這次，誰也勸不動，秦月娥咬定，不離婚除非太陽從西邊出來。誰有那麼大的魔力讓太陽從西邊出來？秦月娥防著公公故伎重演，公公沒張口，她就讓公公先捆了她，想怎麼抽怎麼抽，反正她是離定了。公公嘆息一聲，人就矮下去。

趙不忘躲了幾天，以為秦月娥消了氣，打消了離婚的念頭。可秦月娥沒有絲毫動搖。趙不忘耍賴皮，讓秦月娥自個兒去。秦月娥怒火頓生，揪著趙不忘耳朵出了門。趙不忘瞧出秦月娥吃了秤砣，說，離就離吧，錯的是我，你別扯脫我的耳朵。

離婚需要大隊開證明，沒證明離不了。書記是忙人，哪會整天坐在隊部等人開證明？秦月娥候了兩個晌午，才等著書記。書記姓宋，臉盤子大，又黑，繃著的時候像年久色深的鍋蓋，讓人發怵。但秦月娥不怕。她說明來意，書記瞄著她的大肚子，快要生了吧，離哪門子婚？秦月娥說實在過不下去了。書記說誰家不鬧彆扭？宋莊都像你這樣，鬧彆扭就離婚，我這個書記還怎麼當？秦月娥急了，我和趙不忘都同意的呀，你開了吧，非離不可了。書記沉吟片刻，說得開會研究一下，研究完再答覆她。秦月娥有些生氣，但人家畢竟是書記，她不敢罵，只是聲音提高幾度，你是書記，你說了不算嗎？書記的臉越發嘟嚕了，寧拆一座廟不毀一家人，你要是結婚我就批了，你離婚，就不能我一個人說了算，我不背這個罪名。秦月娥攔住欲離開的書記，書記說，我是宋莊的書記，不是你一個人的書記，你是講理的人對不對？秦月娥便側了身子。秦月娥難纏，但講理，她不是那種糊塗蛋，她最忌別人說她不講理。

秦月娥等書記答覆，數日不見動靜，只好找書記詢問。書記說人湊不全，會沒法開。秦月娥問什麼時候能湊齊，書記說我也說不好，不是這個有事就是那個有事，你再耐心等等，離婚又不是打仗，有啥急的？秦月娥瞧出書記在推諉，衝勁兒上來了，說，宋書記，你今兒不給我開，我就黏上你了，你去哪兒我追哪兒。書記說，願意跟你就跟。走了沒兩步，書記退回來。秦月娥幹過什麼，書記當然知道，身後跟個大肚女人，傳出去不好聽。出乎秦月娥意料，書記並未發雷霆，而是給她倒了杯水。他說你明事理，我給你分析分析。你為什麼和趙不忘離婚，不就因為他和別的女人發生點關係嗎？可你想想，你離了，總不能拖著孩子過，你得再嫁，嫁個後生不大可能，也只能找個二婚的。問題也就來了，你知二婚的男人和多少女人有過關係？就算你找個後生，能保證他不犯趙不忘的錯誤？你怎麼辦？再離？秦月娥的身子不像剛才那麼起伏了。書記的話觸動了她，只是仍有點不甘心，依宋書記的意思，我由著趙不忘？書記忙道，我可沒那麼說，但你得給他改正的機會呀！秦月娥說，已經給過他了。書記晃著鍋蓋臉，給一次不行，再給一次，知道諸葛亮吧，擒孟獲七次，放了七次，那是什麼肚量？你得向人家學。事不過三，趙不忘再犯，不用開會，我自己就作主了，你想開幾張證明我給你開幾張！書記的語重心長終於使秦月娥回心轉意。

幾日後，秦月娥和寡婦在街上走個迎頭，寡婦傷痕未愈，卻毫無愧色，仰著頭從秦月娥面前走過。你折騰半天，還能怎樣？秦月娥似乎從寡婦朝天的眼裡拎出這樣的話，壓下去的念頭又冒出來。她覺得被書記繞了。趙不忘有第一第二次，就會有第三第四次，到時再離和現在離有什麼區別？早離早痛快！

秦月娥咬咬牙，把那個留籽的南瓜摘了，抱著去了書記家。書記女人哎呀著，這麼大，你咋就抱過來了，秦月娥說麻袋我都搬過。書記女人做飯，想切開秦月娥送去的瓜，怎麼也切不動。那顆瓜金紅色，又大又圓。秦月娥二話不說，替了書記女人，稍一用力，瓜分成兩半。一股香氣漫開，書記女人驚嘆，你可真會種，聞著就好吃。秦月娥說，你吃瓜，把籽給我，明年再種。秦月娥靠在那兒看書記女人將瓜切成小塊，扔進鍋裡。書記女人說，你想開就對了，男人偷個腥吃個零食又能咋的？總有吃不動的時候，離婚正好便宜了那些不要臉的。秦月娥說，便宜她們吧，我必須離。心想就衝這顆瓜，也離定了。

書記上縣開會去了，秦月娥一天一趟，終於將書記堵在家中。秦月娥先聲奪人，你不給我開，我就不走了。書記女人緊張地看書記，書記卻不慌不忙，直到把飯扒拉完才放下碗。書記說早幾天她還能離，現在肯定不行了。他帶回了新精神，全縣要評五好大隊。五好有一條就是風氣好，好的標誌之一就是沒有打架離婚的。給秦月娥開證明，宋莊評五好大隊就沒了指望。秦月娥問，評五好大隊和我有什麼關係？書記語氣重了，怎麼沒關係？和宋莊每個人都有關係。那天給你講的是小道理，今兒給你說的是大道理。人活臉樹活皮，宋莊也要掙榮譽。別以為只是發個獎狀的事，年底發救濟糧要參考這個呢，評上五好發的自然就多，評不上發的自然就少。發多人人分得多，發少人人分得少。所以，離婚不是你個人的事，事關宋莊的前途。你是講理的，你可以和趙不忘鬥氣，不能和宋莊作對，你說呢？

秦月娥還能說什麼？她是講理的。可惜了那顆籽瓜。

日子一天天過下去，孩子一個個生下來。

秦月娥生了三個孩子，老大叫冬子，老二叫二冬，老三是個女孩，叫三夏。名字都是秦月娥起的，趙不忘沒有任何異議。他習慣了看秦月娥臉色。趙不忘還算長記性，雖然毛病不斷，但沒再跳過別人牆頭。當然，和秦月娥看守得緊大有關係。三個孩子活蹦亂跳，秦月娥心裡喜眉梢也喜，特別是三夏的出生，秦月娥說不出的如意。

三夏五歲那年，趙不忘又出事了。那個晚上，宋莊放電影，《火車司機的兒子》，秦月娥記得清清楚楚。中間換片，場面漆黑時，爆出一個女人的尖叫。女人被摸了屁股。換一種說法，有人耍流氓了。若是宋莊女人，罵罵也就過去了，畢竟沒造成更大的傷害。可那女人是來宋莊走親戚的，她是公社某副主任的小姨子。那個女人自是不吃虧，不依不饒，非要書記揪出那個流氓。書記不敢壓，向副主任彙報了。於是，兩個戴大沿帽的公安進駐宋莊。不是摸屁股那麼簡單了，而是一樁案件。公安沒有別的破案方法，篩選出有前科的男人，一個一個詢問。其中就有趙不忘。

那個女人的尖叫，秦月娥聽見了。儘管當時不知發生了什麼，秦月娥卻不由自主地哆嗦了一下。待知道發生了什麼，秦月娥顫慄起來。他們一家五口是坐在一起的，中間趙不忘要撒尿，離開了一會兒。換片恰恰在那個時候。那就是說，趙不忘具有作案可能。

回到家，秦月娥顧不得孩子在場，大聲問趙不忘是不是他幹的。趙不忘矢口否認。秦月娥問他一泡尿咋撒那麼久，趙不忘一臉哭相，說他撒完就往回走，可黑咕隆咚的，他怎麼也尋不見她和孩子。秦月娥說要是他幹的，趁早自首，還能從輕發落。趙不忘急得眼珠子都要裂了，說要是他幹的讓他全身爛掉。秦月娥審視趙不忘一會兒，相信了他。可是，她相信不行，得讓所有人相信。在這點上，秦月娥比趙不忘有頭腦。她叮囑趙不忘，不管誰問，都必須咬定他和她及孩子們在一起，趙不忘敬佩地點頭。秦月娥將三個孩子囑咐個遍，口氣從未有過的凶，誰要是說錯，撕爛誰的嘴！

公安已經知道趙不忘做過什麼，審問得比別人時間長。趙不忘遵照秦月娥的叮囑交代完，公安並沒找秦月娥和幾個孩子對質，而是盯著他冷笑。一盯一笑，趙不忘發毛了。更要命的是他尿了褲子。據在場的書記說，他沒見那麼長的尿，溼了褲子不說，流出有四五米。公安突拍桌子，趙不忘結結巴巴交代了。

趙不忘沒判重刑，那時縣上正好辦了一個關於這類人的學習班，趙不忘學習了十天。秦月娥沒少花，一塊布，一籃雞蛋——是送給書記女人的，賣了唯一的一口豬，賠償給那個被摸了屁股的女人。還有，趙不忘上學習班，得交伙食費。一裡一外，家底折騰光了。秦月娥夠仁義了，若她什麼都不管，趙不忘被判刑是極有可能的。

十天後，趙不忘灰頭灰臉地回到家，秦月娥第一句話就是離婚。趙不忘冤枉地說，不是我幹的，我真的沒摸呀。秦月娥氣得臉都白了，不是你幹的你承認什麼？趙不忘，你隱藏得真深呢。趙不忘說，他們硬說是我幹的，還說承認了認個錯就沒事了。秦月娥的牙都要蹦出來，你就承認了？你是傻子呀。趙不忘說，我站不住，腿都麻了，你要相信我，我真沒幹。秦月娥大吼，我相信你有屁用！究竟是不是趙不忘摸的，秦月娥也拿不準了。但不管真是他幹的，還是他背了黑鍋，不重要了。趙不忘因耍流氓上了十天學習班，已是鐵板釘釘。秦月娥可以忍，可不能讓三個孩子跟著她忍。因這種羞辱，冬子已經打過好幾架。趙不忘不死心，問，非離不可？秦月娥聲硬如鐵，這麼多年了，你讓我瞧起你一回！

書記沒再和秦月娥講道理，不，話都沒說，嘆息一聲，重重地扣了章。

終於要如願了，秦月娥卻高興不起來。兩人去公社的路上，她想和趙不忘說點什麼，可趙不忘落她幾米遠。她站住等，他也站。她就不再等，那話翻騰著，慢慢靜下去。

婚是能離，但那個長著馬臉的中年男人讓他們把孩子跟誰的事說清。秦月娥脫口說，三個孩子都跟我。這還用說嗎？她絕不能讓哪個孩子跟流氓父親。馬臉看趙不忘，趙不忘說依她吧。馬臉身子往後一仰，婚沒這麼個離法，從照顧婦女的角度考慮，女方可以要兩個孩子，但不能全歸女方。秦月娥有些不滿，他沒意見，你管這麼寬幹嘛？馬臉生氣了，我就是管這個的，不讓我管，行呀，你們去別處離吧。公社掛牌的房間不少，可管離婚的只有這裡。秦月娥軟下來，說了不少好話。馬臉說，我代表的是法律，既要給女方做主，也要給男方做主，一個孩子可以歸女方，兩個孩子也可以歸女方，三個孩子就不能全歸女方了，男人一個孩子沒有，老了怎麼辦？那不是社會的麻煩？社會的麻煩就是政府的麻煩，你們可以亂來，我不能。秦月娥咬咬說，那就分一個給他。可是給哪個呢？秦月娥半天拿不定主意。馬臉要去吃飯，跟兩人說先回去商量，商量好了再來。

回家後，秦月娥一個一個問，如果她和他們的父親不在一起了，他們願意跟誰，他們都說跟秦月娥。秦月娥看看冬子，捨不得，看看二冬，捨不得，看看三夏，更捨不得。那時，趙不忘就在旁邊蹲著，蔫頭耷腦。

秦月娥抹抹眼，和趙不忘說，等孩子大一大吧。

冬子考上了大學，二冬考上了縣一中，三夏在鎮中學讀書。

宋莊依然叫宋莊，但不再是大集體，土地承包了，牲畜也分到各家各戶。秦月娥分到一頭母牛，又能下犢，又能耕田，當然，這要歸功於秦月娥，抓鬮時，她讓趙不忘靠邊站。三個孩子念書花銷很大，除了這頭牛，他們養了羊、雞、兔，還有一頭母豬。再加上三十多畝地，兩人從早忙到晚，從春幹到冬。雖然磕碰不斷，但秦月娥沒再提離婚。秦月娥的心思都撲在孩子身上，趙不忘退到次要地位。

那年春天，秦月娥打發趙不忘去縣酒廠買餵豬的酒糟。青黃不接的季節，酒糟是最好的豬飼料。趙不忘已買過一趟，沒出差錯。秦月娥挺放心的，但仍沒忘叮囑他住正規旅店。宋莊離縣一百多裡，牛車慢，當天不能往返。

趙不忘在酒廠下班前買了酒糟，趕車到城外的旅店住宿。城裡的旅店不留趕牛馬車的客人，只有城邊的車馬店可以。正規不正規，誰也說不上，反正天天有住的。趙不忘仍住上次那家。據趙不忘事後交代，他住下不久，那女人就進來了。女人的長相他已經記不得，她給他唯一的記憶是眉間長個痦子。女人就在附近住著，想借他的牛車去城東拉趟東西，她給十塊錢。閒著也是閒著，趙不忘覺得挺划算，便卸了酒糟，隨女人去了。結果錢沒掙上，反把牛弄沒了。他被長痦子的女人騙了。至於怎麼沒的，趙不忘紅著臉，死也不說。反來複去只那一句話，他讓長痦子的女人騙了。反正牛是沒了。趙不忘丟了牛，急得腦袋冒水，先是想碰死，後想到酒糟還在店裡，橫著膽子竄進一個村莊。牛也偷上了，但沒出村莊就被揪住。

趙不忘被判了三年。

秦月娥氣得兩天沒吃飯，活兒卻不敢耽誤，結果暈倒在路上。趙不忘不是偷女人就是偷牛，反正幹不出好事。先前是流氓，現在又戴上賊帽子，她還能過下去麼？不是她要離，是趙不忘逼她離婚啊。沒有趙不忘，她照樣供孩子們念書。她走不開，花兩個晚上給趙不忘寫了封信。她識字不多，寫信還是沒問題，個別不會寫的字，她空下了，相信趙不忘看得懂。秦月娥想在孩子們放假前離掉，那樣，他們與做賊的父親就沒關係了。

約一個月後，穿著公安制服的一男一女找到秦月娥。他們是趙不忘服刑那個監獄的獄警。秦月娥看著他們，揣測趙不忘是否又幹了下賤勾當。男女都很和藹，拉家常一樣問這問那。秦月娥沒了耐心，說，別繞彎子了，你們直說吧，我還要餵豬呢。兩人對視一眼，說趙不忘企圖撞牆自殺……秦月娥吃驚地啊一聲，急急地盯住他們。男的說，你別著急，搶救過來了。秦月娥的心猶怦怦亂跳，什麼時候？女的說一週前。秦月娥噓口氣，恨恨地罵了一句。男的說雖然搶救過來了，但情緒一直不穩定，我們做了不少工作，弄清他自殺的原因是你要和他離婚。就為這個？秦月娥冷笑，她甚感詫異，離過多少次了，也沒見趙不忘尋死覓活的。女的說服刑的人往往脆弱，經不起打擊。秦月娥明白了他們的來意，仍問，你們什麼意思？男的說請配合我們的工作。秦月娥追問，別和他離婚？女的說，別在他服刑期間離，如果你們確實有矛盾，也要等他服刑期滿。秦月娥斬釘截鐵，那不行，我就是要乘這個機會離，早晚有這一天，他比誰都清楚。

男女輪番勸說，什麼要給服刑者一個機會啦什麼他們是模範監獄六年沒出過類似事件啦秦月娥和趙不忘既要解決家庭矛盾又得照顧大局啦。從宏觀到微觀，從政策到家庭，許多詞秦月娥都是第一次聽說。他們說一聲，秦月娥唔一聲，末了還是那句話，離定了，雷打不動。

男的稍有不悅，說如果趙不忘因此有什麼意外，秦月娥就有殺人嫌疑。秦月娥說，你的意思是，他尋了短，我還得坐牢？坐就坐，豁出去了！秦月娥可不是嚇唬大的。女的趕緊說，你不至於坐牢，但可以說，是你把他逼到絕路上的。秦月娥叫，怎麼是我逼他？是他在逼我！男的說，他沒把你逼到坐牢。秦月娥叫，比坐牢還難受！女的給男的使個眼色，我們還是希望你配合，你考慮一下，如果你不同意……秦月娥不客氣地問，那要怎樣？女的笑笑，我們不會把你怎樣，但也不會撒手不管。說實話，一千多號服刑人員，我們上門做家屬工作的沒幾個。做不通，我倆交不了差，只能找當地婦聯——秦月娥說，婦聯也沒用——女的仍然微笑著，還有你的孩子們，他們是有文化的，他們……秦月娥急了，不能找他們。除了三夏，老大老二還不知道家裡出了事。秦月娥叮囑過，不讓三夏告訴兩個哥哥。女的點頭，我理解，請你也理解我們。秦月娥嘆息一聲，離婚的火還沒燃起來，就被澆滅了。

獄警的意思是讓秦月娥去一趟，當面給趙不忘定定心。秦月娥說走不開，他們便讓秦月娥照先前的辦法寫封信，他們帶回去。秦月娥的第二封信寫得很完整，不會寫的字獄警都教給她了。獄警走後，秦月娥忘了餵豬，痴痴地坐了半天。

宋莊不是沒有離婚的，但快六十的人還鬧離婚，只有秦月娥和趙不忘。

不是秦月娥念念不忘，許多時候秦月娥強迫自己忘記，可怎麼說呢，趙不忘偏要往她眼裡揉沙子，偏要給她臉上糊泥巴。秦月娥的忍耐是有限度的，尤其涉及到女人。趙不忘這頭老牛，竟然啃到尼姑身上。

趙不忘到郵局取冬子寄回的一千塊錢，在鎮上遇到一個尼姑。滿街的人尼姑只喊趙不忘一個，趙不忘哪能不站呢？尼姑說趙不忘有卦相，她算準了給錢，多少都行，算不準一分不要。光天化日，吃了幾十年鹹鹽的趙不忘還怕騙了不成？尼姑說得頭頭是道，連他揣的錢是遠方寄來的都能算出來，趙不忘又驚又服，便給了尼姑五元錢。尼姑說遠方那個子女近日有災，她給趙不忘一塊紅紙，讓他把錢包住，兒女的運氣即可化解。趙不忘吃過虧，很警惕的，可萬一真是那樣呢？趙不忘不後悔死？趙不忘怕有什麼陷阱，眼珠子瞪得雞蛋一樣，一切都在趙不忘眼皮下進行，尼姑沒做什麼手腳。趙不忘喜滋滋地跑回家，想和秦月娥邀功請賞——哪個兒女都是她心頭肉，可打開紅紙包，趙不忘傻眼了。

秦月娥抽了趙不忘一掃帚，搭車追到鎮上，哪還有尼姑的影兒？年輕時，秦月娥可以三裡五村地追尋，現在已沒那麼好的腿力了。舊恨未消，新怒又生，秦月娥再次提出離婚。趙不忘發誓和尼姑沒任何關係，連她的手都沒摸，倒是她攥著他的手瞅了個遍。秦月娥讓他閉嘴。到了這份上，他還有臉說。為什麼騙他的不是和尚，而是尼姑？說到底是趙不忘想占便宜。他說什麼她都不信了。趙不忘趕緊給三個兒女打電話，讓他們救火。他們問清原因，說這怨不得父親，到處是騙子，以後注意就行了。一千塊錢，就當捐了香火。秦月娥說她不單是因為這個和趙不忘離婚，這只是由頭，沒這碼事照樣離。她忍了多年，已忍無可忍。兒女們一個個拽長了臉。

冬子說，這麼大歲數還離婚，傳出去我們的臉往哪兒擱？

二冬說，大半輩子都過來了，一下就不能過了？你得為我們考慮考慮。

三夏說，你們亂折騰，以後我咋回來？

他們從未敢用這樣的口氣和秦月娥說話，秦月娥心驚不已。可秦月娥不怵，她沒怕過誰，到老難道會怕她一個個養大的孩子？她臉色硬硬地說，不是為了你們，我早離了，現在我管不了你們，你們也甭想管我。害羞害臊是我一個人的事，與你們無關。

冬子說，你把我們養大為了什麼？還不是讓我們活得風風光光？

二冬說，有關無關你說了不算，我們正是幹事的年齡，你看著辦。

三夏說，我神經衰弱，睡不好覺，就別再給我添堵了。

秦月娥腮幫子漸漸癟了。三個孩子雖不是什麼了不起的人物，可都是有頭有臉的。冬子在省城當處長，二冬在縣城當校長，三夏是縣醫院醫生。他們的風光就是她的風光，要是離婚有損他們的名譽，還真是她的罪過。

三個子女畢竟孝順，既然父母合不來，就讓他們分開。這和離婚無關，不離婚，照樣可以誰也不見誰。秦月娥去省城住，趙不忘去縣城住，三個月或半年兩人對調。這個方案好，秦月娥和趙不忘均無異議。

冬子家住樓房，秦月娥不大習慣。上上下下不是問題，主要是沒有說話的。一家三口上班的上學的，中午都不回來，整個白天，只有秦月娥一個人。冬子天天有應酬，回來差不多就該睡了。孫子呢，忙著寫作業，兒媳忙著上網。秦月娥不是個藏著掖著的人，可委實沒有說話的機會。在宋莊，和誰都可以說。這兒不行，樓道裡碰見人，她想打個招呼，人家冷若冰霜，她連個眼神都夠不到。還有就是閒得慌。除了做晚飯，沒有任何可幹的，這頓飯還是她爭取來的。兒媳父母在省城，過去，她在父母家吃完飯才回來。做了幾次，兒媳皺了眉頭。兒媳讓她切肉一定要削皮，秦月娥怎麼也捨不得。她可以不吃，秦月娥吃啊。兒媳的話軟軟的，卻帶著刺，媽，咱又不是吃不起，讓你吃皮，傳出去別人怎麼說我？孫子乾脆說秦月娥做的飯不好吃。沒過幾天，兒媳又在父母家吃了，秦月娥只做自己的飯。越閒越想找點幹的，硬是從那個掃院的人手裡奪過掃帚。恰被兒媳撞見，她生氣地說，媽，你這是幹嘛呢？秦月娥說，我想幹，你甭管。兒媳跟冬子說了，冬子又是批評又是講道理。秦月娥明白，這活兒她幹不得，與她離婚一樣，丟兒子的臉。冬子勸秦月娥多去公園逛逛。

那個公園距冬子家不遠，秦月娥去過兩趟，說是公園，還沒兩個場院大。不大也是公園，秦月娥沒別的去處，只能去那裡。公園裡多是老人孩子，秦月娥坐在椅子上，看電影一樣看他們從她面前一圈一圈地轉。若是兩個老人，她就想，他們是一對，若是一個人遛達，她就想，是不是離了婚的。秦月娥不提離婚了，但並不等於不想。尤其到了省城，空閒下來，想的最多的就是這件事。在宋莊，秦月娥的能幹是出了名的，可這麼能幹那麼能幹，離了多半輩子婚也沒離了。秦月娥不知趙不忘是不是像她一樣閒，不是想他，而是不甘心，若離了婚，她就不用躲在兒子家了。兒子是自己養的，可怎麼說呢，總歸沒有在宋莊那麼自在。一天，一個老太太在她旁邊坐下，秦月娥對她笑笑，老太太也對她笑笑。秦月娥很想證實自己的判斷，問老太太是不是離了婚。老太太被燙了似的，往斜裡一偏，隨後站起，走開幾步又回頭瞅秦月娥一眼。再見到老太太，老太太的眼神就有點那個，秦月娥走過去，聽她和旁邊的人說著什麼。若在宋莊，秦月娥早就罵開了，畢竟這是省城，秦月娥橫著臉離開，再也不去了。

秦月娥回到宋莊。沒想到趙不忘比她先回，趙不忘呼嚕打得厲害，二冬三夏兩家被他折磨得都快神經衰弱了，他沒法待下去。他說一陣，秦月娥笑一陣，笑完再罵，該，你以為你是個寶呢。

兩人就這麼過了，沒多久又吵起來。起因是看電視，秦月娥愛看婆婆兒媳、家長裡短的電視劇，趙不忘愛看男女情感方面的。秦月娥罵趙不忘老不正經，現在幹不動了，還要過眼癮，趙不忘說秦月娥拿捏他一輩子，難道不能讓他一次？秦月娥再次提出離婚，她不是氣衝衝的，從未有過的軟，她讓他別再跟兒女說，兩人悄悄離掉。她打聽過了，現在離婚很簡單，不再用什麼證明。她說，我一輩子沒向誰低過頭，今兒向你低一次，求你了。五次三番，趙不忘也被秦月娥折騰煩了，答應得異常痛快。

那個管離婚的女孩問他們帶沒帶結婚證，兩個都愣住了。沒結婚證不行嗎？女孩回答得相當乾脆，當然不行。兩人回到家，將櫃裡櫃外罈罈罐罐尋了個遍，哪裡有影兒？他們早忘了還有結婚證，那麼一張紙，誰在意呢？誰想到結婚證還有這樣的用途？兩人挖空了腦袋，終究什麼也沒挖出來。不得已，跟女孩說結婚證丟了。女孩說，那就不能離。秦月娥央求女孩，我離了一輩子婚，你就了卻我的心願吧。女孩不應，秦月娥撒潑，你不給離，我就不走了，死也要死在這兒！女孩緊張地站起來，不是我不給你們辦理，違反程序我要丟工作，我上班才半年，你們得替我考慮考慮。秦月娥便僵在那兒。她知道現在大學生也很難找工作。張五家的兒子畢業找不上工作，女朋友告吹，他想不開，竟然刺傷了女朋友的父母。趙順的女兒大學畢業，聽說給人當了保姆。秦月娥不好惹，但她是講理的人，她怎能又憑什麼讓女孩因為她丟了工作呢？

趙不忘笑得左歪右傾，秦月娥恨恨地瞪他，你稱心了？趙不忘說，我不是因為這個，你咋還不明白，沒有結婚證，咱倆就不是夫妻了，結婚證丟那天，咱倆就不是了，不是夫妻還離什麼婚？秦月娥怔怔地，隨即大聲質問，誰來證明，你倒說說，誰來證明？？

審判日

◆ 一

往餐桌邊一坐，他便發現了妻子的異常。照例是豐盛的，拌豬耳，拌海帶，炒豆芽，烤雞翅。量都不大，盛在碟子裡，雞翅僅一個。但沒有每餐必備的醃黑豆。他五十出頭，卻沒有一根白髮，妻子的醃黑豆功不可沒。剛出獄那會兒，他幾乎全白。那時，他並不知妻子每餐上醃黑豆的用意，直到看過那檔電視節目。她從沒向他說什麼，她就這樣，總在心裡做事。偶爾一次不上也沒什麼，他不是據此察覺到異常。妻子眼裡揣了東西，雖然她竭力掩飾。

怎麼——他停住，沒往下說。正要起身，妻子突然反應過來，說我來。醃黑豆的瓷罐子就在角落，她蹲下去，俐落地舀了一勺。他已經吃上了。她廚藝很好，很合他胃口，從他咀嚼的聲音可以聽出來。而她機械地夾著，每次只那麼一小點，像餵小雞。她的體形，以及從沒長起來的頭髮，也確實像個小雞。他一把就能攥在手裡。

他猜到了。這讓他不快，但他沒問。絕不問。只是咀嚼的聲音更大了。他誇張地吧咂著，那隻黑貓早就在腳底守著了，等待他把啃過的雞翅丟下。黑貓摸透了他的脾氣，安靜候著。可能今天他吧咂的聲音實在太大，黑貓也饞了。黑貓先喵一聲，又喵一聲，然後蹭蹭他的褲角。黑貓是想提醒他吧。他狠狠踢了一腳，黑貓跳開。委屈和不滿讓黑貓的叫聲失去章法。

她們下午過來，妻子小心翼翼的，在他的咀嚼聲小下去的間隙，她說出來。他似乎沒聽明白，誰呀?妻子當然知道他裝糊塗，這使她更加緊張，雙菊和小可。他狠狠把雞翅骨丟出去。平時會留一絲肉在上面。不多，就一絲。這次啃得很乾淨，光禿禿的。黑貓卻沒嫌棄，迅速叼住。

你說誰?他突然想起來，她在和他說話。

雙菊，還有小可。妻子的目光像風中的楊柳枝，擺一下，又擺一下。

怎麼又來了?他皺皺眉，你叫她們來幹什麼?

妻子的鼻尖亮晶晶的，像鑲了寶石，是她們自己……她們想看看你。

他的眉擰在一起，我不用她們看。哪來哪走。我活一天她們就別登這個門。

就一會兒，她們坐坐就走，妻子乞求，不見雙菊，見見小可總可以吧，她可是你的外孫女呢。

誰也不見!他站起來，仍嫌不夠，走到門口，又重聲強調，我和她沒關係!

砰，臥室的門合上了。

妻子半張著嘴，目光似乎被門板夾住了，試了幾次都沒有拽回。臥室的門平時不關，白天不關，夜裡不關——特別是夜裡，這樣才能聽見前邊的動靜。前邊是雜貨鋪，後邊吃飯睡覺。吃飯和睡覺的地方隔一扇門，只在他午休和生氣的時候才關門。他明顯生氣了，又是午睡時間，那門冷漠地隔開她和他。她終於把夾傷的目光拽開。她揉了揉，又揉了揉，嘆口氣。雖然結果是預料到的，她還是有些傷感。她是個勤快女人，吃剩的盤碗從不在桌上停留，不管心情多麼糟糕。收拾完，她坐了一會兒，估摸他已經睡著，從廚櫃拎出塑膠盒。他從來不開廚櫃，所以她的祕密都在廚櫃藏著。他只吃掉一隻，另外五只是留給小可的。

妻子看見蹲在桌上的黑貓。黑貓也正看她。黑貓知道她的祕密。她心裡一動，抱起黑貓。小可會喜歡的。走至門口，她想了想，又放下了。小可是女孩，萬一抓傷她呢。黑貓死皮賴臉的，她嚇唬幾次，黑貓才退回。

妻子鎖了雜貨鋪的門。走出幾十米，她忽然有些疑惑，鎖沒鎖住呢？沒鎖顧客就會進屋，就會吵醒他。終是返回來。她拽了一下，又拽一下，踏實許多。

她對他撒了謊，雙菊和小可上午就過來了，住在常住的塞北客棧。雙菊和小可有時半月來一趟，有時一月來一趟。有時住一晚，有時幾小時就回去。這得看雙菊忙不忙。雙菊和小可住在縣城，她和丈夫住在鎮上，雖然只有幾十公里，見面卻沒那麼容易。丈夫在裡面時，她和雙菊是住在一起的，有一年她摔折了腿，躺了三個多月，都是雙菊伺候她。這些，她沒告訴他。偶爾，她會說到雙菊，還有小可。他要麼瞪她，冷冷地，什麼都不說，要麼警告她。後來，她的嘴就掛了鎖。但她的心是鎖不住的，站著坐著躺著包括做夢，雙菊和小可永遠是主角。她叫雙花，雙菊這個名字是她起的。她還想給小可起個帶花的名字。雙菊說全是花，分不出大小了。她就沒堅持。

和女兒外孫女見面跟做賊一樣，每次都偷偷摸摸。跟她還是跟我？你自己選！說這話時，他一點表情也沒有。她不想和他分開，可也不想和女兒劃清界限。好幾年了，就這麼偷偷摸摸的。之前他不是這樣的，坐了一次牢，心就跟石頭一樣硬了。她第一次和女兒去探望，他幾乎要咆哮了，血紅的目光要淹沒她和雙菊。再後來，她就一個人探望他。他出獄後，雙菊和小可帶了許多東西，酒啊肉啊什麼的，登門看望。他沒讓雙菊和小可進門，還把雙菊放到門口的東西統統扔到大街上。野狗搶食的吠叫與雙菊的哭聲攪在一起，她的心都要碎了，而他冰凍的臉始終沒有消融。當然，他再霸道，也擋不住她和女兒的來往。傷感一路走一路撒，看見塞北客棧的牌子，她的目光花枝一樣搖曳。

◆二

雙菊，你抬起頭，看著我，別躲躲閃閃的。內心波濤洶湧，但他的語氣還算平靜。

雙菊仍不敢直視他。彷彿他的目光是燃燒的火焰，她則是稻草，一碰便化為灰燼。

爸爸……她快哭了。

別叫我爸爸，我不是你爸爸。

爸……他喝一聲，她停住，眼淚卻出來了。

他一陣快意。說吧。

說……什麼？

說什麼還要我教你？他敲打著桌子。

她哆嗦一下。

為什麼背叛……疼痛襲來，他的臉扭曲得變了形。他連連喊，為什麼為什麼為什麼呀？

我……

來個火機，老喬。和聲音一同滾進來的是肉鋪的方胖子。突然勒住野馬般的思緒，他稍有些不適，兩次才摸到火機。方胖子將一枚硬幣拍在櫃檯上。他笑了笑，推給方胖子。肉鋪和雜貨鋪正對著，只隔一條馬路。方胖子肉墩墩的指頭摁了摁，那枚硬幣便黏附在手上。走到門口，方胖子突然回頭，詭祕一笑，西頭的髮廊又開了，只查封了兩天。是麼？他淡淡回應。雖然只是個鎮，但每天有奇奇怪怪的事發生，不過他沒什麼興趣。

雜貨鋪重歸安靜。他想讓審判繼續，努力幾次都未能成功。這樣的審判從他入獄便開始了。時間在變，地點在變，主角始終是他和雙菊。他花樣翻新地審問，而雙菊徹底被釘在被告席上。無聊了，他審；興奮了，他審；醒了，他審；睡了，他審。每天都是他的審判日。以前也被打攪過。誰讓他開著雜貨鋪呢？可一旦重歸清靜，很快就能重歸狀態。這次不靈驗了。他有些惱火。又試了幾次，終是放棄。他像個蹣跚的老者，怎麼也爬不到高高的審判臺上。

他有些沮喪。坐在櫃檯後面，目光飄搖不定。

後來，他接到一個電話。彼時他快睡著了。中午沒睡好，有點兒犯困。雙花在後院擇菜，聽說他要出診，不知是緊張還是驚喜，聲音打著旋兒，幾……點……回？她巴不得他現在離開呢，這樣她就可以見雙菊了。他還知道她中午偷偷出去了。他沒戳破她。他的目光依然有些冷，也有些硬。她忙說，我……好……準備飯。看見我的車鑰匙了嗎？他大聲問。其實鑰匙就在牆上掛著。她摘下來遞給他，叮囑他騎慢點兒。他頭也不回地說我知道。院裡有個石棉瓦車棚，嘉陵摩托常年在那裡放著，除了出診，他平時不動。他把摩托推出車棚，沒有馬上發動。她在門口站著。似乎這時才想起她說了什麼，他偏過頭，別準備了，我在外面吃。頓了頓又補充，晚就不回來了。

一小時後，他到了村子裡。

他曾經是個獸醫，在這個草原小鎮，獸醫是個體面的職業。而他在這方面又很有悟性，早早就有了名氣。他的前途像牛市的股票，攀升的速度自己都沒想到。副站長，站長，副局長，四十出頭便成為畜牧局一把手。熊市突然就來了，毫無徵兆，一夜之間他的一切蒸發得乾乾淨淨。出獄後，他回到鎮上。兩年後盤下雜貨鋪。他沒有重操舊業的打算，然不斷有人找他。他們的牛馬，他們的豬羊都需要他。光環沒了，醫術還在。他又背起藥箱。平時是雜貨鋪老闆，騎上摩托就成了獸醫。雜貨鋪生意清淡，勉強糊口，他也需要別的收入。當然，行醫帶來的不止這些。

忙活近四十分鐘，他說沒事了。他說沒事，就肯定沒事了。結帳時，他一項一項列出。該找還主人兩塊錢，雖然主人再三說不用找了，他還是塞回去。一碼歸一碼，每次出診他一定要備好零錢。

出了村莊，他將摩托停在路邊，發了條信息：羊毛剪完了嗎？可需幫手？他撒了尿，又站幾分鐘，仍沒有回覆。五月的風從後頸掠過，涼涼的。這娘們兒，不會把手機又關了吧。手機買了還不到兩個月，當然是他買的。他只好撥過去，通了，她接的。她嗓門高，說話也直接，知道你這個鬼就饞了，找什麼由頭，趕緊過來！沒人聽得到，他還是左右瞅瞅，並迅速掛斷電話。老娘們，總這麼赤裸裸的。沒辦法，他喜歡的就是她這一點。

拐上公路，走了一段，又拐下去。出診的村莊在南邊，他要去的村在北邊。路不怎麼好走，嘉陵摩托和他的心一樣，一路顛簸。

女人叫趙月，就住在村邊。她剛剛洗過頭髮，髮梢還滴著水。衣服也是剛換的，還未來得及繫扣子，紅背心忽隱忽現。她的內衣幾乎全是紅色的。她身上有股淡淡的味，是田野的味道。他輕輕嗅嗅，她察覺了，狠狠掐他一把，罵，老沒出息的！

進屋，她反手插了門。是那種老式的木頭插銷。聽到哢的一聲，他便踏實了。當然，他的瘋狂也會暴露出來。沒有任何過渡，沒有任何程序。她比他更喜歡直截了當。結束後，她說冰箱還凍著一隻兔，他若早打一會兒電話，該燉好了。他說現在燉也來得及，夜還長著呢。她忽然坐起來，盯住他，你個鬼，哄我可不是一次兩次了。他沒說話，摸出摩托車鑰匙塞她手裡。

次日，他睜開眼，太陽已經幾竿高了。窗簾不怎麼嚴實，光線從縫隙射進來，金絲一樣懸在半空。頭隱隱地疼，身子也有些軟。他和趙月喝了一瓶白酒，又好一通折騰，她還想說話的，他實在睏了。睡得死，都不知趙月什麼時候起的。他喊一聲，趙月沒應。聽了聽，院裡沒有任何聲音。趙月養了二十幾隻羊，和其他養羊戶輪流放牧，每天早上須把羊趕到一個地方集中。他猜她趕羊去了。他本來想起的，可渾身酸困，於是翻過身，打算再躺三五分鐘。結果又睡過去。

他被咣啷的聲音驚醒。雖然迷迷糊糊，仍覺出不對勁。他赤裸著坐起，因為動作猛，眼前陣陣發黑。可還是看清了。地上立著一個男人。男人顯然也很意外，嘴巴和眼睛瞪得溜圓。兩人愣愣地對視著，足有一刻鐘。男人沒頭沒腦地問，你怎麼睡在這兒？他努力壓制住慌亂，帶著些許惱火，你是誰？你怎麼進來的？

他的詰問並未使男人緊張，相反，男人明顯鬆弛下來，是喬獸醫吧，我認識你。男人三十上下，左顴骨有片淡紫色的印記。嘿嘿，我姓許，叫我小許好了。小許伸出手，要和他握的。他沒理。他的大腦迅速旋轉，這是怎麼回事，難道掉進趙月的陷阱？小許似乎猜到他在想什麼，杏花婆婆——就是趙月，她放羊去了，今天輪她放，怎麼，她沒告訴你？他暗暗罵死娘們。小許淡淡地，她粗心大意的，總是忘了鎖門……把你鎖屋裡也不合適啊，她晚上才回來呢，要不，我去喊她？他悻悻地說不用了。

小許是誤闖進來的，他已經明白。可誤闖的小許卻沒有馬上離開的意思，你還沒吃飯吧？我把杏花喊過來？還是你跟我過去？杏花廚藝一般，不過挺會烙餅。他厭嫌地擺擺手，恨不得馬上把他轟出去，不用了，我沒胃口。小許嘿嘿著，實在不好意思，我不是故意的，我的頭盔忘她這兒了。他說，你忙你的吧，不用管我。因為惱怒，他的聲音有些抖。小許仍舊嘿嘿著，我真不是故意的，你多擔待啊，不過也沒什麼，對吧？時代不一樣了。他恨不得跳下地拽出他的舌頭一刀剁了。小許還在解釋，他繃著臉一件一件穿衣服。他一點也不慌亂，慢條斯理，就像在自家那樣，可他的心在下沉。

別忘了替她鎖門，她總這麼粗心大意。小許終於要走了，卻不忘囑咐他。

撥電話時，他聽到牙齒撞擊的聲音。

才起來呀，你個鬼，快中午了！草野上，她嗓門更高。

怎麼不叫我？你這老娘們！

趙月活潑地，你睡得死，不忍心啊。怎麼，誤你事了？

他嚷起來，門呢？為什麼不鎖？你的記性讓狼掏了？

趙月這才聽出他真的生氣了，委屈地說，我傍晚才回，鎖了門，你能出來？……怎麼了？

他怒衝衝地罵，你就是頭豬！

◆三

晚餐是餃子，豬肉大蔥，豬肉茴香，每樣十個。其實沒必要兩種餡，他不挑剔的。但她樂意弄。做飯，於她似乎是享受。她垂著頭，他仍能窺到她眉梢的變化。她把雙菊和小可領回來了。他徹夜未歸，正好給了她機會。屋裡沒什麼變化，但雙花的神態明明白白地告訴他。他不允許雙花和雙菊來往，但是從來沒有強制她必須聽從。雙菊雖非她親生，畢竟是她從小養大的。他清楚雙花付出了什麼。他不也曾寶貝一樣寵著雙菊麼？可是……每每想到此，他便被扒掉衣服遊街示眾似的羞愧難當。她們可以偷著來往，但他絕不允許雙菊登門，這是他的底線。雙花越界了，他該大發雷霆才對，可整個胸腔被掏空了般，沒有一點兒力氣。他沒說什麼，只是臉色不大好。她當然覺出來了，呼吸都小心翼翼的。

外屋傳來吆喊，妻子要出去。他制止了她。他對那聲音再熟悉不過。

趙月緊貼著櫃檯，胸脯急劇起伏。你怎麼來了？他壓低聲音。他從未如此鬼祟。趙月朗聲道，我的牛病了，喬醫生，一整天不吃草。他瞪視著她。她的臉汗騰騰的，顯然趕了急路。太晚了，他說，明天我過去。他示意她離開。趙月突然探出胳膊，他閃了一下，衣服還是被她抓住。喬醫生行行好，你跑一趟吧。若不是隔著櫃檯，她就撞過來了。他低喝，鬆開！趙月沒鬆，滿眼乞求，喬醫生啊，你就辛苦一趟吧。他欲撥開她，觸到她的手背，他不由一顫。他不止一次撫摸她，卻是第一次碰她的手背。粗硬的關節山峰一樣突起，幾乎硌著他。他盯著她，帶了些柔軟的惱怒，怎麼也得讓我吃完飯吧？她鬆開，我在路邊等你啊。

他吃了兩個餃子，喝了半碗湯，慢騰騰的，像思考什麼重大問題。推出摩托，把後視鏡反覆擦拭過。磨蹭足足一刻鐘。趙月在鎮外的公路邊等他。他停下，她立刻跨上去。天暗下來，沒有誰在意一對騎摩托的男女，但趙月沒摟他的腰，只是捉了他的後衣襟。趙月不是那種小心翼翼的人，但在和他的事上，她始終是有分寸的。兩人好了數年，她是第一次造訪他的雜貨鋪。

從公路拐下來，他將摩托停在路邊，熄了火。怎麼了？你不是要把我扔這兒吧？趙月說著環顧四周。你個豬頭，為什麼不鎖門？他仍氣衝衝的。趙月甚是委屈，我不說了嗎，不忍心叫你，又怕你有事，鎖了門，你能出來？他說，有個姓許的去取頭盔，他是你什麼人？怎麼頭盔在你家放著？是這樣啊，趙月終於明白他惱怒的緣由，昨天他替我幹活來著，喝了些酒，頭盔拉下了。我沒想到……他不會亂說的。她清楚他擔心什麼。只是個幹活的？他不無嘲弄，她當然聽出來，很肯定地，沒錯，只是個幹活的。他沒再問，兩人就在黑暗中靜默著。公路上，一輛車由遠駛近，白色的光柱如鋒利的刀片，將夜色一塊塊切割掉。

過了一會兒，趙月說，你知道的，我兒子在牢裡，杏花沒和他離婚。她那麼年輕……那個小許……杏花好歹還是我兒媳。

他暗暗心驚。那……那麼……他是想說什麼的，可大腦突然一片空白，什麼也想不出來。

你沒事吧，她問，聲音極其平靜。他搖頭，很輕，她或許覺察不到。趙月說，小許不是什麼好貨色，不過，他不會亂說的，我心裡有數。他想起小許的語氣，連她都說他不是好貨色，她有什麼數呢？如果你還不放心，趙月說，我回頭敲打敲打他，好歹我也是杏花婆婆。他一陣暈眩，算了，他也沒把我怎樣……上車吧。

回到雜貨鋪快九點了，雙花正看一檔娛樂節目。她立馬調低聲音。餓了吧？我這就熱。她的眼神和聲音都帶著討好。一直這樣，他在牢裡，她去探望，也是如此。他搖頭，你看吧，我去前邊。

夜晚和白天一樣，他多半在櫃檯邊，雙花則守著電視。雙花愛看電視，常常看到深夜，而他則在櫃檯邊坐到深夜。整個營盤鎮，他的雜貨鋪關門最晚。究竟是他在等雙花，還是雙花在等他，真說不好。他留給雙花大把的時間，雙花是清楚的。而雙花留給他安靜的空間，雙花未必清楚。就像他知道雙花在看電視，而雙花從來不知道坐在櫃檯後的他在幹什麼，在想什麼。

審判繼續。
從未間斷。

◆四

他審視著雙菊，雙菊躲躲閃閃的。不只是因為居高臨下，她的躲閃也帶給他優越感。雙菊，你抬起頭，看著我，請你回答，我很想知道，太想知道了，這一切究竟是為什麼？你告訴我，你說話呀！雙菊細瘦的目光觸他一下，立即跳開。她的臉脹得通紅，吭哧道，我……

小許突然撞進來。如往常一樣，嬉皮笑臉的。這令他異常惱火。這個封閉的法庭只屬於他和雙菊，絕不允許第三者圍觀。可小許總是破壁而入，不請自來。自那天相遇，小許就成了法庭的常客，賴皮狗一樣。審判一次次中斷夭折。每每他驅走小許，雙菊也逃得無影無蹤。

他媽的，你還要臉不要？他被激怒，一躍而起，順手操起菸灰缸。然他的手腕被牢牢扼住。

喬醫生，你這是幹什麼？

他愣了一下，怔怔地看著。小許沒有隨雙菊消失，站在櫃檯外，和他隔著一米左右的距離。他能聞到小許嘴裡的酒味。

你怎麼進來的？

小許鬆開手，在他眼前晃了晃，喬醫生，你是不是做夢了？你的店鋪敞著門，我當然從大門進來的。

他頹然坐下去。他太專注也太緊張了。他端起水杯，藉以掩飾自己的失態。只剩下杯底了，他慢慢啜著。一片茶葉吸到嘴裡，他嚼了又嚼，直到成了碎末。他抬起頭，你要幹什麼？

小許的目光從貨架縮回，喬醫生，怎麼是審問的架式？都說顧客是上帝，上帝到雜貨鋪還能幹什麼？你對顧客都這個態度麼？

他意識到話有些生硬，緩了口氣說，正犯困呢，還沒醒過來，菸？酒？

小許嘿了一聲，不好意思，打擾了你的美夢。來兩條玉溪。

他提醒自己——小許只是個顧客，他得自然一點兒。小許問完價錢，開始掏錢。先是左兜，後是右兜，最後摸出十塊錢，咦，錢哪兒去了？又摸一遍，小許極其惱火道，一定讓那娘們兒捋走了。他看出小許的裝模作樣，當然看得出。小許的表現比他預想的舒服一些，至少，在裝。他說，算了，下次吧。小許當即把菸夾在腋下，那就謝謝喬醫生了。走到門口，小許回頭，改天你下村，我好好請你，你嘗嘗杏花的手藝。比她婆婆可強呢。

他的心迅速一沉。媽的，他暗罵。不該讓小許拿走，他的表現實在太差勁了。這或許只是開始，有了第一次就會有第二次。兩條菸倒沒什麼，這不是錢的問題。為什麼怕那小子？不行！不能如此軟弱。

他追至門外，小許已經沒了影兒。他不死心，目光竭力往街的兩側伸展。小子，便宜你了。他暗罵。

如他所料，半個月後，小許再次找上門。小許斜椅著櫃檯，東拉西扯，就像和他熟識多年，特意找他侃大山的。他虛應著，終於不耐煩，問小許想幹什麼。小許這才拍拍腦袋，突然想起來的樣子，瞧我這記性，來兩條菸。他沒有立即拿菸，先報了價錢。小許又開始翻兜。他冷著臉沉默著。小許翻了一會兒，說，先欠上吧。他搖搖頭，指指櫃架上的字。字跡陳舊，但仍清清楚楚：本店概不賒欠。小許嗤地一笑，那是對外人，咱是親戚，對不對？他被燙著，微微一縮。他仍沒開口，只是瞇了眼，目光變得鋒利。小許並不在意，還往前湊湊，掰著指頭和他攀親。他耳膜有些疼，轉身抽出兩條菸丟櫃檯上，同時低喝，你他媽給我滾！小許似乎被他嚇著，邊退邊說，別生氣，不就兩條菸麼，不值當的。小許閃出去，他立馬又後悔了。待追出去，小許哪還有影？

小許摸著了他的軟肋，他想。可他的軟肋究竟是什麼？擔心和趙月的事被小許嚷嚷出去？那不是什麼光彩，滿城風語對他沒什麼好，他畢竟是受人尊敬的獸醫。可對他有多麼的不好，又談不上。如果他還是畜牧局一把手，或有人借此做文章。如今的他，還能給人增添嚼舌的興致嗎？他不在乎的。怕雙花知道？他更不在乎。雙花不是那種哭喊吵鬧的女人，頂多是離他而去。年輕時，他幾次想和她離婚。她不生育。有一次他和她都到民政局門口了，可最終拽著她離開。或許是這個原因，她在他面前始終垂著眉。他習慣了她的垂眉和照顧，她若離開，他會不習慣。也就是不習慣而已。除此，他還有什麼軟肋？

他不會再讓小許得逞，這和敲詐沒什麼區別。數日後，小許再次登門，他再次妥協。而且，小許剛剛離開，他就惱怒萬分。小許胃口倒是不大，兩條菸對他來說不算什麼。但問題不在多少，而在於他的日子多了枚釘子。他越是想拔出來，釘子越是鍥而不捨地扎下去。

中間，他幾次到村莊行醫，以往會繞到趙月那兒，吃頓飯，順便幹點兒其他。趙月長得並不好看，也談不上聰慧，不良嗜好倒不少。抽菸喝酒，說起髒話甚於男人。可他喜歡趙月的正是她的不良。趴在她身上，他才能體會到什麼是放縱。是的，她更像他的一味藥。釘子的鍥入壞了他的胃口，每每想起趙月，身體的某個部位便隱隱作痛。趙月給他打過兩次電話，說旱得厲害，她感覺自個兒要裂開了。她的赤裸沒有刺激到他，他應付得一本正經。他沒提小許，那會讓她窺見他的怯懦。

◆ 五

營盤鎮到縣城一個小時的車程，不算遠。但距離未必與里程有關，戴上手銬那一剎，這個五萬人口的地方便成了他的麥城。除非一些特別的事，他極少到縣城。他不屬於那裡，那裡也不屬於他。現在，他坐在通往縣城的客車上，還是和雙花一起。他們縣城的房子要拆了，得去簽字。房產簿上寫著他的名字，但夫妻雙方同時到場才可以簽字。

簽字手續很簡單。工作人員將需要簽字的頁折好，翻都無須他動手。然後，他拿著補償協定到另外一間屋子辦理打款手續。半年前，他就將房騰空了。交出鑰匙，拿到補償款，就徹底辦完了。工作人員給了他一張憑證，三日後持憑證換取支票。當然有理由，諸如需領導簽字等等，誰都是這麼辦的，並不是刁難他。他沒再說什麼。

到了大街，雙花問，現在就回麼？他看她，整個簽字過程中，她沒說一句話，工作人員也未證實她是否他的妻子。雙花眼裡的內容，他當然讀得懂。他還知道她的包裡裝了吃的，昨天就裝了，他假裝沒看見。你還有事？他故意問。雙花說她想轉轉，末了又補充，好不容易來一趟。他說好吧，咱們分開走，一會兒車站見。雙花大約沒想到他應得如此痛快，突然漫上的驚喜讓她的目光亮閃閃的。用不了多久，我轉轉就——他的慷慨也令她有一點點緊張。他打斷她，說他也要辦些事，下午三點在車站等她。雙花扶扶頭，好像被他擊暈了。他掏出一千塊錢給她，讓她看中什麼就買上。雙花往後縮著，我帶著呢。他不由分說塞她手裡，讓你拿你就拿著！她似乎覺到一點不一樣的東西，試圖從他臉上發現什麼。他已經轉身。

他當然知道雙花要去哪裡。不但沒有喝止，還故意把時間延到三點。這樣，雙花中午就可以見到小可。她有足夠的時間和小可在一起。他看出雙花的意外。其實，他也對自己的變化吃驚。不再強烈排斥，有些縱容和包庇的意味。

他並沒有什麼事，不過是給雙花留出時間找藉口。他有幾個朋友，在他坐牢時曾去探望過，此後便沒了來往。他很少和他們聯繫。而曾經的同事，好多他都想不起面孔。可能，他從來沒有認認真真注視過他們。打個電話，請他吃飯的人還是有的。但那有損他的臉面。雖然他的臉面早已不堪。他豈可為一頓飯將自己售出？

縣城不大，走個來回還沒用一小時。他當然不會走第二遭。他想到別的地方轉轉。二十分鐘後，他來到他住過的地方。一半的區域已經拆了，另一半待拆，牆壁上已用紅漆標注。他的房在中間一點的地方，街巷堆滿磚頭和椽檁，穿越時他幾乎崴了腳。鑰匙已經交了，進不去。事實上，他多年沒有進去過了，房子已經出租多年。雙花幾次暗示雙菊沒房子住，他置之不理。一個被審判的人，有什麼資格住他的房？雙菊？哼！雖然他與雙菊形同路人，但雙花在身邊，他對雙菊的情況還是了解一些。雙菊和她的丈夫在市場擺攤，起早貪黑，勉強糊口。她是自作自受。他進去那年，她念高二。告發他，或是她這輩子最大的榮耀了。如果沒有這檔事，她高中畢業他就會為她找份體面的工作。在他這個位置，給女兒弄個工人身分很容易。可她……她毀的不止是他的前程。六萬塊錢，讓他在那個陰暗的地方待了六年。一萬一年，非常容易算的帳。他不明白，到現在也不明白，他辛苦養大的雙菊怎麼會因他人唆使而出賣他。

憤惱無聲滋長，瞬間繁茂如林，幾乎撐裂他的胸腔。他瞅了瞅，牆側有塊石頭，他坐下去。審判，是他的生活方式，也是他化解憤惱最有效的辦法。他不需要特別的法庭，坐在哪裡，哪裡就是法庭。審判屢屢被小許攪和，兩個多月了，他沒有成功審過一次。他閉了眼，像染了毒癮的人即將吸到鴉片，有迫不及待的興奮與迷亂。

未等他進入狀態，便聽到古怪的聲音，就在他面前。他不由睜大眼。一條毛色雜亂的狗在他不遠處，嚼啃著一塊骨頭。他不知狗從哪兒竄出來的，不知這傢伙為何不躲到角落，與他這樣近，故意誘惑他的樣子。滾！他喝。狗不理他，但顯然提防著，啃一口看看他，啃兩口又看看他。他摸起石頭投擲過去。狗齜齜牙，叼起骨頭溜了。他卻再不能進行，無論怎麼努力都不成。

中午，他在畜牧局對面的餃子館要了盤餃子。想到還有漫長的時間，而他又沒有去處，便又點了兩個涼菜，一瓶啤酒。他坐在靠窗的位置，街對面一目了然。他當頭的時候，畜牧局還是平房，現在是矗立的高樓。午休時間，敞著的大門沒人進出。這麼多年，他是第一次近距離窺視這座曾帶給他榮耀又讓他跌入深崖的院子。他的人生在這裡歸零，不，徹底成了負數。那個時候，雙菊常來辦公室找他，也正因此，撞見了他的祕密。

芥末放多了，他咳嗽幾聲，嗆出眼淚。吃飯的人挺多的，但沒人注意他。他用紙巾拭拭眼角，猛猛地喝了口啤酒。

◆ 六

他拒絕了小許。終於拒絕了。十幾條菸，倒沒多少錢，但這不是錢的問題，小許每來一次，他都有被強暴的感覺。還有，他忍著，小許的胃口會變大。小許並未如他想像的那樣惡言威脅，賴了一會兒，攀了半天親，說了幾句不鹹不淡的話，便悻悻離開。他做好了撕破臉的準備，小許神速撤退，出乎他的意料。他走村串戶，知道哪個村莊都有些刺兒頭，難惹難纏。他對小許不是特別了解，但就憑小許扎個眼兒就想吸血的作派，不是什麼好貨色。雖然勝了，他卻沒有絲毫輕鬆。小許該不會就此罷手，還會來的。畢竟小許手裡握著他的短。抑或，這個賴皮會用別的方式逼他就範，繼續敲詐。

十多天過去了，小許沒露面。這些天他一直等待著。等待小許，等待小許的威脅。他無心審判，整個人像充了氣的輪胎，即便坐在櫃檯後，也是雙目炯炯，門口偶有動靜，肌肉立時繃緊。雖然沒披掛鎧甲，卻如武士般枕戈待旦，隨時準備出擊。某個夜晚，他和雙花剛剛躺下，聽到敲門聲。這種情況以前也有過，如半醉的人要買菸，滷肉的急著要調料，也有找他給牲畜接生。來人多半火急火燎，他卻一點兒不慌，問清了，慢騰騰爬起來。他不讓雙花起，哪怕他病著。雙花若有穿衣的動作，他的目光掃過去，她就停止了。那個夜晚的敲門聲與以往沒什麼不同。急促，沒有章法。雙花開燈的工夫，他已跳下床，操起案板上的菜刀。無疑，他的舉止嚇壞了雙花，她驚叫一聲。他意識到自己的緊張，被雙花窺見亦令他羞惱。他喝令雙花睡自己的覺。問清門外是方胖子，他將菜刀擱回原處。打發走方胖子，重新插好門，他返回臥室，雙花仍在床上跪著。她的臉色緩過來了，眼睛仍閃著驚恐。這個方胖子，差點把門敲爛。他沒再看雙花。他的神經從未繃得這麼緊。

難道小許就此翻篇了？這麼輕易就把小許擊敗了？小許十多天未現身，並未讓他踏實。更不踏實了。沒等到小許，卻等來了雙菊和小可。雙花小心翼翼地，試探著他的反應。她們到了鎮上，但沒到雜貨鋪，自是住在別的地方。未經他許可，她們進不了雜貨鋪的門。雙菊和小可想看看你，雙花說。這句話她說了無數次，每次都遭到他喝斥。還警告過她。但她似乎不長記性。他想發火的，如以往那樣。張張嘴，那些罵過無數次的話卻縮回去。他只是狠狠瞪著她。小可快十歲了，你還沒見過她呢。雙花的神情含著乞求。他的心輕輕顫了一下，但很快站起來。他不會妥協。可能坐久了，腳有些麻，身子歪了歪，差點摔倒。我要出診，沒時間！他重聲道。就像摔碎一個碗，清脆的碎裂聲在屋子上空回蕩。雙花從他的話嗅出味道，問他幾時回來。他沒有馬上回答，摘下頭盔，說今兒不回來了！

一個小時後，他到了白水鎮。並沒有人請他出診，不過為離開雜貨鋪找藉口。睜隻眼閉隻眼有時挺難受，索性躲開，由她們折騰。白水鎮獸醫站有他個朋友，他想到朋友那兒坐坐。走到門口又離開了。在路口看到白水水庫的牌子，他一溜煙騎到水庫。大壩上雜亂停著自行車摩托車，還有兩輛轎車。都是釣魚的。

後晌他才往回返。他騎得很慢，那個念頭在心裡折騰很久了，這會兒老老實實候在角落裡。從公路拐下去，不到半小時就到了。屋門吊著鎖，院門大敞著，不知趙月在地裡還是灘裡。她打過幾次電話，他都沒什麼反應。她不再聯繫他，他卻來了。

你個鬼，從哪兒蹦出來的？趙月似乎被突然站起來的他嚇了一跳，但很快，她的眼睛就光芒四射了。她狠狠擰他一把，真是你呀，還以為看錯了呢。她沒有嘲諷他的意思，她就是這麼直接。他從車把摘下塑膠袋，給你送魚來了，剛從水庫邊買的。他本來還想說，我坐坐就走。沒等他說，她就截斷他，我什麼都不稀罕，把你送來就行了。插門的同時，她說，我就不信你不想我。她不遮掩，順便把他的遮掩撕碎。

完事後，她摸出菸盒抽出兩支，同時點了。她吸一支，另一支遞給他。他幾年前就戒了，但和她在一起，仍會抽。我還以為你不來了，她說。他沒回應。她重重地吸一口。這麼久不理我，快板結了，就因為小許？我說了麼，他不會胡說八道，怎麼說我也是杏花的婆婆。這個人……怎麼樣？他裝出漫不經心的樣子。趙月說，自然不是什麼好東西，我心裡有數。不過，也沒壞到哪去，沒把杏花拐跑，要那樣，我非剮了他。怎麼，你還擔心他……？他說，那倒不是。小許第一次上門，他就想告訴趙月，但每次都咽回去。他說不清為什麼。

趙月下了地，他仍然趴著。這不是他的風格，以往他比趙月還麻利。他睞著眼，懶洋洋的，隨時要睡過去的樣子。趙月說你困就睡會兒，好了我叫你。他說遲不遲早不早的，睡什麼覺。他的聲音蔫蔫的。他不想睡，可很快就困過去。被趙月拍醒，他發覺自己半裸著。但他並不覺得有什麼不對，邊穿衣服邊問趙月自己睡了多久。

趙月燉了魚，炒了雞蛋，還有他愛吃的黃花。酒杯卻放了一個。他看趙月，趙月說，一會兒趕路，你就甭喝了。他皺眉道，誰說我要趕路？屋裡突然就靜了，趙月半張著嘴，像是被他嚇著了，片刻，她哈一聲，你當真……？他沒答，一屁股坐下去。那張椅子不堪重負，吱嘎抗議。你個壞傢伙！若不是隔著桌子，她怕是要撲到他懷裡。

把小許喊過來。

趙月沸騰的臉突然就凝固了。小許……叫他幹嘛？話出口，他自己也愣了。但他馬上意識到，那並非心血來潮。他藉口給趙月送魚，除了和趙月幽會，還有隱隱的目的。他說，我想見見他。趙月口氣異常堅決，不行，不用討好他。他不是討好小許，他知道。這個躲在暗處的傢伙快把他的魂折磨散了，必須了斷。他說，當然……不過……趙月說，趕上了他就喝，我絕不會請他。我在，你怕什麼？他說，我倒不是怕。趙月說，甭廢話了，喝！

兩人喝了一整瓶，趙月比他略多些。趙月還要開，被他擋下。她嘻嘻道，我怕你半夜跑了，你喝醉就跑不掉了。他說，我已經醉了，你趕我也不會走了。趙月扯著他的耳朵，這可是你說的，你要是敢走……哼！她晃了晃，他扶住她。

說了會兒胡話，趙月沉沉睡去。似乎怕他半夜溜走，她攬著他的肩。他小心翼翼地將她的胳膊挪開，坐起來。他當然沒有逃走的打算，只是睡不著。第一次在趙月家住宿就被小許撞見，他懊惱了很久。他再次留宿。豁出去了。他不怕小許撞見，倒是希望小許撞見。一個痞子的手段，儘管使出來好了。

七

站起來，沒看到這是什麼地方嗎？他怒衝衝地叫著。

雙菊不但不站，反蹺起二郎腿，並掏出指甲刀。

你要幹什麼？

雙菊剪一下，吹一口，目光掃掃他，又低下頭。

他咣咣地拍著桌子，沒聽到我說話嗎？

雙菊這才哼一聲，我憑什麼聽你的？你有什麼資格審判我？

他大步過去，揪住雙菊的肩。雙菊和他扭在一起。

方胖子探進頭，瞬間被驚呆。喬獸醫背對著他，在和牆角的椅子格鬥。喬獸醫忽前忽後，忽左忽右，嘰嘰咕咕，嘟嘟囔囔。

老喬！方胖子喊出聲。

他頓一下，突然回頭。

方胖子原本萬進一隻腳，這會兒整個身子擠進來。齜齜牙，老喬，練什麼功呢？嘀嘀咕咕的，嚇我一跳。

他瞅瞅牆角，雙菊不見了，只剩那把破椅子。然後盯住方胖子。他汗漉漉的，臉也漲得通紅，誰讓你進來的？怎麼門也不敲？

方胖子很意外，我說老喬，你什麼時候立了規矩，進雜貨鋪還要敲門？你……鬼鬼祟祟的，不會幹什麼勾當吧？

他像一個炮仗，原本只是撚子在燃，方胖子話音未落，突然就炸裂了。他臉色轉青，指著方胖子的鼻子罵，你他媽胡說什麼？

方胖子也來了氣，我不過開個玩笑，你他媽罵誰呢？

雙花回到雜貨鋪，門口已經聚了一群人。他和方胖子吵得不可開交，就差發生肢體衝突了。雙花抱住他，他一甩，雙花抱得更緊了。有人拽方胖子離開。方胖子走到門口，又狠狠地罵，你他媽就一瘋子！

連著數日，他的臉都陰沉沉的。和方胖子鄰居多年，儘管對那張油膩膩的臉沒什麼好感，但從未在臉上表露出來，彼此和氣。他沒控制住。那是他和雙菊的法庭，是他的祕密，卻被這個賣肉的傢伙窺見，雖然只是一角，也令他羞惱。況且，他本就在惱怒中。

第二次在趙月家過夜的早上，他沒有急著離開。既然主動拉開陣式，就得擺出姿態。但沒等到小許。他離開時快中午了。忽然之間，他意識到，他敢在這個村子大搖大擺，已不懼怕小許。卸下包袱，他輕鬆許多。果然，他審判時，小許不再尋釁滋事，徹底被他斬掉了。沒想到的是，雙菊不再老老實實，戰戰兢兢。她態度蠻橫，沒有絲毫悔罪表現。他當然不接受，一萬個不接受。審判變成對抗與戰鬥。現在又殺出個方胖子，整個亂套了。

那天晚飯，他發現桌上多了三碟菜，如果算上醃黑豆，就八個菜了。更意外的，還多了只酒杯，都已斟滿。她是不喝酒的，所以平時只放一個酒杯。當然不是要來客人，筷子還是兩雙。再說，來人她會提前告訴他。那麼，是什麼節日？他想了想，就是個平常日子。他盯住她，希望她解釋。她似乎沒意識到，神色平平常常的，直到坐下來，才說，我今兒也喝一杯。他當然不反對，只是她一向不沾酒，突然要喝一杯，肯定有什麼緣故。雙花慢慢抿著，一小口，又一小口，很快臉就紅了。這娘們，還想喝醉？他想阻攔，她猜到了，說我不多喝的。他就沒吱聲。

他沒攔，卻暗暗數著。喝到第五杯，她的脖子和臉像煮熟的大蝦。小可又得獎了，她忽然說。那張獎狀就在牆上掛著，在他對面。那天，他進屋便發現了。他得過很多獎狀，牆上也掛過。當然，隨著他的人生歸零，那些玩藝便失去了價值，不知去向。所以，猛一見獎狀，他竟然有些恍惚。他沒有呵斥雙花，更沒有撕下來，視而不見。這女人表面怵他，卻從沒放棄進攻，而他一步步後退。難道，雙花為了這張獎狀慶祝嗎？

這是小可第二次得獎。雙花說。

他的目光從獎狀縮回。他明白過來，她在引誘他，引誘他說些什麼。他偏不說，不上她的當。

你知道今天是什麼日子嗎？雙花的臉竟有一絲威嚴，像個考官。

他漠然地看著她。

是小可的生日啊。她生怕他沒聽清，重複，今兒是小可的生日呢。酒壯了她的膽，也拔高了她的聲音。

是這樣，他心裡說。

你不想看看她？雙花威嚴不再，滿臉期待。

他狠狠瞪她，她真是登鼻子上臉了。

雙花沒把他的警告當回事，手裡突然多了張照片，看，她又長高了！笑得多甜。她舉著，與他隔著兩尺左右的距離。數年前，她讓他看雙菊一家的照片，他搶過去就撕碎了。她還記著，動作帶著防範。他的目光被勾過去。一個燦爛的小女孩。他怔了怔，小……可？雙花說，是小可！他聲音有些顫，怎麼……？雙花激動萬分，和雙菊像極了是不？她就是雙菊的女兒小可。提起雙菊，他皺皺眉，但是目光沒有從照片移開。

我能和你喝一杯嗎？雙花重又小心翼翼。

他頓了頓，舉起杯，有些彆扭。

雙花一飲而盡，然後對著照片大聲說，小可，給你過生日了。

他以為雙花到此為止，沒想她又斟一杯。他沒說什麼。隨她好了。他倒要看看，她還能怎麼樣。他默認了牆上的獎狀，他沒撕照片，她還要他怎樣？

他終於要阻攔時，一瓶酒已經見底。她搖晃著，要去貨架上拿新的。可沒起步就歪下去。他拖拽著，將她摁到床上。她很快睡過去。

他撿起掉在地上的照片，凝視良久，輕輕放到桌上。

他把店門關了，牢牢地插住。天色已晚，但遠沒到關門的時候。他有酒量，半瓶酒不足以喝醉，步態卻有些踉蹌。然後，他坐在櫃檯後，審視著牆角那把破舊的椅子。他的日子由一場又一場的審判支撐延續，他沉浸其中。每審一場，他通體舒暢，雙目放光。原本以為這樣的日子直到他閉上雙眼，可突然間就進行不下去了。就像當初他以為步步青雲，可一個跟頭就摔到谷底。為什麼？到底為什麼呀？

他本來在心裡問的，誰料喊出聲。他的情緒有些激動。為什麼呀？他又喊。然後，他站起來，東搖西晃地走到牆角。雙菊沒有來，她坐了無數次的椅子顯得冷清。他盯著，死死的。為什麼呀？沒有回答。他有些惱，奮力搖了一下。為……後邊的話沒喊出來，整個人突然倒進椅子裡。椅子年久失修，支撐不住他的重量，骨骼碎裂。

春色

清明節還沒到，生意已如七月的驕陽火騰騰的。水仙、百合、波斯菊，束花、盆花、吊花，哪種賣得都好。來掃墓的沒幾個砍價，即便砍價也不像買菜的老太太那樣死磨硬纏，頂多試探性地問問。祭奠逝者，花總是要買，賣花的也摸準了對方的心理。這年頭什麼都漲，土豆都三塊多了，花價自然也往上竄，嫌貴？甭買好嘍。這是賣方市場，一口價！

在所有賣花人眼裡，只有楊芬是另類——買主殺價，她立馬鬆口。五十元的花籃賣四十五，二十元的花束十五就出手了。楊芬不傻，比任何人都知道錢的好，也不是故意和別的賣花人作對。她心軟。掃墓人不是普通買主，眼睛或浸著悲傷，或含著憂鬱，儘管與楊芬無關，但楊芬和那些眼睛對視，心就會隱隱地痛，他們砍價，楊芬咋能不應呢？比如那個戴著紅框眼鏡的女孩，買花時淚珠還撲嚕撲嚕掉，楊芬不少要五塊錢，黑夜會睡不著覺——彷彿幹了虧心事。那些賣花人都不和楊芬說話，偶爾搭話也是冷嘲熱諷。不說就不說吧，楊芬只想相安無事。一次，楊芬內急去了趟廁所，花籃花束都遭了打，東一束西一束，有的則成了花泥。楊芬和孟亞說，孟亞說你是不忍心，那些賣花的認為你是不正當競爭，當然要報復你。孟亞勸楊芬換換腦子，心該硬則硬，不然會和同行發生更大紛爭。楊芬默默點頭，可買花的只要砍價，她依然沒有定性。所以，那些賣花的依舊孤立她。

楊芬的花攤在旮旯，生意不如別人好，但並非賣不動，不過別人賣得快，她賣得慢，別人賣得多，她賣得少。她曉得這個，上花也比別人少。楊芬也不吆喝，安靜地坐著，像個道士。

大約正是這份安靜吸引了那個人，楊芬得以和他相識，開始了她在京城的傳奇——這個詞是孟亞嘴裡跑出來的，他還酸不溜溜地警告，可別被人家哄了啊，好像那個人和他一個德性。每次孟亞亂說，楊芬都想把那塊黑乎乎的毛巾塞進他嘴巴。

三年前的清明節，楊芬第一次見那個人。他穿著古銅色夾克，行走緩慢——腿似乎有點兒瘸。後來，她知道他崴了腳。賣花人注意他並不是因為他的穿著和走路姿勢，而是因為他是第一個來祭掃的。買花嗎？想要什麼花？那些賣花的熱情地招呼，就差攔截了。那個人邊看邊走，不點頭也不搖頭，越過眾多攤位，徑直走到守在牆角的楊芬這兒。他選得很細，一束花的花朵間夾了片枯葉，他輕輕夾出來，再輕輕一揉，彈到地上。彷彿怕枯葉粉末沾花瓣上，他連吹幾口氣。一種沒來由的情感攫住楊芬，楊芬的心又隱隱痛了。那個人離去好一陣，她才意識到忘找錢了。她快步追去，叫住他。那個人接過她遞上的五十塊錢，重重看她一眼，什麼也沒說。他從公墓出來，再次走到楊芬面前。那時，祭掃的人已經多起來，楊芬很忙，那個人插縫和楊芬聊天，問楊芬什麼地方人，在哪兒租住，末了問楊芬能否給他推薦個老鄉，他想找個鐘點工，每週工作半天。楊芬脫口道，我行嗎？就這樣，他成了楊芬的雇主。楊芬上午賣花，正愁下午沒事幹。雖然一週幹半天，可一個月下來也二百多塊錢呢。

一幹就是三年，有時他在家，有時不在。楊芬沒遇到第二個人，他似乎單身。不，他就是單身。這是楊芬的感覺，過去他不是，現在他絕對是一隻孤雁。女人的照片，公墓祭掃，那個人憂傷的眼神，楊芬雖不知他的經歷，但這些已讓楊芬隱約猜到他的故事。

每個清明節，那個人——某次，楊芬在茶几上看到他的身分證，知道他叫吳連生，但她習慣稱他那個人——準第一個到達，像急著和誰約會。不，不是像，就是約會。待那麼久，不是約會是什麼？楊芬生怕與他錯過，天黑就爬起來。

但在這個清明節，那個人沒來。楊芬從早等到晚，眼澀脖酸。因她的心不在焉，耽誤了不少生意。太陽落山，仍有十多個花籃沒賣出去。隔一夜花就蔫了，不能再賣，別人早已收攤兒，只有楊芬守在角落。暮色帳蓬般垂下，漸漸地，黑漆漆的夜色把她塗抹成牆壁，她才萬分不甘地站起來。

回到租住的小屋，楊芬虛脫一般，攤在床上，手指都抬不動了。腦子裡滿是那個人。那個人，那個人，他出了什麼事？楊芬想不出來。隔壁那對安徽夫妻又吵架了，他們經常吵，沒有規律，前一分鐘還大笑，後一分鐘已大打出手。女的擅罵，儘管聽不懂罵什麼，她語速加快就更聽不清了，但從她的嗓門和語調中能猜出大概，男的罵不過，著急就上手。楊芬和孟亞經常聽功夫片，如同住在電影院隔壁。兩人黑夜爭吵，大動干戈，白天卻有說有笑，楊芬常懷疑自己的耳朵出了問題。孟亞感嘆，夫妻沒有隔夜仇，這就對了。楊芬明白孟亞言語的含義。楊芬和孟亞從未打過，鬧矛盾當然免不了，即使小彆扭，楊芬也會好幾天不理孟亞。安徽夫妻沒有任何值得楊芬敬佩欣賞的地方，她甚至瞧不起他們。好得快，並不能說明他們有情義，沒心沒肺罷了。

隔壁的爭吵提醒了楊芬，她掙扎著起來，燒了一壺水，尋出兩顆沒有水分的土豆，正待削皮擦絲，孟亞來電話說不回來了。楊芬心裡一沉，沒吱聲。她下意識地瞅瞅牆上走得不準但從未停過的鐘錶。孟亞前天回老家，說好今天回來，一般十一點就能到家。孟亞覺出楊芬的不快，解釋不能趕回來的原因，有兩筆帳沒能要回，不然還得專門回去一趟。孟亞抱怨那些欠帳的人，抱怨人心不古，明明有錢就是不還，他甚至罵了娘。他雖未明說，但語氣分明告訴楊芬，他並不是不想回，而是無奈。你別擔心，末了，孟亞這樣說。這話的含義有點複雜，也正是這句話激怒了楊芬，但楊芬並未像隔壁的安徽女人扯起嗓子，她聲音很低，不是一般的低，但每個字都被冰層裹了，冷，硬。孟亞又解釋為什麼現在才打電話，為了要錢，喝醉了，剛醒。他說得斷斷續續，彷彿那些字也被酒浸醉了，東倒西歪，不連貫。好吧，隨你，你想住多久就住多久，楊芬如是說。還能怎樣？讓他現在趕回來？那不可能，除非他有私人飛機。就是有飛機，他也未必立刻回來。要帳？或許吧，可別的可能不是沒有——他真正的目的恐怕是後者，此刻，三桃花可能就躺他懷裡，正齜著黃牙對他撒嬌呢。我明天肯定——孟亞說了一半，楊芬關掉手機。愛住多久住多久，楊芬又說，彷彿孟亞聽得見。

楊芬把兩顆土豆扔回角落，用熱水泡了剩飯，晚餐就這麼打發了。躺下的時候，三桃花的臉又晃出來，神氣活現的，彷彿說，我沒辦法，誰讓他喜歡我。楊芬恨恨地罵無恥。

隔壁沒了聲音，安徽夫妻罵累了，正相擁而眠吧。沒廉恥！楊芬又罵，想的卻是孟亞和三桃花在一起的樣子。

楊芬和孟亞進城與三桃花有關，準確地說，是三桃花逼的。在孟村，楊芬和孟亞的日子不算最好的，但絕對是數得著的。孟亞是半拉獸醫，技術一般，但在缺少獸醫的鄉村，還是蠻吃香。除了行醫，還開小賣部。當時村裡已有一家，楊芬和孟亞的小賣部開了一年，那家就關了。楊芬不得不承認孟亞有點子，比如，他專辟一間屋子，供人們打麻將，那些人輸有輸的開銷，贏有贏的消費。他在小賣部門前支一口鍋燉羊頭羊蹄，香味不但勾引著村民，村裡的貓狗都追著味道過來，人氣旺，畜氣也旺。別人出外尋營生，孟亞和楊芬在家就能掙錢。除了能幹，孟亞還有一樣好，不打老婆。村裡沒打過老婆的屈指可數，孟亞名列其中。孟亞最暴怒的一次是把菜碗摑到鏡子上。當然，他為此付出了代價——楊芬整整一個月沒和他說話。可千好萬好的孟亞竟然出軌。楊芬不知孟亞和三桃花什麼時候勾搭上的，又是如何勾搭上的。她聽到傳言，如遭悶棍。她不是潑辣女人，過了幾日才小心翼翼詢問孟亞。孟亞矢口否認。不久，孟亞被三桃花男人堵在床上，楊芬想自欺都不行了。楊芬哭過求過，孟亞也沒少發誓懺悔，但和三桃花的關係卻一直延續。楊芬找過三桃花，怕自己難堪，也怕三桃花害羞，楊芬特意去地頭，只有她倆。他喜歡我，我有什麼辦法？三桃花以退為進，彷彿受傷害的是她。楊芬沒把三桃花怎樣，若撕打起來，未必是三桃花對手。經歷無數個失眠的夜晚之後，楊芬做出人生中最重要的決定：離開村莊。她從未有過的堅決，如果孟亞不隨她走，她就一個人離開。最終，孟亞選擇跟她走。在城裡的生活是艱辛的，煩惱並不少，但再不用每天想那些破事了，她很知足，甚至享受。只是，心病未能徹底剔除——每年清明節，孟亞都要回村給父母上墳，楊芬就是有一千個理由也不能阻攔。清明，對孟亞和三桃花無疑就是七夕了。這不，說好今晚回來，孟亞一個電話就搪塞了楊芬。他們開小賣部多年，村人確實欠了不少帳，孟亞的藉口聽起來合情合理，可……楊花翻個身，低聲罵，不要臉！也只能這樣出出氣。

賣花人都盼清明節，楊芬也盼，但與他們不同，清明節對楊花還有著別樣的意義，因了那個人——過了好長時間她才意識到的。絕不是她對那個人有什麼想法，或那個人對她有什麼表示，不，才不呢，那是一種……楊芬說不上那是什麼感覺。牽掛？敬慕？似乎有一點，可絕不止這些，真的說不清楚，就像一個夢。對，就是夢，無法準確描述的夢。

迷迷糊糊，朦朦朧朧，楊芬也不知自己睡著沒有，可能睡著了，也可能沒睡著。鬧鈴設的是三點，她爬起來腦袋又疼又脹，像杵進了什麼東西。冷水激一把臉，稍稍清醒些。別的住戶尚在夢中，楊芬怕驚動他們，輕輕把三輪車推出院，走出數米，方發動。四月的黎明寒意甚濃，楊芬心裡卻暖暖的。這是新的一天，孟亞要回到她身邊了——他能賴一天，不會賴兩天吧？翻過這一頁，也就翻過了三桃花，起碼三百天之內楊芬不用再想那張狐狸臉。這天是她去那個人家做工的日子，還有……昨天那個人沒過來，今天怎麼也該來了，就算他有天大的事，也該抽空來的……楊芬不了解他的過去，但猜得出他和照片上女人的故事。楊花認為自己猜得出來，或者說能想像出來。她甚至想像有一天自己不在的時候，孟亞……她未和孟亞說過這些，有幾次，話到嘴邊，她又吞回去。孟亞不配聽，什麼時候他配了，她再說。

上花，趕路，待楊芬把三輪車停在牆角，擺好花籃，掛好花束，才六點多一點。楊芬往路那邊望一眼，鬆口氣。她不會錯過那個人的。公墓大門剛剛打開，保安似乎還未睡醒，呵欠連天的。突然間，保安身子顫了一下，豎直，又稍稍躬下去。保安的手機叫了，他接聽的時候往楊芬這邊掃了掃，似乎怕楊芬聽見。這麼早就有電話，肯定是哪個女孩打來的，保安二十出頭，正是……楊芬想起她和孟亞的第一次約會，兩人也是二十出頭。唉，幹嘛想那個沒良心的？楊芬晃晃膀子，孟亞像一片樹葉，墜落了。

陸陸續續有人來，賣花的，祭掃的……停車場門口堵了，喇叭聲此起彼伏。本來是安靜的場所，唉，這世界。

生意出奇得好，沒到中午，楊芬的花已經賣光。一對看上去像夫妻，又像兄妹的男女湊過來問價，楊芬說賣完了。女的指著牆角的花籃，那不是還有麼？楊芬搖頭，那個不賣！她往中間移移，正好擋住女的視線。女的說，你不是賣花的麼？幹嘛不賣？楊芬說那個不能賣，同時，楊芬往後一撤，兩臂外拐，防備的架式。說到這份上，女的該走開了，邪性的是那女的不但沒走，反做出一副公雞鬥架的架式，問楊芬憑什麼不賣。女的眉毛上吊得很利害，此時幾乎豎直。楊芬還沒碰到這樣的顧客，不賣就是不賣，還非要給個說法？楊芬的目光從女的鼻梁上跳開，有些緊張，有些歉意，還有些不知所措。是這樣的……楊芬試圖解釋，可能聲音低，女的沒聽清，大聲質問，憑什麼不賣？男的拉女的走，不賣拉倒，和她較什麼勁兒？女的甩開男的，我偏要問。我不能賣。楊芬聲音高了一些。為啥不能賣？女的馬上把楊芬蓋過去。楊芬說，你去別處買嘛。女的氣乎乎的，睜開你的眼看看，我去哪兒買？不用看，楊芬清楚得很，如果她的花銷光，別的攤兒早就賣完了，誰能想到這麼火爆？要不，你明天……我不要錢……楊芬話未說完，就被女的掐斷，我是撿垃圾的？男的再次拽女的走，女的一揚胳膊，我就不信了，今天非買不可，多少錢，你說個價？楊芬的臉先是漲紅，又一點點變紫，她躲避著女的咄咄逼人的目光，可女的目光像黏絲，她沒躲掉。是給別人留的，楊芬本不想說，那是她的祕密，她不想透露給任何人。楊芬以為這樣說，女的就會甘休，光天化日，怎能強買強賣？何況，這是京城。可女的根本不聽，她迅速拉開皮包，夾出幾張百元大鈔，在楊芬面前一晃，行不行？楊芬心驚肉跳，彷彿女人晃的是大砍刀，隨時會落她脖子上。啊……楊芬喉嚨動了一下，女的又夾出幾張，夠不夠？楊芬聽見周圍的驚嘆聲，無數的臉皮球一樣在她眼前晃。有人捅楊芬，楊芬驚醒過來，是她的鄰位河南侉子。河南侉子的眼球都要鼓出來了，發什麼呆？趕緊賣呀，這大運你八輩子也撞不見！楊芬又啊一聲，頭微微一晃，說不上是搖還是點。那女的把鈔票往三輪車內一摔，繞過去，徑直走向花籃。楊芬往後一跳，雙臂張開，大聲說，不賣，這個花籃不賣！空氣被凍住，一張張臉被凍住，世界刹那間歸於死寂。幾秒鐘後，女的突然爆發，你他媽是瘋子啊？河南侉子和圍觀的人都如木樁豎著，表情錯愕。對不起，楊芬說，但她的聲音淹沒在女的叫罵聲中，泡沫一般。

圍觀的人散去好半天，楊芬才蹲下去，很快又站起，疲憊焦急的目光往路那邊擺。快中午了，那個人還沒來。是不是那個人沒發現她，買別人的花祭掃後離開了？又想不大可能，如果他來了，會找見她的。楊芬執著地站在那裡。

公墓門口漸漸稀拉，保安換了崗，新上崗的保安瘦高個兒，站不穩的樣子，來回搖擺。楊芬摸摸頭，她又暈了。他不會來了。他真的不會來了。楊芬蹲下去，揭掉罩在花籃上的遮陽布，花瓣上水滴尚在，一粒一粒，如淚珠晶瑩圓潤。他不來，這個花籃就是另一番命運了，楊芬錯過一個好價錢……豈止是好，是天大的好，但楊芬不後悔。如果他來了呢？她說，對不起，你來晚了，我的花賣光了？不，不能那樣說。她寧可……他出差了？還是別的原因？楊芬騎得猛，腦子也在瘋轉。車往院裡一停，楊芬顧不上吃飯，急急往外走。做工是有時間的，不能誤了。還有……公車漸漸停靠，楊芬猛跑幾步。

社區很大，楊芬第一次來那個人家做工，出了屋卻找不見大門，現在不會了，出進都懂得抄近道。二十三層，A室。邊走邊摸鑰匙。她第一次來，那個人就把鑰匙給她了，當時，她甚是吃驚，他對她沒有任何防備。她跟孟亞說，孟亞說想必他家也沒什麼值錢東西，才這麼放心。楊芬撇嘴，沒與他爭論。結婚多年，她還從未對孟亞有過不屑。一次，孟亞休息，提出去那個人家看看，我倒要瞧瞧，城裡人的家是不是貼著金磚。楊芬沒同意，那個人相信她，她就要對得住人家，怎麼可以隨便領人進來？她丈夫也不行。

那個人在家。那個人竟然在家。門沒完全打開，楊芬就意識到了。她看到了那個人的包。愣了一會兒，她輕手輕腳進去。他不在客廳。她看看牆上的掛鐘，兩點多一點兒，他或許還在睡午覺，或許剛出差回來吧。換拖鞋，楊芬又是一愣。那個人的鞋旁有一雙紅色女鞋，一隻矗立著，另一隻歪倒，懶洋洋的，撒嬌的樣子。楊芬腦裡迅速劃過一個念頭，彷彿被這個念頭嚇著了，她抖了一下。她沒有動，就那麼直立著，輕輕移動目光。終於，在沙發角落看見一隻小坤包。一定是了。似乎被擊了一棍，腦袋轟隆轟隆響。她不明白怎麼回事，可她又很明白。這不關她的事，她是鐘點工，來幹活的。想清這一點，她彎下腰，腿軟著，手有些抖。

臥室門響了，那個人出來。楊芬對他笑笑，表情僵硬，笑得很吃力。那個人哦一聲，來啦。楊芬啊著，眼神往他身後瞟。那個人再哦一聲，今天不用幹了。楊芬瞪著他，沒聽明白的樣子。那個人又重複一遍。你回吧，不用打掃了，下周再來。楊芬聽清了，那個人第一次說她就聽清了，她懷疑那個人說錯了。楊芬很想提醒那個人，可那個人已經折返臥室，門啪地響了一聲。楊芬呆立著。從她的位置，可以看到臥室半個門。當然，就是看到整個門，也看不到什麼，門關著。就算看清裡面的一切，又能怎樣？那和她無關。可楊芬難以名狀的憤怒和心痛，胸劇烈起伏著，海浪一般。

楊芬輕輕合上門，站到外面，屋裡的一切與她更不相干了。什麼也沒幹，渾身卻軟得沒了筋骨，摁電梯開關都吃力。到了一層，楊芬咬咬嘴唇，再次返到二十三層，打開門，把那個帶著金屬環的鑰匙放到門口地上。砰的一聲，將門合住。

出了社區，孟亞打來電話，說他到家了，問她在哪兒。她沒好氣地回敬，管我在哪兒！狠狠將手機合上。手機不停地響，像餓極了的孩子。楊芬不理，抹一下眼睛，又抹一下眼睛。後來，她攔了一輛計程車。進城好幾年了，這是第二次坐出租。第一次是在午夜，孟亞突發肚疼，她送他去醫院。

手機一直響到下車。她進了院，跌跌撞撞往屋裡跑，彷彿屋裡失了火。撞開門，滿頭大汗的孟亞抬起頭，又喜又驚的樣子。我趕最早的車……孟亞的嘴還未徹底拉開，楊芬已撲進他懷裡，孟亞還想說什麼，楊芬一口叼住他的膀子。

敦煌

◆一

那一切，是怎麼發生的呢？

◆二

如果不喝那瓶啤酒，不，如果不是爛泥般的情緒，李東是沒那個膽子的。原以為喝點兒酒會好些，可酒什麼也沒沖刷掉，胸反堵了黃沙一樣沉。李東丟下十塊錢，離開烤肉攤。敦煌的黃昏鋪天蓋地的燒烤味，伴著煙塵的氣味吻著李東的鼻子、嘴巴、眉毛、頭髮，李東有種被架在炭火上的感覺。漫無目的，目光飄忽不定，像大漠上的一綹煙霧。敦煌真沒什麼特別，肯定是她編出來的。某個地方被劈了一下似的，李東不由抽抽鼻子。一股野蒿香。李東愣了愣，嘴巴和鼻子同時張大。沒錯，是蒿香！李東意外地一喜。終於有了些意外，儘管與他的期待相差甚遠。李東追尋著蒿香，他想知道是從哪裡來的。忽然沒有了。李東躁躁地轉著圈，香味兒忽又掠過鼻翼。一會兒沒了，一會兒又來了，像一隻鳥。

李東追尋著，穿過兩條街道，拐上一條僻靜的窄街。街面顯然上了年紀，布滿長長短短的皺紋。水果攤、垃圾箱、電線杆。還是電線杆。李東站住。那一幕李東永遠忘不掉。兩個男人正在猥褻一個姑娘。姑娘雙臂被拽到電線杆後面，一隻手捂著她的嘴巴。另一個男人上上下下摸著她。儘管光線昏暗，李東還是捕見姑娘眼中的驚恐和哀求。那兩個男人似乎沒發現李東，或根本沒把李東當回事，我行我素。李東喝叫一聲。兩個男人放肆地掃李東一眼，讓李東滾開。李東沒滾，相反，他有些憤怒，罵著什麼衝上去。李東摔倒，昏暗的天空幾乎壓到臉上，隨後是兩個男人的身軀。姑娘驚叫著，兩個男人逃離。

半小時後，李東和姑娘坐在了餐館。李東要陪姑娘報案，姑娘說報案會很麻煩，她反正沒損失什麼，當然，多虧了他。李東尊重她的意見。是他的提議，還是她的提議？記不清了，總之，兩人朋友似地坐在一起。姑娘再三致謝，李東說你沒嚇著就好。李東腦袋隱隱泛痛，那一下摔得不輕。但他的心卻像加溫的水，漸漸騰起朦朧而歡快的霧氣。他朝思暮盼，就是這樣的奇遇啊。哪怕，哪怕……他怕姑娘瞧出什麼，低頭喝水。姑娘問，大哥不是本地人吧？旅遊？李東點頭，簡單介紹了自己。半真半假，李東留了一手，他沒那麼傻。姑娘說她是蘭州人，朋友在敦煌開玩具店，她來看朋友，恰朋友的婆婆病故，她臨時給朋友看門店。李東說，你挺義氣啊。姑娘說，也是湊巧了。我想趁晚上出來逛逛，沒想，……多虧你。李東說，有驚無險，別去想了。姑娘得知李東剛到敦煌，打算待數日，說她朋友明天回來，如果李東願意，她陪他玩一天，充當嚮導。驚喜漫過李東臉頰，太好了。姑娘一笑，飛快瞄李東一眼。她膚色稍黑，眼睛也小了些，但很耐看，特別那一笑，攝人心魄，難以抗拒。李東怕她窺見他陰暗的心思，用反問防守，你不會哄我吧？姑娘似要撅嘴，嘴巴聚成O型時突然鬆弛。她伸出小拇指，以不容置疑的頑皮口氣說，拉鉤！說好了哦，誰也不許賴！李東有種觸電的感覺。

李東陪姑娘走了一段，姑娘忽然頓住，說自己到了，不讓李東再送。李東望去，兩邊全是店鋪。李東戀戀不捨，但不敢有其他造次，只是又重複一遍自己的住處。姑娘說，你這個傻子，我記住了。笑著跑開。爾後回頭，對李東擺手。他看懂了姑娘的手語：趕緊回，不然我要生氣了。李東艱難地拽回目光。

李東不知自己怎麼打車、怎麼回到賓館的。他抓著房卡，來來回回在走廊上竄，他找不見房間了。卡上沒寫。然他並不著急，甚至不清楚自己在幹什麼。他靜不下來，心裡竄了一群跳鼠般。從來沒有過的，就是戀愛時也沒有過。無法描述的感覺。沒想到，他真遇上了。姑娘影子似的飄過來，但她的眼神，她的口氣，她的話都清清楚楚：誰也不許賴！他不會賴，他怎麼會賴呢？驀地，他定住，眼睛慢慢硬圓，怎麼不邀請她到賓館呢？如果他提出，她會來的。只要她來，那麼……想像中的鏡頭撞得渾身發熱。該死，錯過了，還是沒經驗啊。不，不，他立刻否決。不能這麼快，那會嚇著她。那和找妓女有什麼區別？他不是找妓女，不是的。儘管他找過，但到敦煌，他不是找妓女的。他籲口氣，為沒有冒失邀姑娘到賓館而慶幸。

若不是服務員詢問和幫忙，他仍會在走廊遊竄下去。看到拉上口的包，他醒過神兒，返到前臺續了房費。他住七八天了，白天遊景點，晚上逛夜市。他期待發生點兒什麼，但什麼也沒有。莫高窟、鳴沙山、陽關、玉門關，甚至附近的縣，他都去了。毫無收穫。不像他妻子，待五天就……他揪住頭髮。明天他打算離開的，一天也不想待了。可……蒿香……不，一定是神在幫他，他撞見那一幕，他出手救了那個姑娘。他和姑娘一定會發生什麼故事，敦煌是個浪漫的地方……總之，他不走了。

睡前，李東摸了下褲兜，他習慣把手機放枕頭底。空的。又摸一下，仍然是空的。這才著急，裡裡外外搜個遍，影兒也沒有。丟了！姑娘跳出來，難道……難道……李東吸口冷氣。他強迫自己不把手機與姑娘連繫起來。他仔細回憶著，離開烤肉攤兒，還拿出手機看時間。她怎麼可能……她又怎麼有機會……他並沒覺出什麼啊……他再次壓住自己的念頭，不往姑娘頭上懷疑。她那麼的……怎麼可能？明天就知道答案了。李東睡意全無，再次被架在炭火上。

第二天一早，李東憑記憶找見和姑娘分手的地方。趕緊回，不然我要生氣了，他仍能在雜亂中辨出她的聲音。確實有玩具店，一個漢子正把捲簾門抬起。李東問過，漢子是店主，從來沒什麼姑娘替他看店。李東按店主的指引，往北五十米又找見一家。李東等了一會兒，等到一位中年婦女。李東頓時跌入深谷。他遭遇了小偷，而他竟可笑地當成豔遇。那兩男人可能是她同夥，他們演戲引他上鉤。傻子，他真是個傻子啊！

連著三天，李東發瘋地尋著姑娘。玩具店，當然還有別的什麼店，他都不放過。他不信她不露面，既然她是幹那個的。丟個手機對李東不算什麼，他丟的東西還少麼？但這次不同，他不只為找回手機。他從未有過的憤怒與難過，就是妻子說出那句話，他的憤怒也沒這麼強烈。從清早到中午，從中午到黃昏，他的眼睛掃視著任何一個可疑的地方。直至夜深人靜。

她似乎蒸發了。酸痛的身子攤在床上，李東決定放棄。第二天吃早餐，兩個學生模樣的青年不時瞅著李東，小聲商量著什麼。李東吃完要離開，兩個學生娃截住他，問李東去不去雅丹公園，能不能和他們拼車。李東搖頭，瞥見兩個學生娃臉上滑過的失落，不由一動，問，什麼時候去？學生娃說今天，他們已經聯繫好計程車，如果李東去，出三分之一車費即可。

李東不知自己為什麼答應學生娃，他已經去過。其實鑽進車他就後悔了，他這是幹嘛呢？沒等他做出反悔的表示，車開了。他把側過的頭緩緩扭正，也只好這樣，眉頭卻皺著，那是對自己妥協的疑惑。學生娃興奮不已，黑戈壁，沙蒿，滑翔的鷹……不時從他們嘴裡跳出來。李東有一搭沒一搭地瞅著，不久便昏昏欲睡。海市蜃樓！李東突然驚醒，順著學生娃手指望過去，前方果然是影影綽綽的城樓。這個他倒沒目睹過，總算沒白跑一趟。學生娃熱情地往李東手裡塞瓶礦泉水，走的匆忙，他沒帶任何東西。如果坐在身邊的是……李東啪地拍下頭，那個影子頓時碎裂。

中途看了玉門關和漢長城，到雅丹地質公園已近中午。路邊停著旅遊巴士，一個個腆著肚子，會妖術似的，把行頭各異的遊客吐出來，吞進去；吞進去，吐出來。李東和學生娃約定一個小時回到車上，其實活動範圍有限，沒有誰敢往深處走。逼人的熱，幾乎難以呼吸。西部晝夜溫差大，據說早晚到這兒必須穿羽絨服。李東慢騰騰走在學生娃後面，掃視著一個個巨型蘑菇樣的岩砂山包和螞蟻樣竄來竄去的遊客。目光突然被咬住，李東驚在那兒。是她，那個小偷！她距李東幾十米遠，轉著頭，一定在尋找目標。李東興奮，甚至緊張，因此沒有馬上過去，似乎那是個什麼稀罕物，怕嚇著她。她看見他了，拔腿離開。李東追上去，越過學生娃身邊，他遲疑一下，掏出一百塊錢丟到學生娃腳邊，說，不要等我了，我自己打車回。學生娃喊什麼，尚未觸到李東耳根便消散在酷熱中。

李東咬住她的背影，加快步子。她像長了後眼，也快了許多。李東只抓瓶礦泉水，當然，她東西也不多，僅一個挎包，但還是影響了她的速度。她往人多的地方奔，李東猜測她有同夥。他沒喊叫，她也沒有。遊客被她和他甩在身後，他明白了，她沒有同夥。她和他同時奔跑起來，岩砂碉堡一個個被甩在身後。腳底的沙子烤熟了似的冒著藍煙，空氣迅速黏稠。看你往哪兒跑！他恨恨地，又快意地想。一定要擒住她，他當然能擒住她。顯然，他低估了她的體力，他氣喘吁吁、兩眼飛花時，和她的距離並沒有縮短。你跑吧，就是累死，我也要追上你。瞅她的姿勢，他明白她支撐不了多久。她會累趴，很可能突然倒下。他腦裡閃過她求饒的樣子。她沒趴下，也未停住，而是改變策略，不再直跑，躲在碉堡後面和李東捉起迷藏。這就有了喘息機會。李東萬分惱怒，但撲不住她。有一次，兩人照面，只有幾步之遙，還是被她逃掉。

奔跑，躲閃；躲閃，奔跑，一個前，一個後，沒有喊叫，沒有斥罵，只有腳與沙地的摩擦聲，伴著越來越粗重的喘息聲。

她終於跑不動，歪了幾歪，魚似地倒下去。幾乎同時，李東腿一軟，倒在距她約兩米的地方。她似乎要翻身，但顯然已沒了力氣，李東往前爬一步，她身子躬起，李東以為她要逃。他骨頭和肉一樣軟，如果她逃，他可能爬不起來。但她沒有，複又倒下。李東看到一張毫無血色的臉，張開的嘴巴如一個黑洞。她軟軟地看李東一眼，閉上了眼睛，那是一種無望又豁出去的眼神。李東沒再靠近，身體徹底攤在滾燙的沙子上，擰瓶蓋的力氣都沒了。天空湛藍，沒有任何雜質，如靜靜的湖水。

兩人無聲地躺著，像一對默契的情侶。

過了很長時間，她方軟軟地問，你想咋樣？李東的憤怒似乎在奔跑中蒸發掉了，他平和地反問，你說呢？她說，我不知道，你愛咋咋吧，我是不跑了。李東坐起來，說，拿來！她反問，什麼？她臉上有了一點點兒顏色。李東說，裝什麼糊塗！她拽下挎包丟給李東。李東拉開，自己的手機在裡面窩著。除了手機，包裡還有一包紙巾，一個葫蘆玩具。李東打開手機，問她卡哪兒去了。她說扔了。李東瞪圓眼，扔了？你……她說，對我沒用，我留著幹嘛？她竟然笑了笑，像數日前那個晚上。那不是頑皮，而是頑劣。李東終於忍不住，吼，你個惡賊！她嬉皮笑臉地說，別生氣了，哥哥，不就一張卡嗎？明兒我給你買新的。是了，這是她的本來面目。李東本想放過她，此時突然改變主意，喝道，起來！她裝做吃驚的樣子問，幹嘛？李東叫，跑我走！她舔舔嘴唇，哥，先給我喝口水。只剩半瓶水了，李東沒敢一次喝完，如果喝，兩瓶也不夠。她這麼一說，李東方意識到她沒帶水。李東問，渴了？她說渴死了。李東說你幹嘛不哭？一哭自己就解決了。她很無賴地說，你不給我水喝，我就躺著。李東冷笑，是嗎？那就躺著吧。他擰開蓋，抿了一口，斜睨著她。她張著大嘴，臉上掛著混含笑意的乞求。李東一口一口抿著，她的笑意消失了，只剩下乞求，她眼裡浮上一層薄煙樣的痛苦。她低低叫了聲，哥！李東問，躺著很舒服吧？她雙臂抬抬，然後支撐著坐起來，瞅瞅李東臉色，搖晃著站起，哥，給我口水。李東說，別裝了，跟我走。她遲疑一下，乖乖跟上。

李東聽不見聲音。她又站住了。李東凝視著她。她縮著頭，包在胸前吊著，像套了副枷鎖。她的目光錐子樣盯著李東手裡的水瓶，哥，我渴！李東罵，活該。那錐子突然烤化一樣，騰起一團朦朧的白霧。李東被灼疼，抓瓶子的手機械地縮縮，慢慢走回去。

她揚起頭，李東看見她脖子上有一道深色的疤痕。不長，但趴在白皙的脖子上，甚顯凶悍。她的嘴唇對準瓶口，李東的目光仍盯著疤痕。她劈手奪過瓶子，猛灌起來。李東猝不及防，奮力爭奪，她抓得死死的。憤怒之中，李東抬腳踹她一下。她倒下去，李東砸她身上。並未放棄爭奪，李東占了上風。只剩個瓶底了。李東青著臉，呼呼地喘。你占我便宜，她軟軟地說。李東挖苦，你好像吃狼肉長大的。她突然一副凶相，你罵誰？你才是吃狼肉喝狼奶的貨。她不大的眼睛好像沒了眼白，純一色的黑。李東吃了一驚，但並未被她嚇住，不無譏諷地說，是啊，所以我是個賊麼，別人好心好意救我，我倒偷她的手機。她說，我從未碰見過你這樣的人，早知這樣，你花錢雇我，我也不會理你。竟然是李東的錯，李東氣笑了。我真是倒楣透了，她又說。李東說，行了，起來！她索性一挺，我偏不，除非你拿轎子抬我。李東說，行啊，你好好等著吧。他放棄把她扭到公安局的打算，他必須回了。李東看看手裡的水瓶，猶豫一下，立在她身邊。

走了一段，她在背後喊，等等我。李東沒回頭，也沒停步，知道她會跟上來，她不會留在這裡過夜。日已西斜，碉堡扯出一團團巨大的影子，不像中午那麼熱了，但又餓又渴，每邁一步都異常吃力。他不敢停下，天黑前必須走出這個地方。

她追上來，李東沒有回頭，但知道她在身後。

哥呀，方向對不對？她問。

疑問早就蟄伏在李東腦裡，但他不敢輕易觸摸，她這麼一說，他躲不過去了，疑團頓時放大。他轉過身，看著她。夕陽給她鑲了層金邊，她像要飛起來似的，但她的目光沉沉地墜著。李東說，路在北邊，咱們不是朝北走嗎？李東沒意識到他用了「咱們」。她說，可怎麼望不見頭兒呀，不會走錯吧？李東說，只能是這個方向。

日頭墜下去，暮色一層層厚了。兩人誰也不說話，但步子快了許多。碉堡收回了拖長的影子，它們本身就是巨大的影子。它們不再扎在沙土中，雲團一樣慢慢騰挪、移轉。本來已超過它們，一眨眼，它們又飄在眼前。

哥，轉向了。她驚恐地喊。

李東打個激靈，斥道，胡說！

她指著一個河馬狀的碉堡，我記得走過它了，咱們又轉回來了。

李東狠狠瞪著她，似乎她的爛嘴會帶來災難。他多麼希望她改口，可她沒有躲避，重複，真的，我記得清清楚楚。

李東的眼睛和暮色一樣暗了。這也是他的感覺。兩人置身於一團團巨影的包圍中。方向徹底混亂。咋辦?她小聲問。

反正不能等死。李東惡狠狠地說。

夜空低垂,如一盆隨時會傾覆下來的沙子。風嗚咽著,吐出縷縷寒氣。

李東站住,說不能再走了。她問,怎麼辦?就這麼等著?李東沉寂下去的怒氣又卷上來,不等待還能怎麼辦?如果她不扔掉手機卡,也許可以求救,現在他抓個沒用的手機。她問,你也沒個同伴?他們怎麼會丟下你不管?李東想起那兩個學生娃,說我沒同伴。她提醒了他,問她怎麼來的。她說搭一個外地旅行車來的,沒有誰記她。看來你沒得手吧,不然他們會記住你的,他嘲諷。她說,我沒你想的那麼壞。李東頂回去,還嫌壞得不夠?不是你我怎麼會到這個鬼地方?他有撕扯她的衝動。她說,反正這樣了,你想罵了罵,想打了打,我乖乖的,我保證。沒等李東說話,她就埋怨上了,你也是,一部手機值得你追這麼遠。李東捏捏拳頭,隨即鬆開。

李東在碉堡背風處坐下。等待天亮,也許是最明智的選擇。但願這個地方沒有野獸什麼的。她坐他身邊,挨得很近,像那天他送她回「玩具」店那樣。當然,李東不用再提防她。他不再生氣,毫無必要了,但不想理她。她說,也許會有人尋咱們,不過待一夜也沒啥大不了。她竟然安慰他。要是有狼來,讓牠先吃我好了,她說,誰讓你是我引來的呢?李東忍不住笑了,但沒出聲。她覺察到了,碰碰李東胳膊。李東問,幹嘛?她說,水!李東這才發現她手裡抓著水瓶,她沒有喝掉剩下的水。她說,我不渴了,你喝吧。李東愣了幾秒,突然抓過瓶子,擰開。張開嘴!他說。她愕然地叫聲哥。李東大聲說,張開!她順從,喝水的聲音很響。那條疤痕從黑暗中浮起,在李東眼前遊蕩。李東生出悔意,不該那麼瘋狂地和她搶奪水瓶。

從什麼時候改變的？是妻子歉意地說對不起，卻執意要分手的時候？還是他踏上敦煌之旅，尋求妻子背叛他的答案，並一心報復她的時候？是和這個女孩在寒冷中偎在一起的時候？還是聽她講述自己的故事，幾次替她擦拭眼淚的時候？所有這些都模糊在黑暗中，但有一點毫無疑問：人生拐向了，他不會再回到原來的生活中。人生的拐向竟這麼容易。

但要離開這個碉堡林立的巨大沙盆，只能朝來的方向。北，往北，他和她都記得。朝霞漫紅半個天空時，兩人踩著冰涼的沙子相擁前行。誰也不說話，並非說夠，而是張嘴和行走一樣吃力。沙粒漸漸燙腳，不知不覺太陽已騎在當頭。她幾乎歪在李東身上，但沒有停下來。

◆三

出發那天，王西就注意她了。廣播通知火車晚點兩小時，貴賓候車室一片抱怨，他們已經等了一個多小時。王西沒抱怨，倒不是他有足夠的耐心——這年頭，有幾個有耐心的？——而是覺得自己沒有資格。他們是製藥公司的客人，都與藥沾邊兒，醫生，藥房主管，藥店銷售員，而王西是個頂替者。把機會送給他的老槍表示毫無問題，王西仍覺氣短。王西坐在角落沙發上，瞟著他的同伴們。男男女女，二十多個人。不再毫無意義的抱怨，三三兩兩聊上了。有的早先就熟，有的雖然挨得近，一直在說著，但是可以看出剛剛認識。王西甚至能想像他們說些什麼。她也是一個人。她沒像王西那樣觀察別人，她在翻一本雜誌。也許是從家裡帶的，也許是臨時買的。好像她料到火車會晚點。閱讀的間隙，她抬起頭——覺察到王西凝視的目光了嗎？兩人的目光撞在一起，她客氣地點點頭，又埋進雜誌中。王西推測她的年齡，也就三十出頭，卻經過大風大浪的樣子，沉靜，安詳，甚至……沒有欲望。

途中，王西認識了顧小豔，一個胖胖的有些凶蠻的女孩，說話總帶個哦字，發音又重，像拖個大尾巴。多吃一碗哦，她盛一勺米飯，卻扣在王西碗裡。王西先前的擔心簡直多餘，沒人在乎他是幹什麼的，到了陌生環境，身分自然而然被忽略掉。王西也記住她的名字：聞可，和她的人一樣特別。旅途沉悶，不知誰提議講段子。女客不但不怵，比男客講的還生猛。輪到聞可，她搖頭說不會。有人起哄，讓她表演別的節目，唱首歌或別的什麼。她站起來，我給大家鞠個躬吧。她微微一笑，目光卻從大家頭頂越過去，望著遠方遼闊的戈壁，她在向戈壁行禮，那麼神聖。突然出現短暫的靜默。令人窒息。她低下頭，一副與己無關的樣子。後排兩位女士悄聲說著什麼，王西猜一定是關於她的。他豎起耳朵，她們卻不說了。聞可當然聽不見，但肯定覺出異樣——她那麼聰明。中午吃飯，王西和她坐一桌，她輪流給人盛湯，仍然微笑著，並非歉意，但王西看出來，她分明想彌補什麼。王西的心隱隱疼了一下。他幾次想接近她，並費盡心思找藉口。她淡淡笑著，卻是拒人千里之外的樣子。王西並非尋花問柳之徒，幾次之後便放棄，和顧小豔嘻嘻哈哈廝混著，聊以排遣旅途的寂寞。

入住敦煌山莊的第二天晚上，多了個節目：放孔明燈。穿過敦煌山莊彎彎曲曲的廊亭，來到後院的空地上。先是露天晚餐，待暮色四合，服務生端出孔明燈。每人一個，服務生示範怎麼放。平展，撐開，點燭，幾分鐘後，紅燈籠飛離手掌，搖搖晃晃向天空飄去。敦煌的夜空深不見底，海水般厚重，紅燈籠像從天海墜落的眼睛。

王西的放了，顧小豔的也放了……真他媽的好，顧小豔說粗話。聞可剛剛拿到手，她上下翻看，似乎尋找什麼。王西見狀，過去幫她。她說謝謝，肯定是微笑的，王西沒朝她臉上瞅。王西正要點火，她忽然叫，等等。聲音很大，王西嚇一跳。她急急從包裡掏出筆，在孔明燈上寫著什麼。無疑是她許的心願。她的表現有點兒瘋，出乎王西意外。孔明燈終於飛離她的手掌，她似乎鬆口氣，突然又驚呼一聲。王西抬頭，那盞孔明燈燃燒起來，火舌耀眼，幾分鐘就熄滅了。她傻了一樣，半天沒動。服務生重新拿一個給她。她問，還管用嗎？服務生沒聽明白，說可能剛才那個漏氣了。但王西清楚，她問的是另外一個問題。她依然寫了什麼，很慢，彷彿耗盡力氣。沒有再燃燒，她仰著頭，入定一般。三三兩兩往回走，王西離開時，她仍站在那裡。天空像一個剪滿窟窿的黑罩子，柔軟的星光從窟窿漏出來。

王西被顧小豔喊去打牌，她是個牌迷，牌技卻極臭。十點多鐘，牌友之一，被顧小豔稱作李姐的打了幾個呵欠，說昨夜沒睡好。顧小豔說是哦，是哦，我也沒睡好，吃個冰激淋提提神哦。隨即掏出一百元錢，讓王西辛苦一趟。其他東西你隨便買哦。王西開句玩笑，沒接她的錢。餐廳在樓頂，晚上兼做酒吧。王西意外地看見聞可。她坐在餐廳外的觀望臺一角，背對王西，望著前方——鳴沙山。黑魆魆的夜幕下，鳴沙山只是個朦朧的影子。桌上放了兩瓶啤酒，看不清她剛開始喝，還是已經喝過。只她一個人。戈壁吹來的風穿過觀望臺，撲進夜的深處。她一動不動，如一尊塑像。王西想打個招呼，嘴唇還未張開便合住。他輕手輕腳走進餐廳，又輕手輕腳離開。

王西的心思再難集中到牌上，腦裡全是觀望臺上那個雕塑似的身影，揮之不去，甚至落到牌面上。奇怪的是，不再是背影，而是略帶憂鬱的面孔。和王西打對家的顧小豔終於有機會埋怨，你丟了魂哦。再一次出錯牌，顧小豔大叫，真讓女鬼勾魂了？王西臉色突變，狠狠瞪顧小豔一眼。李姐乘機說，都睏了，明天再玩吧。王西第一個離開。他大步流星穿過廊道，在樓梯口還摔了一下。如同上面失了火，必須他去撲滅，一步跨三個臺階。快到觀望臺，他突然躊躇了。會不會打擾她？見了她說什麼？觀望臺是公共場所，但深夜出現在她面前，還是有些魯莽。偶然碰見的，他對自己說。深深呼吸幾口，躡手躡腳登上去。

空空蕩蕩。

王西悵然若失，又鬆了口氣。他走到她剛才坐的角落，桌上什麼也沒有，肯定被服務員清走了。他坐在那兒，望著對面的黑暗，直到餐廳的燈熄滅。毫無疑問，她的心並不像她的外表那樣沉靜，一定揣著什麼，她用微笑掩蓋了。可是，和他有什麼關係？幾天後這些人就各奔東西，他沒必要傷感。是的，傷感。他花幾年時間才逃離傷感。有一瞬間，他懊惱得要揪自己頭髮。但他明白，他不可能輕易甩掉，即使旅行結束。

第二天，王西急欲在她臉上發現什麼。她仍是那樣，掛著淡淡的微笑，平淡溫和，拒人千里之外。她眼圈發暗，明顯睡眠不足，這沒法掩飾。遊玩鳴沙山，十幾分鐘車程。顧小豔湊過來，問王西是不是生她氣了，王西打著哈哈應付過去。顧小豔快活地說，晚上繼續玩哦。

王西被擠在中間，沿貼著沙丘的木梯拾階而上。儘管踩著梯子，喘息聲仍如繩子一樣晃在頭頂。半途歇息，王西方發現聞可沒走木梯，她獨自從另一端攀爬更為陡峭的沒有遊客的沙丘。無疑，這是艱難的，每邁一步腳都會陷進去。一次次吃力地拔腳，她的身子左右搖擺。王西離開木梯，選擇了她那樣的攀爬方式。並非證明什麼，但仍希望她能看見他。

王西歇了一會兒，她才爬到頂部。其他人已陸續下了。沒像別人那樣一屁股崴在沙丘上，她來回走著，似乎考慮是否再爬。沙丘那側仍是連綿起伏、沒有人跡的沙丘，看不到盡頭。終於，她躺下。王西只能看見她的頭。

顧小豔和李姐擺著各種姿勢照相，下去時，顧小豔招呼王西。王西說我再歇會兒，你們先下。顧小豔瞟王西一眼，王西裝沒看見。空闊的沙丘上只剩王西和聞可，她還躺著。又待了一會兒，王西走過去，問要不要幫她照相。她側過頭說不用。極乾脆，彷彿那兩個字一直在嘴邊，就候著拒絕王西。王西臉上掛出僵笑，轉身欲離去。她突然喊住他，幫我個忙好嗎？王西大喜過望，好啊。她說你用沙子埋住我。王西沒聽明白，抑或懷疑聽錯，你說什麼？她平靜地說，你用沙子埋住我。王西樂了，童年的遊戲？她說……算是吧。

她仰躺著，閉上眼睛。黛青色的褲子，白上衣，飄著紅暈的臉。再熟悉不過的姿勢，王西突然一陣緊張，牙齒幾欲打顫。他拚命控制住自己，小心翼翼地往她身上掬了幾捧。她嘲弄道，我又不是螞蟻，埋啊！在她的催促中，王西奮力拋埋。腳，膝蓋……腹部。王西頓住，她再次催促。沙子流進乳溝，填平，開始往白皙的脖子上流。不要停下，快點啊，她的聲調帶著惱火。王西的背已經溼透，她仍不讓他停。頭部以外，她整個身子被沙包蓋住。她的臉漸漸漲紫，繼而發白。王西不敢再弄，她的口氣變成央求，我撐得住，幫幫我！王西掬了一捧，說超過規定的時候，該回了。她說好吧，我自己起！她先把胳膊掙脫出來，又一點兒一點兒往兩邊撥沙子，挺起來。王西大鬆一口氣。她望著對面連綿不絕的沙山，遺憾地說，可惜。王西脫口道，晚上再來？她眼睛一亮，好啊。

下午參觀敦煌博物館，但王西根本不知自己看了什麼。那個約定讓他心神不定，興奮與不安像兩匹野馬，一路狂奔。他躲著她，生怕她說，算了，我們不要去了。漫長的下午耗過去，除了顧小豔，沒人跟他說話。他費半天口舌，才讓顧小豔相信，晚上確實有事。

從山莊出發時，夕陽尚紅著半個臉，粉色的帳子罩著大地，到了沙丘底，薄暮悄然聚合。路上寂靜無聲。寂然也是一種力量，王西受到重壓似的，突然閉口。一路王西嘴沒閒著，不僅坦白自己是臨時頂替，而且在她不經意的詢問中，透露出不少真實資訊。他的未婚妻，也是他的同窗，他們結婚前夕，她淹死了，還有另外一個青年，撈上來的時候，兩人還在一起抱著。他擺不脫心理陰影，至今遠離婚姻。為什麼對她說這些？怕路上沉悶的尷尬，還是讓她也說些什麼？他不清楚。她沒有片言隻語，也沒評說，除了幾聲嘆息。

爬沙山時，兩人都沉默著。頭頂懸著一鉤彎月，晃晃悠悠，隨時栽到沙灘上的樣子。先是並排，漸漸的，王西落到後面，踩著她的腳印。他是故意落下的，像從後面審視她。只看到一個模糊的背影。他幹嘛要說那些話？儘管他沒徹底傾倒，隱去了某些東西，但依然有些後悔。他對這個女人說得太多了。

在山頂喘息一陣兒，她問，敢不敢再爬？王西明白她指的是對面朦朦朧朧、白日都無人敢越界的沙丘，夜晚爬無疑更加危險。但她用那樣一種挑釁的語氣，他能說不麼？

先下到谷底，然後再上，王西仍然在她身後。難以想像的陡，每邁一步都得把腿抬得高高的。她搖搖晃晃，歪歪扭扭，但沒有停步。爬到山頂，她驚喜地叫一聲，躺倒。王西躺她身邊，大喘。

她再次提出讓王西掩埋她。王西沒有猶豫，他先挖個坑，讓她躺進去，隨後往她身上堆沙子，堆了幾下，突然瘋狂。她沒再催促，沒再哀求。王西被一種惡意的快感驅使著，直到她呻吟了一聲。像從遙遠的地方射過一束光亮，又像鋒利的刀片劃過，王西倏然驚醒。雙臂揮舞，瘋狂地往兩邊拋，幾乎不再喘息。沙土飛揚中，她含混地說什麼，他聽不清。他忘記是怎麼抱住她的，觸到她柔軟的肢體，他的大腦一片空白，再次失去控制。他只記得她摑了一掌，也僅僅一下，他便被什麼纏住。整個世界都變成沙漠。

回到山莊，東方的天空已褪盡黑暗，就像她灰白的臉。他在那灰白上摸到溼漉漉一片。王西以為她會罵他，抽他，扇他，但沒有，她像個木偶，不看他，不說話。這一天，她沒露面。王西聽旁邊人說，她病了。王西忐忑不安，她會怎樣？告發他嗎？還是從此不再理他？王西回憶那一切，怎麼也聚攏不起來，是的，她摑了他……是什麼纏住他？一方面不安，一方面王西又被狂喜卷住。他花幾年時間終於擺脫感傷，然後戀愛結婚。但新婚那天，他出了問題。觸到妻子的身體，她突然變了，變成淹死的曾經的未婚妻，腫脹的身子，發白的臉。他發抖，抽搐，甚至嘔吐。黑暗中，不行；開著燈，橘紅色，粉紅色，淡藍色，橙黃色，都試過，沒用。幾個月後，他離婚了。他不斷地找女人，但只要上床，只要觸見女人柔軟的身體，他的病就犯了。他無法擺脫那個泡大的與別人抱在一起的屍體。也看過心理醫生，只讓他更加懊喪而已。漸漸心灰意冷，一個死結，一塊傷痕。就在昨天，他發現自己的死結打開了。是她治好了他，只是這樣的方式……他眉頭再次蹙緊，憂慮彌漫著。他對自己的喜悅產生懷疑，真的不治而愈了？只這一次，還是……？車猛一顛簸，王西重重磕了一下。

第二天上午，她的病好了。王西暗暗鬆口氣。他不敢正眼看她，可不放過任何偷窺她的機會。依然掛著淡淡的微笑，但臉色發白，確實病過一場的樣子。他的擔心多餘了，她不會報復他。可就這樣過去嗎？王西憂傷地想，他寧願她，寧願她把他送進監獄……只要再給他一次機會。

明天就要返回，下午安排購物。顧小豔招呼王西李姐一同到敦煌市區，王西無心購物，左顧右盼。發現不少他們的人，卻不見她。可能她沒出來，該死，為什麼不問她一聲？難道連這點兒膽子也沒了？好像他和他們一同拋棄了她，內疚突然填滿發空的心。再無意逛下去，打了個車，直奔山莊。

她不在房間。王西敲了幾次，沒有任何回應。她去哪兒了？王西愣怔一會兒，突然靈光一閃，她會不會……會不會……沒有任何猶豫，跌跌撞撞跑下樓梯。

下午的鳴沙山遊客稀少，王西瞭了一會兒，沿著他和她夜間攀爬的大致路線匍匐而上，如四腳動物。在山頂四望，找不到她。一串淺淺的腳痕蜿蜒至谷底，王西眼睛亮亮，劃下去。再次爬上山頂，望見她了。她在另一個沙丘上，背對著他。四周是綿延不絕的沙子，她坐在那兒，小了許多，似乎隨時會縮成一粒沙子。轉眼間，她又像一棵樹那樣挺拔起來，葳葳蕤蕤，廣漠的沙粒被她巨大的樹冠罩住。

王西怕驚著她，悄無聲息地靠近。他的身影從她身邊拖過，她肯定覺察到了，但沒有回頭。她專注地在沙上寫著什麼。相同的兩個字，反反覆覆。那兩個字重重疊疊，一次次凸出，又一次次被掩蓋。王西辨出那兩字是李東。李東是誰？她丈夫？還是情人？王西痴痴地望著，不敢出聲。

她停止劃寫，抹了一下，那裡什麼也沒了，那裡只有沙子。同時，她長長嘆口氣。

對不起。王西聲音小得像一粒沙子。

她斜他一眼，眼裡含著慍怒，同時浮著一層王西捉摸不透的東西。

她站起來，嘴唇哆嗦著，終於碰出兩個字，混蛋。她的臉突然變青，目光也凶了許多。他尚未做出任何反應，拳頭雨點般撲向他……

王西猛地抱住她。本來想任她打罵，可捶打和叫罵就那麼奇怪地、猝不及防地成為王西進軍的號角。她奮力掙扎，柔軟的沙子傾翻了他們。倒下去的同時，她纏住他，用她有力的臂纏住他。他們的嘴準確地吸在一起。翻騰著，順著陡坡滾下去……

他確認找回了自己，也明白他扯出了被微笑掩蓋的另一個她。僅僅是瞬間，他的腦腔成了燃燒的沙子。

◆四

蘇北看見出租屋門口的宋佳，驚得眼珠差點爆出來。她毫無變化，黝黑的臉，齊耳短髮，旅遊鞋，牛仔褲，只不過此時掛在臉上的不是凶蠻，而是挑釁和得意。毫不避讓的目光分明在說，怎樣？你能逃出姑奶奶的手心？你怎麼……你怎麼……蘇北結巴著。宋佳換個姿勢，嘴角吊著輕蔑的笑，天網恢恢，喲……不至於嚇成這樣吧？我沒帶手銬。蘇北遏住慌亂，竭力使語氣和目光一樣陰狠，你想怎樣？宋佳說你明白。蘇北惱怒道，你不要再纏我，再纏我報警了。她的眼睛閃閃發光，太好了，現在去？蘇北頓時軟了，避開她的目光，半晌方說，我今兒挨老闆訓了。她罵活該，依然咄咄逼人，你挨訓就衝我嚷？我跑兩千里路是為看你臭臉的？蘇北說，行了行了，我檢討，你還沒吃飯吧？她哼一聲，這還差不多，別惹我，我餓了一天，肚裡淨剩氣了。蘇北問她吃什麼，她不假思索地，羊肉！到敦煌當然要吃羊肉。那樣子似乎是蘇北把她請來的，是他尊貴的客人。

在骨頭館，她一連吃了三支羊腿。先前戴著餐館提供的專吃骨頭的塑膠手套，後嫌不利索，扯掉，兩手甚至嘴角外也油光閃閃。吃相也惡，皺眉瞪目，和羊腿有深仇大恨似的。鄰桌食客投過驚愕的目光。蘇北覺得臉熱，踢踢她，小聲說，都看你呢。她啪地把啃剩的羊骨砸在桌上，咋著，丟你人了？蘇北忙說，當然不是，我怕……她打斷他，鹹吃蘿蔔淡操心，再上一盤！蘇北說你就不怕吃胖？她刺他，沒良心，吃啥都不長膘！你啥意思？心疼錢還是心疼我？蘇北苦笑。她瞟他一眼，德性？以為我真想嫁給你？蘇北說行了，趁熱吃吧。酒足飯飽，她把手和嘴角打理乾淨，湊過腦袋，笑嘻嘻地問，你有沒有膽子娶我？蘇北下意識地往後撤撤，我可沒那福氣。她斂起笑，這麼多年，還裝啊，露出你的本來面目吧。忽又憂傷地說，你這樣的男人都不要我，看來我真嫁不出去了。蘇北說行了行了，你吃好，我送你回去。她眉毛上揚，回哪兒？蘇北硬著頭皮說，回你住的地方啊。她鋒利的目光削著蘇北，裝什麼糊塗？蘇北對自己的緊張惱火，但毫無辦法，悄悄做個深呼吸，解釋，這個房東和別處的房東不一樣，不允許帶人回去。她立刻頂回來，誰說我一定和你住？演戲似的，很快又一副笑嘻嘻的無賴相，遍地賓館，還怕沒住處？蘇北說，你住好了，哪怕住五星十星的呢。她吹他一口，別這麼惡狠狠的嘛，姐夫在這兒，我幹什麼自己去住？你又不是不懂，我的錢都有用。蘇北被咬了似的，疼痛顫過，蔫巴巴地，還是回出租屋吧。她問，不怕房東告發你？蘇北說，我會和他講清楚的。她說，看在我姐面子上，我就不挑剔了。回去的路上，蘇北一言不發。她碰他一下，幹嘛垂頭喪氣的？好像你領個乞丐。蘇北喪氣地想，還不如乞丐呢！那她是什麼？索債鬼？冤家？劊子手？法官？魔鬼？似乎每個身分她都有，他看不清真正的她。

一張床，一張沙發，她毫不客氣地霸占了床，像過去跟他「借」住時一樣。沙發大約是房東撿的，又破又硬，極不舒服。蘇北不停地折騰，試圖找個最佳睡姿，然怎麼躺都一樣。其實，沙發的硌在其次，更硌的是床上那位。

是不是想我了？想我就上來嘛，何必苦苦堅持？她一副調侃語氣。

蘇北的聲音似乎像房間的黑暗沒有方向，謝謝，還是留給別人吧。

她說，我雖然不是花容月貌，說啥也是黃花閨女，你真能忍得住？

蘇北終於逮住反擊機會，誰知道呢，我怕背黑鍋。

她呸了一聲，看你裝到猴年馬月。

蘇北說，霸占別人的地方，還這麼凶？

她加重語氣，這是輕的，厲害的還沒使出來呢。

蘇北想，還不夠厲害？快把他逼瘋了。

她問，喂？你真不想？

蘇北看不到她的臉，卻能想像出嬉皮笑臉的樣子，輕輕卻極其乾脆地說，不想。

她吃驚地，咋會呢？一個大活人躺在身邊……是不是自那以後你就不行了？真是報應！

蘇北沒好氣地說，什麼叫自那以後？那不是我幹的。

她冷笑，以為沒證據你就逍遙法外了？休想！

蘇北半是惱怒半是哀求，怎樣你才相信我？

把那個清白的人還給我！

她聲音不重，每個字都像一支飛標，蘇北被射中，蔫下去。這是她擅用的手法，激怒他，再狠狠捅他一下。

怎麼不說話了？我好寂寞耶。她就這樣，不停變換著面具和腔調。見他不應，她戲謔地問，睡著了？姐夫？

你咋找到這兒的？他知道不該問，每次不管他怎麼逃離，也不管逃到什麼地方，她都能嗅著他的蹤跡殺上門；可他每次都憋不住，這個愚蠢的問題也一次次碰壁。

她得意地說，知道我的厲害了？我警告你，你逃也沒用，甭說逃到敦煌，就是逃到國外，逃到天上，我照樣揪住你。除非你逃進地獄，永遠待在那裡。

蘇北試圖解釋，我並不是想躲，不過換個環境，我還會寄錢回去的，直到……喉頭卡了東西似地，他猛咳一下。

她嘲諷道，是嗎？看來我是小人之心了。不過，我也確實想你，你孤單單的，身邊連個伴兒也沒有。

蘇北問，你待在這兒？

她反問，你說呢？

蘇北耐著性子，不是任何地方都能找上工作，何況離家又遠……

她斬斷他的話，少操心我的事！

蘇北說，沒事幹，你……

她立刻頂回他，我去偷行吧？又不是沒當過賊。

蘇北說，別作踐自個兒。

她換了親昵語氣，謝謝你呦，有你在，我還餓著不成？

蘇北重複，我會寄錢的。

她嬉嬉著，我沒懷疑你啊。

蘇北竭力壓著火氣，你到底想怎樣？

她說，就這樣。

蘇北頓頓，聽見喉頭迅速滑動的聲音，如果你逼我，都沒好下場。

她連珠炮似的，威脅我？我礙你事，你殺了我呀！你終於露出真面目了，來吧，來呀！我他媽憑什麼纏你？以為我真發情了，沒你這條公驢我活不下去？你覺得委屈，可你把別人毀了你不知道？光是我姐嗎？我呢？三年，不死不活的……她帶出哭腔，蘇北從未聽過的。

蘇北聲音矮下去，黑天半夜的，別吵了。

她惡狠狠地，是你要吵！然後，又歡快地非常知足地說，這樣的日子也挺好啊，不是你，我哪有機會到敦煌？

蘇北不再接碴，不然整個夜晚都消停不了。他從沒占過上風。先湊合著吧，既然無計可施……他嘆息著，再次調整睡姿。

她發出鼾聲……一個女孩，裝的，還是真累了？蘇北不知道，沒法試探。儘管他也累，沉入夢中卻非易事。到敦煌三個月，也是他擺脫她時間最久的一次，原以為……她讓他恐懼。他沒殺人，沒搶劫，卻膽戰心驚地過著逃亡的生活。還不如殺人放火呢，至少，能夠自首，結束流亡。他連自首的地方都沒有，向她，向她姐姐？他做的一切已超出自首範圍。可……那不過是同學打賭的戲言，為了贏一頓烤鴨，他向那個賣雪糕的女孩發起進攻。誰能想到她陷得那麼深呢？老實羞澀的她竟然到宿舍堵他。他果斷，及時，狠心，臨近畢業，終於甩掉她。剛喘上口氣，宋佳問罪上門。那個女孩精神失常，還懷了孩子。他和她沒有過那種關係，對她後來的事一無所知。但刁蠻的宋佳咬定他毀了她姐姐，她用另一種方式纏住他。從此，噩夢如影隨形。

她醒來，蘇北已買回油條豆漿。她驚喜道，姐夫，你真是我肚裡的蛔蟲哎，我剛才夢見吃油條呢。蘇北哭笑不得，比情此景，誰能想到兩人是躲逃與追逼的關係？她說，別那麼拉著臉嘛，誇你兩句就不知天高地厚了？真是的！蘇北出門，她讓他留下鑰匙。蘇北知道，她會配一把，她還會出去找工作。他並非對她一無所知。她不會躺在屋裡混，到了日子，她把她和他的那部分錢一併寄回去，若發薪不及時，她會體貼地節儉，甚至和他就鹹菜下飯。這也是最讓蘇北害怕的地方，她一副持久戰的架式，他看不到盡頭。

傍晚，蘇北沒像往常那樣回棲身地，在大街遊蕩一會兒，拐進一個餐館。加班晚了，還不讓他在外吃口飯？可是，待了幾分鐘，他如坐針毯，道過對不起，迅速逃離。怵意，當然還有別的，他無法說清的東西。她燒好菜等他，我以為你不回來了。蘇北略帶誇張，老天，我哪兒敢呀？她眉毛上挑，裝什麼大尾巴狼，甭忽悠我！蘇北說，哎呀，你可看清了，這是我的家。她盯住他，什麼意思？蘇北說，我餓了，嘗嘗你的手藝。她說，你就不怕我下毒？蘇北說，下毒也挨不到現在呀。她說你小心點兒，惹急我，我什麼都做得出來。蘇北說我牢記你的教導，一不著你二不惹你，三不……她不耐煩地說，行了行了，少貧吧，菜都快涼透了。蘇北吃了幾口，連誇不錯。她哼了一聲，眉色卻露出喜氣，說已在餐館找了工作。蘇北吃驚地，這麼快？她說有你的功勞噢。蘇北裝個糊塗，吵架不是她的對手。可什麼又是她的對手呢？

睡覺時，蘇北發現沙發上多了塊海綿——她的善解人意有時比凶蠻還讓他不安。沒再爭吵，他想問問那個女孩的病情，張了幾次嘴，終是沒敢捅馬蜂窩。她要早起，溫柔地和他道了晚安。沒那麼硌了，蘇北依然不能輕易入睡。她是一顆炸彈，隨時都會爆炸。蘇北數次領教她的利害。因無證據，蘇北起先理直氣壯，說什麼也不答應去看那個女孩。他怕扯上關係。一次在他房間，她用刀子抵住脖子，威脅如果他這麼狠，她就死在他面前。他沒那麼狠，退讓了，跟她去了精神病院。數月未見，女孩胖了許多，也許是穿號服的緣故，她的臉黯淡無光，眼睛混濁呆滯。看到蘇北，那混濁似乎晃蕩了一下。蘇北——女孩的聲音像是從深井裡發出來的。蘇北很緊張，女孩的目光滑過他，落在牆角，那兒堆些雜物。蘇北，我要蘇北。女孩自語。宋佳抱著女孩，涕淚滂沱，姐，姐，蘇北來了，我給你帶來了。女孩依然是僵硬的姿勢，蘇北，我要蘇北。宋佳嚎，姐呀——緊緊抱住她。蘇北突然被擊潰，碎裂的身體墜於深井中。蘇北答應拿出工資的一半給女孩治病。他和女孩、和宋佳拴在一起。是的，他願意贖罪。但宋佳並不只是要錢，她纏著他，用他想像不到的方式威迫他，索要著他無法償還的債……

蘇北謀劃著下一次逃亡。每次她追來，逃的念頭就會冒出。往哪兒躲呢？三年了，去的地方還少麼？無論大城市還是小城鎮，都躲不掉她，她彷彿長著神犬鼻子，能嗅見千里之外的氣息。不逃又不甘，這種日子，這種溫柔與粗蠻挾裹的日子，讓他時時有呑刺的感覺。那夜，蘇北輾轉反側，她鼾聲起伏。這個索債鬼！絕望與憤怒突然湧上來。掐死她，他要掐死她！靠近床邊，她的鼾聲停止。黑暗中，他彷彿看見她冷笑的眼睛。他打個寒顫，悄然退回。還是在海口的時候，被酒精和欲望燃燒的他想撲到她身上。同樣，他及時遏住自己。她故意設陷阱，引他上鉤，把他投進牢獄。她有什麼做不出呢？不，不上她當。

炸彈再次引爆。往回寄錢，她嫌他給的少。蘇北解釋半天，他掙的少，不像以往能找上兼職，況且得支付房租，日常開銷。她依然不行，逼住他——他縮在沙發一角，把她能想到的惡詞，奸詐、陰險、流氓、惡棍之類，劈頭蓋臉砸向他。她的胸在跳，臉在跳，目光在跳，整個人離地三尺似的。蘇北突然怒了，身子陡豎，幾乎和她撞在一起，逼我去偷不成？和你一樣當賊？我沒那麼長的手！她一下子定住，目光被切斷似的，她就用切斷的目光瞪著他，臉白了青，青了白。她的聲音輕得空氣一樣，不錯，我是賊，我是三隻手……蘇北並不想改口，只是偏了頭——她的聲音漸大，你有什麼資格寒磣我？我他媽生下來就是賊？就是賤貨？喜歡和一個惡魔不死不活混著？你毀的不是一個人，是兩個！你有什麼資格對我叫？你出點兒錢怎麼了？你以為幾個臭錢就能贖回你的良心？

蘇北抽搐著，再次往後縮，好像被她的話燙了。他試圖縮在牆角，但沒等靠過去，就堅持不住了，雙手抱頭，失聲痛哭——僅僅一下，便壓抑地嗚咽了。她和她姐毀了，他呢？一千多個日子，他東躲西藏，女友沒了，好端端的工作沒了。一個荒唐的玩笑，讓他背了還不清的債！

她坐他身邊，等他抽泣停止，塞塊毛巾給他，行了，大老爺們掉眼淚也不怕羞。她責備中夾著親昵，好像他們是鬧小彆扭的夫妻。她轉變得就這麼快，難以想像她剛才恨不得剮了他。她抱抱他的胳膊，姐夫，小妹脾氣不好，你別計較哦。蘇北覺得自己是被她捏在手心的泥巴，他抽出胳膊，冷冷地說，你要怎樣？今天一次了斷吧。她頓頓，笑著說，等我姐病好了，等到你們結婚那一天，我就離開。蘇北吸口冷氣，你殺了我好了，把我送進監獄也行啊。她忽地站起，刹住漫延的笑意，我沒那麼殘忍，你掉一根汗毛，我姐都會怪罪我呢。好了，別討論這些無聊的問題了，我要睡覺。

蘇北一動不動窩著，說話的力氣都沒了。她躺了一會兒，又窸窸窣窣穿衣服，隨後是輕輕的關門聲。他知道她去幹什麼，懶得理她。他的目光在逼仄而空闊的屋裡不停地又毫無目的地爬行。再一次落在床上，抖了抖。幹嘛要抖呢？讓她偷去好了。不，終究是他的麻煩。明天再找找，也許能找一份兼職呢。她是午夜之後回來的，天不亮又走了。餐館工作，她比他辛苦。

第二天晚上，她又出去了。蘇北沒找上兼職，也就沒開口。她不會相信他的空話。

她一夜未歸。

蘇北嘀咕，也許她直接去餐館了。然後嘲笑自己，去不去和他有什麼關係呢？傍晚，蘇北回到出租屋——他並未意識到他的腳步有些急——她沒回來。他尋思著，後來迷迷糊糊地睡了。突然醒來，天已大亮，目光撲到床上，一如昨晚的樣子。她出事了，他馬上想，她畢竟是業餘小偷，毫無經驗。等了一上午，沒什麼人找他。蘇北有些慌，不知自己為什麼這樣慌。再無心工作，請了假，跑遍敦煌所有的派出所。沒有她的消息，她沒被抓，她……去哪兒了？蘇北猜測著，忽然想，難道她主動離開他，因惱怒不辭而別了？隨即覺得沒有這麼簡單，她怎會放棄他？不管怎樣，她不見了，也許從此再不見了。蘇北沒有擺脫糾纏的輕鬆，他對她的牽掛——他無法形容自己的心情，找不出更恰當的詞——一日重似一日。捱了一天，他再也撐不住，一頭撲進敦煌的角角落落。有一個問題，他終於搞明白了，不是他逃不掉她的追蹤，而是逃不掉自己的內心。

◆五

我叫李東、王西或蘇北。我叫什麼並不重要，重要的是與他們相關的故事。其實，故事又有多重要呢？那不過是我的想像。但願，也是你的想像。難道在庸常的日子裡，你沒希望在某一個時期跳出自己的生活嗎？沒希望那些未曾發生或曾經發生在別人身上的故事垂在自己身上嗎？如果你說沒有，你肯定在撒謊，並不能證明你滿足自己的人生，只能說你偽裝慣了，面具已經緊緊貼在你的臉上。

我在前往敦煌的路上，我放任自己的想像，希望其中一個——我不知哪個更適合我——與我有關。當然嘍，生活總是超出我們的想像，不是嗎？在機場大廳，我魯莽地撞了一個金髮碧眼的姑娘。她微笑著，像是一個老朋友和她開什麼玩笑。我沒見過那麼藍那麼清澈的眼睛，我一下子就掉進去了，直到上了飛機，我仍然嗆了水似的暈頭轉向。我看見了她，那藍色的海水。她慢慢移著，在我身邊停住，迷人地一笑，坐下。

我的故事就此開始。

入侵者

那是個熟悉的背影，但我想不起他是誰。他是誰呢？我一邊追，一邊在腦裡搜刮。他肯定隱藏在記憶的某個幽暗角落，也許覆蓋了厚厚的塵土或僅罩了一層薄紗似的煙霧，我刮得腦袋都疼了，卻一無所獲。他穿過小鎮的青石板路，穿過濃密的樹叢，趟過湍急的河水，踩著田梗上的灰蒿，往曠野深處跑去。黑雲壓頂，雷聲轟轟，風突然大起來。那個傢伙不但沒有歇停或放緩，反加速了，似要趁機甩掉我。我當然不會停下來，我根本停不下來。我像他一樣，兩臂更起勁地甩著。不知是腿拽著我跑，還是我拖著腿跑。我喊了幾句，風立刻把我的聲音撕成碎片。媽的，我不信你跑到天外去。我曾是學校長跑冠軍，就是衝刺終點那一刻俘獲于敏的。我和她躲在器材房的角落裡嘗了禁果，從此，那塊破舊的帆布墊子成了我倆擁抱快樂的天堂。我打算畢業就把她娶到手，可……誰能想到呢？打住！打住！必須集中精力，不能亂想。

我和他的距離沒有拉長，但也沒有縮短。這說明什麼？他沒甩掉我，我也沒能追上他。他和我都是敗將。但從另一個角度說，他和我都是勝者。他一定認為能甩掉我，就像我覺得一定能追上他一樣。此時，我已經在想，追上他那一刻，我該怎麼辦。我撲倒他，先摑他幾個嘴巴子……也許我是揪著他爆笑，但毫無疑問，我會審問他。

吳關，問你呢！

一聲怒喝把我從虛妄中擒出。我看著面前的三個人：鬢角斑白的校長，肥頭大耳的圖書館長，文裡文氣的辦公室主任。顯然，喝聲是從校長嘴裡跑出來的，他鬆弛的臉尚有餘怒，如滴噠的水珠。三人呈三角形，校長正中，館長主任一左一右，一副審判的架式。對了，我得補充一下，他們正宣布對我的處罰決定。我決沒有隱瞞的意思，不是不想，相反，我想隱瞞的東西太多了，可從未隱瞞住。越是想隱瞞的，擴散的範圍越大。但我確實沒聽進去，主任念第一句話的時候我的腦瓜就開小差了。意識到他們問我對處罰決定有什麼意見，我解釋自己沒聽清楚。館長撲哧一笑，我想他的幸災樂禍不只是對我，也有對校長的。他不止一次把我這個燙手山芋塞給校長。校長氣乎乎地讓主任再念一遍，隨即又大聲說，給他，讓他自己看。校長昏頭了，這樣抬舉我。我只好遵命，親自審看。前面寫了一大堆，什麼不務正業啦，素質低下啦，遲到早退啦，給學校造成損失啦，我匆匆掠過，想知道怎麼處罰我。兩條：一、賠償學校損失並扣除三個月獎金；二、由圖書館至檔案室。我陡地站起，大聲道，我不同意，絕不同意！他們大概沒料到我如此激動，一個個驚愕在那兒。館長甚至有些慌亂，他自詡了解我，擔心我在他臉上做記號吧。校長讓我坐下，主任還按按我的肩，我想，如果我再坐下，等於低頭納降。不能認輸！我甩開主任，甩開他們的包圍。

那個奔跑的傢伙毀了我。他先是闖進我的夢中，爾後攻入我的生活，無論我在教室、臥室、餐館，還是公車上、澡堂、公園，他都可能不期而至。猝不及防，難以防備。他沒勾引我，沒招呼我，總是那個背影。可只要那個背影一閃，我就追上去，不由自主地。我不知自己為什麼要追，我想知道他是誰勿寧說是為了搞清為什麼要追他。他侵入了我，我的生活才亂套的？還是我的生活亂套時，他侵入我的？

這個問題對我就像先有雞還是先有蛋一樣。

他似乎出現在某個時期。只能是時期。時期可以停滯，而時間飛速奔走，誰要說某某具體時間發生了什麼，那絕對可疑。那個時期我準備評職稱。我們來到這個世界都是裸體，為什麼人和人不一樣？因為身分標識不同。有的標識你沒必要操心，比如性別，操心也沒用，有些標識得靠自己打上去。職稱對我就是一個重要標識，我是個講師，評上副教授，雖然我還是我，但因講師和副教授的級別之差，我的標識變了，相應的一切都會有所變化。也可以這麼說，我不是原來的我了。比如，我可以帶家屬到學校澡堂洗澡，我可以參加學校某些級別的會議。一位同事在酒桌上神祕兮兮地告訴我，他評上教授以後，每週能多做兩次愛，而且每次延長一個小時。他醉眼朦朧地說，我數學不好，老弟給我算算，我這一生會增添多少快樂的時光？我算不出來，我數學也不好。但我評副教授並不是為了延長做愛，而是為了多掙點兒錢，為了門面，為了喬麗，喬麗的家人及我的鄉黨。

我覺得有必要講一下我和喬麗。我大學畢業，分配到皮城專科學校。皮城唯一的高等學府呀。我遇到喬麗，過程就不說了，並不浪漫。喬麗家在皮城，住在一個叫堡子裡的貧民區。喬麗父母待我很好，每逢週末都把我叫過去，給我包餃子吃。一次，我發現我吃的餃子和她家人吃的不一樣，我悄悄卻是再三追問，喬麗說我吃的餃子肉餡大，他們吃的餃子肉餡小，我感動得險些掉淚。他們對我好，為喬麗找了一個大學教師而驕傲，喬麗是車站售票員，還是臨時工。黃昏，喬麗喜歡挽著我的胳膊在堡子裡的石板路上散步，很有些炫耀的意思。我和喬麗結婚兩年後分了一套一室一廳的房子，喬麗特意接她母親住了一個月，我嘴上不說，心裡裝著得意，這是沾了我的光。可除此之外，我未給喬麗帶來什麼，她遭車站辭退後，一個人東奔西走，這兒幹三個月，那兒幹五個月。我沒能力。喬麗母親骨折，在醫院走廊住了兩天，才擠進病房。

我抖落這些是想說明職稱對我的重要。如果我是副教授，情形肯定不一樣。三個人參評，指標僅兩個，也就是必須淘汰一人。論資歷，論能力，我相信自己排第一位。但關鍵時刻，關於我的匿名信樹葉一樣飛到校領導、同事的桌上，說我勾引女學生，看黃色光碟，散布領導流言。某天早上，學校最耀眼的地方貼出一張大字報，說我大學期間即和姓于的女同學發生性關係。我從未向任何人洩露過，我想分在另一個城市的于敏也會捂著隱私，那個祕密怎麼就大白於天下啦？我的職稱就這樣泡了湯。我質問校長，校長一臉無奈地說，我不相信那些流言，可群眾打分通不過，我毫無辦法。

他就這樣出現了，這個該死的背影。我猜他是搞我的那個傢伙——某一個競爭者。但又覺得不可能，那兩個競爭者，一個胖得走路都喘，另一位先天心臟病，哪會跑得那麼快？後來回想，評職稱前，那個背影已閃在我夢裡。

我吃了八根油條，喝了三碗豆漿，旁邊那個妹子驚得嘴巴都歪了。我見多了，不怪她們。我哪像個知識分子，民工也未必有我的食量和吃相，餓了幾百年似的。那個評上教授而性生活品質大大提高的教授說，看我吃飯覺得社會在倒退。不錯，一日三餐，我哪頓也不少吃，像從第三世界偷渡來的。沒辦法呀，奔跑耗費體力。是的，我的飯量與他有關。現在，我很少在學校食堂吃飯，怕給同事們造成社會在倒退的錯覺；我也不再到喬麗家改善伙食，喬麗怕累著她年事已高的母親，當然也怕嚇著她。實在推辭不掉的應酬，我先把肚子墊滿，或者飯桌上裝紳士，飯後補齊。但後一種辦法過於殘忍，面對香氣撲鼻的飯菜，豈能忍得住？喬麗和兒時好友聚會，把我帶上——她的好友一再囑咐。她的兩個好友也帶著丈夫，一個是某品牌煤氣灶的售後修理，矮矮胖胖，像電池一樣；另一個架著老式黑框眼鏡，在水產局工作。女友及她們的丈夫都稱我教授，他們以為大學裡長腿的就是教授，我要糾正，喬麗踢我一下。她曉得我要說什麼，我只好咽回去。我不是為自己，而是替喬麗裝門面。可是，我這個被人尊敬的教授，在飯桌上露出本相。我胃裡似乎有幾百隻餓瘋的老鼠，我不餵飽牠們，牠們就會撕碎我的內臟。喬麗又踢我一下，我連忙放下筷子。就那樣，只要我動筷子，喬麗就踢我。我不知她踢了多少腳，飯局結束，我覺得腿要斷了。那天晚上，我和她又吵了一架。是的，我們不是第一次吵了。喬麗要我去醫院檢查，她懷疑我得了什麼病。她替我擔憂，催了不止一次。我明白自己的病根在哪兒，我沒告訴任何人。這是我在這個世界唯一沒被他人抖擻出來的祕密。我當然不會聽她的。但這一次，喬麗沒有退讓，我沒想到她玲瓏的嘴巴——也許當初我就是被她的小嘴迷住的——裡藏了那麼多髒話狠話，罵一句，她就蹦一下。她蹦一下，我踏實一點兒。這是她愛我的證明。發完飆，正如某些小說描述的那樣，她一頭扎在床上，嘴巴鼻子奏著哀怨悲痛的合音。可惜，我不是音樂家。但毫無疑問，我是個丈夫。我就是鐵石心腸也該融化了，如喬麗罵我的，她所做的哪點兒不是為我？我為什麼不聽她一次？那時，我萬分內疚，我沒給過她什麼，難道連她因愛而生的請求也不能滿足麼？第二天，我跟她到了醫院，那個因醫術高超退休又被返聘的專家開了一堆化驗單，白衣天使們用各種儀器把我照了個遍，結果是我的各個器官毫無問題。喬麗鬆了口氣的樣子，眼睛閃著光芒。走出醫院，看我朝包子鋪張望，她馬上憂心忡忡，咋就沒病呢？

我沒到學校去。我想起那個處罰決定就惱火。不是要處罰我嗎？處罰好了，我倒要看看，學校還能把我咋的？打發回家？我自己回好了。被子還在床上團著，我囫圇著躺進去。喬麗跑長途車，跑兩天兩夜，休息一天一夜。這個空間多半我一個人享有。好了，利用這個時間好好想想，那個只露背影的傢伙是誰。但是，我無法集中精力。可能是喬麗的枕頭進入視線的緣故，我腦裡晃著她和那個跑車的人。不該懷疑喬麗，我這個可惡的傢伙！可是，我……我把喬麗的枕頭丟到一邊，依然無濟於事。若不是辦公室主任造訪，不知我要怎樣作踐自己的妻子呢。

我猜測主任的來意，因為他進門就說某國的飛機失事了。我恍惚一下，問，黑匣子找到沒有？主任說飛行部門正在全力尋找，並打撈遇難者遺體，遇難者家屬情緒也基本穩定。我說那就好。我倆的目光突然撞在一起，彼此從對方眼裡明白，我們不是在另一個星球另一個國度，身分沒有任何改變。我是學校圖書管理員，他是辦公室主任。繞了幾句，主任終於繞到主題。他是來勸說的。

我說過，那個傢伙出現的時候，從來不經我的允許，有幾次是我在講課時闖入的。我陷入恍惚中，追著他猛跑，奇怪的是，奔跑中我竟能聽見學生吹口哨的聲音。學校以不適合教學工作為由，把我打發到圖書館。和善的校長很照顧我的面子，說圖書館也是大學圖書館，不登講臺照樣可以評職稱，照樣可以評優選模，而且機率更大，越是被忽視的地方，越能做出成績。我等於被從講臺上趕下來，不甘心呀。可校長手裡揣著一大摞反應我課堂失職的意見，我堅持了一週，不得不服從學校安排。我最後一堂課是面對一堆桌子講的，我從奔跑中逃出來，學生跑光了。我不喜歡圖書館長，我心目中的館長應該是博學、溫和的老太太，而不是肥頭大耳，連茶和荼都分不清的笨蛋。館長對我頗有敵意，似乎我是校長派來臥底的，時刻會篡奪他的寶座，防奸細一樣防著我。那個不露臉的傢伙來得更頻繁了，好在我不用擔心圖書跑光——但我當值時，仍有個別不安分的圖書被不安分的手拽走。我不得不自掏腰包買新的補上。館員分工明確，館長反而是閒人，他的具體工作就是去校長那兒告我的狀，不把我攆出圖書館誓不甘休。但我覺得他恨我的原因不是我丟失圖書，除了怕我奪位，另一個原因是我撞見過他的醜事。他竟和某個女館員在圖書館角落裡苟且。我從來不是多嘴的人，沒有說出去。當然，我很憤怒，在這個場所苟合，褻瀆的可不止是圖書呀。

我和館長爆發了戰爭。我把賠償丟失圖書的錢送到他辦公室，他恰好不在，我看見他桌上放著幾個黑皮筆記本。除了我，每個館員都有這樣一個本，他們隨身揣著，不時記著什麼。我被好奇驅使，忍不住翻了一下，竟然全是關於我的。每個扉頁上都寫著：防火防盜防吳關。內裡則是我平時言行不端，工作失職的記錄。如我什麼時候沒有登記就讓借閱者拿走了——如此說來，丟書的過程他們一清二楚，我什麼時候說圖書館有圖書沒文化，什麼時候我小便時沒有靠近小便池——我想起我繫褲子時，那個上廁所的館員轉身掏本的形象。館員收集，館長匯總，一定是這樣。我勃然大怒，像撕館長的臉皮那樣撕碎那些罪狀，砸向進門的館長。我還砸了館長的杯子，館長桌上的玻璃也順便碎了。學校批評了館長，而我卻要被攆出圖書館。檔案室之後呢？難道讓我看澡堂不成？

為什麼不去檔案室？那是個很清閒的地方，主任一臉誠懇和不解。

不去，我就是不去，隨你們怎麼著吧。我怎麼解釋？不甘心被館長逼走？怕沒法向喬麗交代？怕我變成一具覆蓋著灰塵被人遺忘的檔案？

你休息幾天，好好考慮一下。主任一番苦口婆心的勸說之後，起身告辭。

我繼續躺著，突然之間，我意識到罷工實屬下策，他們會以為我屈服了呢。不行，得去，我倒要看看，誰能把我從圖書館拖走。

館長從未有過的熱情，微笑在碩大的臉上膨脹。他想和我握手，我沒理他，他追我身後說，吳關，老兄多有得罪，你不要計較啊。館員們找各種藉口和我說話，一個還讓我嘗他新買的白茶。那情形，好像我是凱旋的英雄，就差鮮花了。我甚是納悶，他們怕我反戈，還是同情我？我沒工夫細想，因為我坐下不久，那個傢伙就出現了。

他穿一件帶帽的雨衣，整個背影愈加模糊。儘管有點兒風，但日頭白花花的，他為什麼穿雨衣，難道他知道暴雨躲在酷日後面？讓我變成駱駝祥子？兩旁是無邊的麥浪，我和他在波浪中撲騰，隨時會被淹沒。鄉間土路坑坑窪窪，加上厚重的雨衣，他跑得並不快，但我依然追不上他。那是一幅美麗的畫卷，藍色的天空，金色的麥浪，粉紅色的雨衣……突然，一張略帶憂傷的面孔閃出，難道是她？為什麼扮成這樣？她要引我去哪兒？我還追不追？我猶豫起來，但腳步並沒有放緩。

她是我參加一次研討活動認識的，年齡相近，說話投機，若說擦出愛的火花可能矯情，但彼此眼睛流露的情意難以掩飾。散會前一天，與會者紛紛離去。本來我也打算當天走，聽她說明天走，我臨時改了主意。她像個孩子一樣興奮，拍手道，太好了！也許是意識到不對味兒，她的臉有些紅。我的心跳加速。和喬麗結婚後，我沒和別的女人有過深交。坦白地說，我沒想背叛喬麗，我倆的婚姻平和樸實安穩，整體講，我是一個安分的人。但人安分並不意味著所有的念頭都安分，對浪漫的嚮往不時跳出。她是我的浪漫天使嗎？肯定是的。我和她吃過瑪卡西餐，喝掉那一瓶紅酒，披著昏黃的燈光回到酒店，進入我的房間。我們沒有瘋狂地撲向對方，沒有。我給她泡一杯茶，開始聊天。話題亂七八糟，甚至可笑。聊天只是序幕，我期待著那一刻，但又有些不安——這使我多了幾分怯懦。她也是期待的，她的目光不無鼓勵成分，就差說，來吧，我們上床吧。如果她那樣說，我不會讓她失望。我等待著，等待什麼我並不明白。也許等她那麼說？我們像兩個白痴，說話沒有任何評判，只是傻傻地互相附和。稍有停頓，總是不約而同地喝水。背在冒汗，嗓子也乾，只有喝水。直到深夜，被欲望燃燒的兩個人依然極有禮貌地保持著距離，她打個哈欠，徵詢地問我，不早了，我們休息吧？我嘴裡跳躍著一句情話，蹦出嘴唇卻變成：是啊，你早點兒歇著吧。合上門的那一剎那，我摔自己一個嘴巴！笨蛋！傻子！蠢貨！懦夫！奇怪的是，我又有一點兒欣慰，我依然能坦然面對喬麗的眼睛。

萍水相逢，各奔東西，我從未想過和她聯繫。幾個月後的一個夜晚，我正在客廳讀書，接到一個電話。竟然是她。吳關嗎？我是××呀……接著是抽泣聲，我愣住，如果她沒報出名字，我準以為是打錯的。我小聲喂了一聲。我說過，我住的是一室一廳，廳不大，緊挨臥室。喬麗睡了，我怕驚醒她。我沒地方躲，只能放低聲音。但她不說話，抽泣的聲音變大。一定有什麼事，打電話給我，我意外中有些感動，但更多的是緊張。這可是在我家裡啊。我催促幾次，她終於哽哽咽咽地講了。她剛出差回來，把丈夫和另一個女人堵在床上。吳關，我們為什麼那麼傻啊……我訥訥著，想起那個夜晚，她什麼意思？反省麼？……吳關，過來陪我，現在就過來！她乞求並命令著，我下意識地窺一下牆上的鐘，快十二點了，我和她相隔千里，這不是瘋話嗎？我讓她冷靜，她情緒反而更加失控，幾乎是威脅，你必須過來，不然我死給你！她把我看成最親的人了，可是她怎麼能……我不能責怪她，一個勁兒地說，冷靜點兒，冷靜點兒！半裸的喬麗出來，警惕而審視地盯著我。我朝喬麗揮手，讓她去睡，但她對我的電話很感興趣，沒動。那邊，失去理智的她依然大叫大嚷，我沒有掛掉，現在她最需要安慰，可是，這邊呢？我只好不停地說著冷靜。我不敢說那是靈感，但確實扭轉了被動局勢，我突然對她嚷起來，你瘋了嗎？連你老哥的話也聽不進去？芝麻大點兒事，你就尋死覓活的？你還是不是男子漢？你把我老婆孩子驚醒了，你知道嗎？如果你不聽我的，我再不理你！

我不知喬麗什麼時候離去的，也不知她什麼時候掛斷的，我失去了控制。天知道我說些什麼瘋話。

我不知她怎麼了，沒敢再打電話過去，但我的心在她那邊，我替她擔憂。事後，我向喬麗解釋，是大學一個同學。喬麗沒有追問，可能是不屑於追問，我感覺到，她越來越不拿我當回事了。第二天，她打電話致歉，說昨晚昏了頭云云。我說你想開就好，有機會我去看你。她說等著你啊，沒有曖昧成分，很客氣的一句話。再無聯繫。幾個月後，她又打來電話，說評上本省一個享受津貼的專家。一年幾次電話，都是大悲大喜之時，一個遠方的人把你視為知己，可謂人生之幸。但我又怕接她電話，又怕又盼，我算怎麼回事？我到底是他媽什麼樣的人？她又怎麼回事？我一定要問問她。

麥浪沒有盡頭——前面是一條波光閃閃的大河。哈哈，你終於無路可逃了。

我的肩被拍了一下。麥浪、雨衣、大河突然消逝。館員喊我吃飯，我搖搖頭。我不在食堂吃飯已有時日了。館員善意地解釋，去外邊吃，大家都去。部門聚餐經常有，我不想參加，可隨即又想，我還是館內的人，為什麼要缺席？

館內的人全部到齊，算館長在內，四男三女。館長沒像往常一個人獨占菜譜，讓每人點一個。我點了蘑菇蓧麵。不知誰笑了一下，我意識到我又一次老土了，應該點個上檔次但又不至於貴得沒邊的菜。可誰讓我是農村出來的呢？我喜歡吃老家的菜。我沒刻意隱瞞自己的出身，從來沒有。但我有時又很敏感，背景是比職稱更重要的身分識別碼。

館長致辭，每次都這樣。這個分不清鏽和莠、擅長打小報告、喜歡和女館員對著圖書苟合的傢伙，在這樣的場合像極了國家元首。當然，我承認，他的背景比在座任何一位都利害。且慢！原來是歡送我的宴會，難怪……我憤然離席。

喬麗拒絕了我的求愛，說睏了。這是個堅硬的理由，她跑那麼長時間車，回家理應好好睡一覺。我不能養活她，不能給她一份穩定的工作，難道再剝奪她休息的權利？我被扎了一樣縮回自己可恥的手。可是，以前並不是這樣。無論我什麼時候要她，她都很配合。從什麼時候她有「派」了？是她跑車的時候，還是我被從講臺上掃下來的時候？記不清了。

我心情不好的時候喜歡做愛，也許這證明我確實是個沒出息的男人，除了原始的宣洩方式，再無其他。現在這樣的方式我都夠不著了。難道喬麗……那個司機忽隱忽現，我不該懷疑喬麗，她不過累了，她對我的一切那麼上心，從大老遠買來核桃給我補腦，至今我的褲頭襪子都是柔軟的手搓洗。但我剎不住自己，他，把我折騰的生活亂套的傢伙是不是那個車主兼司機？我在黑暗中回憶那個背影，尋找某些可識辨的記號。

我和喬麗談對象的時候，有一天，我倆在巷子被一個長髮青年攔住，他對我視而不見，要求和喬麗談談。喬麗說你認錯人了，拉我就走。可是，我覺得他和喬麗不僅認識，而且關係非同尋常。我幾次詢問，都被喬麗支開。她那麼愛我，她家人對我那麼好，我不讓自己胡思亂想。其實，喬麗不說我也能猜出來，誰沒有過去呢？我和喬麗的婚禮上，長髮青年也來捧場並喝得大醉，像優美的樂曲中突生雜音，我很是不快。我沒責怪喬麗，但她覺出來了。那天晚上，就在我們邁入洞房的那天晚上，喬麗異常冷靜地說，如果你後悔，現在還來得及，但我發誓，我是清白的。我沒後悔，並驗證了她的清白。長髮青年消失了，或者說，死心了吧，我確實忘記了他。喬麗始終對車站，對車有割捨不掉的情結，換了幾次活兒，她找了現在跑長途車的差事。和那個長髮青年一起跑——當然，他沒了長髮，也不再是青年，清瘦的臉被肌肉撐圓。我是偶然接喬麗時發現的，一眼就認出他。他對我點點頭，不熱情，也不冷淡。喬麗亦無窘迫緊張之類的神色，淡淡地說我的老闆。喬麗沒解釋，說明她沒鬼。但是，我身上還是起了一些反應，儘管我沒有追問。以前，她都是自己跑工作。曾有幾個晚上，我悄悄守在車站對面，試圖窺視跟蹤她。我怕喬麗發現，也怕熟人甚至陌生人瞧出我的企圖，我可是堂堂大學教師啊。沒有發現什麼，我放棄了那種勾當，可總覺什麼東西罩在心上，揮之不去。

喬麗伸出一隻手，我愣愣，突然明白。我赧然地說，你累了……喬麗貼住我。喬麗是在乎我的，我這個卑鄙的傻子……我一躍而起。

他飄然而至，是在昏暗的樓梯間。這回可跑不掉了，一定要把他堵住。但一層又一層，似乎沒有盡頭。我不知是什麼樣的樓，壁上貼著計劃生育宣傳畫，售樓資訊，求職資訊，出租資訊，防盜知識，產品廣告，寫著修下水道的電話，一夜情電話，火警急救電話，貸款電話，治不育症電話，還有某某公司的規章制度等等。我匆匆掃過，甚是詫異，難道世上還有無盡頭的樓？

喬麗推我一下，我猛然醒悟。真是糟糕，我怎能在這種時候……我徹底軟了，狼狽地滑下來。喬麗嘆口氣，吳關，咱再去看看吧。本來，我一肚子歉疚，聽她如此講，火氣噌地冒出來。還好，我克制住了，只是抱著衣服，光著腳來到客廳。

我在紙上寫出一些名字，試圖用排除法確定那個傢伙的身分。是的，只有解開第一個謎團，才能搞清我為什麼追他。我是那樣不由自主，被繩子牽著一樣。校長，館長，主任，同事，曾經的長髮司機，她……另外一些我未打算寫的名字突然從某個角落蹦出來，螞蚱一樣跳到紙上。怎麼可能？我久久盯著他們，他們是我的親戚，鄉鄰。那些面孔在潔白的用他們的麥秸製造的紙上若隱若現。難道……他多次在田野奔跑，也許正是他們中的某一個。我愣在那兒，目光卻被灼了，惶然卻無路可逃。

我不願提及我三叔，他是一面鏡子，照出我的忘恩負義。我父母早逝，三叔把我帶大，並供養我上大學。三叔怕老婆，那個瘦得牙籤一樣的女人動輒把三叔斥罵一頓。三叔什麼都由她，只在養我的問題上沒有讓步。一年冬天，牙籤把我和三叔關在門外，三叔和我在柴垛躲了一夜。我知道我連累了三叔，想離開。三叔生氣地教訓我，說吃得苦中苦，方為人上人，並拿韓信、薑子牙這類故事激勵我。三叔喜歡聽書，肚裡裝了許許多多故事。三叔說只要我爭氣，將來混出模樣，他受點兒委屈不算啥。我在寒冷中，在麥秸的香氣中，一遍一遍流淚。我那麼爭氣──三叔原話──與我生活的家庭大有關係。我接到大學錄取通知書那天，三叔比我還興奮，他拿著通知書挨門挨戶宣布，彷彿那是全村的喜訊。三叔第一次自作主張，殺了兩隻雞，邀請村長及村裡的頭面人物吃喜宴，沒看女人眼色就擅自宣布，三叔砸鍋賣鐵也要供你。三叔女人沒有責怨，至少嘴上沒有。也許覺得我能給這個家帶來財運，或者相信村長講的小投入大回報。因我是村裡第一個大學生，村裡獎了五百塊錢。嘿呀，曙光已顯。我順利念完大學，順利留在城裡，還是大學老師，三叔不但在家裡，而且在村裡也揚眉吐氣。

我領了第一個月工資，留下生活費，餘下的當天就寄回去了。每次放假回去，我都給三叔和那個女人買禮物。三叔責怪我亂花錢，但喜悅溢於言表。後來，我回的次數少了，但仍給三叔寄錢。我的藉口是要在假期做家教，掙些外快，這是真的。我不想回去的另一個原因是，每次回去，三叔串門必定帶上我，彷彿我是他的旗幟。三叔的誇耀不無吹噓成分，我多麼多麼能。我極不舒服，我明白自己幾斤幾兩。

我和喬麗戀愛，往回寄的錢少了。有心無力呀。三叔家老娃結婚，三叔打電話給我，還缺一萬塊錢。這是大事，我不能逃避，東湊西借。說到這兒，我不得不提喬麗，她真是賢慧，有幾千塊錢是她跟親戚借的。三叔讓我給老娃在城裡找個差事，還說女方當初就是因為有我這樣一個哥才同意的。我不過一個教師，哪有這樣的本事？三叔說，有你一口飯，就得有老娃一口飯。我找了幾十個關係，總算給老娃在鄉中學謀了份燒水的差事。三叔不甚滿意，好在同意先「湊合幹著」。

除了三叔，還有別的親戚鄉鄰不斷找上門，有的自我介紹，有的帶著三叔口信。讓我辦的事五花八門，看病，找工作，打官司，他們不信我沒能力，是辦與不辦的問題。你直接辦不了，托人，人托人，可以托到天安門，他們如是說，讓我給鄉政府、縣政府打電話。村裡一個竊賊被抓住，家屬讓我想辦法，我婉拒後，三叔來了電話，說竊賊沒吃過窩邊草，家屬求他幾次了，讓我一定想辦法，找法院院長說情，少判幾年也好。我有些惱火，說法院朝哪邊兒開門我都搞不清。三叔說那就托市長的關係，讓市長打個招呼。我不知該笑還是該叫，電話那端，三叔聲音氣乎乎的，算三叔求你。我掛了電話，第一次粗暴無情地掐斷三叔的聲音。

上次回家是一年前。三叔又看那個女人眼色行事了，也沒了帶我串門的興致，甚至怕人知道我回來。在這一點兒上，我與三叔心思一樣。但三叔賊眉鼠眼關門的動作還是銼痛我。家裡沒地位，村裡沒面子，三叔的處境是我造成的，是我的罪過。我沒吃飯，擱下東西，匆匆逃離。人可以逃，但有些東西永遠逃不掉的。

我和校長吵起來，如果我不服從安排，學校就要停發我的工資。我豈能輕易就範？主任想把我拖出校長辦公室，我狠狠甩開他。後來，喬麗就來了，一定是主任給她打了電話。她霎白著臉，邊給校長說對不起，邊拽我。完了，我痛心地想。我怕喬麗知道我又一次被貶，我誇下海口，半年之內，我定會重上講臺，我會評上副教授、教授，她自然會成為副教授夫人、教授夫人，可以免費在學校浴室洗澡。我怕嚇著喬麗，由她拽著離開。在學校門口，我突然掙脫她，奔跑起來。可能是她說要帶我去醫院，也可能是他閃了那麼一下。我失控了。

我在車流、人流、小販攤位間穿越，先前還躲避著，後來我眼裡只有那個模模糊糊的背影了。我聽見刹車聲和憤怒的叫罵聲，還有各種分貝的驚呼。我奔跑著，從石北街拐上嶺南路，又由范西街拐上橋東路。然後奔上高速路。我和夏利、紅旗、桑塔納賽跑，和寶馬、奧迪、凱迪拉克賽跑。那個背影消逝了，但我知道他在前面。

驀地，一個疑團飄過來：我是真的在跑，還是在虛妄的想像中奔跑？我回想我經歷的那一切，校長，喬麗，他……但是，我搞不清了。天吶，我幾乎要喊了。我是在腦裡奔跑，還是在這個真實的世界奔跑？我四顧，試圖找出答案。可是不能，什麼也分辨不出，我只知道我在跑，我停不下來。

誰吃了我的麥子

鼻子最靈的兩個人，一個是吳根，另一個是黃牙。

麥子泛黃，吳根就聞見香味了。輕輕的，淺淺的，半遮半掩，像害羞的小媳婦。日頭咂摸幾遍，在與秋風的擁抱纏綿中，香味黏稠了，濃濃烈烈，在田野上卷來滾去。然後香味嘭地炸開，肆無忌憚，橫衝直撞，飛離大地，飛越村莊，飛到河岸那邊。

吳根站在自家院裡，踩著板凳往房檐掛辣椒。女人聽吳根哎呀一聲，心一慌，丟下鏟子往外跑。卻見吳根依舊踩在凳子上，只是仰面朝天，鼻孔大張。女人問咋的了，吳根痴了一樣。女人又問，吳根反問她聞見沒。女人問什麼？不由抽抽鼻子，說什麼也沒聞出來。吳根讓她再聞，女人像吳根一樣仰面朝天，張大鼻孔。吳根問，咋樣？女人忽然罵，餅糊了，你個驢！吳根自言自語，餅糊還不是常事？女人烙餅多數都是黑臉。

吃飯中間，女人嘮叨，看看，成張飛臉了。吳根說，麥子熟了。女人撇嘴，吳根說，麥子熟了。女人說，快吃吧，吃也堵不住嘴。吳根說，麥子熟了，你聞不見？女人說，我知道麥子熟了，辛苦一年等的不就這一天嗎？你哭喪個臉幹啥？吳根問，我哭喪了？女人說，照鏡子去！吳根說，我不照，老臉有什麼好照的？女人說，我要吃飯。吳根大聲說，麥子熟了！女人嚇一跳，罵，瘋了？吳根失神地說，黃牙又該來了。女人遲疑一下，說，他該來了。吳根罵，狗東西。

麥子泛黃的時候，吳根喜歡在田野遛達。聞著淡淡的奶香，心裡喜滋滋的。如同追了多時的女人終於答應他過門。這是吳根最幸福的時刻。麥香漸濃，吳根卻難過了。麥子一熟，黃牙就要來。吳根討厭他，甚至是恨，但吳根躲不開他。整個村莊，誰又能離開黃牙呢？

傍晚，吳根去了趟麥田。暮色中，麥子像披著凱甲的士兵，一臉的莊嚴肅穆。他看著它們，它們也看他。他是頭兒，是它們的魂兒，可它們不知道他要背叛它們了。秋風蕩過，吹落一聲嘆息。吳根摸一個麥穗，輕輕撚著，那個念頭就這樣被撚出來。你個黃牙，吳根冷笑一聲。

黃牙追著麥子的香味進了村莊。黃牙是個糧食販子，來的時候車上裝的是麵，走的時候則是麥子。吳根聽見黃牙的吆喝，依然忙自己的。女人提醒吳根，他說不換。女人說，沒麵了，不換吃啥？吳根說，餓不著你。女人氣鼓鼓地哼了一聲，不再理他。

不久，黃牙的車開到門口，哪家換了哪家沒換，黃牙清清楚楚。黃牙是個精油子。吳根說不打算換了，黃牙說你的麵快完了吧？不換吃啥？吳根不冷不熱地說，這就不用你操心了。黃牙不慍不惱，抽出菸給吳根，吳根沒接。黃牙說，怎麼？嫌給的少？年年給別人七十斤，給你七十二斤，我知道你的麥子好，很照顧你的，今年給你七十五吧，咋樣？吳根說，我說不換就不換。黃牙狐疑地問，別的販子來過？給你多少？吳根說，你別費唾沫了。黃牙說，不是什麼祕密吧？能不能告訴我怎麼回事？

吳根盯黃牙一會兒，一字一頓地說，我想吃自己的麥子。

黃牙愣了愣，問，磨自己的麥子？

吳根說是。

黃牙突然哈哈大笑，就像吳根說自己造飛機一樣。

吳根惱火地瞪著他。

黃牙說，老吳，你腦子沒問題吧？……好，算我沒說，是我腦子出了問題。

吳根暗暗罵娘。要說也沒什麼道理，黃牙不是惡人，從某種程度上，他應算作村莊的恩人。因為有了黃牙，村民不再費力費時淘麥磨麵，有時直接從地頭拉麵回家。可也正是黃牙，吳根吃不上自己的麥子磨的麵了。吳根不知道黃牙把換去的麥子拉哪兒了，但吃的麵肯定不是自己的。快十年了，自己種地的吳根一直吃著別人的麵。麵也不錯，可吳根總覺得味道不對，每次吃飯，心裡十分彆扭。吳根對黃牙的怨氣就這樣慢慢長出來。可是不管怎樣討厭，卻離不開黃牙，誰也不能把整粒麥子吞進肚裡不是？因為離不開，那怨便一層一層地厚成恨。吳根總得有個怨恨對象，他總不能怨自己的麥子吧？只是以往，他一邊揣著怨，一邊吃著黃牙那兒換來的麵，現在他打定主意，不再和黃牙打交道了。

他要吃自己的麥麵。

自己的麥麵。

自己的。

麥麵。

吳根抻著脖子，彷彿吞咽著什麼。他是一個老實莊稼人，沒想過發橫財，沒想過弄個村官當當，也沒想和任何人過不去，他只想吃上自己的麥麵。誰也攔不住他。

第二天，吳根在自家大鍋裡淘麥。割麥打麥揚麥淘麥磨麥，哪個過程都馬虎不得，但淘麥是金黃的麥子變成雪白的麵粉最重要的關口，淘不出沙粒，麵粉會咯牙，淘不盡空麥殼，麵粉顏色發暗。吳根是淘麥好手，過去誰家淘麥都找吳根，吳根隨叫隨到，沒要過誰的工錢，管頓飯即可。吳根贏得了口碑，也練就了更精湛的淘麥手藝。

重溫過去，吳根憂傷而興奮，畢竟多年沒淘，胳膊生了鏽一樣不聽使喚。一袋麥子淘出來，吳根渾身都溼了。女人在一旁冷嘲熱諷，說吳根不知哪根筋抽了，村裡百十戶人家誰不吃換來的麵粉，換來的麵粉又有啥不好？有這工夫，還不如撿幾筐牛糞。吳根沒理她，這不是什麼丟人的事，他不管別人怎麼說。像張豁子有家有口的，半夜敲王三家的門，被澆一盆冷水，那才丟臉。吳根沒惹誰，不過是實現自己的一個夢想。他想，你等著吧，吃了自己的麵，保準你笑得滿臉花。

淘完，天色已經暗了。吳根伸伸腰，去找張豁子。吳根不大看得起他，張豁子不只敲王三家的門，據說還在鎮上的洗頭城幹過什麼勾當。可張豁子有三輪車，又跑鎮上，只能找他。村裡原先有個磨坊，是二米家的，挺紅火。自黃牙的吆喝在街上響起，磨坊的生意就淡了。不死不活拖了一年，關了。賣磨麵機的時候，二米女人還哭了一鼻子。現在二米家吃的也是黃牙的麵。鄰村的磨坊也是這樣的命運。全鎮只有一家麵粉廠了，吳根要磨麵只能到鎮上。女人終究是心疼吳根，讓吳根吃了飯去。吳根說不餓。他不是和女人慪氣，確實不餓。雖然只是早上吃了點兒東西，可除了吃的，肚裡還裝了別的。說了女人也未必懂，還是不說吧。女人讓他快去快回，吳根哎哎幾聲，女人只是嘴上的冷。

吳根在張豁子家等了很久才等見張豁子。張豁子罵罵咧咧，說半路壞了車。吳根緊張地問修好沒有，張豁子說當然修好了，修不好我咋能回來？張豁子問吳根幹什麼，吳根說了。張豁子似乎沒聽明白，又問一遍才瞪大眼，黃牙不換給你？吳根說不是，他要吃自己的麵。張豁子問，幹嘛要吃自己的麵？自己的麵好吃？吳根不知怎麼回答，自己的麵當然好吃，但他不單單是為了好吃。他知道和張豁子這種人解釋不清，也不想和他解釋。吳根說，你給拉到鎮上就是。張豁子說，城裡人也沒這麼多講究，你……拉就拉吧，反正我天天去。吳根問運費，張豁子說你看著給，隨便幾個都行。吳根讓張豁子一定說個數，張豁子說到時再說，我不指望掙你的錢。吳根想，張豁子有時也挺像個人。當下和張豁子約定了時間。

張豁子把吳根拉到麵粉廠門口。卸下麥子，答應晚上再來拉他。是個大廠，水泥門墩有兩人高。吳根拍了拍，好像見到久違的朋友。其實挺簡單，不就三十裡路麼，早該這麼做了。怨黃牙沒道理，黃牙也要掙飯吃麼。怪只怪自己太懶惰。

吳根把八袋麥子背到一排房前，一個闊臉男人問吳根，換麵？又說再等幾分鐘，驗麥子的還沒到。吳根說，我不是換，我想把自己的麥子磨成麵。闊臉男人看吳根一眼，突然鬼哭狼嚎。吳根嚇一跳。原來是闊臉男人腰裡的手機在叫。吳根不知闊臉男人的手機咋這麼個叫法，吳根兒子也有手機，是一個女人在唱，很好聽的。兒子在城裡打工，但手機是吳根出錢買的。兒子總是掙不到工錢。也許因為闊臉男人是麵粉廠的，也可能由闊臉男人的手機想到兒子，吳根看闊臉男人的目光暖洋洋的。

但闊臉男人卻不再理吳根，他一臉不耐煩。昨晚不是說了麼？怎麼還問……我在廠子裡……陪一個大客戶打一夜牌……我能去哪兒過夜？……你不信就算了……哭什麼？我怎麼你了？別死呀活呀的嚇唬我……

闊臉男人火氣十足，吳根被烤了似的，撲臉的熱。

你說什麼？闊臉男人終於掛了電話。

吳根讓自己的臉綻開，我想磨麵，用自己的麥子磨麵。

闊臉男人說，換可以，不磨。

吳根懵了，這不是麵粉廠嗎？

闊臉男人說，當然了，不是養豬場。

吳根問，麵粉廠怎麼可以不磨麵？吳根生氣了，只是那氣只在胸裡湧動。

闊臉男人說，不對外加工，除非萬斤以上的。有現成的麵，你換就是了。

換麵還用跑這麼遠？不能白跑，吳根想再和闊臉男人說說，忽然又是一陣鬼哭狼嚎。

闊臉男人眉頭皺得爛布一樣，拽出手機，眼睛頓時瞇成一條細線，聲音也軟唧唧的，離開這麼一會兒就想我了？……算帳？算什麼帳？闊臉男人嘎嘎大笑，我沒那麼厲害，和你在一起就不一樣了……起來吧，小懶蟲……別賴床了……晚上當然去了，你不是腿疼嗎？我得給你治啊……嘎嘎……行了行了，我都站不住了……好，寶貝兒！

幹嘛自己磨？闊臉男人心情似乎不錯。

吳根說，我想吃自己的麥子。

闊臉男人眼神怪怪的，為啥？自己的麥子好吃？

吳根淺淺地吐出個是。

闊臉男人問，你的意思是換的麵不好吃了？

吳根說，我沒那個意思。他不想說那麼多，闊臉男人再長一顆腦袋也未必懂。

闊臉男人說，別囉嗦，換就換，不換背出去，別擋地兒，一會兒要進大車呢。

吳根咬咬牙，我多給加工費。

闊臉男人說，行啊，一斤一塊。冷笑兩聲，撇下吳根走了。

吳根好像被砸了一錘，半天才緩過勁兒。呆呆站了一會兒，一袋一袋背出大門外。一斤一塊，宰人也沒這麼個宰法。有什麼了不起？死了張屠戶，不吃帶毛豬。吳根怒衝衝的，那闊臉欠撕。別無他法，只能等張豁子了。日頭漸高，吳根的怨恨一點點散了，只剩下疑惑。為什麼不對外加工？想不明白，無論如何想不明白。除了鎮裡，又能去哪裡加工呢？難怪黃牙嘲笑他，還真是難呢。中午時分，吳根到對面商鋪買了兩個麻餅。不時有車或人進出麵粉廠，但沒人理吳根。後半晌，一輛三輪車終於停在吳根身邊，問吳根要不要雇車。吳根搖頭。吳根望著街道盡頭，目光空洞。受罪呢，真是受罪，也許不該有這麼個荒唐想法。十年了，都是等著黃牙送麵上門。村裡人已經習慣，他怎麼就不舒服呢？他不知道自己的麥子誰吃了，可他吃的麥子，麥子主人也不知道是不？就像自己的孩子讓人抱走，而自己也抱了別人的孩子，尋不到原來的，這個就相當於自己的，幹嘛不待見呢？這麼一想，吳根似乎想通了。管他呢，換就換吧，不折騰了，也沒的折騰了。

吳根背起袋子準備進去，迎頭撞上闊臉男人。闊臉男人笑笑，想通了，背那邊兒去。吳根像被人抽了一鞭子，臉火辣辣的。這一鞭子將他抽醒，背著袋子大步離開。身後有人罵神經病什麼的。吳根想真是糊塗，自己的孩子並未被人抱走，他是故意往別人懷裡送啊。他怎麼可以把孩子送給別人？折騰一番，吳根又是一身汗。這個麵粉廠不行，再找找別的，不信就找不見。吳根不是慪氣，他種一輩子地，不過想吃一回自己的麥粉，他怎麼會讓自己的心願殘花一樣飄落？

麥子又被拉回。張豁子勸吳根別做傻事，還是和黃牙換，不值得來回跑。吳根不想和他爭執，任憑張豁子喋喋不休。對別人當然不值得，每個人的「值得」不同，比如張豁子，半夜敲別人門值得，對吳根則是辱沒門風。吃自己的麥子，對吳根值得，張豁子懂什麼？卸完，吳根問張豁子多少錢。張豁子說給個油錢算了，三十吧。吳根吃了一驚，雇車也不過二十，他等了整整一天啊。吳根疑惑地問，三十？張豁子說，三十，現在油貴，別人我怎麼也得要四十。吳根沒和他爭執，丟給他。爭得臉紅脖子粗沒意思，吃個啞巴虧吧。誰讓他相信張豁子呢？張豁子說用車打招呼，吳根衝他背影吐口唾沫。

麥子沒磨成，白扔三十塊錢，女人數落吳根，見吳根沉臉不說話，馬上住嘴。吳根讓女人煮幾碗麥子，女人問幹啥，吃也煮不了這麼多，吳根說當乾糧。女人愕然，你要出門？吳根點頭。女人明白了吳根的意思，勸他別和自己過不去。吳根說，你甭管。女人嘆口氣，說，還有點兒麵，烙幾張餅吧？吳根大聲說，我要吃自己的麥子！

吳根揣著女人煮的麥子上路了，他要尋找一家給他磨麥的麵粉廠。吳根沒見過真正的地圖，但他心裡有一張地圖，是周邊的村村莊莊。他不但要走完心中的地圖，還要走到地圖外。就這樣，吳根從這個村莊到另一個村莊，餓了吃自己的煮麥子和鹹菜，渴了隨便和哪個村戶討一口。傍黑，吳根的身影會出現在村口。女人不再勸吳根，除了早早備好飯，還燒好水讓吳根泡腳。

數日過去，吳根仍然沒找到。那些村莊都曾有過磨坊，都是幾年前的事。遇多嘴的人問吳根那個問題，吳根也不解釋，笑笑，離開。總能找見的，他想。

一個孤獨的身影在鄉間路上奔波。

一天返回途中，自行車胎破了。沒地方補，吳根推著走。夜色凝重，但吳根的眼睛雪亮，能辨出哪是小路，哪是大路。偶爾，吳根會哼哼一曲，那是兒子手機裡的歌。吳根沒聽全，自然只會哼那幾聲。當然，吳根的哼很難聽，甭說當著兒子面，就是和女人在一起也沒哼過。可是在這個夜晚，他哼出來，自然，放鬆。吳根沒少走夜路，早年鄰村有電影，村裡的人蜂一樣飛去。說起來，他和女人是在看電影的路上有了意思，爾後才找媒人。夜路沒少走，但多數人相跟著走，至少也是兩人，比如他和女人那次。一個人走夜路還是第一次，而且是多年沒走過，吳根沒一點兒害怕，反覺愜意，如果不是尋找磨坊，他真不知走夜路這樣的好。他哼著小曲，秋風哼著大麯。小曲是兒子的，大麯是田野的，吳根似乎看見兒子在田野歌唱。他把自行車扛在肩上，有一種飛翔的感覺。

回家是後半夜了。吳根沒有絲毫倦意，反一臉喜色，眼睛灼亮。女人正打盹，問清楚沒什麼事，忙著給他熱飯。女人讓吳根自己吃，她實在困得不行了，抱怨說明兒就是讓狼叼走她也不再等。吳根叫住女人。女人問他還要啥，同時打個哈欠。吳根捉了女人的手，往近扯扯。二十多年前，他就是這麼捉女人的。女人愣了一下，罵老不正經，就要抽。吳根輕聲道，別動！我只想捉捉你的手，還記得那個夜晚麼？你的手心全是汗。女人說，你發燒了吧？什麼……女人突然頓住，像受了驚嚇，表情驚駭，很快，大塊大塊的紅暈爬上臉，她的目光漸漸柔軟潤溼，身子也被水泡了似的，溼的沒了力度，一點兒點兒軟下去，軟在吳根懷裡。

女人還在被子裡歪著，吳根就爬起來。女人咕噥，哪來的精神，又沉沉睡去。吳根笑笑，哪來的精神？他自己也不明白。吳根補了胎，背著女人昨晚煮好的麥子，回到路上。不錯，回到路上。磨坊沒著落，但他在路上找到了別的。

吳根穿行於村莊，那些散落在大地各個旮旯的村莊。遇到熱鬧的鎮，他就繞開。鎮上肯定有麵粉廠，未必都像營盤鎮的麵粉廠不對外加工，至少該去問問。但他沒問。並不是一次被蛇咬怕了，他不是怕，不怕再碰見個闊臉男人，他就是想找找。想找見一個還有磨坊的村莊。他似乎不只是為磨麥而尋找了。當然，麥還要磨，實在找不見，他會去那些鎮裡碰一碰。但現在他總是繞過它們。他想起早年看過的電影，把自己想像成送信的民兵，遇到雕堡總要繞行。

那個日子天陰著，雲朵擠著雲朵，隨時要落到地上。女人攔吳根，沒攔住。女人說，你不要命了？你不要命我還要臉呢。吳根聽她話茬兒不對，問她什麼意思。女人說走嘴，索性敞開，說整個村子都在笑話吳根，說吳根腦子出了問題。吳根哈哈大笑。女人立刻頓住，嘴巴張得老大。然後，吳根指著自己，一字一頓地說，你說，我腦子是不是出了問題？女人已經沒了剛才的激動，小聲說，我說有什麼用？吳根說，幹嘛在意別人？來，讓我捉捉手。女人似乎想砸吳根一拳，當然，落在了吳根手心。女人給吳根帶了雨具，囑咐他千萬別頂著雨走。吳根說又不是三歲孩子。走出一段，吳根回頭，女人仍在門口站著，吳根心裡忽然有一種異樣的感覺。就是這一刻，吳根意識到自己和村裡男人的不一樣。絕非腦子，而是心性。哪個五十歲的男人在出門時想捉捉女人的手？哪個五十歲的男人看見自己的女人會湧上熱辣的感覺？他們怕是永遠不會懂得。他為自己的不一樣生出一絲傲氣。像他這樣普通得不能再普通的男人，傲氣本來不屬於他。

就是那天，吳根遇見黃牙。落雨了，吳根在一個鎮的加油站躲雨。黃牙一副怪樣兒，老吳，聽說你滿世界找磨坊，找見了？老實說，再往前幾天，吳根是怕碰見黃牙的，當然不是懼怕。現在，吳根不怕了，大大方方地說，沒有，還在找。黃牙說，當年找媳婦也沒這麼費勁吧？吳根說是啊，媳婦懂得往懷裡撲。黃牙問，還準備繼續找？吳根驕傲地說，當然。黃牙說，我到現在也不明白。吳根嘿嘿笑，你永遠也不會明白。吳根迎視著黃牙，又目送黃牙離去，神態坦然。

找見磨坊是二十天後了。那是個叫駱駝溝的村莊，但吳根並未見到駱駝。磨坊主人四十左右，神情寡淡。吳根說明來意，男人說早就不磨了。吳根一愣，問為啥？男人冷冷地說不為啥，一年前就不磨了。吳根神情激奮，你知道我找了多少天嗎？二十多天呢，算起來有四五千里，怎麼不磨呢？男人吃驚地問，走了多少裡？吳根重複，掏出菸敬上。男人吸幾口，說正聯繫著賣呢。吳根問，為啥？這時，門那邊有響動，一個拄著雙拐的女人出來。吳根沒見過這麼瘦的人，像一根包著皮的拐杖。男人說風這麼大，出來幹啥？女人說兩天沒晒太陽了。聲音拐杖一樣細而硬。

男人回頭，對吳根說，我肯定要賣了。吳根有些明白了，問男人能不能再給自己磨一次麥。吳根望著男人，目光充滿期待。男人問吳根同樣的問題，吳根老老實實地說，我就想吃自己種的麥子，兄弟，我跑了一百多個村子呀，你幫幫我這個忙。男人飛快掃女人一眼，真的？吳根舉起手指，我對天發誓。

男人不大情願，但總算答應。吳根真想擁抱他一下，瞥瞥那個女人，還是忍住。

第二天黎明吳根就上路了。借的是老毛的驢車。不管多遠，吳根也不會雇張豁子了，哪怕他一分錢不要。村裡有驢車的有兩三家。老毛叮囑吳根別餓著他的驢，所以吳根的車上拉了兩袋青草。吳根還帶了兩瓶酒，並從小賣部割了二斤肉。女人問吳根，你是磨麵還是送禮？吳根說都有。他腦裡總是晃著那瘦瘦的拐杖。

男人一改昨日的寡淡，熱情許多。磨完，非要留吳根吃飯，強調說以前路遠來磨麵的，他都管飯。拐杖張羅做飯，男人不讓，執意把她抱到炕上，男人責備中含著疼愛。吳根給男人打下手，兩人邊幹邊聊，吳根知道了男人的一些情況。幾年前，男人借錢買了這臺磨麵機，錢沒還完，生意就不行了。而女人在一次車禍受了重傷，日子一天不如一天。女人早就讓他賣掉磨麵機，可他捨不得，一拖再拖，拖得磨麵機越發不值錢，兩人為此沒少吵。不過，他終於下定決心，堆那兒只是廢鐵，家裡到處用錢。如果吳根晚來幾天，也許就磨不成了。吳根一面唏噓，一面慶幸。

兩人喝得痛快，說得也痛快，像多年的知己。吳根說男人是個重情義的，對一臺機器都這般好，別的可以想見。男人說吳根才值得敬重，為了吃自己的麥子，不惜跑幾千里路。吳根說男人讓他實現了心願，男人說吳根也給了他實現心願的機會。男人想磨最後一次麥子，可是居然沒人上門。總不能去求別人磨麥吧。在等待中，他的脾氣變壞，發誓就是有人來也不磨。所以開始對吳根怠慢了。

吳根掏錢，男人說什麼也不要。抽扯中，吳根說，兄弟，實說了吧，你不光讓我實現了心願，在找你的過程中，我腦裡多了一盞燈，你是我的福星呀。男人眼睛亮亮的，我也告你個實話，日子窩心，我快拖垮了，聽了你的事，我的心變寬了，幾個加工費算啥？兩人不約而同地笑了。男人提議吳根住一夜，吳根瞄一眼拐杖，說家裡惦記呢。

吳根暈暈乎乎上路。他沒喝醉，他怎麼能醉呢？但他暈，他喜歡暈，暈乎的感覺是這樣的好。吳根又哼起小曲，兒子的小曲。迎頭過來一輛貨車，喇叭叫了一聲，驢突然撒蹄狂奔。慌亂中，韁繩飛出手。吳根急著去抓，車顛了一下，吳根麻包般甩出去……

吳根醒來，已躺在醫院。看到女人，吳根顫聲問，麵呢？我磨的麵在不在了？女人紅著眼圈，還惦記麵？我差點沒見著你，虧得老毛和他兩個兒子。吳根問驢沒事吧，女人說驢倒是沒事，車毀了，老毛心疼得直跺腳。吳根說我賠他輛新車，隨後又小心翼翼地問，麵在不？女人說放心吧。吳根長長舒口氣，這時才感覺身子裂開似的疼。

數日後，吳根回到家，迫不及待地讓女人發麵，他饞了，幾乎流口水了。女人蒸一鍋饅頭，吳根捧握在手，心潮起伏。他終於能吃上自己的麥麵了。咬了一口，吳根突然僵住，爾後大叫，這不是我的麥麵，我的麥麵呢？眼淚橫出，像受了委屈的孩子。

謊役

一

一出門，趙全跌了一跤。楊花的驚叫如瓷片劃過。落了大半夜雨，地面泥濘不堪。摔倒的瞬間，趙全死死摟住帆布包。楊花瞄著趙全的懷問，溼了吧？趙全把帆布包轉一圈，只濺幾個泥點子。楊花讓趙全換衣服，他的褲子糊了泥巴。趙全說不礙事，乾了就掉了。楊花責備，你當是去地裡呀，你是上縣！秀秀不嫌你，秀秀的老闆、秀秀的姐妹不笑話你？趙全突然驚醒似的，附和，對對，不能給秀秀丟人。乖乖跟楊花進屋。

楊花的驚叫讓趙全心慌意亂。出了村，他不住地回頭。沒看見她。她不會偷偷跟蹤他，他知道，但他還是回頭。下坡時，趙全又了滑一跤。驚駭四顧。什麼也沒有，聲音來自心裡。他愣怔了好一會兒，爬起來，踮著腳，尋找長著雜草和蒿子的地面。

趕到鎮上，趙全總算鬆口氣，甩掉她了。儘管明白她沒跟蹤，他還是這樣想。天空飛著一朵朵黑雲，你撞我我撞你，找不見家的樣子。趙全望著路的那一端，順手從身上摳著泥巴。虧得楊花沒看見，趙全有一種冷嗖嗖的感覺。想到出門那一跤，恨不得摑自己個嘴巴。跌幾跤對他無礙，問題是不能讓楊花看見；當然也不是看見的問題，而是她的驚叫。好在沒什麼事，據說那病犯一次重一次。摳了一會兒，客車搖晃著來了。趙全必須趕最早的班車，不然還得在縣裡過夜。

沒多少乘客，最後兩排還是空的。趙全本想去後排，順便躺躺，聽了半夜雨聲，腦袋發沉。走到車廂中部，眼睛忽然一亮。一個紅衫姑娘靠在車窗一側，她旁邊的座位空著。趙全討好地望著紅衣衫，彷彿等待紅衣衫批准。紅衣衫看他一眼，眼裡沒有任何內容。趙全便坐下。紅衣衫往裡挪挪。其實，趙全和紅衣衫至少隔兩隻拳頭的距離。趙全不住地瞄紅衣衫，她一直看著窗外。她終於意識到趙全在看她，扭扭頭。她眼裡似乎有了些什麼東西。去縣裡？趙全搭訕。紅衣衫淺淺地唔一聲。趙全說我也去縣裡。彷彿一下和紅衣衫熟悉起來，趙全問，你去看人還是買東西？紅衣衫沒理他。趙全並不覺難堪，繼續說，我去看女兒，她和你年紀差不多，她叫秀秀。先前，趙全是看著紅衣衫的，後來他目光移開，望著某一處。我每月都去看她，她膽子小，第一次離家，我不放心，順便給她帶點兒吃的，女孩嘛，都嘴饞……紅衣衫突然站起來。趙全看出她要出去，忙把腿拽到一邊。紅衣衫坐到最後一排。趙全想，他惹著她了。秀秀脾氣可沒這麼大。當然，秀秀也有犯強的時候。趙全並不同意她去縣裡找活兒，可攔不住她。

趙全望著窗外，目光灰暗許多。

下車，趙全直奔紅紅髮廊。顯然開門沒多久，兩個女孩正賣力地打掃衛生。趙全已認識她倆，胖點兒的叫小青，瘦點兒的小玉。趙全問，郝老闆還沒來？他知道郝老闆平時不住這兒。話音未落，郝老闆從樓上下來。她三十幾歲，頭髮松鼠尾巴一樣蹺在腦後。郝老闆和趙全打著招呼，她的眼睛漾著笑，眉頭卻皺了幾皺，當然，馬上舒展開。趙全到縣裡就是找郝老闆的，屢次煩她，趙全自己也過意不去。可除了找郝老闆，他又能找誰呢？在這個陌生的地方，只有郝老闆和秀秀有關係。郝老闆讓小青倒水，支派小玉買油條和豆漿。趙全聲明自己不喝水，也吃過飯了。郝老闆說，那也得吃點兒，跑這麼遠的路。

趙全硬是拽住小玉，他不願給郝老闆添更多的麻煩。郝老闆說，那就喝點兒水，對趙全笑笑。趙全看出她眼圈發黑，沒睡好的樣子。趙全也對她笑笑。

說了幾句客套話，兩人心思都不在這上面。趙全端起水杯，手有些顫，未到嘴邊就擱下了。那個喬什麼……還沒露面？趙全拽鐵鍊子一樣，艱難地拽出那句話。竟有些氣喘吁吁，脖子似乎漲硬了，很難扭動。

郝老闆歉意地搖搖頭，只要有信兒，我會通知你，你不用一趟一趟跑了。

趙全忙說，不，我不單是為這個，我來看看你，你是秀秀的老闆，咱們就是親戚。說著拉開帆布包，掏出兩袋炒豆子。像過去一樣，一份送給郝老闆，一份留給秀秀。醃酸菜也是兩份。炒豆子和醃酸菜都是秀秀最愛吃的。

郝老闆慌忙制止，你不要再拿這個了。

趙全笑笑，鄉下沒什麼好東西。

郝老闆說，我不是這個意思，我不能再要你的東西，我怎麼能……郝老闆說不下去了，但態度很堅決。

兩人推扯一番，郝老闆妥協，但只留下酸菜，豆子說什麼也不留，她替趙全裝進帆布包，拉上鏈。再待下去已經沒有必要。趙全告辭時囑咐郝老闆，要是我那口子來，就說秀秀出門了。郝老闆說，我記著呢，還有她倆。郝老闆當然記的，趙全囑咐多次了。但趙全不放心，來一次說一次。

趙全慢慢走著，腿有些重。過了十字路口，在下一個十字路口停住。街角矗立著一個巨型鐵塔。趙全的目光一點點兒往上移，移移停停，停停移移，直到看見尖尖的頂子。然後又往下移，移移停停，停停移移。秀秀就是從這個鐵塔跳落的。趙全趕到縣裡，還看見地上的血跡。他摳了半天，什麼也沒摳起來。趙全不知道秀秀是從哪一層跳的，想這個問題已經沒有必要，一想心就被刺穿似的，但他想搞清楚。他問過郝老闆還有公安，但誰都說不準。趙全只能猜測。秀秀不像別的女孩那麼野，不敢上樹，怎麼就爬上鐵塔了呢？

眼睛酸澀時，趙全收回目光。他掏出那兩袋豆子，解開口兒。郝老闆不要，趙全只能賣掉。他不能帶回去。趙全蹲在地上，並不吆喝。他不是買賣人，沒必要吆喝。他也不看行人。他再次仰起頭，凝視著。

一個穿制服的娃娃臉豎在趙全面前，趙全趕忙對他笑笑。娃娃臉吝嗇地踢出一個字：稅！趙全愕然，睡？睡哪兒？娃娃臉瞪住趙全，裝什麼糊塗？懂得掙錢不懂得納稅？趙全明白過來，忙說我一顆還沒賣呢。娃娃臉說，我懶得和你解釋，你們這種人我見多了。趙全說我沒賴過帳，你可別這麼說我……多少錢？娃娃臉又踢出兩個字：三塊！趙全沒再費口舌。娃娃臉走後，旁邊賣麵皮的女人說，大哥，得和他搞呀，不能要多少給多少。趙全說，算了，他也不易。兩人就這麼搭訕起來。趙全說他是來看女兒的，沒想到女兒出了門，他只好把帶給女兒的豆子賣掉。女人勸趙全給女兒打個電話，趙全笑笑，我打小記性就不好，記不準數字。不過，秀秀可不像我。趙全抓把豆子給女人，女人推遲一下，接了。趙全竟有幾分感動，彷彿是女人給他東西。女人不見外，趙全的話癮就犯了，你猜秀秀最怕啥？最怕蜘蛛！她不怕蛇，可怕蜘蛛，那麼小個東西。趙全回憶起秀秀被蜘蛛驚嚇的幾檔事，先前他望著女人，後來便移到鐵塔上，目光被什麼點燃了，又紅又亮。趙全忘記了豆子，忘記了女人，甚至忘記了鐵塔，直至被一個粗聲驚醒。賣麵皮的女人埋頭切麵皮，攤兒前那個粗肥的女人叫，多加點兒辣椒！

趙全快快坐下。他不知自己什麼時候站起來的。

直到中午時分，一對青年男女才在趙全面前駐足。女的問趙全多少錢，怎麼沒秤。趙全說你想拿多少拿多少，錢看著給。男的搶先說，你設什麼套子？趙全反問，你看我像？男的摸出一枚硬幣丟在趙全面前，抓起一袋豆子，拽了女的就走。女的似乎要掙脫，終是被男的拽走。趙全愣住，然後捏起硬幣，吹吹，放進兜裡。過了一會兒，那女的又匆匆返回，對不起，大叔，給你豆子錢。一張二十元的票子。趙全半天才反應過來，抓了錢，追上那姑娘，要塞給她。你這是打我臉呀，閨女，我不能要你的錢，你有這份心就夠了。姑娘的臉漲得通紅，說不要錢她就送回豆子。趙全作罷。那男的遠遠的，看不清他的眼神。趙全不安地轉動著脖子，彷彿做了賊，有種偷偷摸摸的感覺。望一眼鐵塔，匆匆低下頭。

另一袋豆子始終沒人問，趙全想送給賣麵皮的女人，女人說什麼也不要了。趙全提出和女人換一張麵皮，女人說我可不想占這麼大便宜，我送你一張就是。趙全慌忙攔住女人，說她不要他的豆子，他就不吃她的麵皮。女人說，我還沒見過你這種人呢。女人到底留下趙全的豆子，給趙全切了三張麵皮。趙全蹲在那兒，唏哩嘩啦扒進肚子。

總算打發出去了，趙全鬆口氣。他買了二斤蘋果，匆匆往車站趕。

看見村莊，蛋黃樣的日頭已有大半流乾了。趙全沒有直接進村，他跟著自己的腿拐上一條小路，穿過一片樹林，來到雜草叢生的空地。秀秀的墳包團在空地上，不大，怕冷似的縮著。天暖的時候，趙全點了蠶豆，現在已經長一拃高了。喝足了雨水，個個綠油油的。沒有碑，沒有任何標識，哪像墳包呢？分明是一塊鼓起的豆田。趙全一棵棵看過，拔掉幾根雜草。

趙全有些累。他坐下來。

◆二

楊花在趙全跌跤的地方察看。頭幾乎觸到地面，手指翻弄著泥的皺折。她生怕趙全掉了什麼東西。什麼也沒有。然後，楊花插了院門，準備幹那件祕密的事。憋了多日，她的胸像發酵的麵團，鼓漲漲的。剛爬上炕，便聽見有人喊門，楊花慌慌地跑出去。滑了一下，但沒摔倒。

村長伸長脖子，探視著楊花身後，問趙全呢？楊花說上縣了。村長吃驚道，已經走了？我想讓他捎買點兒東西。楊花說，沒多久，也許能追上。村長說算了算了，下次吧。楊花說不著急就下個月。村長問給秀秀送什麼好吃的，楊花眉眼裂開，哪有好吃的？趙全那性子，一個月不見秀秀就瘋了一樣。村長笑說，是啊，這傢伙。已經說清楚，村長卻不走，楊花甚是心焦，又不好攆他。兒子犯事，村長出了不少力。這是她後來知道的。兒子最終進去了，判了七年，若不是村長，誰知兒子判幾年？楊花徵詢著，進來坐坐？村長說不了，今兒給羅鍋的二女說媒呢。楊花的腦袋突然被一束光照亮，我家秀秀也不小了，村長有合適的，給秀秀介紹一個。村長目光跳跳，很意外似的，往後退一步，又站定。秀秀的……對象？楊花拽村長進屋，她說，一會兒，就一會兒。村長遲疑著進屋，臉色不大好看。

楊花胡亂地把被子堆堆，擱上桌子，給村長沏茶。村長擺手，我肚子還空著，喝什麼茶呀。楊花說那正好，就在這兒吃早飯。村長越發急了，不行不行，我還有事。一副逃離的架式。楊花堵在門口，怕我吃了你咋的？不就一頓飯麼？要不我先跟你家裡說說？村長說，不是這個意思。他的目光像一群受了驚的螞蚱，從楊花臉上跳開，在她胸脯稍一頓，倉皇逃散。楊花說，那就說定了，吃了就讓你走。楊花自己也吃驚，她並不是潑辣女人，平時哪敢和村長這樣說話？村長似乎被她震住，坐著沒動。

楊花烙了幾張餅，炒了一盤雞蛋。那件事被她丟到腦後。楊花問村長喝酒不，村長堅決制止了。村長擰著眉，彷彿和餅有仇。他吃得很慢，或者說有幾分艱難，似乎餅裡夾著樹棍兒，一不小心就會劃破喉嚨。楊花問，我烙得不好吃？村長抻著脖子說，好……好。村長放下筷子，楊花心跳不那麼快了，她說，秀秀的事，村長還要放在心上。村長小心翼翼地問，不等趙鐵出來？妹妹先找不合適吧？楊花說，還有好幾年呢，不能讓秀秀這麼等。村長說，也許能提前。楊花說，那也不能等。村長說，先和趙全商量商量？楊花說，哪個當爹的不讓閨女找對象？村長點頭。楊花說，也沒多當緊，你留點兒心就是。村長說，你說的對，畢竟不是買東西，得找個秀秀能看上的，不知你有啥條件？楊花想想說，對秀秀好就行，不能找那種愣貨，往死打媳婦，別的村長看著辦，我和趙全相信你。村長說，我記住了，噢，我得走了。猛地打一個嗝，彷彿撐著了。

楊花從院裡到屋，從屋裡到院，來來回回走著。她突然覺得有無數事情要辦，刻不容緩。她一下子想不起那些事是什麼，該先辦哪一件。它們在她腦裡飛舞，如一群蜜蜂，她揪不住。太陽已經升高，街上傳來腳步聲、說話聲和急促的吆喝。直到羊倌那張皺巴巴的黑臉出現在門口，楊花方想起吆喝聲是羊倌的。她又忘趕羊了。每天早上，各家各戶的羊須趕到村裡的一片空地上，交由羊倌放牧。晚上羊會自己回來。楊花一邊打開羊圈門，一邊說著歉意的話。羊倌笑笑，說沒啥沒啥，替她趕了去。

楊花終於梳理出頭緒，疊被子，洗碗，餵雞。她擦擦竹皮籃，從罐裡數出三十個雞蛋，掩門出來。街面已經硬了，低處仍積著一窪窪的水，像數個剛睜開的眼睛，看不出清亮還是混濁。經過羊倌圈羊的空地，幾個站著說話的女人都看楊花。羊群已經走了，趕羊的女人們捨不得散去，總要說些什麼。往常，楊花也是其中一員。一個女人問楊花幹什麼，楊花大聲說，我去村長家，他答應給秀秀說對象呢。

楊花沒有停步，她知道一旦停下，她們會有更多問題。楊花現在沒功夫和她們說。

村長女人胖墩墩的，鼻翼兩側各有幾粒雀斑，看上去總是在笑。她略顯吃驚地，不聲不響的，你這是幹啥？楊花說，村長答應給秀秀說對象呢，他沒和你說？村長女人說，他……還沒顧上，就是說也不用這樣。楊花說，也不是啥寶貝。村長操心多，我過意不去。村長女人怪楊花見外，說什麼也不要。楊花固執的很，非留下不可。說著就激動了，胸脯起伏，臉色緋紅。村長女人忙收下，但一定要給楊花兩袋奶粉。楊花不樂意，這成啥了，我不是占便宜了？村長女人笑著捶楊花一下，你這麼說，不是變著法子罵我嗎？實話告你，你這是幫我忙呢。他不吃，我呢，你也知道，這張嘴饞點兒，身邊放點兒吃的總是忍不住，你瞧瞧我吃成水桶了，這樣子不招男人待見，再胖他怕是碰都不碰我了。楊花說，村長不是那種人。村長女人說，他倒沒這個毛病，反正我沒發現，但咱也得長點心眼兒是不？不能糟蹋自己，胖也容易鬧毛病。楊花也笑了，那你就害我啊？你怕男人不待見，我還怕呢。村長女人說，你過於瘦了，也不好，好在你胸大。楊花紅了臉，越說越不要臉了。村長女人打趣，你咋像個小媳婦呢？咱兩個女人說話，怕啥？那些男人在一起，什麼都說。楊花說，怕是村長和你說的吧。村長女人嗤嗤笑著，做個打的架式。楊花溜一眼村長女人的頭，問她剛剪過頭髮？村長女人說前些日子去鎮上，順便剪了剪。楊花說，等秀秀回來，讓她給村裡的女人剪頭，省得往鎮上跑。村長女人輕聲附和，那是。似乎找不到話了，突然陷入沉默。村長女人扭過頭，馬上又扭過來，無聲地笑笑。楊花起身告辭，說不客氣了啊。村長女人又捶她一把，你的頭髮也該修修了。楊花說，我是想等秀秀，趙全非要逞能，說跟秀秀學了兩手，非要給我剪，剪成禿尾巴雞了。村長女人說，比我那口子強多了。楊花說，村長是幹大事的。村長女人呸一聲，什麼大事？不過個跑腿的。

走了這一遭，完成一件事，楊花踏實了許多。現在另一件事從心底冒出，彷彿一棵粗壯的樹，幾乎將她撐裂。她急急走回家，插了門，拽下被子，然後豎耳聽聽，似乎有擊門聲，她匆匆出去，卻什麼也沒有。楊花猶豫了，誰知道敲門聲什麼時候響起？她躊躇一會兒，拎著鏟子出了村莊。

田野溼漉漉的，不時有鳥鳴聲傳來。她不知道那些鳥在近處還是遠處，但聲音清清楚楚。甚至還有蟲鳴，唧唧的，興奮無比。牠們沒有祕密，田野也藏不住祕密。誰又能聽懂牠們的祕密呢？楊花走著，大步走著，沒有歇停，直到腿困了方轉回。

楊花早早地備好晚飯。趙全很少在縣城過夜，除非誤車。他誤過幾次，不要臉的貨。她坐那兒等趙全，準確地說，是等秀秀的消息。說不定，秀秀會跟他一塊兒回來呢。門口有響動，她趕緊出去。什麼也沒有，空空的。楊花發一會兒呆，踽踽進屋，過一會兒又往外跑。待趙全進院，楊花的腿幾乎酸了。她伸出脖子瞅趙全身後，秀秀沒回來？趙全說，生意忙，哪走得開？楊花嘟噥，我又沒讓她回來，還不興我問？趙全說我渴了，先灌點兒水。

趙全灌水，楊花在他身邊站著。喝得猛，兩條水線從嘴角流淌。然後用袖子蹭蹭，咧嘴一笑。楊花忙去弄飯，已經涼了，又熱了一遍。端上桌，她依然站著，看著趙全。

趙全問，吃過了？

楊花賭氣地說，一個人吃有什麼意思？當你呢，餓幾輩子似的。

趙全放下筷子，瞧你這性子。神色卻沒一絲責怨。

楊花問，秀秀胖了，瘦了？

趙全說，胖了。

楊花問，不是很忙嗎？

趙全說，忙不見得就瘦，胖了不過一點兒點兒。

楊花問，沒受欺負？

趙全說，你瞎操心，老闆對她好著呢，她和同伴處得也好，你還不了解秀秀？走到哪兒都不惹事。

楊花的神情便豁然了，忽然想起什麼似的，哎呀，趕緊吃飯吧。

趙全說，你不批准我不敢呀。

楊花橫他一眼，看你倒聽話。

趙全嘿嘿笑，你讓我朝東我不敢朝西。

楊花很幸福地捶他一下。

楊花問過她最關心的問題，餘下的事就可以慢慢說了。她一下想不起來。當然，趙全也會主動交代。趙全把碗舉得高高的，幾乎遮住半個臉，不像他在吃飯，倒像飯在吃他。楊花問中午沒吃？趙全把臉從碗邊拽開，說下館子了。楊花皺眉，怎麼又下館子？秀秀掙幾個錢都讓你吃了。趙全委屈地說，秀秀非拉我去。楊花埋怨，她讓你去你就去？還是你管不住自己。趙全說，你還不清楚秀秀？她拗呢。楊花說秀秀也是，掙幾個錢就燒了。趙全說她孝順呢，不過下飯館活受罪，哪有你做的飯好吃？楊花問吃的啥，趙全說豬肉燉粉條。楊花說，上次你吃的也是豬肉燉粉條。趙全似乎忘了，是嗎？……對對，我想起來了，我喜歡這個菜，油乎乎的。楊花戳穿他，還說不好吃，你就裝吧。趙全嘿嘿笑著，反正跟你的手藝差遠了。趙全也說秀秀以外的，比如車上那位姑娘，一路聽他說話，到站捨不得下車了，比如車站那個賣瓜子的，他和她閒扯幾句，她非要給他一把瓜子。趙全遇到的每一個人，都和他有親似的。

從吃飯一直說到睡覺。趙全忽然說，有個事我差點忘了，秀秀又要給我錢呢。楊花忙問，你拿了？趙全瞄她一眼，沒有，我說家裡沒當緊事，不用錢，讓她自己攢起來。楊花知道趙全會告訴她，還是沒忍住，她怎麼說？趙全說，她同意了。楊花聽見自己籲氣的聲音。趙全說，她也不小了，自己攢起來買嫁妝吧。趙全提醒了楊花，楊花說了讓村長提親的事。趙全甚是吃驚，她看不清他的臉，但覺出他的聲音有些顫，讓村長提？楊花問，你覺得不該提？趙全慢慢騰騰的，提倒沒錯，只是該問問秀秀，也許她自己搞了呢，自己搞一個更合適。楊花問，問過秀秀了？趙全說我忘了這碼事，下次去一定問她。楊花提醒，也可以跟老闆打聽打聽，她準清楚。趙全說，這也是個辦法……村長那兒，先和他說一聲，別弄出什麼事來。楊花說村長也不是三五天就能辦成，既然說了，等等也好。趙全擔心道，我是怕……忽又改口，那就不和村長說吧。

楊花嘆息一聲，悵惘夾著憧憬，也不知秀秀搞上沒有？趙全說，這孩子。楊花問，你說她要是搞上，會是啥樣的？趙全說，能是啥樣的？楊花哎一聲，怎麼我說啥你說啥？趙全突然意識到似的，是麼？……對了，你是領導麼。楊花重重的，少給我戴高帽子！楊花說，鋤完地，你去一趟蘇魯灘。她聲音很低，彷彿怕驚著什麼。她沒有明說，也無須明說。他們的兒子在那兒關著。

黑暗中，趙全伸出一隻手，在她身上摸索著。她作出回應。很快兩隻手絞在一起，緊緊的，似乎要擰成一股繩子。漸漸的，胳膊、軀體成了繩子的一部分，結實無比。

◆三

即使再過一百年，趙全仍會記得送秀秀到鎮上的那個日子。從此離家，她再也沒有回來過。

即使再過二百年，趙全也忘不了被白色單子掩蓋著的秀秀的樣子。他不相信，那怎會是他的秀秀？秀秀的臉光滑得蘋果一樣，撅嘴的時候仍撲著蝶翅般的笑，而那張臉已經不像臉了。可趙全認得她的鞋，她的腿，她的胳膊，她的頭髮，還有腕上的鐲子——趙鐵出事前給她買的。她後來想賣掉，但鐲子的銀皮磨掉了，露出紅銅的顏色。確確實實，趙全否認不了。趙全像凍僵了，久久地，不說話，不眨眼。最後是村長和老六把他架出來的。

跌入紅燦燦的日光，趙全突然號啕大哭。他融化了，淚水不是從眼睛，而是從身體每個部位往下淌。然後，他摑自己嘴巴，清脆無比。村長和老六拽他，他跳開，他們還要阻止他，他跳到花池中間。趙全一下一下掌著，原先是亂的，後來有了節奏。村長，老六，還有公安，秀秀的老闆，就那麼看著他，等他耗完力氣。

那個晚上，趙全已經冷靜下來，公安把過程說了，趙全又問了郝老闆和秀秀一同在髮廊的兩個女伴。秀秀沒什麼反常。但趙全知道秀秀受了委屈，也知她受了委屈不會說出。郝老闆對秀秀好，女伴對秀秀也好，這是秀秀親口說的。趙全不知道秀秀咋會受委屈。她把祕密帶走了。公安說，如果趙全有什麼懷疑，可以提出驗屍。趙全放棄了，秀秀已經摔成那樣，不能再給她肚上劃一刀了。趙全也沒向髮廊提出任何索賠，只領了秀秀那個月的工資。趙全不是胡攪蠻纏的人。再說，憑什麼呢？他有什麼理由？郝老闆為處理秀秀的事，已經耽誤了生意，他不能再連累人家。趙全的腦子並非死去，他當然想知道秀秀受了什麼委屈，但他不願拿這個藉口強行和別人扯上關係。

三天就把秀秀的事處理完了，趙全不敢拖拉。秀秀不在了，什麼法子也不能拽回她了。對於趙全，最重要的是如何向楊花隱瞞秀秀的消息。一個沒了，不能再把另一個毀了。兒子出事，楊花險些毀了。她驚叫一聲倒在地上，之後便瘋瘋顛顛的。住了半年精神病院，總算清醒過來。但趙全提心吊膽。楊花是個易碎的燈罩，經不住摔打。

像過去一樣，趙全每月進一趟城。趙全不讓楊花覺出哪怕一丁點兒反常。這是艱難的，心裡難過卻要裝出笑臉。趙全不是演員，現在他只能小心翼翼地演著這場危險的戲。他不知演到什麼時候，只有開場，沒有散場。不只他，村長和村民都替他扯著這個謊，整個村莊都是趙全的配角。

除了出門，除了一些祕密的事，趙全不離楊花左右。她是一棵樹，他不過是藤蔓。他防著一切意外。趙全和村長說完話回來，楊花和幾個女人在街上說話，趙全走過去，聽見楊花說，找個城裡人自然好，我擔心城裡人傲性，到時候秀秀受氣。又是對象！趙全的心隱隱作痛。一個女人說，還由她自己吧，鞋大鞋小自己清楚。楊花說，說的也是，父母代替不了她，不過是做父母的閒操心。另一個女人欲說什麼，看見趙全便打住。趙全看著她們，眼神坦坦蕩蕩，可是又含著什麼。秀秀出事，趙全突然變成話癆，總想說話。但那是在村莊以外的地方，有時和一隻鳥一隻螞蟻也能說上半天。在村裡反不大說，其實是不知該說什麼，要說的話，就像剛才，一個眼神便道盡。

趙全插入，她們便散了。去田地的路上，楊花仍在抱怨，沒見過你，女人們說會兒話，你瞎攪什麼？趙全笑，還不讓找自個兒老婆，我想了麼。楊花呸了一聲，什麼歲數了還這麼不正經？趙全嬉笑著拍她一下。她的肩胛鋒利地突起，幾乎硌手。她突然指著路邊的馬蘭花說，多好看，秀秀最喜歡蘭色的花，你下次去採幾朵帶上。趙全說，一採就糟蹋了，秀秀不高興的。楊花說，是啊，那孩子。趙全的心緊了緊，偷偷看楊花一眼，很長時間才鬆弛下來。

半上午，一個人朝他們走過來，起先以為是問路的。可很快他們認出來人是誰，那細長的脖子，那隨時爆炸的臉，做夢都躲不掉的。趙全和楊花對視一眼，不約而同地站起。趙全大步迎過去，有些慌。楊花跟在趙全身後。趙全抓住來人的手，哥，真的是你呀，你咋找到地裡了？你看，也沒個坐的地方。被稱作哥的抽出手，和趙全楊花保持著適當的距離，我不想囉嗦，長話短說吧，我要用錢。趙全臉上掠過陰影，瞬間便燦爛起來，我說過了年底前還完。被稱作哥的說，女人病了，急等用錢。他並不看趙全，而是瞧著地面，彷彿女人在地上躺著。趙全說，好說好說。

哥叫李文玉，是趙全半路認下的。當然，這是趙全一廂情願，李文玉一次也沒應過。李文玉是被兒子傷害過的那個女孩的父親。兒子被抓之後，村長出面，透過對方的村長和李文玉協商，李文玉要三萬塊錢，答應不起訴趙鐵。但趙全籌錢的日子，趙鐵被判了。私了沒起到什麼作用，不賠錢也不過判那幾年。村長後悔不迭，說可能中對方計了，讓趙全別再給錢。趙全沒聽，已經答應了的，咋能反悔呢？還有一個原因，趙全想替兒子贖罪，也是替自己贖罪。沒教養好兒子，是他的過。趙全沒籌夠錢，他打了欠條——村長沒少數落他。趙全保證，絕不賴帳。他沒有食言，一年還兩次，剩沒多少了。

趙全費盡心思，阻斷一切楊花獲得真相的可能。雖然村裡人幫他演戲，但他擔心演砸、演過火，楊花畢竟不是傻子，所以她和村裡人說話，他喜歡攙進去。雖然擔心，可總在他掌控之中。但意外時有發生，比如「哥」追上門。李文玉上門，趙全憂慮的不是索債而是楊花。趙全沒有告過李文玉秀秀的事，也不知李文玉聽說過沒有，這話不能問。萬一李文玉沒聽說，一問反而洩露。那很危險。所以，回村的路上，趙全不停地賠不是。他不想聽李文玉說啥，也怕楊花插話。

李文玉打斷趙全，你說這個沒用。顯然，他誤會了趙全的意思。

趙全愣了一下，忙說，哥放心，我不會賴帳。原來不會，現在更不會。我是覺得對不住哥，讓你大老遠跑一趟，其實，你捎個話就行。嫂子看病，我當然得籌錢。哥也甭想別的，人吃五穀雜糧，誰能不鬧毛病？我早就瞧出哥會心疼女人，嫂子嫁給哥是她的福氣呀。有你這麼個哥，也算我的福氣。

楊花突然插話，我們不會賴的。

趙全在她削突的肩胛上拍拍，補充，絕對的！

李文玉似乎被打動，說，你們是守信用的人，要不是女人鬧病，我也不會上門。他的臉依舊沒有表情，漲漲的，像裹了什麼東西。自認識李文玉，趙全就沒見他笑過。當然，李文玉沒有理由對他笑，他也沒資格要求李文玉笑。

趙全動情地說，哥呀，咱倆結交是緣分。

李文玉聲音立刻冷了，我可不稀罕這種緣分。

趙全意識到說錯話，恨不得掌臉。是啊是啊，瞧我這破嘴。見到哥高興啊，我都不知說啥好了。楊花哎，你炒幾個菜，我和哥好好喝兩盅。上次去哥家，哥非要留我吃飯，可惜我有事，不然就留下了。那次，李文玉就是隨口說說，但對於趙全，那就是留了。他敢期待李文玉拽他胳膊麼？

哥慢聲道，飯就不吃了。

趙全說，那怎麼行？餓著肚子回去，嫂子還不怪我？

總算到家。還欠李文玉兩千塊錢。要想還清，就得出去借。趙全不願楊花和李文玉待在一起，硬著頭皮和李文玉商量，能不能先給一半，餘下的一半三日內還。不等李文玉答話，楊花先說了，你出去借借，省得讓哥跑。趙全馬上說，我得給哥送去。李文玉慢慢悠悠地說，你還是少跑一趟吧。

趙全和楊花商量，他做飯，楊花出去借錢。這種事該他去，但他不敢冒險。楊花看他一眼，沒表示異議。趙全的心卻顫了顫。等楊花借回錢，趙全剛剛燒開水。楊花責備他，他檢討，只顧和哥說話了。留李文玉吃飯，趙全很矛盾，一方面他確實不想讓李文玉餓著肚子，另一方面他希望李文玉拿上錢就走，以防意外。李文玉確實打算走了，走到門口卻被楊花拽住。趙全不能阻止楊花，只好和楊花一起勸。李文玉似乎耐不住這份熱情，竟然留下。也許錢到手，他不再有顧慮。趙全暗暗叫苦，還得裝出笑臉。他沒理由責怪楊花，楊花和他一樣為兒子的錯內疚。

楊花讓趙全買酒，趙全沒有理由再支使她。出門，他撒腿飛奔。驚了一隻豬，嚇逃幾隻羊，因為躲避馬五和他的公羊，差點撞在樹上。趙全聽見有人問話，匆匆說來客了，人已經沒了影兒。進屋，趙全大喘。楊花小聲埋怨，趙全解釋，我不是怕哥晾著麼？

哥，我敬你。趙全的話匣就此打開。哥，我知道一杯酒不算個啥，可我兩口子的心意全在裡頭。我知道，你也不願意結交我，寧肯沒見過我，我明白，咱都是當父母的，只是，你坐在這兒了，別再把我當外人。錢清了，咱的關係不能清，你什麼時候想來什麼時候來。坐一坐，說說話。哥有氣，隨便跟我撒。也不用以後，現在就行，任你罵，我趙全洗盡耳朵聽。趙全明白李文玉不會再來，但趙全覺得對不起李文玉，賠多少錢心裡也有歉意，話客套了些，情意卻是真的。

你是守信用的人，李文玉反反覆覆就這一句話。趙全一分沒少給他，儘管拖了挺長時間，恐怕是李文玉沒想到的。李文玉話少也好，趙全還怕他扯長問短呢。飯快吃完，李文玉吞吞吐吐地說，那件事，我再和女人商量商量，還得看看閨女的態度。

你說的是……趙全沒聽明白。

李文玉說，和你們閨女結拜的事。

趙全的頭突地一炸。讓秀秀和那個女孩結拜姐妹是楊花的主意，李文玉女人毫不客氣，一口回絕。沒想到李文玉突然拎出這件事……看來，李文玉不清楚秀秀出事。趙全遲在那兒，不知怎麼接茬。他緊張地溜楊花一眼，楊花滿臉喜色，太好了。彷彿李文玉給了她什麼恩賜。

李文玉說，行不行還不一定呢。

楊花說，秀秀訂婚，你一定要來啊。

李文玉說，閨女找婆家了？

楊花說，正說著呢。

李文玉說，我盡量來。

楊花說，到時候讓趙全接你。

趙全忙著插話，天不早了，哥帶著錢，讓哥早點回吧。楊花這才住嘴。這個人，臨走臨走，冒出這麼句廢話。也許他酒後腦熱，可楊花會這麼想嗎？趙全憂心忡忡。

◆四

炒豆子和酸菜是必備的，其他東西隨季節定。比如這次，楊花摘了一包巧瓜瓜。是野地裡結的一種瓜，豆莢大小。趙全無須插手，她準備什麼他帶什麼。準備這些東西是楊花最快樂的時候，趙全不忍分享，更不敢打擾哼著小曲的楊花。他蹲在門檻，久久地盯著院子裡的柳樹。樹冠裡掩著一個木頭匣子，那是他在秀秀要求下給鳥準備的過冬的窩。窩還在，像一個藏著的祕密。

夜裡，楊花囑咐趙全跟秀秀拿一千塊錢，她內疚地說已經說好不花她的錢了。趙全安慰，秋天再給她就是。楊花嘆息，只能這樣，花她的錢總是不忍心。

第二天，楊花突然提出要和趙全上縣。趙全被劈了一刀，徹底劈開似的，渾身透涼，但他笑著應道，好呀。他想試探楊花。楊花馬上問，你看我穿什麼衣服？趙全當即沉了臉，你還當真呀？楊花說當然啦，我好久沒見秀秀了。趙全不悅，忘了那次的教訓了？那是楊花唯一看秀秀的一次，從未坐過客車，楊花險些吐出腸子。楊花說，忍忍就過去了。趙全說，雞呀羊呀的不管了？楊花說關一天唄。趙全當然不肯答應，但楊花似乎鐵了心，非去不可。趙全不能強行阻攔，那會讓她懷疑。他也不敢惹她生氣，任何意外都可能讓她犯病。趙全同意了，他不知道怎麼辦。他完全懵了。機械地說，機械地走，機械地笑。突然，他想起什麼，總算沒徹底昏頭。心驚膽戰地和楊花敲開村長的家門。

村長還未睡醒，打著哈欠說，要買的東西已經買了，沒什麼可捎的。趙全勸村長再想想，他和楊花一塊去，兩人帶方便。村長眼睛頓時瞪大，是麼？楊花也去？那我得想想……真是沒什麼可捎的，不過有件事我正想跟你們說。村長目光轉向楊花，關於秀秀的對象。楊花眼睛一亮，有眉目了？村長點頭，問，等你們回來，還是現在？楊花說，我現在想聽，不上縣了。趙全聽見自己的脖子咕的叫了一聲。

趙全生怕楊花追上來，一走一回頭，直到坐上車，心才算落了地兒。

每月一趟的行程，趙全是演給楊花的。當然，他也有了和郝老闆說話的機會。不是他反悔，想和郝老闆算舊帳，不是的。趙全沒懷疑過郝老闆，只想和她說說。準確地說，是想聽她和秀秀的兩個同伴說說。說說秀秀在的時候，什麼都行。趙全什麼都想聽。別看一趟趟跑，對秀秀在髮廊的事並不是很了解。

趙全出現在沒有秀秀的髮廊，郝老闆甚是吃驚，那神情似乎看到什麼奇怪的動物。僅僅那麼幾秒，她就反應過來，笑容飛揚。她很熱情，叔長叔短的。但是，趙全感覺出她的警惕和戒備。趙全意識到她誤會了，甚至為驚著她而不安。趙全解釋，他只是來看看。郝老闆立即道，歡迎叔，你隨時可以來……就當你在縣城的家吧。郝老闆眼圈紅了，扭過了頭。趙全小聲說，秀秀給你添不少麻煩。郝老闆哽咽著，叔，你別再說了。趙全怕郝老闆傷心，沒有再說。坐了一會兒，留下東西離開。趙全再去，郝老闆沒那麼吃驚，也沒那麼傷感了。她淡淡笑著，依然叔長叔短的。趙全依然說自己來看看。秀秀那兩個夥伴不在了，新來了兩個陌生面孔——後來趙全知道一個是小青，一個是小玉。郝老闆說她們嫌工資低，離開了。郝老闆說，她們心野，不像秀秀。趙全挺遺憾，那麼只能問郝老闆了。但趙全張不開嘴，擔心郝老闆誤會。和陌生人在一起是話癆，和郝老闆在一起舌頭總是僵硬。不過，他不問，相信郝老闆也會說。趙全成了髮廊的一員，來客的時候，他就坐到門口臺階上。當然，也不會呆很多久，不能誤了班車。

大約去第五趟的時候，郝老闆執意留趙全吃飯。趙全哪敢添這樣的麻煩？但郝老闆說有話對他講，他便跟郝老闆進了飯館。在那個安靜的小屋，郝老闆真誠地問趙全，是不是有什麼想法？直說就行。趙全意識到郝老闆誤會了他，一直誤會他。本來他想告訴她，想聽她說秀秀的事，可面對嚴肅的郝老闆，他藏起了自己的真實意圖。怕她多心，她已經多心了。趙全說自己只是坐坐，要是影響她的生意，他以後就不打擾了。郝老闆似乎鬆了口氣，說不是那意思，是覺得叔有什麼想法，憋在肚裡難受，既然沒有，她就不用操心了，叔隨時可以來，叔隨時把這兒當成自己的家。隨後，郝老闆話題一轉，說有件事她猶豫了很久，不知該不該對趙全說，也因為她不是很清楚，但這幾天反覆琢磨，還是對趙全說說。郝老闆說秀秀處過一個對象，他只來過髮廊一次，她知道他姓喬，至於名字和別的情況她不清楚。趙全眼睛放亮，郝老闆終於說了。這個他不知道，秀秀沒透露過。這閨女！趙全掩住激動，問，秀秀出事和他有關？郝老闆馬上道，我可不敢亂說，我沒證據，秀秀出事前一個月，她和那個喬什麼不來往了。趙全問那個喬什麼再沒來過？郝老闆搖頭。郝老闆說就她猜測，未必和喬什麼有關，當時的情景很多人都看見了，秀秀沒說過什麼。所以一直沒對趙全講。趙全說如果喬什麼再來，郝老闆一定替他問問，郝老闆答應了。這樣，趙全縣城之旅又有了一項任務。秀秀不是被人推的，是自己跳的，沒留一句話，一個字，趙全沒理由和喬什麼算帳，他只想問問秀秀受了什麼委屈，秀秀的委屈是不是和他有關。

喬什麼一直沒有音訊。郝老闆說可能去了外地，也可能本來就是外地的，就是還在縣城，碰見的可能性也不大，畢竟七八萬人呢。更要命的是，她沒記清他的模樣，只有個大概印象，也許見了面還認不出他。趙全依舊抱著希望，萬一喬什麼再來呢？萬一郝老闆一眼認出他呢？就算沒這個喬什麼，趙全一樣要進城。他不是趙全唯一的目的。

趙全像過去一樣歉意地笑著，和郝老闆打過招呼。那個喬什麼依然沒影兒。趙全並沒感到深深的失望，彷彿是他預料中的，彷彿他來就是為了證實喬什麼沒有消息的。郝老闆只留下酸菜和野菜，她解釋，牙不行，咬不動豆子。趙全給小青和小玉，她們說吃不慣。來的路上，趙全盤算和郝老闆借一千塊錢，好向楊花交差。進了髮廊，趙全說不出口。突然借錢，郝老闆會怎麼想？思量半天，終是沒提。和郝老闆借錢是錯誤的。

趙全凝望著鐵塔，鐵塔也在凝視他。有那麼一刻，趙全覺得鐵塔的眼睛裡要淌出東西了。一聲刺耳的喇叭響過，趙全看不到了。他掏出豆子坐下。賣麵皮的女人不知為什麼沒來。借錢！這是個當緊任務。借不上錢，沒法和楊花圓謊。除去郝老闆，只有老六那兒可以試試。老六幾年前就離開村子了，據說在縣城東關開澡堂。老六有了錢，蹬了原來的媳婦，娶了個大閨女。趙全沒找過老六，秀秀出事趙全也沒找他，他是村長叫去的。老六勸趙全和郝老闆鬧，說無理也能攪出三分，趙全沒聽他的。但趙全如果去借錢，老六大約不會駁面子，老六其實是個挺義氣的人。借，還是不借？趙全拿不定主意。

趙全還是去了縣城東關。哄住楊花是最重要的，任何關節都不能出錯。豆子沒賣掉，趙全打算送給老六。一路打問，趙全一步步走近老六的澡堂。快到門口，突然從腦裡拽出一個人。這個人在鎮上，是趙全的遠房親戚。咋就忘了他呢？但總算想起來了。趙全毅然折返。和老六沒什麼過節，但趙全不想跟老六張口，就這麼簡單。

沒想到誤車了。趙全幾乎是跑到車站的，還是誤了。趙全喘息未定，大聲叫，咋就走了呢？咋就走了呢？隔著玻璃，售票員似乎沒聽見他的話。他偏了頭，耳朵扣在窗臺，這樣嘴巴就對準那個槽，咋就走了呢？我有事呀。售票員說明天吧，沒車了。她並不看他，他只能看見她半個臉。但他突然覺得那半個臉上的某種神情像極了秀秀。他貼在那兒，呆呆地看著，直到她離開，他的目光仍在空椅子上盤桓。不是她的錯，他不該衝她嚷，他懊悔地想。他確實急了，誤了車，楊花會擔心。怎麼說也沒用了，只能找個旅店住下。

時間像藏在海綿裡的水，剛才還沒蹤沒影兒的，這麼一擰一拐，便滴滴噠噠地淌了。閒下來，趙全心裡發空，三轉兩轉，到了髮廊門口。人不少，趙全沒進去。來回走了幾遭，趙全踱到對面，髮廊置於目光籠罩之中。這是個讓人難過又讓人親切的地方。髮廊兩邊是服裝店，食品店，文具店，還有一個賣成人用品的。趙全進去過，和楊花一起來的那次。秀秀要陪他們，他沒讓。他領楊花挨個兒進，冒冒失失闖進成人用品店。楊花羞壞了，板著臉警告他不准告訴秀秀。還用她說？那是他和楊花的祕密，自然要瞞著秀秀。現在他有更大的祕密，要瞞楊花。每個人都有祕密，世界就是這些祕密組在一起的。當然，趙全寧可不要祕密，可是不由他。沒有祕密，世界怕就不成世界了。

從這個角度望過去，趙全發現那些店鋪，包括郝老闆的髮廊和那個成人用品店，是很容易分清的。它們的面孔不一樣，就像一個人，總有一些部位能區分開，要麼是嘴巴，要麼是眼睛。有些店鋪牌匾上還畫著人或人頭。趙全的心猛地一動。

郝老闆什麼時候走到身邊的，趙全竟然不知道。他的目光化在了牌匾裡。不等郝老闆問，趙全忙著解釋沒回的原因。郝老闆問趙全站這兒幹啥，趙全不自然地笑笑，不幹啥。郝老闆不大高興，叔還是把我當外人，怎麼不去找我？趙全忙說，我見人挺多。郝老闆說現在沒人了，你和我過去。趙全暖暖的，郝老闆一直扶著他的胳膊。

郝老闆把趙全帶到二樓。二樓有兩間小屋，其中一間秀秀住過。收拾秀秀的東西時，趙全來過。郝老闆打開電視，說一會兒帶趙全出去吃飯。趙全一聽，當即就要離開。能不添麻煩就不添，這是趙全的原則。說到底，郝老闆跟他沒有任何關係，憑什麼讓郝老闆管他飯？郝老闆堵著門說，往常我聽你的，今天必須聽我的，你要是離開，我不再留你的酸菜。趙全不安地說，那算啥呢？那算啥呢？郝老闆說，就這樣了。郝老闆看出趙全眼裡有話，讓他別把她當外人，直說。趙全拐些彎兒，還是說清楚了。郝老闆盯住趙全，叔要幹啥？趙全說，我尋思著，也許我能碰見他，碰不見也沒關係，我主要想看看秀秀看上的人什麼樣兒。郝老闆為難地說，我真記不清他的樣子，再說，我也不會畫啊。趙全說，那就算了，也不重要，就當我沒說。郝老闆沉吟半晌，我試試吧。趙全忙說，真的不打緊。郝老闆笑笑，沒關係。

這間小屋不是秀秀住過的。趙全悄悄走到另一間，輕輕一碰，門居然開了。他站在門口掃視，屋內的擺設和秀秀沒一點兒關係了。趙全嗅著鼻子，其實不嗅也聞出來的，味道很重，但那是陌生的。

◆ 五

走在街上，楊花才意識到她纏了村長老半天。她囉嗦了。當然也不完全是她囉嗦，而是村長的話含混了些。那個人村長並不認識，是他托別人介紹的。村長不知對方姓氏，高矮胖瘦，只說年齡與秀秀相仿，性格還說的過去。說的過去是什麼意思？暴躁但不打人，還是善良但有些懶？家庭怎樣？有無兄弟姐妹？父母的性格也要說得過去。楊花提出一個個問題，村長一個個回答，往往他尚未說完，楊花已經想起另一個更重要的問題。村長撓頭皮了，說莫非把祖宗三代都搞清楚？沒這個必要嘛。楊花嚴肅地說，這是給秀秀說對象，她不敢馬虎。她馬上又給村長賠笑，讓村長再打聽打聽，如果合適，適當機會見個面，秀秀暫時回不來，她可以代秀秀相相。村長答應了，但不是那麼痛快。說媒是個大人情，楊花想，要正式請村長吃個飯才是。

村長終究也沒說清楚，那個後生模模糊糊的，只是個影子。奇怪的是，離開村長後，那個影子竟漸漸清晰起來。個兒頭，五官，她甚至瞥見他臉上的笑——他肯定對秀秀滿意，他沒有理由不滿意。嘴巴稜角分明，似乎有點固執，但不像聽不進勸告，還說得過去。村長的判斷是對的。那麼，村長說清了，是她沒聽清？楊花對自己的死纏爛打不好意思。

楊花看見幾個女人在那邊站著，便朝她們走去。楊花心裡揣著一個祕密，驚人的祕密。那是屬於她自己的，她不想讓任何人知道。她願意一個人咀嚼，一個人承受。但有些事，楊花憋不住。比如秀秀準備找對象，她不想藏著掩著。很容易地，楊花攬過話頭兒。說完問，條件咋樣？一個女人說，挺好的啊，差了配不上。楊花面露得意，村長用了心的。對方附和，是啊，村長這麼忙。楊花說，我就這麼一個閨女，不能委屈她，我這關過了，再過她那關。另一個女人問，男的做什麼的？楊花突然傻了，村長沒說是幹什麼的，她問那麼多，竟然忘了問村長這個問題。楊花漲了臉，說真要命。問話那個女人慌了，像犯了什麼錯誤。另一個女人說，做什麼並不重要，人性好就行，找個老闆還怕降服不住呢。先前問話那個女人趕忙附和，就是就是。楊花說，不行，我得問問。介紹對象，哪能連幹什麼都不清楚？

村長已經不在，女人說他去鎮上了。楊花追出村，迫不及待。哪裡還有村長影子？楊花寡寡地站了一會兒，低頭回來。楊花心有些亂，有些躁。那種感覺又來了，她不知該幹什麼。她插了門，打開，然後再插住，再打開。往返數次，力氣耗得差不多了，但仍然靜不下來。

楊花想去田野走走，她必須去田野走走。楊花穿過主街，懶漢馬五趕著他的公羊從斜街過來。馬五放羊晚，要不咋叫他懶漢呢？雖然懶，但那隻公羊一直是他自己放。

馬五對楊花點頭，他不大愛說話，懦懦弱弱的，女人跟人跑了，他的話更少了。楊花對馬五笑笑……像一朵花還未展開，突然間凝固。

那隻公羊發瘋似地衝過來。

楊花嚇傻了，又似乎有點點明白，公羊衝她來了。但她不知怎麼辦，眼瞅著一團白，一對褐色的角風似地刮到近前。

馬五也呆了，公羊抵倒楊花，楊花發出尖叫，他明白過來，奔過去，喝叫著拽開公羊。

楊花哎喲著淌出眼淚，抑或眼淚淌出才哎喲的。楊花不是嬌嫩的人，她不想哎喲哎喲的，更不想在大街上抹淚，一副訛人的樣子。可她止不住，結果不止還好，一止反而變成號啕，眼淚如洪水決堤。彷彿她是個水包，本來扎個小眼兒，結果沒堵住，反捅成大窟窿。

楊花的號哭引出兩個婦女、三個老人和一個孩子。她們勸著楊花，數落著馬五。馬五手足無措，一聲不吭。那隻公羊若無其事地站著，剛發過瘋，此刻異常老實。

兩個女人要拽楊花，但拽不動。楊花像一棵樹，樹身雖小，樹根卻扎得深。哭聲漸弱，終於停止。楊花甩開旁人，自己爬起來。她們問她傷著哪兒了，她說沒事，沒事了。並略帶羞澀地解釋，主要是嚇壞了。

楊花哎喲和號啕時並未覺出疼痛，回家，隱隱的痛感才輻射出來。她解開衣服，看到腹部和大腿一側現出淺淺的青痕，東一朵西一朵，像飛累的蝴蝶。這點兒傷不算啥，真的不算啥，哪年割地不割破幾次手？楊花的胸不再鼓漲漲的了，也沒了慌慌的感覺。她很清楚自己該幹什麼，不該幹什麼，先幹什麼，後幹什麼。她根本沒提醒自己，但已經抓起鞋墊。那是給秀秀繡的，楊花剛剛學會，她手指粗，顯得笨拙而吃力。楊花心醉神迷，又忐忑不安，怕秀秀不喜歡。如果秀秀有時間，楊花也不會替她繡，給別人幹活身不由己啊。楊花還打算給兒子繡兩副，這個禍啊！她悄悄嘆息一聲。

黃昏，楊花去了村長家。她一直惦記著呢。村長似乎累了，半躺著，胳膊支在枕頭上，手托著頭……突然彈起，似乎楊花驚了他。楊花說村長你躺著，我問句話就走。村長說是問那個後生啊？是個開車的，我咋就忘了呢？楊花問，開什麼車？是轎車，貨車，還是四輪車？村長沉吟道，開什麼車並不重要，關鍵是他有這個技術，什麼車也不能開一輩子是不？我初步摸摸，完了再碰頭。村長話一拐，問楊花被公羊撞的經過。楊花說不礙事。村長氣乎乎地罵，這個馬五，我回頭收拾他。楊花忙說，真的不礙事，是羊撞的，又不是他撞的，可別難為他。村長說，既然你求情，我就饒他一回。

楊花慢騰騰的，左盼右顧，盼著撞見個人。街上竟然空空的，快到家時，卻見一個人站在門口，賊頭賊腦往院裡瞅。楊花認出馬五，大喊一聲。馬五嚇一大跳，說話也結巴了，回……來了？楊花解釋，我去村長家了。她打開門，馬五卻不進。

楊花奇怪地看著他，馬五似乎顧忌什麼，猶猶豫豫的。楊花催促，進呀，站這兒幹啥？

馬五說，我不進去了。

楊花問，有事？……有事就說呀，瞧你這個人。

馬五說，我看看你撞壞沒有？

楊花撇撇嘴，我又不是玻璃娃娃。她活動一下胳膊，瞧，啥都好好的。

馬五說，牠沒撞過人，我不知牠咋個啦。

楊花說，可能是我惹惱了牠，牠沒事吧？

馬五顯然生公羊的氣，牠能有什麼事？那龜孫！

楊花說，沒事就好。

馬五證實楊花無礙，轉身欲走。楊花忽然想起什麼，把他叫住。馬五聲音慌慌的，咋？

楊花說，村長給秀秀介紹了對象。

馬五依然驚愕著，啊……啊……

楊花一字一頓，是個開車的。

馬五沒那麼驚了，但也只是哦了一聲。
楊花問，你說開車的好不？
馬五說，好。
得到楊花許可後，馬五才離去。馬五的樣子似乎欠了楊花多大的帳，楊花忍不住想笑。這個馬五，膽子還不如一隻羊呢。

楊花把飯菜熱了兩遍，仍然沒聽見趙全的腳步。早該回來了啊，楊花靜靜地聽一會兒，又去門口站了一會兒。終於沒忍住，她踩著夜色來到村口。一團團黑色棉包堆在不遠處，目光無法扎透。但她善聽，她相信就算趙全在一裡之外，她也能聽得到。她靜靜地立著，捕捉著遠方的聲響。幾隻蟲子在叫，在夜色的掩護下，牠們膽子壯了許多，都有些放肆了。一對鳥嘰咕著，準是嘮叨那點兒家事，就像她和趙全一樣。聽不到別的……還是聽不到。楊花怏怏返回，趙全說他沒回來就是誤車了，楊花還是胡亂猜測半天。繡鞋墊時，連扎兩次手。儘管知道趙全不回來了，楊花繡一會兒，總要停下來聽聽。是不是秀秀……這樣的念頭一閃，楊花馬上掐滅。但仍然驚恐不已，為了懲罰自己，她照拇指肚扎了一下。一滴血珠冒出，繼而洇開。楊花清醒許多，也輕快了許多。她的秀秀現在正香香地睡著呢。

清早，楊花開門，見門柵上吊了一個包。楊花呆了片刻，抖抖擻擻摘下來。她還沒遇到過呢，有些緊張。包用尼龍繩繫著，很緊，楊花半天才打開。外面一層塑膠紙，裡面是塑膠袋。原來是紅糖。楊花想想，抿嘴笑了。她猜出了是誰。

把該幹的幹完，楊花拎著紅糖去找馬五。馬五剛剛爬起來，眼角糊著什麼東西，睜不開的樣子，看見楊花，眼睛頓時撐開。楊花揚揚包，你掛的吧？馬五道，你說什麼？沒有啊。楊花說，別賴，我知道是你，你什麼意思嘛？馬五說，我不明白，真的沒有。楊花哼哼鼻子，咱倆去小賣部對對質？馬五撓撓脖子，承認了，沒啥好的，你補補。楊花責備，你這樣做不好，好像我訛你。馬五忙說，我是自願的。楊花沉下臉，不要再說了，你要麼退了，要麼留著自己喝。馬五說，不過是點兒糖。楊花說，你還想送我什麼？把你的羊送我？送我我也不敢要。馬五不吭聲兒了，垂手立著，似乎隨時等候楊花差遣。

楊花扭頭尋視……目光定在耳房門口。擋著一個車軲轆，公羊一定在那兒圈著。楊花往過走，馬五搶在楊花前面守住門口，萬分緊張。楊花說，我不會和牠算帳，你緊張啥？她撥開馬五，馬五讓她小心，她哼道，又不是老虎。公羊慢慢踱過來，傲然地和楊花對視著。盤在頭頂的犄角如霸道的皇冠，藍色的眼睛湖水一樣深，楊花感覺自己隨時會被吸進去，不，她正飛起來，正向那一汪藍色滑翔。咕咕聲突然把楊花拽回地面，公羊走開，在牆角嗅著什麼。楊花又聽見咕咕聲，從馬五肚裡傳出來的。楊花說，你還沒吃飯吧，我給你做。馬五慌道，不行，不用。楊花笑笑，沒理他，如公羊一樣霸道。

屋子灰天撲地的，鍋臺上丟著一把禿掃帚，一團又乾又硬的抹布，鍋蓋黑得沒了顏色，或者說那是比黑還黑的顏色。不知幾天的碗筷沒洗，你不理我我不理你地躺著。楊花平時和馬五打交道少，只知馬五懶，沒想到馬五這麼懶，超出她的想像。那隻公羊把楊花和馬五連繫在一起，還有馬五的紅糖。來先楊花沒打算給馬五做飯，突然冒出來的。忙活中間，她又想，馬五得有個人幫幫，這叫什麼日子？她已經想到別的。馬五漲著臉，說著連自己也聽不清的話，不知是阻攔楊花，還是想給楊花打下手。楊花邊幹邊嘮叨，好像她是這個家的主人，她出幾天門，他竟折騰成這樣。她是惱火的，但惱火中又夾著遷就和無奈。

馬五怕是幾年沒吃過這麼香的飯了，他不忍吃，吃一口停停，停停再吃一口。他不敢直視楊花，但時時注意著楊花，眼角處不時飛出一隻驚蛾。楊花說，你甭挑剔，這麼多年趙全都沒挑剔過我。碗邊蹦出一個字，好！楊花說好不好就這樣啦，……你這屋裡，她摸摸炕角的被子。馬五依舊要攔，被她打開，莫非被子裡裹著女人？被子幾年沒拆洗了，又髒又破，被頭油光閃亮，幾乎照人。楊花差點兒落淚，馬五啊，你咋作踐自個兒？她說先給馬五拆洗一床，抽空兒再拆洗剩下的。馬五依然不讓，楊花氣乎乎的，你以為我真心疼你？我是心疼被子！

◆六

像過去的夜晚一樣，燈光軟綿綿地爬行，拖出些模模糊糊的影子。但這個夜晚又是特別的，因為趙全看過秀秀。他們說話。比平時多得多的話。白天已經說過，可夜晚會有新的話題。當然也重複，他們沒覺出來，大約忘記了，也許是故意重複，就像吃飯一樣，多嚼幾遍沒什麼不好。他們的話沒順序，說這個的中間，突然跑到另一個身上，說著說著又跑回來。並未跑遠，嘴上沒繫繩子，但心裡繫著，牢牢的。

楊花催促，你倒是說啊，那個後生咋樣？

趙全說，你看著好就行。

楊花說，什麼叫我看著好，秀秀看著好才行。

趙全說，那就問秀秀，別急，萬一她自己搞上了呢。

楊花責備，你跑了一趟，還住一夜，咋不問問？

趙全自責，我這豬記性，一天不如一天，下次去一定問她。
楊花說，不是豬記性，你是豬嘴，光顧吃了。
趙全說，是啊，我不想去飯館吃，秀秀不行麼。秀秀說每次吃豬肉燉粉條，這次吃豬肉燉蘿蔔吧。
誰想耽誤那麼大工夫呢，瞧瞧，我嘴都燙出泡了。
楊花撲哧一笑，沒出息，虧得自個兒閨女，別人還不笑掉大牙？
趙全說，除了秀秀，也沒人請我啊。
楊花說，咱請村長吃頓飯吧，他可沒少操心。
趙全說，我也是這個想法。
楊花說，那就明天？
趙全說，還得看村長時間，早一天晚一天無所謂。
楊花哼了一聲，我就知道你沒放在心上。
趙全爭辯，我咋沒放心上？這是秀秀的事。
楊花抿嘴一笑，瞧你急得像個公羊。
趙全問，誰是公羊？
楊花說，你！
趙全說，公羊就公羊吧。還疼不了？我瞅瞅。
楊花不耐煩了，你不是剛看過嗎？
趙全說，再看看。

楊花沉了臉，不行，不許再看。
趙全說，那就一會兒再看。
楊花飛快地瞪他一眼，想得美。
趙全嘿嘿笑。
楊花說，我還打算給他刷刷家。
趙全說，公羊撞了你，你倒幫起人家了，又拆被子又刷家的。
楊花說，你不知道馬五家是什麼樣子啊……你不會不同意吧？
趙全說，我不同意也攔不住啊。
楊花說，你不同意，我就不幫他。
趙全說，拆也拆了，洗也洗了，還說不幫？
楊花說，明兒送回去。
趙全說，算了吧，馬五也可憐。
楊花說，我就知道你會同意。
趙全說，還是你厲害。
楊花突然問，你和秀秀拿錢，她沒說啥？
趙全說，她是你閨女，她能說啥？
楊花說，本來讓她自己存了，現在又和她要，當父母的說話不算數。
趙全說，秀秀可沒你這麼多心，她高興著呢。她掙錢了麼，不然咋請我下館子。

楊花說，你就記住下館子！吃那麼多豬肉燉粉條，又吃豬肉燉蘿蔔，也不見長膘，瘦得筋都崩起來了。

趙全嘆息，我也納悶呢，吃了白吃，下回不吃了。

楊花問，能管住？

趙全說，我一定管住，就是秀秀五花大綁，我也不去了。

楊花似乎不信，看你倒堅決。

趙全說，我說到做到。

楊花說，算了吧，秀秀讓你去，你就去，要不秀秀難受呢。

趙全說，這可是你說的。

楊花責怪，我就知道你裝。

趙全被瞧破，不好意思地笑了。

楊花問，秀秀瘦沒？

趙全說，不是說過了嗎？

楊花說，我忘了，還不興我忘？

趙全說，她們伙食不錯，能瘦？秀秀都要減肥了。

楊花瞪大眼，真的？

趙全說，要是一直胖，可不得減麼？

楊花說，可別再胖了，她們老闆真好。

趙全附和，我也覺得好。
楊花說，下次給她帶點兒什麼吧。
趙全說，那些就夠了，人家什麼也不缺。
楊花想想說，我給她繡副鞋墊吧，城裡人興許稀罕。
趙全說，誰知道呢。
楊花說，你看我給秀秀繡的鞋墊咋樣？
趙全端詳一會兒說，不錯。
楊花來了興致，猜猜我繡的啥？
趙全偏著頭，好像是鳥吧？
楊花說，說準確點兒。
趙全說，老鷹？
楊花搖頭。
趙全說，燕子？
楊花說，燕子有這麼大嗎？
趙全撓頭了，那是什麼？你剛繡個樣子，不好猜麼。
楊花說，我給秀秀繡的，你猜不出來？
趙全說，我想想。
楊花提醒，水上游的。

趙全大叫，鴨子！

楊花罵，你笨死了，誰繡鴨子呀，你再瞧瞧，一對一對的。

趙全恍悟，鴛鴦？！

楊花長籲一口氣，老天爺呀。

趙全嘿嘿著，我沒想到麼，我記住了。你還會繡鴛鴦，能耐見長啊。

楊花說，誰當你呢。

趙全說，沒有你，我就變成馬五了。

楊花問，你說嫂子的病要緊不？

趙全說，我想沒大問題吧。

楊花嘆息，一家有一家的難，想起哥一家，我就想起鐵子，那個禍呀。

趙全說，是啊，是啊。

楊花的目光仰起來，望著某個遙遠的地方，他……他們現在也該睡了吧？

趙全說，他們準時準點兒。

楊花說，但願他出來多一點兒出息。

趙全說，從那個地方出來，都會變好。

楊花說，是不是看他的次數少了點兒？

趙全說，太遠，不容易呀，裡面又有規定。末了補充，鋤完地我就去。

楊花說，我也想去。

趙全說，算了吧，還嫌不亂？

楊花問，我咋連車也不能坐呢？

趙全說，那就甭坐。

楊花說，秀秀也該睡了。

趙全說，早睡了。

楊花問，咱也睡？

趙全說，睡吧，我睏了。

楊花說，你先睡，我再繡一會兒。

趙全說，一塊兒睡吧。

……

◆七

楊花對秀秀的婚事幾近痴迷。她逢人就告，掏心地徵求人家的看法。趙全埋怨她八字沒一撇，不該弄得沸沸揚揚，秀秀知道會不高興。趙全不願抬出秀秀，那讓他難受，可不提秀秀，就阻止不了楊花。誰知她還會做出什麼事來？趙全很矛盾，楊花牽掛秀秀，證明他演得不錯，她被隔在真相之外，這正是他要的。可楊花如此上心，他又緊張，他無法預料謊言戳穿的後果。那個謊分明是一輛馬車，原本在趙全掌握之中，現在時時有失控的危險。趙全不能讓馬車停下，那會更糟。唯一可行的是給楊花噴冷水，適當的冷水。絕不能澆滅她。

楊花老實了兩天。在外不說，回家也不提了。這就有點過了，過得令趙全陌生。趙全裝著無意中想起，說秀秀的某件事，秀秀的名字再次掛在楊花嘴邊。斷裂的地方彌合住，趙全籲口氣。楊花的熱情很快瘋漲起來，她掐算著趙全上縣的日子，以求證秀秀是否搞了對象。又一個晚上，她忽然提出想看看那個後生，離這兒幾十裡地，步行去就可以。楊花說眼見為實，過不了她這關，就沒有和秀秀說的必要。趙全勸不住，只好說一兩天陪她去。

第二天就要去看後生，晚上，兩個做著必要的準備：衣服總得換換，不能給秀秀丟臉。村長來了。楊花又是倒水又是遞菸。村長沒喝水沒接菸，甚至坐都不坐。他說有個事要告訴他們，不大好意思，但必須說。繞了半天，村長也沒說是什麼事，趙全和楊花緊緊盯著村長。還沒見過村長不安的樣子。趙全催問到底怎麼了，村長說那個事不成了，他托的人沒搞清，那個後生自己搞了對象，家裡先前一直不知道，今兒剛遞過話，他才急著趕來。趙全悄悄看楊花，楊花臉色泛青，像突然挨了巴掌。村長檢討，怪我，該搞清再和你們說，不過，也不打緊吧，我再打問就是，這回一定小心。趙全說，不打緊，秀秀又不是找不出去，說不定她也搞了呢，現在的年輕人沒準兒。村長說，當然有可能。半晌，楊花方問，肯定了？村長說肯定。楊花說，咱不能拆開人家，都這樣了，也拆不開，還得麻煩村長操心。村長說我肯定記著，這種事急不得，慢慢來吧。村長和趙全交換個眼神，匆匆走了。

空氣似乎凝固了。趙全呼吸困難，水杯都抓不住。那是楊花給村長倒的水，茶葉還在水面浮著。終於抓住。趙全喝水的聲音異常響亮，嗤的一聲。叫聲好燙。空氣稀哩嘩啦地裂開。楊花的臉動了一下，趙全的目光始終沒離開她。趙全終於喘上氣。楊花望著趙全，咋這樣呢？咋這樣呢？村長咋不搞清楚呢？趙全說，這不怪村長，是他托的人沒搞清楚。楊花說，我都和人說了，這可咋辦？趙全說，這有什麼？你當是秀秀讓人踹了？楊花欲言又止，趙全說，你多心了。楊花責怪趙全，說請村長吃飯，遲遲不兌現。趙全說，我問過了麼，他沒時間。楊花說，讓他定呀，我不信他比鎮長還忙。趙全說，吃不吃飯是次要的，村長是衝你的飯來的？再說也沒啥大不了，瞧你那樣，好像秀秀嫁不出去似的，咱秀秀啥條件？什麼樣的找不上？就算那個後生同意，我答應不答應還不一定呢。楊花說，說的也是，秀秀又不是嫁不出去，司機有什麼好？家裡照顧不上，出門在外還得替他操心。趙全問，不生氣了？楊花白他一眼，我生什麼氣？趙全說，沒見你那樣啊，村長都讓你嚇住了。楊花問，真的？趙全嘻嘻一笑，逗你呢。楊花不踏實，我沒說什麼吧？村長會不會生氣？趙全說，你沒說啥，村長更不會生氣。楊花警告，可不許把這事告訴秀秀啊。趙全說，不會，這是咱倆的祕密麼。楊花呸了一聲，才不和你有祕密呢。臉上飛起一抹紅暈。

趙全大笑起來。笑聲總能掩蓋些什麼。

一個危機過去，另一個危機悄悄來臨。

楊花念叨嫂子的病，趙全已經有預感。果然，僅僅隔了一天，楊花說想去看看嫂子。趙全勸她還是別去，錢清了，人家也不歡迎他們去。楊花的語氣帶著明顯的質問，還清錢就什麼都清了？趙全一時語塞。不錯，欠人家的，欠人家女孩兒的，那是一筆難以算清的帳。沉吟一會兒，趙全說，鐵子進去了，咱們也賠了錢，那還要怎樣？楊花說，正因為還清錢，咱們更該去看看。趙全說，人家不希望咱們去，這你心裡清楚，咱們去只能添堵。楊花抱著期待，興許多去幾次就不一樣了。趙全沒點頭。他懊悔自己早該去一趟，他去一趟，也許楊花就不提了。還清錢，他並沒有輕鬆多少，心底始終拴著一個結。但他不去，確實是替李文玉一家著想。可是，他忽略了楊花。

楊花再次提出，趙全只好說他一個人去就行。他怕李文玉女人再給難堪，但最怕的不是這個。楊花和趙全爭執，趙全妥協了。有些事，只能妥協。

離李文玉的村子有幾十裡，天一放亮兩人就上路了。別看不是很遠，那個村子出了省界，不好走。遇一段能騎自行車，遇一段坑坑窪窪，隨時可能崴腳。誰能想到呢？趙全會和那個村子，和這條路扯上關係，難以擺脫的關係。不，還有秀秀。趙全的心突然縮緊。

趙全第一次帶楊花去，拎了大大小小的包，結果剛放下便被李文玉女人扔出來。杏罐頭摔裂，湯流得到處都是，芙蓉糕東一塊西一塊。楊花蹲下撿那些芙蓉糕，趙全心痛欲裂。李文玉女人豎在那兒，言語如刀。趙全真怕楊花受不了，她可出院不久啊。但楊花挺住了，她漲著臉，但眼裡始終漾著討好的笑。第二次，依然帶了東西，李文玉女人倒是沒扔，但沒好臉色。楊花依然賠不是，兩人等李文玉女人數落夠，餓著肚子離開。第三次去，李文玉和女人態度和緩了些，就是那一次，楊花提出結拜，結果惹惱李文玉女人，被趕出來。

趙全囑咐楊花不要再提結拜的事，楊花反問，為啥？趙全說，那天哥喝多了，隨口亂說，當不得真，你說會讓他難堪。就是他們提出來，也得問問秀秀再說，咱不能做秀秀的主。楊花不情願地唔一聲，趙全的心便懸了。

李文玉兩口子很是意外，特別是女人，厚厚的疑惑堵在眼裡，眼睛撐得大大的。獲知趙全和楊花的來意，那厚厚的東西慢慢散去。但李文玉兩口子還是你看我一眼，我看你一眼，似乎趙全和楊花把他們搞懵了。半晌，李文玉女人才說，大老遠的跑啥？我早就好了。李文玉附和，是啊，沒事了。家裡是女人當家，趙全第一次來就看出來了。一個動作一個眼神都有內容。李文玉女人張羅倒水，卻找不著茶葉。楊花推著李文玉女人，幾乎霸道地把李文玉女人推到炕上。楊花不讓她動，說病剛好，好好養著。李文玉女人只好不動，她有幾分彆扭，幾分尷尬，彷彿為了掩飾，她責怪李文玉，說我不過個頭疼腦熱，他急得好像我咋了似的。楊花說，哥心疼你啊。李文玉女人不買帳，瞎心疼！

楊花和李文玉女人就這樣聊起來。沒了戒備和敵意，女人們找話題並不費事。楊花神色飛揚，趙全知她此時的心情。楊花和趙全心上都墜著重石，不同的是，她那塊更重。謝天謝地，重石卸掉了。仇恨發了芽，終是枯死。趙全和李文玉閒聊，但沒有兩個女人那麼熱絡。她倆是主角，他倆是配角。他倆心知肚明。即使和李文玉說話，趙全一隻耳朵也豎著，隨時捕捉著。楊花突然問，閨女不在？就像正在演奏的三弦，砰地綳斷，樂曲驟停。趙全知道楊花想和那個女孩說說話，但未能如願，女孩始終躲著。她以為現在行了。片刻的冷場。楊花慌慌地看著趙全，趙全說，讓嫂子歇著吧。告別是最好的選擇。李文玉女人緩過神色，要留趙全和楊花吃飯，而且很堅決。趙全喘過氣兒，楊花捅了傷口，好在沒捅破。趙全還猶豫，楊花已經答應。她說，嫂子好好待著，我給你們做飯，讓嫂子嘗嘗我的一窩絲。趙全還能說什麼？他拉著李文玉，沒讓他買酒。

一窩絲楊花最拿手，李文玉兩口子讚不絕口。楊花說，我家秀秀最愛吃我烙的餅。趙全心驚肉跳。他不能阻止楊花說話，更不能阻止她提秀秀。李文玉女人自貶，我不行，我做的飯不好吃，他們誰都不愛吃。李文玉女人溫婉地用了他們。楊花說，有時間讓哥帶你來，我教你。李文玉女人搖頭，我學不會的，笨。楊花說，放心，我保你會，你多呆兩天，咱倆也說說話。李文玉女人說，到時候看吧。算是一種許諾吧。楊花卻咬住，到時候哥沒時間，讓趙全接你。趙全說，是啊是啊。李文玉女人笑笑。

告別，楊花又叮囑，一定去啊，我等你。

李文玉女人說，三天兩頭鬧病，哪兒都懶得去。

楊花說，轉轉也好啊。

李文玉女人再次笑笑。

趙全催促，走吧，嫂子累了。

李文玉女人說，不要緊的。

楊花說，你不去，我來看你。

李文玉女人忙說，大老遠的，千萬別跑了。

李文玉附和，對，別跑了。

楊花彷彿意識到忽視了李文玉，於是轉過臉，哥，你得去啊，秀秀訂婚，你一定要去。彷彿怕他和女人一樣推拒，補充道，你答應了的。

趙全頭皮又是一麻，上次李文玉答應了許多。

李文玉看女人一眼，說，到時……到時看情況。

趙全大聲說，不給你們添麻煩了，我倆走了。趙全看著李文玉兩口子，話是衝著楊花的。

楊花欲說什麼，趙全扯她一下，用更大的聲音說，走了啊。

八

即使秀秀在的時候，趙全也不是很在意自己的穿著，除非楊花提醒。不管他什麼形象，都是秀秀的父親。即使秀秀在的時候，趙全也極少在縣城過夜，唯一的一次是和楊花。可秀秀不在了，趙全倒在意起自己來，上縣前幾天就提醒楊花洗衣服，其實根本不用他提醒，楊花從未忘過。秀秀不在了，趙全似乎越發離不開縣城了，冥冥中，總有什麼絆著他的腳。

趙全又誤車了。滿頭大汗的他很不甘心，從售票口奔到院子，又從院子撲向售票口。還是上次那個姑娘，趙全盯了她幾分鐘。是的，她的神情像極了秀秀。說話的欲望突然非常強烈，似乎一條火蛇在胸內翻騰。但趙全沒有大聲嚷叫，他很小心地貼在那兒，叫聲閨女。閨女斜他一眼，說過沒車了，怎麼還問？趙全說，不是，不是，我問點兒別的。閨女看著他，趙全欣喜若狂，顫著聲音說，我不怨你，真的，車走是車的事，車不能不守時，怎麼能怨你呢？閨女問，你要幹啥？趙全脫口道，我想和你說說話。閨女的表情頓時變冷，趙全馬上改口，你和你們領導反映反映，以後能不能晚點兒開？你們晚點兒，我就誤不了啦。閨女冷冷地說，尋開心，你找錯地方了。趙全發誓，我沒有。可是閨女站起來，她臉色很不好。趙全意識到自己說錯了話，可他不明白哪句錯了。趙全不想惹閨女生氣，一著急，聲音就高了，我不是那個意思，我沒怪你。閨女似乎要離開，趙全叫，等等，我還有話！不知什麼人拽他，趙全死死抓著鐵欄杆，大叫，閨女，別走呀。

閨女並沒走，但趙全被拖開，兩個穿制服的把他拽到旁邊的房間。趙全不那麼急躁了，看著兩個制服，意識到可能有麻煩。制服問趙全幹什麼，趙全很冤枉地，我沒幹什麼呀。制服瞪眼，不幹什麼大嚷大叫的?趙全問,我嚷了?制服惱火地,你裝什麼?趙全嗨了一聲,那是對自己的不滿和責備。我怎麼嚷了呢?其實,我只想讓她反映反映,晚點兒發車,我沒別的意思,我這張嘴,真是沒長好。制服訓了幾句,讓他離開。趙全問是不是把那個閨女嚇壞了,制服說你以為你是誰啊,快走吧。趙全沒有快走,提出給那個閨女道個歉。制服揮揮手,走走,沒這個必要。

趙全說話的欲望依然強烈,他想和閨女說說。一定得道個歉——誰叫他大嚷大叫呢?當然還要說點兒別的。他是那麼想和閨女說說。瞄見閨女仍在售票室,趙全悄悄守在車站門口。那時,他覺得自己該去郝老闆那兒把寄存的東西取出來,他還有任務;可是火蛇在此胸間盤繞著,異常難受。他想和閨女說過話以後再去找郝老闆。

閨女拎著包出來,看見趙全,似乎怔了一下。趙全對她笑笑,但沒等他說話,閨女已經扭過臉。趙全想追上去,但附近聲音很吵,不是說話的地方,於是他不遠不近地跟著她,尋找機會。

閨女順著車站西側的街道往北走,不時往兩邊瞅著。趙全隨著她看。閨女拐進菜市場。她買了幾條黃瓜,一塊薑。她買了一條魚。她盯著攤主刮魚。閨女和攤主說著什麼,趙全聽不清,只好湊上前。她嫌魚肚裡有蟲子,想換一條,攤主說都這樣,肉裡又沒有,你不要這條魚給誰?趙全插話,兄弟,給她換一條吧,這條你留著自己吃。閨女看見趙全,目光一呆。攤主瞪趙全一眼,閨女說算了算了,我要了。閨女拎著魚。走到市場門口,她回看趙全一眼。趙全又是一笑。

閨女繼續往北走。

不那麼吵鬧了,趙全大步追上去,綿笑著叫聲閨女。

你要幹嘛?閨女羞惱而緊張。

我……趙全剛張開嘴，閨女抽身而去，並加快了步伐。

趙全緊緊咬在後面，你別害怕，我嚇不著你的。

閨女無言。

我錯了，我不想對你大叫，我咋就嚷了呢？我這張破嘴。

……

你別計較。

……

咱們見面不是一次兩次了。我每月來一趟，每月坐一趟車，回回和你買票，你不認得我，我認得你。上次誤車，我就記住你了，你像我的秀秀。我家秀秀忙，我見不到她，我每月一趟都見不到她。我不知道跑多少趟才能見到她，真的不知道。你別誤會，秀秀沒和我鬧彆扭，她是個懂事的孩子。頂多撅撅嘴。其實，我倒喜歡她耍點兒脾氣，她怎麼我都樂意。可是，我還是看不到她，這孩子呀，她幹嘛躲我？她啥意思？讓我忘了她？她純粹胡來呀，我怎麼忘得了她？每一天每一樁我都記著呢。我忘不了，就算忘了自己是誰，我也忘不了她。我沒說假話，你隨便說出一天，我都能想起秀秀那天幹啥來著。你別不信，真的，三年前，不，五年前的今天，秀秀讓蛇咬傷了……

趙全沉浸在自己的訴說中，忘記了自己走在大街上，他眼睛看不到別的，只有閨女的後背和遠方的秀秀。世界消失了，世界成了一片空白。

趙全被扭住，趔趄一下。突然驚醒，他不知自己咋就到了樓道口，明明在街上麼。閨女正和一個人比劃著。愣怔片刻，趙全看清楚扭他的是公安。有那麼一日，公安始終陪著他。趙全辯解幾句，但公安沒耐心聽。

如果再有幾分鐘，趙全就說完了，真是可惜。不過該說的已經說了，那條火蛇消失了，胸間已是一窪靜靜的湖水。趙全並不羞愧，他會解釋清楚。到了派出所，根本沒人理他，傍晚公安才開始問話。

沒有趙全想像的那麼簡單。騷擾一詞從公安嘴裡蹦出來，趙全著實嚇了一跳。他不過和閨女說說話，咋就騷擾了？趙全委屈而激動地指著自己鼻子，你看我像那種人麼？公安喝令他坐下。質詢。辯解。審訊完，公安沒為難趙全，但提出，必須讓家人領他。趙全頓時急了，這是啥道理？公安板著臉，這是規定，必須家屬簽字，不簽字，你只能待在這兒。趙全又激動了，楊花不能來，她不能來啊。公安問楊花是誰，趙全顫著聲音說，是我女人……她拖個病身子。公安問，兒女呢？你沒兒女？趙全茫然地看著公安，似乎不明白他問什麼。其實，他聽得清清楚楚，每個字都匕首般鋒利且寒光四射。他怎麼回答呢？他的兒女在不同的地方，不可能來。半晌，趙全僵滯地搖搖頭，我兒女雙全，但誰也來不了。公安說那只好通知村裡了，讓村幹部領你回去。趙全聲音低下去，讓我自己走吧，我保證再不跟那閨女了。公安說必須按程序辦事，已經夠寬容了。趙全問，沒人簽字，我就得待著？公安讓趙全想想，如果縣城有親戚朋友，今晚就可以出去。老六和郝老闆，趙全只認識這兩個人，還有閨女和賣麵皮的。後兩人是不可能的，老六呢，趙全相信他會，但趙全不想找他。那麼只有郝老闆了，趙全已經給郝老闆添了太多的麻煩，他有些難為情。可是，沒有選擇。趙全很謹慎地說出郝老闆和她的髮廊。

半小時後，郝老闆進來。公安和郝老闆說話，趙全像個做錯事等待家長責罰的孩子，不敢看她，又偷偷地瞄著她。郝老闆偏著頭，大概是怕公安看見她臉上的傷。是的，郝老闆臉上有傷。

出門，趙全看見對面一個男人在摩托上跨著。儘管街燈昏暗，趙全還是認出他。郝老闆是他帶過來的。趙全隊他點點頭，轉向郝老闆，不安地說，又給你添麻煩了。郝老闆說，叔該早點兒給我打電話，他們沒咋著你吧？趙全說沒有沒有，不過是誤會。趙全想解釋，意識到天色已晚，欲言又止。郝老闆要帶趙全吃飯，趙全不去，說我飽著呢。郝老闆帶趙全住店，趙全仍然不肯。他說，我知道去哪兒住，我住過的。郝老闆囑咐趙全小心，和男人離開。

車站附近小店多，住店並不難，難的是熬過漫漫長夜。肚裡空空的，沒有餓的感覺。想著兒子的禍，想著楊花的病，趙全的心被刀一點兒點兒切割著，滴血不止。沒過身子，沒過腦顱，徹底淹沒他。黑暗中，趙全覺不到自己的存在，水波洶湧。

但趙全並未放棄掙扎。不知過了多久，他終於浮出水面。馬車難以掌控，但轠繩終究在手裡抓著，只要握牢就是。

趙全想起郝老闆，怕給郝老闆添麻煩，卻一次次麻煩她。郝老闆也難呢，唉！

郝老闆給了趙全一張喬什麼的畫像。郝老闆再三強調，她記的不是很準。但趙全已經感激不盡。畫中的喬什麼圓臉，濃眉，眼睛似笑非笑。這個和秀秀有些許瓜葛的男人知道秀秀的祕密，而趙全一無所知。趙全說不清心裡是什麼滋味。找見他，一定要問個清楚。但願他能說。但趙全又害怕他說。在鐵塔對面展開畫像，趙全期盼中竟有幾分緊張。

沒人搭理趙全。始終沒有。

趙全不敢把畫像帶回家，想寄在郝老闆那兒。小青和小玉面色慌張，見了趙全像見了救星，嘰喳個不停。樓上的吵鬧聲蓋過她倆的嘰喳，有人欺負郝老闆，此念一閃，趙全衝上樓。

郝老闆和一個男人在地上翻滾，糾扯。

趙全抓住男人領子，試圖拖開他，男人不但不鬆手，還罵罵咧咧。趙全掐住他膀子，總算把男人拎開。男人反手砸趙全一拳，還想對郝老闆動手。趙全有些生氣，把男人抵到牆角，夾住他脖子。趙全不知自己怎麼了，看著男人面色紫漲，竟然忘記鬆手。郝老闆驚叫，趙全才意識到自己在幹什麼。男人看趙全一眼，悻悻下樓。郝老闆捂著臉，肩膀劇烈聳動。趙全呆呆地看著，不知該說什麼，好一會兒，郝老闆抹抹淚說，叔，讓你見笑了，這個刀刮的。趙全說，再欺負你，我不饒他，欺負女人算什麼本事？趙全已猜到男人身分。因為猜到，他反而更加生氣。郝老闆笑笑，難掩眼裡的憂傷。離開髮廊，趙全想起喬什麼的畫像還在身上，又返回去。

趙全因為拉架誤了車。趙全不知兩人因何吵鬧，不管什麼原因，男人是不能打女人的。

趙全想著自己的家事，也想著郝老闆的家事。思緒飛出逼仄的小屋，飛向夜空，飛向遠方。

◆九

許多事是難以想像的，比如楊花和馬五，就那樣不可思議地攪在一起。

趙全在家，楊花要往馬五那兒跑；趙全不在家，楊花更要往馬五那兒跑。楊花給馬五拆洗了被褥，拆洗了棉衣棉褲——老天，她換四次水才洗乾淨。她給他刷了屋子，漆了窗戶，終於像個家了。楊花不客氣地數落馬五，像數落趙全那樣。馬五不吭聲，楊花偶一回頭，觸見馬五惶惶然、不知所措、又有幾分痴迷的眼神，便大聲質問，我說的不對？馬五緊張地應道，對，對。低了頭，不敢再看她。

也不是每天都幹活，更多的時候，楊花只為看看馬五，和馬五說說話。只和趙全說不過癮，楊花還想找別人說，特別是關於秀秀的事。但別人總是很忙，未等楊花引入正題，便藉口離開。馬五不躲，很安靜地聽楊花說。

趙全問過秀秀，秀秀沒說有對象，也沒說沒對象，你說她到底有沒有？楊花問馬五。馬五老老實實地說，我不知道。楊花說，趙全問過老闆，老闆也說不好，我猜是沒有，要是搞上，老闆還能不知道？她不著急可以，當父母的能不著急？馬五，要是你的孩子，你著急不？馬五說，我不知道。楊花說，我猜你要著急，別的懶能擔待，誤了兒女的婚事，就不能饒恕了。哎？我說話你聽見沒？馬五說聽見了。

我和趙全商量過了，得給秀秀張羅婚事，女孩歲數大就不好找了。我又找過村長，他說問了兩個覺得不合適，他得替秀秀負責。我想也是，要是找個脾氣暴的，秀秀不天天受氣？楊花望著馬五，馬五蠕著嘴唇，似乎想不出說什麼。但楊花並未等他回答。我想再托別人，又覺得不合適，好像秀秀嫁不出去，你說是不是？馬五說我不知道。楊花沉了臉，我讓你幫著參謀，你咋老是這句話？馬五慌慌地說，我不知道。楊花叫，老天呀，你成心和我過不去是不？馬五滑出一個我字，馬上頓住，半晌才緩緩地說，沒……有。楊花滿意地說，我沒看錯你，除了懶，別的都好。趁今兒有時間，我給你烙一窩絲。

告訴你一個好消息。楊花春風撲面，遠遠地便將這句話扔進馬五耳朵。村長有個戰友，戰友有個親戚，親戚的外甥不知什麼時候見過秀秀，現在托到村長頭上了。村長說他只知道後生是個修電器的，別的不了解，他摸了底兒再與我和趙全商量，他要對秀秀負責。還是村長考慮周全，可沒少麻煩他，我都不知咋謝他，你說咋謝他呢？馬五說我不知道。隨後不安地看楊花一眼，楊花沒在意。

幾天之後，楊花把結果告訴馬五。村長摸清了，那個後生身材相貌什麼都好，可手腳不乾淨，幾年前還被拘留過。這樣的人不放心，徹底改了還好，要是再犯不就坑了秀秀？村長沒答應見面是對的，你說，村長的戰友咋就瞞了這一點兒呢？馬五說我不知道。楊花說，我猜八成是戰友的親戚瞞了他，村長挺生氣。我和趙全都勸他別計較，反正也沒見面嘛。唉，秀秀這事兒把我愁壞了，趙鐵在那個地方待著，我倒不愁，有人管著呀。你說，秀秀該找個啥樣的？馬五吭哧半天，還是擠出我不知道。楊花埋怨，你咋不為我操心呢？馬五搓著手指，茫然無措。楊花撲哧樂了，前仰後合，幾乎控制不住，斷斷續續吐出幾個字，你……個……寶……呀。

只要去馬五那兒，楊花必定趴在圈口看那隻公羊。馬五總是站在一步之外，隨時防護的架式。有時，楊花站在街上等，一見楊花，馬五便緊張地抓住公羊的犄角。楊花笑他膽小，說我和牠熟了，牠還會頂我？馬五不敢冒這個險，直至遠離楊花，才敢鬆手。

那天，楊花提出一個要求，想進圈摸摸公羊。馬五瞪大眼，難以置信的樣子。楊花白他一眼，我不過摸摸，又不是殺牠，幹嘛呆成這樣？然而對楊花百依百順的馬五怎麼也不同意，死死護著圈門，任楊花撕拽，巋然不動。楊花又委屈又生氣，說在馬五眼裡她還不如一隻羊，她不再理他。走到大門口，馬五把她拽住。他答應了楊花，但他必須在羊圈門口守著。楊花轉過臉色，仍嘟囔，又不是狼，還能吃了我？

楊花幾乎和公羊面貼面了。起初牠是警覺的，頭彎下去，隨時進攻的樣子。楊花舉起手，做個對頂的架式。她聽見馬五驚叫，不由垂了手，公羊沒了威脅，頭擺正了。楊花再舉手做對頂動作，公羊已經不在乎。牠就那麼傲然地看著楊花。楊花從牠鼻梁摸上去，摸見那對盤曲的堅角，還試著拽拽。紋絲不動。楊花還想做點兒什麼，馬五幾乎哀求她了。楊花大搖大擺走出來，得意地說，怎麼樣，我說沒事吧。馬五額頭滲出細密的汗滴。楊花嘀咕，膽小鬼。

又一個日子，楊花和馬五在院裡給公羊洗澡。馬五自己一年不洗一次澡，對公羊卻上心，隔一段就要給牠洗洗。楊花上手，馬五就只能幫忙。楊花不但洗了外身，還洗了公羊堅硬的角。馬五提示角不用洗，楊花偏不聽。和馬五說話，給公羊洗澡，楊花都有一種奇妙的感覺。她不會和任何人講，這是她另一個祕密。

我想騎騎牠，楊花突然說。

馬五眼球不再轉動，似乎嚇呆了。

行不行，倒是說話呀！楊花催促。

不……行。馬五吃力地說，想解釋什麼，終是沒說。

楊花問，怕壓斷牠的腰？我又不重。

馬五搖頭，不是。

楊花問，那怕啥？

馬五看她一眼，又看她一眼，目光裡裹著極其複雜的東西。

楊花沒生氣，她央求，馬五哎，別這麼小氣，就騎一下。

馬五似乎於心不忍，含含糊糊地答應了。

楊花耳熱心跳地跨上去，公羊很溫順。楊花拍拍，公羊往前邁一步，再拍，再邁一步。楊花喝了一聲，公羊乾脆不動了。楊花放棄了努力，悻悻地白馬五一眼，你有啥害怕的？

楊花並沒有忽視趙全，她和趙全的日子是大道，去馬五那兒不過是從大道拐出一截兒。每天晚上她還會和趙全念叨馬五。當然，諸如騎羊一類的事，她從不和趙全說。

楊花認為趙全不會在意她往馬五那兒跑。那天晚上，趙全勸她少去找馬五，她吃驚地問，為啥？你同意的呀。趙全說馬五和別人不一樣。楊花問有啥不一樣？不就是光棍嗎？不就懶點兒嗎？我又沒幹啥，你懷疑我了？趙全賠著笑說，我永遠不會懷疑你，我是擔心，你這麼幫，馬五會更懶，那樣或許害了他。楊花盯住趙全，你真這樣想？趙全點頭。楊花自信地說，我心裡有數，害不了他。趙全說，那……那你就去吧，只是別累著。楊花暖暖地看他一眼。

幾日後，楊花去找馬五，遠遠看見趙全從馬五家出來。他沒看見楊花，往另一個方向走了。趙全走路的樣子很奇怪，一跳一跳的，極快，霎時沒了蹤影。楊花呆了呆，咬緊嘴唇。

楊花掛著淺淺的笑，和馬五瞎扯，話題陡轉，誰來找過你？因為突然，馬五頓時僵住，半晌方結巴著，我不……知道。忙又改口，沒……沒有呀。楊花沉了臉，我明明看見一個人出去了。馬五慌慌地否認。楊花問，是不是趙全？馬五竭力躲避楊花的目光，但失敗了。楊花說，我就掏不出你一句真話？是，還是不是？馬五吐出半個是，頓時打住。楊花追問，他來幹什麼？馬五說啥也沒幹。楊花道，胡說，他肯定跟你說什麼來著，你老實說，我給你烙一窩絲，你要不說，我和你沒完。她的目光削尖了，一根根射進馬五不安的眼睛。馬五嘴唇哆嗦，沒……，楊花叫，你還想抵賴，你個沒良心的。馬五虛汗大冒，幾乎要哭了，嘴唇哆嗦得更加利害，……趙全……趙全……像被逼到死角、無路可逃的獵物，顯然，他要說了。

楊花突然心軟，及時制止他，我知道他為什麼來，你不說我也知道。

馬五如臨大敵地瞪著她。

楊花問，他怕我累著是不是？

馬五從未有過的乾脆，是是，

楊花問，他讓我少幹點兒是不是？
馬五頻頻點頭，如釋重負的樣子。
楊花問，他還責怪你，是不是？
馬五喘得不那麼利害了，是，他說我了。
楊花說，沒啥大不了的嘛，幹嘛不說？
馬五彆扭地笑笑。
楊花說，別往心裡去，他也就是嘴上說說。
彷彿為了彌補什麼，楊花提出給馬五剪剪頭。馬五的頭髮一半被汗水洇溼，緊緊貼在頭皮上，另一半則亂糟糟地炸著。馬五慌得要割他的頭似的，直到楊花瞪眼，方乖乖地坐在那兒。楊花邊剪邊和馬五說話，突然間，她頓住。她聽到一種聲音……是馬五的喘息。不同於剛才的喘，是另外一種，被火烤了似的。楊花意識到什麼，臉有些燙，手也笨了。她進屋攏了毛巾，塞給馬五。她什麼也沒說。喘息低下去，終於無痕無跡。楊花打破尷尬，說起秀秀的理髮手藝。
晚上，楊花問趙全是否找過馬五。她眼前老閃著他一跳一跳的樣子，從未見他那樣走過。趙全頓了一下，承認了。楊花追問他幹嘛，趙全說，我瞅瞅你的成果。楊花問，真是這樣？趙全笑了，我還能幹嘛？楊花說，得了吧，馬五都和我說了。趙全似乎抽搐了一下，他和你說什麼？楊花奇怪地，幹嘛那麼緊張？趙全摸摸臉，有啥緊張的？他說什麼了？楊花問，你怕我累著，讓我少幹活是不？趙全遲疑著，我只是說說。楊花問，你還數落馬五。趙全嘿嘿笑，我也是為他好麼，這個馬五，敢情什麼都跟你說了。楊花得意地哼了一聲，還想不讓我知道？沒門兒！趙全說，你這麼厲害，可不敢瞞你。楊花問，再瞞我呢？趙全說，再瞞，你就給飯裡摻砂子。楊花噓了一聲，你又不是雞。趙全快活地說，我是。你是母雞，我是公雞。楊花撇嘴，你打個鳴試試。趙全不光打鳴，還一副張開翅膀、追逐楊花的樣子，直到楊花叫起來。

◆十

在夢中，趙全無數次看到秀秀飛翔的姿勢，她平展雙翅，像一隻鳥，突然之間，雙翅齊根斷掉，秀秀直落下來。趙全驚醒，大汗淋漓。在夢中，趙全無數次看到楊花赤裸著在田野奔跑，他緊追身後。看著快要追上，楊花突然倒地。趙全驚醒，大汗淋漓。在夢中，趙全無數次看見那個鐵塔，鐵塔如巨大的冰山冒著絲絲寒氣。趙全沒出過汗，他總是被凍醒。

趙全和鐵塔遙遙相望。

沒有一個路人（包括賣麵皮的女人）的目光在鐵塔停留，彷彿那兒只是一團煙霧和灰塵。只有趙全感覺到鐵塔的存在，那個傢伙刺破大地的肚子，霸道地直豎著，趙全顯得那樣小，即使縮回目光，也覺得它高懸在頭頂。

左邊是豆子，右邊是黏著喬什麼頭像的木板。沒人問豆子，也沒人問畫像。賣麵皮的女人又出來了，但不再搭理趙全。趙全不明白哪句話說錯，惹著了她。趙全可不想和別人過不去，他抓一把豆子給女人，女人頭搖得撥郎鼓似的。趙全笑笑，女人已轉過身，留給趙全一個後腦。那句話始終含在嘴裡。

一個女孩和她母親終於在豆袋前停住。母親問價錢，趙全問，這娃是你的？母親唔了一聲，趙全說，這娃和秀秀小時候一樣。母親皺眉，你倒是賣不賣？趙全戀戀不捨地拽回目光，說自己不是正經的買賣人，隨便拿，看著給錢。母親固執地一定要說個價錢，趙全說一塊錢，你全拿去好了。母親詫異地，你要多少？趙全不踏實地，一塊……五毛也行，反正是自家種的。母親牽了女孩就走，女孩回頭看趙全一眼，趙全覺得心被咬了一口。他拎起袋子追上去，我不要錢了，拿去吧。母親慌忙護住女孩的手，生怕她碰袋子。趙全說拿走吧，不就點兒豆子嗎？孩子喜歡呢。趙全的神情帶出某種懇求。母親大聲道，你要幹啥？並警惕地瞪著趙全。趙全懵了，我不幹啥，給孩子的。母親惱火地說，我不要，你走開！趙全說，我看出來，孩子想吃呢，我家裡炒的。母親再次叫，你走開不？我喊人了！那女孩似乎受了驚嚇，往母親身邊縮縮。趙全難過地後退一步，母親拽了女孩匆匆離開。女孩似乎還想回頭，母親感覺到了，伸胳膊護住她。

趙全悵然返回，迎上賣麵皮女人的目光。顯然，她盡收眼底。她沒避開，他像遇見救星似地，咋就不要了？

女人哼哼，一副看透世事的樣子，當然不要了。

趙全問，為啥？

女人說，你白給誰敢要？你添兩錢兒她更不敢要！趙全愈加糊塗，白給咋就不敢要？我又不是買賣人！

女人說，她不認識你，你要錢她相信你，你不要錢她敢相信你？誰知你有什麼陷阱？

趙全越陷越深，我不要錢，她就不相信我了？這是為啥？

女人意味深長地說，你自己想想吧。

趙全嘀咕一會兒，還是想不明白。但有一點兒他清楚，那位母親被他嚇著了。為了求證，他問女人，我嚇著她了？女人說不一定嚇著，但肯定對你起了疑心。似乎認為趙全沒聽懂，進一步解釋，你未必是壞人，但她肯定把你想成壞人了。趙全指著自己鼻子，我像壞人？女人說，是不是，我說了不算。趙全問，誰說了算？女人說，一個人有一個人的看法。趙全想起女人的冷淡，忙問，你也覺得我像壞人？女人遲疑幾分，緩緩道，我不知道。趙全不死心，問，你也不相信我？女人說，你一會兒說閨女出門了，一會兒說閨女搬家了，我不知你哪句是真的，哪句是假的，不過……女人大度地笑笑，這沒什麼，真假和我也沒關係。趙全是這樣說來著，並不是想騙她，而是不願說出秀秀住哪兒。就是掐住他的脖子，他也不會說的。他不過撒一個謊，就像對楊花撒謊一樣，絕無惡意。

趙全沒和女人解釋，默默地坐在暫時占據的那一塊兒地面。腦裡翻騰那個母親和賣麵皮女人的話。他不明白，至少不是很明白她們認定一個壞人的理由，還有，幹嘛把人分成好和壞呢？在趙全心中，不論什麼，只有對與錯，沒有好與壞。他腦子裡甚至沒有壞這個概念。比如趙鐵，他糟蹋了哥的女兒，但趙鐵不是壞人，是做錯了。哥要懲罰趙鐵，讓趙全賠償，哥不是壞人，對於哥那是對的，所以趙全沒聽村長的，最終如數給了哥。趙全沒有一次了結，不是因為他是壞人，而是沒錢，這件事趙全拖拉是錯的，但趙全守信，他最終是對的。郝老闆認為自己沒照顧好秀秀，不能說她是壞人，管得緊是對的，沒管緊也不能說是錯。老六踹了自己女人，但老六不是壞人，他是做錯了。秀秀離去，趙全瞞著楊花，但在這一點兒上，趙全說不好自己是對是錯，反正他認為是對的。就算秀秀受了喬什麼的委屈，並不能說喬什麼是壞人，他肯定是做錯了什麼，傷了秀秀的心。秀秀驟然離去，把巨大的傷痛留給他，秀秀不是壞人，但秀秀錯了。有些錯可以糾正，比如趙鐵，趙全相信他不會再犯；有些錯再不能糾正，他的秀秀就是。對與錯，不會分得那麼兩離兩合，錯的可能變成對的，對的可能變成錯的，糾纏在一起，那就是世道了。壞算個什麼東西？

現在，她們竟然把那樣一個沒有明說但已經暗示出來的稱謂扔到他頭上，趙全不甘心。趙全不是愛爭執的人，但她們在鐵塔前這樣說，趙全得糾正。鐵塔上有一雙眼睛看著呢。

趙全走近賣麵皮的女人，神情莊重，她錯了。

女人愕然，你說什麼？

趙全說，她懷疑我，她是錯的，不過她不是壞人。

女人恍悟，我當是什麼呢。

趙全說，你也錯了，你也不是壞人。

女人反問，我什麼錯了？

趙全說，你把我想錯了，我不是那樣的。

女人瞇了眼，你是哪樣的？

趙全說，反正不是你想的那樣。

女人說，你這人可真有意思。

有人買麵皮，趙全離開。已經說過，影響女人生意就是他不對。趙全沒有怪罪女人的意思，誰不說個錯話？

一對青年男女在趙全前面停下，盯住喬什麼的畫像。女孩驚訝地，這不是那個誰嘛？趙全彈簧一樣蹦起來，擄住女孩的目光，你認識他？女孩說，當然……你尋他幹啥？趙全看出女孩的驚異，但三言兩語怎麼解釋得清？趙全說我找他有要緊的事，天大的事。男的插問，是你什麼人？趙全說算朋友吧。有時候，只能錯著來。男女相視一眼，女孩說，這不是那個周……她停住，似乎想不起了。趙全疑惑，是周什麼改姓了還是喬什麼改姓了？男的說，我想……猛一拍頭，周潤發！女孩附和，對對，這是周潤發。趙全眼睛亮了，你們認識他？他在哪兒？告訴我，我找他好久了。男的說，周潤發是個電影演員，你開什麼玩笑。趙全的腦子半天才拐過彎兒，演員？他不姓喬？他在哪兒？男的笑著說，他在香港，遠著呢，你沒看過電影？趙全搖頭，你們說的跟我找的不是一個人，我找的人姓喬，不姓周。男的說，但是太像周潤發了，是不是？女孩說，是呀，難怪我眼熟嘛。

這時，又圍過幾個人，還有賣麵皮的女人，眾人七嘴八舌，問畫像是趙全什麼人。趙全說親戚。那些人也說像周什麼，他們都看過那個人演的電影。趙全也看過電影，但不認識這個人。眾人散去，賣麵皮的女人還在，趙全問她是不是也覺得像周什麼，她說好像吧，我記不住演員名字，再說記名字有什麼用呢，我又不想認識他，有這樣的親戚，咱也攀不上。趙全聽出女人的意思，說我不是想攀他，我找的是另一個人。女人和趙全對視一下，緩緩移開。

就那麼一下，趙全心裡轟隆一響，整個人頹然坐在地上。挺了半天，終是敗下陣，虛得胳膊都抬不起來。看來，喬什麼確實是那個演員。郝老闆為什麼給他一張演員畫像？她說自己記不準，但也沒必要畫的像一個演員。別人認得出，郝老闆自然也認得出。郝老闆什麼意思？糊弄他？不大可能，也沒這必要，他從未訛過她。

趙全慢慢收拾東西。他要找郝老闆問問。

趙全走得極慢。腦子堵得滿滿的，身子也笨重了。他想著郝老闆誇秀秀時的表情，想著郝老闆陪他處理秀秀的後事，想著他一趟趟對郝老闆的麻煩，想著郝老闆的難過和戒備。陡然，趙全腦子敞亮了，猜出是怎麼回事。秀秀和什麼人交往，郝老闆並不清楚，她只是猜，或者秀秀沒交過什麼人，根本就沒有那個喬什麼，郝老闆不過是安慰他。郝老闆說不出秀秀的事，只好編一個。而他認真了，郝老闆不得不一步步圓謊。趙全對楊花就是這樣圓謊的。畫成演員也沒啥奇怪，總不能畫成醜八怪。郝老闆一定是那樣想的，只有演員才配得上秀秀。郝老闆用心良苦，反讓趙全走了冤枉路。他給楊花扯謊，而他並不需要謊，他想看到實實在在的秀秀。

起初趙全有那麼一點兒質詢的意思，待站到郝老闆面前，趙全已經徹底平靜。郝老闆問趙全問到什麼沒有，趙全說我不問了，把那張畫像揉成一團。郝老闆目光散亂，驚叫一聲叔。趙全笑笑，根本就沒有這回事對不對？其實，你沒必要編這個。郝老闆又叫一聲叔。趙全說，我知你是好意，難為你了，可……咋說呢，我不能糊裡糊塗的，那個結果我都認了，我還怕啥呢？郝老闆臉色發青，再次叫聲叔。趙全阻止她，你不用解釋，我清楚。對我來講是錯的，對你也許是對的，咱們想法不一樣，對不對？郝老闆機械地點頭。趙全嘆口氣，我還得來，我必須來，郝老闆，給你添麻煩了。郝老闆淒然一笑，這兒永遠是你的家。

◆十一

楊花本想清早起來再說，可那句話突然滑出來，毫無防備，甭說趙全吃驚，她自己也嚇了一跳。既然說出來，就不能再改口。

趙全眼神異常吃力，你咋就不聽話？沒暈夠？

楊花說，吐吐就沒事了。

趙全口氣絕然，不行。

楊花固執中含了些撒嬌，我反正要去，我讓秀秀試試鞋墊。

趙全說，我也能讓她試，非得你跑一趟？

楊花說，就去。已經不講理了。

趙全說，好好，你這個人呀。那聲呀拖得又重又長，滿腹惱火又無可奈何。

楊花勝利地抿抿嘴，有些時候，他拿她沒辦法。趙全答應，但並不甘心，都半夜了，他還在折騰。他輕輕翻身，楊花還是覺察到了。楊花同樣睡不著，裝了一會兒，楊花推推他，趙全嗯一聲。楊花說我明兒怕去不成了，答應給馬五拆枕頭呢，讓馬五等著不好吧。趙全說，是啊，說話得守信。楊花下定決心似的，那我就不去了。趙全埋怨，瞧你這折騰，趕緊睡吧。聽到趙全的鼾聲，楊花舒口氣。

清早起來，趙全仍然有些緊張，吃飯幾乎是倒進去的。他擔心楊花變卦。水有些燙，他沒喝，說再晚就誤車了，背了包匆匆離開。其實天還早，村裡靜悄悄的。趙全像一陣風，那麼一閃，街角便空空蕩蕩了。

楊花插了院門，再插了屋門。那種脹脹的、躁躁的感覺已經泛上來。她爬上炕，重新拉了窗簾，然後用被子卷住頭。雖然多半個身子在外面露著，但她整個人跌入黑暗中，無邊無際，摸不著天，摸不著地。別人看不到楊花，楊花也看不到別人。那一聲是怎麼發出來的，楊花不知道，也聽不到。黑暗轉眼將聲音吞噬。楊花號。楊花啕。楊花號啕。啊。啊啊。啊啊啊。黑暗吞噬不掉淚水，淚水放肆橫流。

彌揚的風沙漸漸止息。

楊花從黑暗中掙出來，已經徹底平靜，只是眼睛有些紅。趙全回來，她臉上不會有任何痕跡。不是一次了，趙全沒瞧出破綻。她不讓任何人進入她的祕密。

趙全以為她什麼都不知道，她只是裝作不知道。她已經猜到秀秀出事了，她不是傻子，雖然並不清楚秀秀出了什麼事。她知道趙全為什麼瞞她，她不能問，她不敢問，她讓他以為瞞住了她。她不想給男人添亂，現在他只是擔心，要是她露出什麼，他就不是擔心了。她不忍，所以她裝糊塗。她沒有問的另一個原因，是還抱著希望，只要不問，在她心中，秀秀仍是她的秀秀。

意識到秀秀出事那一刻起，楊花便有一種躁亂、恐慌、六神無主的感覺。楊花是多麼想哭啊，但她不敢輕易哭，只有趁趙全不在的時候。楊花曾想到田野哭，她轉一整天卻沒找見地方。田野太空，哭聲會傳得很遠。別人聽到她哭，就露餡了。她知道不只趙全，整個村莊都在瞞她。她必須裝。唯一當著人哭，是被馬五的公羊撞那次。楊花是多麼感激那隻公羊啊。

哭對楊花的重要，不止是能平息她的躁亂，還因為哭過之後，她才能想像她的秀秀。有時候，楊花會懷疑自己，是不是多心了？只要上趟縣城，就會徹底明白。她不敢冒險，和趙全那樣說，不過裝裝樣子。她不會去的，絕不。這樣，她一面傷痛，一面卻能為秀秀操心。天下最幸福的事莫過於替兒女操心。

楊花生活在強悍的想像中。

去馬五家的路上，楊花又一次想起趙全匆忙而緊張的樣子。她的心痛了一下。她嚇著他了，她不該老是嚇唬他。轉眼她又責備自己，瞎猜了，她怎麼能嚇著他，他去看他們的秀秀，他有什麼好害怕的？於是，秀秀便在她腦裡活蹦亂跳了。

那隻公羊已經讓楊花失望，馬五還行，馬五老實，從來沒對楊花的訴說表現出不耐煩。

我想和你商量一下秀秀的婚事，楊花單刀直入。馬五受寵若驚。其實，楊花已經和趙全商量過，現在不過徵求馬五的意見。村長又提了一個，相貌人緣據說都不錯，就是家窮點兒。窮點兒有啥？對秀秀好就行。楊花和趙全初步是滿意的，她問馬五啥看法。馬五嗯啊一聲，又嗯啊一聲。楊花說，你倒是有個態度啊，嗯啊是什麼意思？馬五虛虛地說，好。馬五的表情突然刺了楊花一下，遮掩的幕布裂開一道縫兒，楊花彷彿看到幕後的真相。馬五也是明白的，這一切只是謊。幾乎同時，幕布合住，楊花狠狠罵自己一句，也罵馬五一句。她說，好是個什麼意思？你連句整話也不會說？馬五慌慌地望著她，楊花並未因此甘休，氣咻咻地說，你好好想想，想明白了，我再來問你。

回到家，楊花的氣已經消了。幹嘛責備馬五？秀秀的事本該父母做主啊。如果沒別的問題，不如就定了吧。當然，要操心的事很多，比如訂婚，比如婚禮。

楊花想像著那一切，不，是那一切進入了楊花的想像中。訂婚是在秋天，秋天喜氣壓。除了雙方家長，還請了村長和馬五，對了，還有哥。嫂子本來要來，走了半截，忽然頭疼，又折回去。哥向楊花解釋，楊花說人來不了，喜糖一定要帶給嫂子。請不請馬五，趙全和楊花商量了半天。趙全說請馬五沒必要，楊花說早就答應過馬五，再說，她不打算讓馬五上桌，總得有個人幫她燒火。趙全沒再爭執，他總是順著楊花。那天，楊花施展十八般武藝，八碟四碗。八碟是四涼四熱，四涼是素拌蕎粉、麻辣豆絲、蒜泥豬耳、香菜羊肝；四熱是溜肚片、紅燒魚、燒蘿蔔、炸豆腐。四碗是蒸丸子、趴肉條、米粉肉、燉雞塊。趙全嫌多，楊花說這可是給秀秀訂婚，趙全就不吱聲了。菜上桌，村長眼睛都瞪大了，驚嘆楊花有這麼好的手藝，以後你就是村裡的廚子。楊花謙虛地笑笑，忽然想起忘了請村長女人，她可是沒少幫忙，忙支使趙全去喊。多一個人，屋裡擠點兒，但也更熱鬧了。訂婚，一個重要主題是要彩禮。村長提出來，趙全讓楊花說，楊花讓趙全說。推了半天，村長說，我替你們說吧，我有經驗。楊花嚇了一跳，村長獅子大開口，這是嫁閨女，還是賣閨女？楊花說太多了，讓人笑話，還是減點兒。村長問楊花減多少，楊花想想，乾脆都減了吧。村長問，你不是開玩笑吧？楊花鄭重地說，我想過，不能增加男方負擔，只要對秀秀好就行。男方父母忙不迭地應，沒得說，沒得說，秀秀這麼好的孩子，我們會把她當親閨女。村長感慨，我說好幾門親了，還是第一次見到這樣的父母，難得呀。

事說通了，男人們便敞開了喝。哥又喝多了，但沒醉，這是他自己說的，雖然舌頭有點兒硬。哥提出要讓女兒和秀秀結拜。楊花自然高興，但趙全……不，村長打斷他的話。村長說哥不夠意思，哥反問怎麼不夠意思？村長說你心裡清楚，哥說我不清楚。兩人吵起來，楊花嚇壞了。這可是秀秀的訂婚宴啊。關鍵時刻，村長女人管住村長，哥也不吱聲了。趙全打圓場，純屬誤會，純屬誤會。楊花悄悄用水代替酒，他們竟然沒喝出來。雖然吵了幾句，但很順利，沒有誰不高興。

楊花剎不住了，出嫁的過程如一輛馬車飛奔而來……

秀秀出嫁是在冬天。清閒季節，正好操辦婚事。天氣好得出奇，沒有風沒有雲朵，太陽紅彤彤的，不看光禿禿的樹，誰能想到這是冬天呢？左鄰右舍的炕上全擺了酒桌。本來楊花要炒菜，村長和趙全說今兒特殊，已經雇了廚師，讓楊花陪秀秀。楊花哪裡坐得住？這兒轉轉，那兒看看，生怕想不周全，生怕遺露什麼。趙全不住地數落她，但她不聽。趙全假裝生氣，可他也坐不住。是啊，這樣的日子能有幾個？這樣的婚宴能有幾場？誰也甭說誰。說了，也是彼此心疼。

夜幕降臨，客人散去。個個酒足飯飽，紅光滿面。他們說秀秀的婚宴是最好的，儘管他們小聲議論，楊花還是收在耳裡。她有些得意，有些興奮，覺得沒虧了秀秀。洗涮完，夜已經深了。楊花把趙全攆走，這是秀秀在家的最後一個夜晚，天亮，她就要離開父母，楊花要陪秀秀過這個夜晚。楊花要和秀秀說些悄悄話。那些話是楊花出嫁前一晚，母親跟她說的。楊花記得自己臉發燙。不用說，秀秀的臉也是燙的。知女莫若母。秀秀嬌嘖地叫聲媽，不讓她說。那就說別的，楊花揣了一肚子悄悄話，都要跟秀秀說。忽然間，天就亮了，夜晚短得尺子一樣。楊花的話還未說完，她好後悔，昨兒個該多陪陪秀秀。

接親的車來了。秀秀磨磨蹭蹭，楊花知她想多在家呆會兒。再磨蹭也有個限度，不能讓車老等著。楊花催她，催一次，秀秀流一次淚。楊花酸酸的，但她忍住了。她若流淚，秀秀就哭成淚人了。上車的時候，秀秀叫聲媽，哭聲突然放大。楊花再也忍不住，她迅速抹抹眼睛，常……回……來……啊。她哆嗦著，那聲叮囑顫顫巍巍的。車門一關，楊花和秀秀隔開。車啟動，楊花猛往前撲。趙全抓住她。楊花奮力甩開，車已經駛離，楊花追著跑，哭喊，常回來啊——

耗盡力氣的楊花倒在地上……

◆十二

趙全站在監獄大門外，想起了秀秀離家的那個早上。

天有點兒冷，秀秀穿得薄，臉色發白。趙全問她冷不冷，他明明知道她冷，問的不過是句廢話。多年後，趙全仍為自己的粗心內疚，出門時他還看了秀秀一眼，半路上才覺出秀秀穿的少了。他問那句廢話，其實是為自己開脫，好像他非常在意，好像他並不知道秀秀冷。秀秀的回答和趙全的判斷一樣，或者說和他的期待一樣。趙全沒有再問。不是秀秀的回答讓他沒在意，而是他本來就沒在意，那時他的心思主要在楊花和兒子身上。他竟然沒囑咐秀秀什麼，倒是秀秀不住地囑咐他。楊花剛出院，秀秀不放心。她說一句，趙全哎一聲。就是在那個早上，趙全突然發現，秀秀長成大姑娘了。

等車的時候，秀秀摸出一塊糖。糖紙是紅色的，非常鮮豔，上面印著金色的字。秀秀剝開，試圖塞到他嘴裡。趙全偏過頭，秀秀半霸道半撒嬌地說，吃嘛！趙全不耐煩地說，我說不吃就不吃。他不愛吃糖，任何甜食都不愛吃。秀秀賭氣地包住，撅了嘴不理他。趙全沒在意——他總是不在意，也無須在意，僅僅一分鐘工夫，秀秀的嘴就不撅了。她說這是喜糖，黃大家娶媳婦撒的喜糖，我吃過了，不甜但特別好吃，不信你嘗嘗？趙全疑問，還有不甜的糖？遲疑的工夫，秀秀準確地把糖塞進他嘴裡。秀秀眨巴著眼，趙全明白上了她的當。多年後，趙全還能覺出那粒糖的滋味，多年後，趙全咂摸出秀秀塞給他糖的另一番滋味。

趙全仍然沒對秀秀說什麼，直到她上車，才說，我下月去看你。趙全和縣城就這樣接上關係，他一趟趟看秀秀，從來沒對秀秀說回家看看。那個早上，如一粒種子永遠扎在趙全記憶中。

從監獄出來，趙全又難過又欣慰。兒子終於問到秀秀了！秀秀在的時候，趙全能坦然面對兒子；秀秀走了，趙全面對兒子突然緊張起來。他怕兒子問起秀秀，他不知兒子一旦問起，他該說實話還是像對楊花一樣撒謊。他不知說出來好還是瞞著更好。但是兒子沒問，他只問楊花，彷彿他沒有秀秀這樣一個妹妹。趙全鬆口氣，但又對兒子的表現惱火。秀秀是因為他闖禍才出去掙錢的，現在他好好待著，秀秀卻沒了，他為什麼不問問？趙全怕他問，又盼他問，這種矛盾絞殺著他。

兒子終於問到秀秀。趙全無法形容當時的感覺，略一遲疑，順著兒子的話回答，好。末了又補充，非常好。從兒子眼神裡讀出一絲驚訝，意識到自己過頭了，又輕描淡寫地說，她忙，來不了。兒子沒再追問，這個傻傢伙啊。趙全瞞了他，還是瞞著他吧，秀秀肯定希望趙全這麼做。

趙全坐上通往縣城的長途車。旁邊的漢子和趙全搭訕，趙全敷衍幾句，歉意地笑笑。並不是在每一個陌生場合都是話癆，不是的。他在掐算日子，一遍又一遍，生怕算不準。樹木閃過，發黃的葉子宣告一個季節的來臨。過去，趙全算時間很簡單，春夏秋冬，不同的季節忙不同的事，四個季節就是一年。周而復始，看起來每個季節是舊的，當它來臨時會發現它是新的，和過去的任何一個都不同。人活在四季裡，四季活在人心裡。現在趙全則用天來計算時間，秀秀從鐵塔飛落三百八十七天了，兒子在獄裡呆了八百四十六天了。兒子減刑三個月，距出獄的日子提前九十天。每一天是舊的，然每一天也是新的。趙全活在每一天，每一天活在趙全心裡。

到縣城已是半夜，趙全找小旅店住下，就開水吃了乾糧。忽然間，趙全有了說話的欲望。那感覺是揣了什麼喜事，一定要與人分享。趙全敲開店主的門，店主問趙全要什麼，趙全說不要什麼，睡不著。店主笑了，一副很理解的樣子，沒再問趙全什麼。趙全說，我閨女叫秀秀，非常懂事。店主點頭。你有閨女嗎？趙全問。店主說可以說有，也可以說沒有。趙全不懂，有怎麼能沒有？沒有咋會是有？店主看出趙全的疑惑，說他是有個閨女，但是不安分，兒女都不小了，她扔下一家老小跑了，三年多了，影兒都沒有。店主說著說著就激動了，你說我有閨女沒有？我自己都搞不清楚，我活這麼大歲數，什麼都能搞清楚，就這個理兒搞不清楚。趙全插話，我家秀秀不是這樣。但店主不聽他說，店主訴說閨女的不是，說到最後乾脆站起來。趙全只好聽他說，起先憋得很難受，隨著店主的講述，趙全說話的欲望淡下去。趙全挺同情店主。等他住嘴，趙全說，你其實挺想她，你在等她回來，對不對？店主愣住，僵僵地看著趙全，你憑什麼這樣說？趙全說我知道。店主猛拍趙全一把，家人都不明白我的心思，今兒讓你說破了，兄弟，她折騰到天上也是我閨女呀。突然嘘唏起來。

那一夜，趙全睡得非常踏實。

清早，趙全結了帳去紅紅髮廊。沒帶酸菜，沒帶豆子，儘管郝老闆絕不會說啥，趙全還是有些歉意。那個程序已成了某種儀式。還沒開門，趙全知道來早了。他折返身，慢慢走著。過了十字路口，在下一個十字路口停住。鐵塔戳在眼前。

遙遙相望。

凝視一會兒，趙全忽然冒出一個想法。是啊，為什麼不試試呢？這麼一想，一下等不及了，三步並作兩步，躲閃著車輛和行人，來到鐵塔下。他摸摸黑色的鐵，開始攀爬。

正是上班時刻，車輛匆匆，行人匆匆，沒有誰在意趙全，趙全也沒在意誰。鐵架跨度大，躍上一層並不容易，這麼難攀，秀秀怎麼就攀上去了？趙全想知道秀秀是從哪一層飛落的，所以每爬一層都要停幾分鐘。北風穿越，趙全的衣襟不時撩起，但風沒有吹散秀秀的氣息，她的氣息凝在每一層，彷彿已經滲到鐵架中。

趙全艱難地爬到最高一層。他籲口氣。縣城盡收眼底，西邊是樓房，東面是平房，南面是一條河。他仰起頭，目光越過河流，超過樹林，往遠處望去。他的家就在那個方向，他看不到什麼，但分明又看到了什麼，村莊的炊煙，田野的小路，還有……秀秀！不錯，那個扛著鋤頭的女孩是秀秀！她哼著小曲，她沒有朝腳下看，那條蛇……趙全想喊，還沒等他喊出來，秀秀已經被咬了。趙全也被咬了，他抽搐得難以控制。

趙全猛一低頭，發現地面站了許多人，他們指指戳戳，說著什麼。他聽不清，只聽見汽車的鳴笛。路口堵了，車輛像受了傷的蟲子。趙全怔了一會兒，明白了那些人和車堵在那兒與他有關。趙全想一個人享受半空遙望的感覺，不想被打擾，他朝地面揮揮手，讓他們走開。他沒站穩，身子趔趄一下。地面一片驚呼，這次他聽清了。走開！他大聲喊，那些人不知沒聽見，還是喜歡觀望，不但沒散，反越聚越多。趙全不再理他們，再次仰起頭。

但趙全什麼都看不到了，地面的嘈雜攪混他的視線。趙全很惱火，他很少這樣。他低下頭，發現來了幾個公安，一個還舉著喇叭，衝他喊話。趙全覺得好笑。他並沒有尋死的念頭，他不過想知道秀秀是怎麼攀爬的，想知道在鐵塔上是什麼感覺。我沒事！趙全大聲說，身子再次趔趄一下。又是一片驚呼。他們聽不見趙全說什麼，喇叭還讓趙全冷靜，有什麼要求儘管提。趙全沒要求，只要他們離開，他不想被圍觀，不想被瞧熱鬧，但是他們不聽。他們在說，喇叭在喊。

趙全知道不能再待在上面了，他得下去，但他試圖往下爬的時候，驚呼聲驟然響起。喇叭勸趙全不要衝動。趙全遲在那兒，不知該動還是不該動。他們誤會了他，他要下去卻造成更大的誤會。趙全看著那一片人，耳裡灌滿喇叭聲和喇叭以外的雜音。他們那麼急切，那麼緊張，他知道他們為他擔心。正因為這樣，他覺得不做點兒什麼，會對不起他們的擔心，如果跳下去會怎樣？他試著做跳的架式，地面突然變得安靜。沒有喇叭，沒有人聲，沒有呼吸，只有無數凝滯的目光。這樣的場景和氣氛，使趙全有一種沒有退路的感覺。他的腦袋驀地一閃，也許秀秀並不想跳，她受了委屈，不過想爬爬鐵塔，但到最後她沒了選擇。天呢，真會是這樣嗎？他體驗了攀爬，體驗了眺望，只剩下這一跳了。看來，他不得不跳了。

喇叭突然說話了。趙全聽著耳熟，瞅瞅，認出是郝老闆，她旁邊站著那個男人。竟然驚動了郝老闆，趙全非常不安。在這個陌生的縣城，郝老闆是他唯一的親人，他一次又一次給她添麻煩。郝老闆聲嘶力竭，左一個叔右一個叔。

趙全冷靜下來。他不能那麼選擇，不能嚇唬他們，不能連累郝老闆。他必須下去。

趙全往下爬的時候，又炸起一片驚呼，但趙全沒有停止，他屏住氣，下了一層，再下一層。終於踩到地面。上去沒出汗，下來衣服幾乎溼透。公安要帶趙全問話，郝老闆解釋幾句，他們沒對趙全做什麼。

郝老闆把趙全領回髮廊。那個男人始終在後面跟著。郝老闆神情嚴肅，趙全不安地想，他把郝老闆嚇著了。當然，趙全要向她解釋，他只是爬爬，並不想做什麼，他不會再攀爬了。

上了二樓，郝老闆把門關住。趙全馬上對她笑笑。

郝老闆說，叔，有件事，我必須告訴你。

沒等趙全說話，那個男人，郝老闆的那個男人撲通跪下去。

趙全急了，這是……這是幹啥？

郝老闆悲愴地喊，叔呀，他是個畜生。

◆十三

從鎮上下車，穿過鎮的後街，趙全拐上回村的路。他走的很慢，彷彿全身力氣都耗盡了，每一步都異常吃力。儘管沒下過雨，地面又乾又硬，但趙全的腳總是打滑。他只好選擇長滿雜草的側路。趙全眼睛看著什麼，又像什麼也沒看。踩過地面的取燈花，似乎意識到不對，突然頓住。他返回身，果然是一對蝴蝶。一雙落在燈花上的蝴蝶。但現在已經不像蝴蝶，牠們被趙全踩了。趙全愣愣地盯一會兒，蹲下去。已經沒用，牠們再也飛不起來了。

我不是故意的。趙全說。

我真的不是故意的。趙全說。

牠們聽不到了，但趙全在說。我不該走側路，可……我腿軟，我怕滑倒呀。我要知道你們在這兒，就不走這兒了。你們幹嘛不飛？我知道一入秋你們就懶了，一入秋你們就孤單了，可不管咋說你們該飛呀。我看不見，你們也看不見？當然不怨你們，怨我，可……怨我有什麼用？我沒法讓你們飛了。趙全數落，自責，到最後倒像拉家常了。

趙全不知自己說了多久，但他知道把話都說完了。他在取燈花旁邊挖個坑兒，把那一對蝴蝶埋進去。他有一種感覺，春暖花開，牠們仍會從土裡飛出來。

趙全又坐了一會兒才離開。

進院，天已經暗了。看見柳樹下的凳子，正納悶，樹上傳來楊花受了驚的聲音。趙全慌慌叫了一聲。楊花說她看見樹叉上的鳥房耷拉了，爬上來重拴一下，上來卻下不去了。趙全忙說，甭急，我就來。

趙全跑進屋，抱了兩床被子鋪在樹下，開始爬。就在早上，趙全攀爬過一次，在縣城，爬鐵塔。傍晚，他又攀爬了，在村莊，爬自家的樹。趙全的身子很重，像背著裝了米的袋子，每爬一截都氣喘吁吁，隨時會墜落的樣子。他沒有停，不敢停，楊花在樹上等他。疲軟、艱難，向上爬。

爬到一半，趙全的身子突然變輕，彷彿一隻氫氣球，隨時會飛離樹幹，飛向空中。他不得不緊緊扣住樹幹，一飄一飄地攀上去。

終於跨到樹叉上。

趙全牽了楊花的手，把她緊緊抱住。

一個謎面有幾個謎底

◆一

沒錯，那個戴手銬的人就是我。我耷拉著腦袋，不想讓人看見我的臉。我不是害羞，有什麼害羞的呢？老六說，害羞是怯懦的表現，是男人就不應該害羞。老六雖然高中沒畢業，但分析問題一針見血。老六的智商在小學階段就顯現出來了。有一次，胖子考試不及格，被他爹揍了一頓。胖子淚汪汪地哭訴，要把家裡的柴火垛點了，老六及時勸阻了胖子。老六說出出氣是必須的，但你的方式不對，點了柴火垛，沒準能把房子引著，這樣不合算。敵我矛盾和人民內部矛盾的處理辦法絕不能一樣，你這是人民內部矛盾，哪能用敵我矛盾的處理辦法？胖子的眼珠快激出來了，他問老六有什麼辦法。老六想了想說，你家不是養了很多雞嗎？乾脆就捉一隻，一來懲罰你父母，二來你補補身體，腦袋沒營養咋考及格？老六的話很對胖子的心思，胖子當下就要回去逮雞。老六攔住胖子，勸他不能蠻幹，然後如此這般地囑咐一番。每天傍晚雞上窩，胖子娘都要一隻一隻數，二十八隻雞一個不少才關雞窩門，而在早上她是不數的。那天晚上她發現少了一隻雞時，那隻雞已在老六、胖子等人的肚裡消化得差不多了。胖子娘懷疑讓人逮了，罵了一晚上。胖子把娘罵人的話告訴了老六，老六說還得給她點兒顏色看看，解決問題必須徹底。過了幾天，胖子家又丟了一隻雞。胖子娘認定雞窩裡有黃鼠狼，結果揭開雞窩蓋，裡面只有雞糞。後來胖子撐不住，老實交代了。老六說胖子沒出息，不然這案子永遠是個謎。

讓老六最出名的是老六念高二時的一件事。化學老師喜歡上了班裡的文娛委員。文娛委員大名楊蘭，外號小白菜。這麼說，是她又白又嫩，別說掐一把，就是碰一下，沒準也能噴你一臉水。當然，小白菜有一點名不副實，她不像小白菜結結實實，而是病病懨懨的，風一吹就倒的樣子。化學老師大學畢業沒多久，血氣正旺，常把小白菜叫到他辦公室輔導功課。小白菜的化學一塌糊塗，化學老師顯然想把小白菜輔導到床上。各門功課中，老六化學最好，他和化學老師的關係不錯。化學老師喜歡啃小白菜，學校都不管，老六更不會幹那種狗拿耗子的事。問題出在陸雨身上。陸雨是老六的哥們兒，他也喜歡啃小白菜。化學老師沒喜歡小白菜前，小白菜還讓陸雨啃，化學老師喜歡上小白菜後，小白菜也和陸雨約會，但絕不讓他啃了。陸雨很苦惱，如小白菜徹底回絕他，他也許就死心了。可小白菜若即若離的，折磨得陸雨幾乎變成一棵淹白菜。老六家窮，飯量又大，一個月的飯票半個月就吃光了。老六常用陸雨的飯票，和陸雨的關係很鐵，那幾天陸雨吃不下飯，老六天天打肉菜。老六決定幫陸雨一把，他替陸雨分析了形勢，認為小白菜也是喜歡陸雨的，現在她正處於搖擺狀態。化學老師除了年齡比陸雨大點兒，並不占什麼優勢。現在問題的關鍵是誰下手快，下手狠，光打雷不下雨永遠處於劣勢。陸雨聽從了老六的勸告，終於在一個星期六的夜晚將小白菜徹底啃了。事後，陸雨說小白菜摑了他一個耳光，但她沒拒絕他。最後的結果是陸雨和小白菜均被學校開除了。老六很慚愧，覺得害了陸雨，他去送陸雨，陸雨咬著他的脖頸說，你的主意真是不錯，小白菜答應嫁給我，我不後悔。

我想老六，不是無緣無故的，老六說善於琢磨才能累積經驗。

我故意背對著人群。我聽到了人群中的議論，這傢伙的背多寬呀。在我們壩上草原，男人的背都是寬寬的、平平的，柏油馬路一般。可是寬能說明什麼問題呢？背影常給人造成假相。老六的女朋友小丁就是用背影製造假相的人。

老六是在大街上認識小丁的。老六從飯館出來，小丁恰好從門前走過。老六酒量大，可是他的女朋友王梅被人搶走以後，就不勝酒力了。老六僅僅喝了半瓶二鍋頭，就頭昏腦脹的，眼前老是飛舞著蝴蝶。老六在燕北市混了四年了，喜歡喝二鍋頭的習慣沒變。老六瞟了小丁一眼，一下被她的背影吸引了。小丁的肩翹著，像是長了翅膀，似乎一不小心就會飛起來。她的腰很細，臀部卻很大，但絕不是肥大，而是飽滿，如熟透的西瓜。蝴蝶變成了鳳凰。老六說聲我的娘，搖搖晃晃追上去，西瓜的香味幾乎將老六熏倒。老六一路嗅著，穿過鑫鑫百貨商店、飛毛腿網吧、老乾娘食品店、愛仁堂藥店，到十字路口時，小丁回了一下頭。這時，老六正好走到小丁眼皮底下。老六情不自禁地呀了一聲。老六太失望了，本想搶個火球，突然發現是冰塊。小丁的臉又細又長，雖然膚色很白，但那幾粒雀斑也因此格外耀眼。小丁從老六的失態中意識到什麼，很有些惱怒。老六沒覺出小丁的變化，他像是很不甘心，伸出手想把小丁的臉捏圓，把那幾顆鐵砂子摳出來。小丁狠狠摑了老六一巴掌，罵聲流氓，轉身就走。

小丁一轉過身，老六就忘記了她的臉。那背影太迷人了。老六不聲不響地追上去，他其實沒什麼明確目的，只是想看一看。小丁知道老六跟在身後，加快了腳步。小丁心情不好，出門又碰見了酒鬼，真是糟透了。小丁甩了半天，也沒甩掉老六。小丁猛然回頭，問老六究竟要幹啥。老六咂了咂嘴，他口乾舌燥的，很想喝一口水。老六說你太美了。老六是說小丁的背影太美了，小丁以為老六說她的臉，這分明是嘲諷她。小丁又罵句惡棍，讓老六滾開，要不她就報警了。老六說我不是壞人，你看我這樣的人像壞人嗎？小丁盯著老六，似在琢磨老六的用意。老六一米七八，挺帥氣，臉上沒有壞相。但還不能說明老六不是壞人。小丁哼哼鼻子，繼續走路。

老六跟在小丁身後，誇小丁的背影迷人。老六說我來城裡這麼多年，還是第一次看到呢。老六沒有什麼壞念頭，對一個城裡女人有壞念頭有什麼用？老六在燕北市沒親人，很孤獨，他只想找個人說說話。小丁沒理老六，繼續走路。

小丁一直把老六領到派出所，老六傻眼了。小丁說老六耍流氓。小丁走了，老六被留下來。老六想分辯，但民警沒給他機會。民警說老六滿身酒氣，讓他醒了酒再說。老六在黑屋子裡呆了一下午，又呆了一夜，直到第二天早上才提審他。老六想了一夜，已想好了對策。因此沒等民警詢問，便痛哭流涕地說，我對不起黨，對不起人民，對不起爹，對不起娘，對不起……民警喝住老六，問，姓名？民警一臉嚴肅。

老六端正地坐了，說，大名喬鐵蛋，小名老六。

民警問，帶身分證沒有？

老六說，帶了。

民警驗了老六的身分證，問，為什麼耍流氓？

老六說，我沒耍流氓，民警同志，我沒資格耍流氓啊，我性功能有障礙，看了好幾年也沒看好，我女友跟我吹了，不信，你檢查嘛。

民警沒料到老六這麼說，他盯著結結實這的老六，問，為什麼要跟著女同志？

老六紅了眼圈說，她的背影像我的女朋友，我只是想看看她，我沒有歹意啊。我要是有歹意，怎麼會跟著她到派出所？我也是想糊塗了。

民警詢問了一番，確信老六沒什麼惡劣行徑，但要通知單位來領人。老六哭喪著臉說自己沒單位，他在工地搞建築，包工頭跑了，到現在連工資都沒要上。老六說想回到壩上，繼續放他的羊，他不想再在燕北市待下去了，攢夠了路費就走。

民警挺同情老六。老六走時，民警竟然掏出五十塊錢，讓老六做路費。民警說，城裡不好混，尤其你這種沒技術的，早回早好。老六的淚珠撲撲往下掉，說自己遇上了菩薩。

走出派出所，老六陽光燦爛。老六怎麼會回壩上呢？不混出個樣子，他絕不回去。

老六想找個地方餵餵肚子，一抬頭看見了小丁。

◆二

老六高考落榜是自然而然的事。老六雖然聰明，但心思沒往書上用，書本上的知識，什麼也記不住。農村是一片廣闊天地，大有作為，老六和偉人有共識。分數下來那天，許多同學把眼都哭腫了，老六卻不，他對一個上了本科分數線的同學說，操，沒想到我能考這麼多，差點兒超過王梅。老六在街上轉了一圈，買了二斤毛線，一個髮卡，便回村了。王梅沒來看分數，她知道自己考不上，讓老六代看一眼就行。

一次，老六喝醉了，曾說他不是考不上大學，而是不想考。不想考，主要是為了王梅。老六和王梅念小學就好上了，一直好到高中。老六平時樂呵呵，可一旦王梅遭了男生的欺侮，老六的眉毛就擰成了小辮。老六個子大，拳頭也硬，不少男生都吃過苦頭。老六的拳頭能砸爛土豆，在初中、高中的元旦晚會上，老六一直表演著他的傳統節目：拳砸土豆。生土豆放在凳子上，老六一運氣，嘿一聲，土豆就裂開了。老六最高記錄砸了十一只土豆，他贏得了班主任和全班學生的喝彩，只是此後幾天一直用左手使勺子。老六為啥能超常發揮？後來老六將祕密告訴胖子，此前，王梅讓他親了一口，老六激動得控制不住。

老六的審美標準和陸雨不一樣，陸雨喜歡啃小白菜，老六卻喜歡壯實的。王梅就是那種壯實的姑娘。老六是因為王梅才喜歡壯實呢，還是喜歡壯實，王梅正好符合了他的標準，不清楚。老六自己也說不清楚。不過，王梅壯實不是說王梅長得像一口缸。王梅的身體素質好，線條也很優美。從前看，胸脯鼓得高高的，不是一堆肉，而是兩隻皮球，從後看，腰窄窄的，屁股大大的，不是無邊無沿的大，而是恰如其分、適可而止。王梅的臉盤算不上漂亮，但是認端詳，加上身材的優勢，確實夠誘人的。老六說，王梅適宜生活在農村，能幹活自是不必說，生孩子也是一把好手，就她那樣的，甭愁缺奶水，一吸一嘟嚕。老六把幾年以後孩子吃奶的事都想到了。

王梅學習不好，原先也沒指望考大學。老六寧願陪著王梅考不上。什麼是愛情？同甘苦，共患難。老六為了王梅，死而無憾。王梅對老六也是一百個真心，老六那二斤毛線是王梅讓他買的，王梅計畫為老六織件毛衣。

問題出在王梅父母身上。王梅父母嫌老六家窮。老六上面有四個哥哥，有兩個半娶了媳婦，還有一個至今單身。娶半個媳婦的是他二哥，那媳婦和他二哥過了沒幾年，跟人跑了。雖說老六下面還有個如花似玉的妹妹，但這並不能保證老六有錢。錢是個實實在在的東西，沒有誰討厭它。王梅父母如此表現，在理。

王梅哭哭啼啼地說，老六，你得掙錢呢。

老六說，沒關係，要月亮我摘不下來，要錢還不好說，不出兩年，我讓你父母眉開眼笑。

王梅信服地點點頭。老六趁機狠狠啃了王梅一頓。老六本想使用陸雨對小白菜的手段，讓王梅變成自己的人。可是王梅讓他親，讓他摸，就是不讓他脫褲子。王梅一邊躲避一邊紅著臉說，遲早都是你的，你急啥？摘得太早是生瓜呢。老六住了手，他不願吃生瓜。老六並不擔心，王梅變成孫悟空，他就是如來佛。

老六承包了八十畝荒地，種純籽胡麻。每畝地承包費十五塊錢，加上籽種錢、化肥錢、播種費、收割費，每畝成本最多一百元。當時胡麻每斤一塊八，按一畝地打一百五十斤計算，每畝毛收入二百七十元，純收入達一百七十元，當年就能掙一萬多塊。乖乖，就這個速度，甭說一個王梅，三個王梅也娶到手了。

老六早出晚歸，整日撲在地裡。他不是種胡麻，是種媳婦呢。那一陣子，除了王梅幫老六，還有老六的妹妹喬小燕和我。那時，我和喬小燕正搞得天南地北，雲遮霧罩。喬小燕和她六哥最好，我幫老六種地也是醉翁之意。

老六對待胡麻就像對待自己的孩子，一次喬小燕踩倒了幾顆胡麻，被老六狠狠訓了一頓。喬小燕委屈得直掉淚，那天，喬小燕聯手都沒讓我挨。胡麻生了蟲子，老六趕忙買來殺蟲劑。可是噴了殺蟲劑後，那些黑蟲子不但沒殺死，一夜之間竟長大了許多。老六後悔不迭，大罵化學老師。以老六當時在化學方面的發展，自己製個殺蟲劑不成問題，但陸雨事件後，化學老師不知從哪兒得了信，自己的失敗是由於老六從中出壞，便冷落了老六，老六的化學從此就荒廢了。老六重新買了一種農藥，才將肥碩的黑蟲子殺死。

老六說，有耕耘就會有收穫。可那年據說是厄爾尼諾現象影響，南方發洪水北方鬧旱災，老六的胡麻收成不好，除去各種費用，所剩無幾。

老六沒有洩氣，道路是曲折的，前途是光明的。老六沒在什麼事上泄過氣。第二年，老六在地裡打了幾口井，改種甜菜。老六同樣用心，王梅、喬小燕、我同樣盡心盡力幫他，全是義務勞動。甜菜豐收了，一鐵鍁挖一個，個個肥頭大耳。老六說不但要給王梅買東西，還要給喬小燕和我買。老六讓喬小燕拉個單子，他一塊兒買回來。喬小燕先前說不要，後來又說她不要東西，她要自己買。老六明白了，說那就給你錢吧。我知道喬小燕怎麼回事，她是想買胸罩。喬小燕的胸罩是自己縫的，不太好看。她那對小鹿似的奶子，怎麼也得配副好胸罩。

我和老六賣甜菜回來，已是黃昏。老遠就看見王梅和喬小燕在村口張望。我的心格登一下，老六瞅我一眼，罵你哭喪個臉幹啥，快活點兒。

我快活不起來，我為老六委屈。怎麼也沒想到，今年糖價下跌，縣糖廠處於半停產狀態，甜菜價格低得不能再低。就這，想賣還輪不上呢，門口的車隊有二裡多長。老六找了他一個同學，才把甜菜處理掉。老六給了我點兒錢，讓我給喬小燕買東西。我不好意思拿，老六拍著我的膀子說，還有來年呢，留得青山在，不怕沒柴燒，一個男人必須讓女人快樂。於是，我為喬小燕買了一對豆綠色的乳罩，買了一個布娃娃。老六為王梅買的是一個帶耳機的小型答錄機、一支口紅。老六領著我在小攤上吃了兩碗羊雜，喝了一瓶二鍋頭。

老六擁著王梅先走了。我拉著喬小燕的手，來到一片樹林。我要喬小燕脫了衣服，給她戴上胸罩。

喬小燕說不，我要自己戴，可她秀巧的手早就把扣子解了。喬小燕的乳房熱乎乎的，我狠狠地捏了一下，捏得喬小燕淚汪汪的。喬小燕打了我一下，罵我粗魯。我一不小心嘆了口氣，喬小燕問我怎麼了。我實說了。末了我補充，老六說還有來年呢。喬小燕痴了半晌，問我明年還幫不幫老六了。我說當然要幫，喬小燕就讓我再捏她的乳房，她讓我輕些。喬小燕對老六是充滿信心的。

王梅對老六也很有信心，但王梅父母不這樣看。老六儘管能折騰，但都兩年了，沒折騰出個子丑寅卯，照這樣折騰下去，老六把王梅賣了都說不定。王梅母親的潑辣是出了名的，她警告王梅，老六沒能耐，趁早滾得遠遠的，老六再登門，她就敲斷老六的腿。王梅母親啥事都幹得出來，早年一名村幹部開她玩笑，想和她相好，云云。大庭廣眾之下，王梅母親就要解褲帶，嚇得那名村幹部比老鼠竄得都快。

老六有對付王梅母親的辦法。王梅母親不讓老六登門，老六就用暗號約會王梅。王梅家的廁所臨街，廁所是土皮牆，牆上有縫，老六常把約會的紙條塞進縫裡。王梅上廁所，先往縫裡瞅瞅。王梅本不喜歡上廁所，可是自那以後，她對廁所有了感情，有事沒事往廁所裡跑。老六說，廁所是臭的，但愛情是香的。饅頭香吧，可小麥是糞餵出來的。老六的地下愛情搞得神神祕祕，瞞住了王梅母親。王梅到底經驗不足，有一天老六沒塞紙條，她不死心，隔十分鐘便去一趟廁所。王梅母親問王梅是不是鬧肚子，王梅說不是。王梅不敢看母親的眼睛，王梅母親起了疑心。王梅母親不屈不撓地在廁所內偵察，最終發現了祕密。王梅母親的嘴唇厚，彷彿是為了增強爆破力，說話常跳起來。那天，王梅的親也跳得很高，罵的話很難入耳。

秋末的夜晚寒意如水，可村外的樹林卻熱得人透不過氣。王梅和老六正在樹林裡親嘴。老六不喜歡接吻這個詞，接吻太虛，沒有親嘴來得實在。王梅咬著老六的嘴，老六也咬著王梅的嘴，兩人幾乎窒息了。這時，老六又冒出那個念頭，決定趁機把王梅辦了。辦了王梅，是對付王梅母親的最好辦法。老六騰出一隻手，往王梅的隱祕處步步逼近。快達到終點時，王梅忽然跳起來。王梅咬著老六的舌頭，差點沒把老六的舌頭撕下來。老六說，咋，還沒熟透？王梅委屈地說，你不施肥，沒個熟透。老六說，我正要和你說這個事，我想去城裡打工，有了錢再回村裡幹。王梅說，我支持你，城裡的錢怎麼也比村裡的好掙，我娘數錢眼都是綠的，你沒錢她是萬萬不答應的。老六說，我領你私奔你敢不敢？王梅說，有什麼不敢的？只是……王梅猶豫了一下，說，老六你不忍心是吧？我要你正大光明地娶我。老六拍拍王梅的臉蛋，那當然。王梅說，你放心地走，我給你留著，到時讓你連渣子都吃進肚裡。老六試探著說，要不先嘗一口？嘗一口與全吃掉滋味肯定不一樣。王梅說，嘗就嘗，反正早晚是你的。老六正要動手，一束光探進樹林，接著就是王梅母親的吆喝聲。王梅小聲說，我先回了，明天就不送你了。

第二天，老六背著一卷行李，去了燕北市。

◆三

老六看見小丁時，小丁正在對面的攤上買水果。老六太熟悉那背影了，她已刻在老六腦裡，用刀子都刮不掉。老六第一感覺是生氣，他不過看看她，她卻把他領進派出所。就衝她那張臉，他犯不著強暴她呀。老六決定給小丁點兒顏色，這樣想著，老六穿過馬路。這時，兩個瘦鬼樣的後生正靠近小丁。老六立刻意識到，這是兩小偷。一個後生挨住小丁，問水果的價錢，另一個後生迅速伸向小丁的皮包。老六直衝上去，握住後生的手腕，說，這是我女朋友。後生齜牙咧嘴地抽了一下，一連聲說對不起。老六鬆開，兩傢伙撒腿就跑。小丁哎了一聲，問，你怎麼放他倆跑了？老六說，怎麼，把他們送到派出所？小丁看了看老六，退後一步，你要幹啥？老六的樣子有些可怕。老六問，你說，我對你怎麼了？小丁罵句無賴，提上水果就走。老六不緊不慢地跟著，他怕小丁再把他領進派出所，邊走邊掃著兩邊的牌子。

小丁來到一個電腦培訓部，她回頭看了老六一眼，猛地將手裡的水果扔在地上，衝進去。老六將食品袋撿起來，靠在門外的鐵欄杆上。老六的肚子咕咕叫了，他從袋裡拿出一個蘋果瞧了瞧，又放進去。老六買了兩個麻餅，狼吞虎嚥吃起來，有幾次噎出了眼淚。

老六等了一個多小時，小丁沒出來。老六想了想，溜進一個能窺視電腦部的門店。又過了一刻鐘，小丁走了出來。小丁四下張望了一會兒，急急忙忙離開。這一次，老六沒有追上去，而是遠遠地跟著。中途，老六和小丁乘了同一輛公共汽車，小丁從前門上，老六從後門上。老六挺刺激。

老六一直跟著小丁走進那棟小樓。小丁掏出鑰匙開門，覺得身後有動靜，一回頭，看見從天而降的老六，臉越發白了。小丁哆嗦著問，你要幹啥呀？老六揚揚手中的水果袋，是你丟的吧？你別害怕，喏，這是我的身分證。小丁抖抖擻擻地看了老六的身分證，又丟給老六。身分證上的照片和老六一模一樣，可身分證不能證明老六什麼。人都有假，何況身分證？小丁說，蘋果我不要了。小丁的意思是讓老六趕緊走，老六把水果袋放在地上，說，我真的不是壞人。小丁鎮靜了一下，問，你究竟要幹什麼？老六說，一句兩句說不清楚，找個人多的地方談一談，怎樣？小丁橫下心，你以為我怕你不成。

小丁要領老六去茶館，老六卻選擇了飯館。老六說，我餓著肚子呢，你請我一頓怎樣？不是我，你的錢包就丟了，請我一頓你不吃虧。小丁說，我的錢包是空的。很難得地笑了笑，老六的心情也為之一爽。

兩人選了個位置坐下，小丁要了幾樣菜，讓侍者上瓶啤酒。老六說，不喝啤酒，來二鍋頭。小丁皺皺眉，可她的目光始終沒離開老六的臉。老六的臉稜角分明，碰一下，便彈起一片響聲。老六餓極了，那兩個麻餅不但沒止餓，反刺激了他的食欲。老六的吃相很是不雅。

小丁說，哎，你不是要說事嗎？老六抬起頭，用紙巾抹了抹嘴。老六說，我沒歹意，昨天你不該把我送進派出所。小丁嗆他，沒歹意跟我幹啥？老六說，我說不清楚，也許是鬼迷心竅了，不過，你確實很特別。小丁哼了一聲，這聲哼裡沒有惱怒，老六聽出來了。老六說，你不要以為鄉下人就不懂審美，除了錢少，什麼都比城裡強。小丁忽然笑了，止都止不住。老六繼續吃，等小丁笑夠了，老六又說，我來城裡幾年了，可看城裡人怎麼也不順眼，昨天見了你不知怎麼覺得親切，沒想到叫你送進了派出所，我不是壞人，我靠勞動掙錢，你看，我的手上有繭子。小丁頓了半晌，說，對不起。這時，半瓶二鍋頭已進老六的肚子了。小丁問，還喝？老六說，昨天跟你是想看看你，今天跟你是覺得憋氣，想報復，不過現在沒那個意思了，吃完飯我就走。小丁問老六現在在哪兒幹，老六說，目前是無業遊民。小丁問，你怎麼生活？老六說，該怎麼生活就怎麼生活唄。小丁猶豫了一下，給老六寫了一個手機號，有什麼困難，我可以幫你。老六很意外地看了小丁一眼，猛猛地喝了一口酒。

小丁起身結帳，老六攔住她，你一口沒吃，我結吧。小丁說，不是說好的嘛。老六笑笑，我也是剛下崗，並不是窮光蛋，這點兒錢還掏得起，你有這個心意就行了。出來，小丁客氣地說，你上來坐坐吧。老六說，我不敢，你再報警我就全完了。小丁紅著臉說，你這人。老六忙說，玩笑，玩笑。

和小丁分了手，老六回到工地上。老六兩個多星期沒來工地了。看見滿地的水泥、鋼筋，老六有些陌生。那些東西扎得老六眼睛疼，可老六依然不緊不慢地走著，像是故意這樣。老六快到工棚時，一個叫青瓜的漢子剛好從工棚出來。青瓜吃驚地叫了一聲，問老六這幾日去了什麼地方。爾後又小聲說，你趕緊走吧，老包的人昨日還問你呢。老六呸了一口，我他媽連槍子都不怕，還怕老包？青瓜說，當然，有王梅……她早上還來找過你。青瓜住了嘴，像是等待老六問下去，可老六沒問，青瓜說，她說有東西交給你……哎，她會不會送你個存摺？老六沒理他，走進工棚收拾自己的東西。老六的行李很簡單，一卷被褥，洗漱用具，一本撿來的《厚黑學》。老六在這個工棚裡生活了近二年，乍一離去，竟空落落的。

老六出來，青瓜依然在門口站著。老六把那本書塞給青瓜，說，兄弟，要想混，好好學學。青瓜說，就這麼走了？老六噢了一聲，王梅要來，就說我有個東西要送給他。老六走遠，青瓜才問，什麼東西？

老六回過頭，惡狠狠地說，炸藥包！

這世道什麼東西可靠？答案是什麼東西都不可靠。王梅和他好了這麼多年，一夜之間就成了別人的女人。這個打擊對老六太大了，但老六是擊不垮的。老六說，天涯何處無芳草。老六說，大丈夫何患無妻。老六說，女人是什麼，牆上的草。我和喬小燕進城後，老六不止一次這樣說過，說得我心驚肉跳。

老六本來打算掙了錢，回去和王梅結婚的，現在老六不準備回去了。老六善於總結經驗，他分析自己失敗是因為沒錢。在工地上雖然掙錢，但太慢了。老六打算尋找一種新的賺錢方式。老六痛苦，但絕不會沉淪，他的信心像彈簧，摁都摁不住。

老六在火車站趴了一夜。火車站是個溫暖的地方，它讓老六覺到了生活的實在。一撥人走了，另一撥人又來了，沒人理會老六。周圍吵吵嚷嚷的，可老六心靜如水。一年以後，我和老六頭破血流地從地道橋逃出來，老六一邊往身上抹二鍋頭，一邊說，失敗並不可怕，可怕的是不汲取教訓。

老六躺在上火車站的旮旯裡，盤算著賺錢的方法，他還沒有更深遠更明確的打算。一輛列車開始檢票了，老六睜開眼，看見一條挨一條的人腿往前蹭著，老六像是被什麼東西敲了一下。老六不明白怎麼回事，其實那個模模糊糊的念頭已在老六腦海深處若隱若現了，只是還無法抓住。

那天晚上，我和喬小燕正慶祝一個節日。我已經當了兩年代課教師，每月工資只有一百八十元。今年鄉里從二十一名代課教師中招聘十名轉為民辦，工資也由一百八十元提到三百六十元，我是那十分之一。這算什麼？可喬小燕非要給我慶賀。說實在的，我並不喜歡這個職業，之所以硬著頭皮幹下去，是想將來能夠轉正。為了摘喬小燕這顆鮮桃，我還養了幾十隻獺兔。老六喜歡大刀闊斧，我沒那魄力，只能穩紮穩打。

那場面簡單得不能再簡單，一袋五香花生豆，一瓶魚罐頭，幾瓶啤酒。喬小燕舉著滿是白沫的酒杯，說，祝賀你。我說，慚愧，慚愧，革命尚未成功，同志仍需努力。喬小燕微微一笑，罵我貧嘴。我的嘴唇和王梅娘的嘴唇一樣厚，我沒老六嘴溜，但那天我的嘴唇被人削薄似的，俏皮話一句接一句往外蹦。喬小燕和我酒量差不多，幾瓶酒很快就喝光了。喬小燕打著嗝說，你有了出息，可別當陳世美啊。燈光下，喬小燕豔若桃花，兩個黑亮亮的眸子深不見底。我聞見了從喬小燕身上散發出的桃一樣的香味。這是個千載難逢的好機會，我決定把喬小燕這顆桃先摘了。這是老六的高招，用之四海而皆準。我心蕩神搖地拽過喬小燕，說想吃桃。喬小燕罵我是壞蛋。罵壞蛋就是恩准了，我解開喬小燕的扣子，小心翼翼伸進手解她的乳罩。兩隻潔白的兔子撲嚕一下跳出來，我生怕牠們跑掉，以迅雷不及掩耳之勢將兔頭咬住。喬小燕哎喲一聲，先是捶我，爾後便和我抱在一起。我的身子越來越硬，喬小燕的身子越來越軟，我知道是時候了。喬小燕覺到了我的意圖，擋了一下，別……我害怕。我說，桃子熟得過分就成了爛桃。當然，我沒說出來，我心無旁騖，一心摘桃。喬小燕反抗了一下，便順從了我。

就在這緊要關頭，我和喬小燕幾乎同時打了個冷顫。像是天空中響了一個炸雷，看看窗外，月朗星稀，四下望望，毫無動靜。那一刻，老六正在火車站哲學家一樣地思考。老六的思考和喬小燕有關。幾年以後，我明白了我當時為什麼會打顫。

喬小燕哆嗦著問，是不是六哥出了什麼事？

我說，不會，他什麼智商？

喬小燕擔心地說，聽說城裡很亂。

我說，亂世出英雄嘛。

喬小燕白我一眼，你什麼意思？

我說，我沒什麼意思，我相信老六。

其實，我僅僅是安慰喬小燕，我心裡很虛，胸腔裡堵滿了黏稠的霧。待我從恍惚中醒悟過來，喬小燕已穿好了衣服。那兩隻兔子從我的視線裡消失了。我是一名拙劣的獵手，我很窩囊。喬小燕卻像什麼事也沒發生似的，很利索地收拾著東西。確實什麼也沒發生，喬小燕還是喬小燕，我還是我。

喬小燕收拾完，說，天不早了。我知道她的意思，可我啥也沒說。喬小燕在我臉上親了一口，獨自走了。

我第一次沒送她。喬小燕走了很長時間，我才站起來。我打開門，黑暗轟地一下擠進來，險些將我撞倒。

我狠狠摑了自己一個嘴巴。

◆四

老六說，燕北市和咱村有啥區別？一個是大戲，一個是小戲。燕北市唱京劇，咱村唱二人臺，京劇未必比二人臺好看。可看京劇得掏錢，二人臺白看。為啥？這就是城市的高明之處，錢要得越狠你越過癮，天天白演誰還看？

這是老六到燕北市半個月後總結的經驗。老六在郊區租了間房，天天進城找活。住老六隔壁的是一對中年夫妻，男的個子矮小，女的個子也不高，卻很粗壯。兩人是撿破爛的，每天走得很早，男的蹬著三輪車，女的扛兩根鐵鉤子。晚上，依然是男的蹬三輪車，女的扛兩根鐵鉤子，車上則多了些紙箱之類的東西。老六沒聽他們大聲說過話，更沒見兩人吵架，他們的臉永遠是一個表情。那是一種沒有表情的表情。混熟了，男的說他們是安徽來的，他們的一對兒女都讀大學，為了積攢兒女讀書的費用，到燕北市也沒多久。說話時，男的臉上方浮起一絲自豪。中年夫妻知道老六一直沒找上工作，讓老六也去撿破爛，男的說，只要不怕髒，就能掙錢。女的補充說，聽說有人還撿過存摺呢。這是一對熱心、善良的夫妻。老六笑著搖搖頭，謝絕了。

那天，老六沒出去，一個人在屋裡待著。半上午，中年夫妻回來了，這次女的蹬著車，男的扛著鉤子，車上空空的。老六覺得奇怪，他去打招呼時，見男的鼻青臉腫，嘴角淌著血，女的衣衫不整，披頭散髮的。

中年夫妻被人揍了，若不是兩人拚命護著三輪車，車就被砸了。老六聽中年夫妻講了經過，很是氣憤。地盤，本來是一個和土匪連繫在一起的詞，可在城裡，卻時髦得燙手。賣菜有賣菜的地盤，擺攤有擺攤的地盤，就連小偷、撿破爛的都擁有自己的地盤，且恪守規則，井水不犯河水。附近有一個垃圾點兒，中年夫妻來時，這個地盤已被別人占了，中年夫妻每天打遊擊。今天，中年夫妻看見垃圾車駛進垃圾場，一時沒管住自己的腳，追了進去，結果垃圾被沒收，兩人還挨了揍。

老六問以後怎麼辦，男的說，還能怎麼辦，以後躲著就是了。老六說，地盤都是打出來的，別怕，這個忙我幫。

第二日，老六硬是拽著中年夫妻來到垃圾場。剛一到那兒，便有七八個男男女女圍過來，手裡均提著傢伙。中年夫妻小聲說，我們還是走吧。老六手裡空著，冷冷地逼近他們，掃視一圈，問，他倆是你們打的？老六的神態、語氣鎮住了對方。老六冷著臉說，老子撿破爛時你們還在娘肚子裡鑽著呢，這陣倒來發威了！沒人吱聲。老六說，你們不是拿著傢伙嗎？上來試試。那些人都是農村來的，骨子裡並不凶惡，沒多大膽量。老六彎腰撿了個啤酒瓶，猛地朝自己的腦袋砸去，瓶子碎了。老六說，不是想占地盤嗎？試試吧。對方不知老六根底，膽怯了，目光一截一截軟下去。一個老漢說，兄弟，我們有眼不識泰山，給我們一口飯吃吧。老六靜默了半晌，說，看你們也挺可憐，不然……老六沒再往下說。

老六用啤酒瓶為中年夫妻砸出了一塊兒地盤。老六不是鐵頭，他頭疼了好幾天。此後不久，老六搬出小院。第二年春天，老六來到了老包的建築工地。

老包是個包工頭，恰又姓包，四十左右的樣子。老包原是瓦工，後來組建了臨時建築隊在縣裡折騰。一個鄉村建築隊竟敢拉到燕北市，一不小心還折騰大了。現在叫燎原第一建築公司，目前正為一個房地產商蓋樓。

老包招工，個個都要過目。小工一天20元，泥瓦工一天35元，管住不管吃。老六說要幹泥瓦工，老包便對老六進行面試。老包打量老六的目光很特別，先從腳上看，最後盯住老六的臉。老六忍不住想笑，這個人的腦袋和脖子竟長得分不清楚。老包讓老六試手，老六還真露了幾下子。其實，老六並沒幹過泥瓦工。老包讓老六留下來，但只答應每天給28元，老六不夠泥瓦工標準。老六故意遲疑了一下，答應了。

老六開始了每天一身泥一身水的生活。表面看，老包開得工資挺高，可要是按工作量核算，工資實在可憐。每天從早晨五點開始上工，一直幹到十一點，下午則從一點幹到六點，一天十一個小時。晚上加班，則另給加班費。可累算什麼？老六說，紅軍兩萬里長征都走過來了，我還有什麼受不下去的。老六豪情萬丈，為了早日把王梅啃了，只要有加班機會，老六就不放過。

第一個月下來，老六沒領到工資，按照老包的規定，只能在下月領上月的工資。這樣，老包手裡總是攥著你一個月的工資，就有了主動權。老六挺生氣，可他忍住了。第二月底，除去飯錢，老六領了520塊錢。吃飯時，老六喝了一瓶二鍋頭，然後去找老包，要把第二個月的錢也領了。老包挺不高興，你不知道咱這兒的規矩？老六揉揉眼窩，我對象要一千塊錢，現在湊不齊，她就跟我吹了。我家窮，搞個對象不容易，你幫幫這個忙吧。老六死纏硬磨，老包終於答應讓老六把錢領了。當天，老六就把那一千塊錢寄給了王梅。老六給王梅寫了封信，說自己做夢都在啃西瓜。

老包的工資發得還順，可臨近年底，老包扣了工人們三個月工資。過去在這兒幹的工人解釋，這是老包的慣例，他怕明年工人跑到別的工地上。老六罵，怎麼比資本家還可惡。老六攔住眾人，集體找老包要錢，誰知老包早跑回老家過年了。老六要領眾人去老家追老包，起先沒人願去，可是經不住老六的鼓動，有四十多人舉手同意。

老包的家在一個小縣城。老六沒費周折就打聽到了。當然，老六打聽到的不止這些，比如還打聽到老包很孝順。老六說，知己知彼，攻無不克。

那個場面很滑稽。四十多人在老包家門口排成一溜長隊，每個人舉著一個牌子，牌子上寫著「要帳」。他們不說話，就那麼舉著。老包立馬服軟，很快就把工資兌現了。老包什麼都不怕，就怕不吉利。

坐在回家的火車上，老六突然想，怎麼就忘記和老包要路費呢？當時，就是要路費，老包也會答應。

那是老六最順暢的一個春節。老六掙的錢都寄給了王梅，王梅母親總算有了一絲笑意，老六找王梅不用再往廁所塞紙條了。王梅呢，又熟了許多，該凸的越發凸，該凹的越發凹，要多飽滿有多飽滿。老六對我說，他饞得都流口水了。那個冬日，壩上草原出奇得冷，夜間氣溫零下三十度。這給老六和王梅的約會帶來許多不便。雙方家中是不可能的，只能去樹林。老六怕把王梅凍壞，摸兩把，咬幾口，便匆匆回來。

一天清早，我還在被窩裡縮著，老六便匆匆忙忙找上來，向我要辦公室的鑰匙。我問他幹什麼，老六說還能幹什麼。我反應過來，嘿嘿一笑，辦公室沒床，只有破桌子。老六說，只要有爐子就行。我說，爐子是有，可是沒煤。老六幾乎走出去了，猛又回頭問，真的沒煤？我說真沒有。老六想了想說，兄弟，麻煩你往學校弄點煤，我弄太惹眼。沒等我說話，老六一把把我從被窩裡拽出來。

我前腳進辦公室，老六後腳就到了。老六說行了行了，你的任務算完成了。老六攆我走，我故意不走。老六忽然問我，你是不是欺侮小燕了？我納悶，沒有啊。老六說，那昨晚她為啥哭？我可警告你，小燕還小，你不能急著把她辦了。我沒心思跟老六囉嗦，急急地走出來。陽光一照，我醒悟過來，明白這是老六支我走的把戲。我回過頭，一綹青煙正冉冉升起。我想，應該給它命名：愛情煙。

老六把辦公室搞得熱乎乎的。那天本來應該是個絕妙的日子，老六要把成熟的西瓜吞進肚裡。可是那一天，老六娘突然犯病了。老六娘胃潰瘍，幾年沒疼了，那天一下子犯了。老六把娘弄到鄉衛生院，結果又檢查出膽囊炎。老六陪娘在醫院輸了七天液。老六娘住院花去幾百塊錢，而老六的錢全給了王梅，他讓王梅回去拿，王梅沒拿上。原因是王梅母親已經把錢存了，準備為兩人結婚用。老六很不高興，恨恨地罵，整個兒一個錢簍子。老六沒指明，聽起來像是罵王梅母親的，又像是罵王梅的。王梅心裡委屈，嘴上也不示弱，誰讓你給我寄錢來著。老六瞪了眼，你倒有理了？我和喬小燕忙把兩人拉開，王梅已嗚嗚哭了。

老六娘住院的錢是我支付的。回去的路上，老六用自行車推著娘，王梅則拉開一段距離，走一步踢一下路上的積雪。我和喬小燕走在最後，喬小燕挽著我的胳膊。老六也真是的，這事原本就該讓我表現。我知道老六和王梅不會惱下去，老六快要返城了，他不會白白錯過機會。大冬天吃西瓜，去哪兒找這麼好的事去？早上，我看著學校冒煙了，狠狠嗅了嗅鼻子。滿街都是西瓜的香味。

第二天，老六把辦公室的鑰匙狠狠摔給了我。我嘿嘿一笑，想老六肯定把王梅辦了，不然他不會故意繃著臉，表演給我看。老六有城府，沒辦的時候呱呱叫，大功告成卻不顯露。我說，你坐著，我殺個兔，咱倆喝酒。老六說，我哪有心思喝酒。我覺得不對頭，問他怎麼了。老六說，你辦公室的桌子也太破了。我那張桌子確實破了點兒，四條桌腿斷了兩條，我修了好幾次，有時我趴在桌子邊批改作業，桌子咯咯吱吱響。我意識到什麼，忙問，沒事吧？老六氣乎乎地說，怎麼沒事？王梅把腰閃了。我想笑，可看著老六青冷的臉沒敢笑。多飽滿的西瓜，可惜被老六摔碎了。後來，老六告訴我，他確實有些急，他和王梅先咬了一會兒，咬到火候上，他一把抱起王梅。他是想輕輕放下王梅的，可不知怎麼用了些勁——也許是王梅熟透了的緣故，我為老六分析——桌子裂開，王梅從中間陷下去。

臨走的前一天晚上，老六去看王梅。王梅趴在炕上，哼哼吱吱的。王梅是真疼，她的臉色白寡寡的。王梅母親把老六叫到外屋，數落了幾句。王梅母親的厚嘴唇碰一下，老六的耳朵就疼一下。那晚，老六的舌頭像是爛掉了，一副虛心認錯的表現，王梅母親的討伐就此為止。

老六離家一個月之後，王梅才上街走。但王梅不再像過去那麼蹦蹦跳跳了，我懷疑她是不是把西瓜籽摔了出來。開學後，我看到了那張令老六惱火萬分的桌子。它很不道德地躺在地上，一臉壞笑。我把桌板撿起來，想重新拾掇一下，可任我怎麼努力，就是收攏不到一塊兒。於是，我狠狠心，將它扔到庫房。我捨不得燒掉，這畢竟是學校唯一的一張辦公室，老六恨就讓他恨去吧。我和喬小燕在一塊兒時，老想那張桌子，老想朝她身後看，生怕她陷下去，閃了腰。那幾日，喬小燕罵我神經兮兮的。

我為老六惋惜，決心在老六回家前，購買一張結結實實的辦公桌。

◆五

如果老六沒遇見小丁，老六也許不會把我煽乎到燕北市，如果我沒有投奔老六，喬小燕也許不會到城裡來，如果喬小燕不來，我和老六的故事會是另外一個樣子。可問題是沒有那麼多如果，一切都實實在在的。

老六行走在燕北市的柏油馬路上，我正在喬家圍子小學上語文課。我在黑板上寫下了義憤填膺這個詞，問誰會解釋。這是昨天的預習題。我問了半天，沒人回答。我的目光落在張兵身上，張兵是語文課代表。張兵終於舉起手，爾後站起來，我爹說，義憤填膺就是球粗的意思。我沒憋住，笑出了聲。

那時，老六沒有心情笑。他在燕北市的大市場轉了五六天了，可沒有琢磨出賺錢的方法。下午，老六拖著疲憊的身子往回走，有人喊住老六，問老六打不打卦。那個人四十幾歲，鬍子卻有半尺多長，嘴倒是挺甜，兄弟，我一眼就看出來，你大富大貴，福大命大。老六蹲下來，說，我不算卦，我問你兩個問題。那傢伙馬上仰起臉，捋著鬍子，一副指點迷津的架式。老六問，幹什麼能一夜發財？那傢伙脫口說，膽大的搶銀行，膽小的抓彩券。老六又問，幹什麼來錢容易？那傢伙說的更是乾脆，女的當妓女，男的當鴨子。末了瞇縫了眼，補充了半句話，你這身架。老六罵句娘，哭喪著臉說，我倒想去當鴨子，可我陽痿。那傢伙說，沒關係，現在的社會太監都可以當鴨子。很迅速地從包裡掏出一個紙盒，這藥百分之二百管事，每天只需服一次。老六嘿嘿一笑，站起來就走。那傢伙喊老六給錢，老六頓住，你先把鬍子黏牢了再說。

卜卦全是扯淡，可老六經過一個體育彩券銷售點時，還是買了兩注，中彩是虛幻的、遙遠的，是自我慰藉的一種方式。老六不會把希望寄託在彩票上。

老六回到火車站，看到了一個熟悉的背影。老六的目光立刻牢牢地黏在上面。老六只是靜靜地望著，沒有上前。對小丁，老六最初是這樣形容的：背面值十萬，側面減一半，正面瞧，滾他媽的蛋。兩人下了一次飯館後，老六對小丁的印象又變了，從本性上說，小丁還是善良的。

小丁張張望望的，像是在尋找什麼人。老六跟著小丁，想看看是怎麼回事。小丁轉了兩圈，發現了老六，猛地在老六的胸上捶了一拳，你是不是早就看見我了？真壞！這個親昵的動作讓老六意外，他一頭霧水地說，我怕你報警。小丁想再捶一下，手舉起了，卻指著老六的肩說，你是不是從洞裡鑽出來的？輕輕彈了幾下。老六剛濺出的幾個火苗子，倏一下掉進了水洞。小丁說我沒猜錯，你真的趴火車站？老六說，怎麼是火車站，這是我家，他們都是我的兄弟。小丁說，你真樂觀。爾後說她為老六聯繫了一分工作，她找不到他，便尋到了火車站。老六問幹什麼，小丁說搞裝卸，活不累，工資還可以，每月一千二，怎樣？小丁盯住老六，似乎老六不同意，她可以再給他加工資。老六沒有理由不同意，他不能白白耗費時光。老六點頭後，小丁拉著他就走。老六尋自己的行李，可是怎麼也沒找見。小丁說，算啦，不就一卷破行李嗎。

小丁徑直把老六領到一座小樓。老六覺得面熟，想了想，記起這是小丁的屋子。老六不明白小丁為什麼把他領到這兒，熱血狠狠地沸騰了一下。小丁打開門後，並沒讓老六進去，而是讓他在門口候著。老六探了探頭，嗅了嗅。屋內飄蕩著濃重的女人味。老六馬上斷定，這個屋子裡只住著小丁一個人。老六探進一隻腳，然後又縮回來。

小丁抱出一床被子，一塊褥子，一個枕頭。小丁解釋，這是多餘的，先借給你。老六哎呀一聲，我用過了，怎麼還你？小丁說，那就還我新的，必須還！小丁的聲音很霸道，是那種讓人心疼的霸道。

老六的工作單位是一家食品批發部。進貨方需要什麼東西，打個電話，批發部就派人送去。送貨兩輛車，都是東風140，一輛車算一組，每組三個人。批發部的負責人是一個叫強子的後生，平時綳著臉，可是見了小丁卻笑嘻嘻的。老六以為強子是老闆，後來知道強子也是老闆雇傭的。

小丁安頓了老六便離開了。第二天，老六正裝貨，小丁出現在倉庫門口。小丁喊老六出去一趟，老六看看司機老馬，拍拍手走出來。強子看見了，笑嘻嘻地說，小丁，工作期間閒人不能隨便進入，小心我罰你款。小丁說，你多大的官，怎麼見誰訓誰。強子呵呵笑著，我的大小姐，還是你厲害。

老六問小丁什麼事，小丁說沒啥事，我路過這裡，來看看。這個理由不充分，小丁的臉悄悄紅了。老六不敢再沸騰了，他說沒事我幹活去了。小丁說，下了班我在門口等你，你怎麼也得請我吃頓飯吧。

這天晚上，老六在九匹狼酒家宴請小丁。小丁說，我這個人不輕易幫別人忙的，你是例外，今天得狠狠宰你一頓。老六說你看我像鐵公雞嗎？便專撿貴的點，點得小丁都心疼了。小丁說，你怎麼連檔次與浪費也分不清。老六說，檔次在某種程度上就是浪費。老六感到遺憾的是酒家沒有二鍋頭。老六喝別的白酒，怎麼喝怎麼不是味。

吃飯中間，老六很隨意問小丁和批發部是什麼關係。小丁說老闆是我親戚，然後便把話叉開了。兩人說了許多話，可都是不著邊際的，虛虛的，沒有任何實質性的內容。老六對小丁什麼都不了解，小丁依然是一團霧。

吃完飯，小丁給了老六一個尋呼機。小丁說她有了手機，用不著尋呼機了，老六帶著，兩人聯繫方便。小丁的聲音蚊鳴一樣低下去，耳根子都紅了。老六什麼都明白，可他沒有這方面的經驗，不敢輕舉妄動。如果是王梅，老六怎麼出手都行，可小丁不是王梅。小丁真真假假，虛虛實實，玩的是遊擊戰。老六接過尋呼機，小丁當場呼了一遍。

從酒家出來，小丁說，我回去了。老六噢了一聲。小丁看了老六一眼，站在那兒攔車。計程車過來了，可小丁並不伸手，計程車駛過去，她才揚起胳膊，每次都這樣，總是慢半拍。有一刻鐘時間，小丁沒攔住一輛。又一輛計程車駛過來，老六揚起了手，計程車停下來，小丁回頭對老六一笑。司機搖下玻璃後，小丁突然離開了。司機和老六都莫名其妙，老六忙擺手說不坐了。

老六追上去，問，怎麼回事？小丁說，那個司機樣子太凶。小丁背對著老六，聲音冷冰冰的。老六說，我送你吧。小丁問，你沒事？老六笑說，我能有什麼事？什麼事也沒有送你重要。小丁捶了老六一下，罵老六嘴油子。

後來老六對我說，城裡女人是謎，你得慢慢猜，她們說話不直截了當，你得從另一個方向琢磨，哪像王梅，啥就是啥，不來虛的。老六還說，知識是無窮的，人的智慧是有限的。

上樓時，小丁歪了一下，老六及時托住她。小丁站穩，馬上甩開老六。老六把小丁送到門口，老六等待小丁說，你不進來坐會兒？或你進來坐坐吧，可小丁說的是，天不早了。老六說，沒關係，我是夜行俠。老六沒走，準備再說點兒什麼。小丁說，改天來玩啊。老六再不走就沒意思了，小丁說再見，老六說，再……見沒出口，老六已蹦出樓道口了。

老六回到批發部快十點了，呼機嘟嘟地響起來。老六見是小丁的手機號，便到門口的磁卡電話亭給小丁回電話。小丁問老六到了沒有，老六說到了。小丁靜了兩秒鐘，什麼也沒說，便掛了。

小丁送給老六的是一床粉色的被子。被子裡有一股怪怪的、讓人癢癢的味道，像是有一隻手輕輕地摩挲。這種味道和西瓜的味道不一樣，老六說不清是什麼。老六明白小丁鑽進了自己的腦殼，可閉了眼，老是晃動著王梅的影子。

那一夜，老六遺精了。

◆六

老六第二年出現在工地上，老包並沒有因老六要帳的事辭掉老六。相反，老包給老六漲了工資，由每天28元提到30元。老包沒說別的，只說好好幹，我虧待不了你。老六怪不好意思的，幹活更賣力氣了。老六無論如何想不到，這一下竟演繹出一段血淋淋的故事。

王梅來找老六是在一個夏日的中午。燕北市正值高溫，日頭毒花花的，空氣中彌漫著一股焦糊味。王梅戴頂遮陽帽，白襯衫上像是髒手摸了似的凸現著黑印子。老六驚喜萬分，拉著王梅去吃飯。老六要牽王梅的手，王梅卻非讓老六攬住她的腰。老六心有餘悸，彷彿再碰王梅的腰就會折斷，直到王梅歪在他懷裡，他方如釋重負。裂開的西瓜已合上口了。

王梅說她也想找點兒活幹，兩個人掙錢總比一個人強。老六不同意，乖乖，老六哪捨得讓王梅和他受罪。王梅死纏硬磨，老六不開口，王梅便撅了嘴說，老六，我等不及了，你再不摘，西瓜就爛了，我可是為你好，不信，你摸摸。王梅讓老六摸她的乳房，老六摸了一下，便不知如何拒絕了。老六讓王梅先找個旅店住下，幹活的事慢慢再說。王梅說，我是來打工的，住什麼旅店，隨便找個地方就行。老六說，咱倆一塊兒住，我饞壞了。王梅猶豫了一下，要是讓公安逮住怎麼辦？這裡不是喬家圍子，萬一罰款可就慘了。老六嘆氣，西瓜一進城就變成了芝麻。王梅見老六不大高興，小聲說，去就去，反正罰款你掏。兩人便出去找旅店，專撿偏僻的小巷走。旅店倒是不少，可店主一看便知道怎麼回事，張口就要二百。二百就二百，為了吃西瓜，二百也值。可王梅不同意，王梅說二百塊錢夠縫一套被褥了，老六你忍忍吧，到時候讓你撐破肚子，咱們是來掙錢的，不是來花錢的。王梅說的是過日子話，老六咬咬牙掐斷了自己的念頭。

王梅留在了工地，在食堂給工人們做飯。晚上，她就和一同做飯的青瓜女人住在食堂。王梅工資不多，只有四百元，但王梅很滿足，到年底她能攢兩千多元。

雖說在一個工地上，住處也沒多遠，可老六和王梅待在一起的機會並不多，老六忙的時候王梅有空閒，老六有空閒了王梅正忙著。為了能和王梅多呆一會兒，吃飯時老六就蹲在食堂地上，一邊吃一邊瞄著王梅。可能青瓜女人和青瓜說了，一天晚上青瓜對老六說，兄弟，眼睛過不了癮，說著眨了眨眼。青瓜和女人常年在工地幹活，青瓜精力正旺，老六想青瓜肯定有什麼奇妙的辦法。青瓜賣了半天關子，道，抓住機會，速戰速決。老六嘴上不說，心裡卻罵，這是什麼鳥辦法。

什麼事能難住老六？老六的點子遍地開花。那天，老六實在想王梅了，就故意裝病，請了假。人去棚空，老六倒頭睡覺。老六知道青瓜會把消息告訴王梅的。過了一會兒，王梅心急火燎地走進來，摸著老六的額頭問老六哪兒難受。老六說可能中暑了，頭暈噁心。王梅給老六泡了白糖水，用溼毛巾為老六敷頭，忙得一塌糊塗。老六讓王梅坐在他身邊，他說什麼東西也沒西瓜退熱。王梅在老六額頭點了一指頭，撩起背心，讓老六啃。老六啃得性起，想趁機把王梅辦了。王梅瞅瞅門口，慌慌地說，不行啊，老六，萬一給撞見……羞死了。老六說，你放心，他們不會回來。王梅疑疑惑惑地問，你是不是裝病？老六說，不裝病，哪能吃西瓜？沒料王梅突然惱了，狠狠推了老六一下，說，你咋這麼沒出息，放著白花花的票子不掙，你……一抹眼淚，跑了。

老六蔫蔫地來到工地上，青瓜笑瞇瞇地問，解決了？老六說，解決了，媽的，真過癮。青瓜深有同感地拍拍老六。

大約王梅來了一個月之後，老包來找老六。老包說他母親來燕北市看病，想找個人侍候，問王梅能不能去。老六怔了一下，說王梅怕是不行，讓老包另外找人。老包說冒然雇人不可靠，他的母親生活能自理，王梅的任務就是做飯，煎藥，陪老人說說話。老包在市裡買了一套樓，他母親一個人在樓裡，孤寂得很。當然，工資少不了，一個月八百。老包說，如果王梅不去，他就讓青瓜女人去。老六沒有立刻回絕，說他做不了主，得和王梅商量。

誰知王梅早從青瓜女人那兒得信了，咬著要去。王梅說，咱們的任務是啥？啥掙錢咱幹啥。可是老六總是放心不下，他怕自己的西瓜讓別人劈開。王梅撒嬌，我又飛不了，掙了錢，年底咱就能結婚了，老六，你不想吃西瓜了？老六怕王梅小瞧了自己的肚量，提出先去老包家考察一趟。用時髦話講，老六原則上已基本同意。

考察的結果還算滿意。老包母親一臉病相，說話打不起聲音，但人很和善，是沒有心計的那種。老包的房子寬敞得很，吃有吃處，住有住處。

從老包家出來，王梅碰碰老六，咋樣？

老六說，還能咋樣？反正你不聽我的。

王梅捏老六一把，咬著老六的耳朵，你放心，我肯定是你的，今天晚上，我由著你……你找地方吧。老六激動了一萬分，感動了一億分。為了讓他放心，王梅要把鑰匙先交給他。老六能說什麼？再說就小肚雞腸了。

那一天，我正油刷我的辦公桌。辦公桌是我自己做的，雖然是楊木料，但桌板厚，桌腿粗，結實得不能再結實。老六和王梅再怎麼折騰，它也不會哼哼一聲。

老六最終把地點選在餐廳，就像他當初選擇我的辦公桌一樣。他和青瓜商量，讓青瓜領著女人逛半夜街，老六給了青瓜五十塊錢，算是請青瓜兩口子吃夜宵。青瓜很爽快，與人方便，自己方便，你就放心幹吧。

那天晚上，一個工人從樓板上摔了下來，雖然沒摔死，但摔得七零八亂。老六和王梅還沒來得及行事，外面一片混亂。王梅看看老六，老六說別管他，可是外面的聲音撞得兩人都縮了手腳。老六說，你先待著，別出去，我看看就回來。老六跑出去，幾個人正七手八腳地抬著受傷的工人，看見老六，喊老六幫手。老六猶豫了一下，抬住了那位工人。

老六是第二天早上回來的，王梅正在工地門口等他。王梅也是一夜未眠，揉著眼睛直打呵欠。王梅說，老六，我先去，記著來看我。

老六說，我去送你。

王梅說，不用了，老包的車在外面呢，你快睡覺去吧。

王梅拍拍老六的臉，走了。

半個月後，老六去看王梅。王梅告訴老六，老包和他母親對她不錯，活也不累，晚上還能看電視，只是一睡下她就想老六。王梅領老六參觀了她的房間，兩人還在房間裡悄悄活動了一會兒。王梅的樣子沒變，神情沒變，老六放心了。

老六常去看王梅，有時間隔一星期，有時間隔半個月。

臨近交工，工地活緊張，老六連著兩個月沒去。老六沒想到，僅僅兩個月時間，老包竟然把王梅和平演變了。

秋末的一天，老六買了王梅最愛吃的葡萄去老包家。王梅的樣子讓老六吃了一驚。王梅穿著一件花裙子，嘴唇描得紅嘟嘟的。王梅有些慌張，她沒往老六懷裡撲，老六進去半天了，她只說那兩個字，你坐，你坐。老六轉了轉，問，老包娘呢，王梅說，早回去了。王梅意識到自己說走了嘴，緊咬了嘴唇。老六的目光已插進了王梅眼窩。王梅受不了老六的逼視，哭著說，老六，我對不起你。

老六肝腸寸斷，精心呵護了近二十年的西瓜，竟然被豬啃了。老六先前以為是老包強暴王梅的，要找老包算帳。王梅哭著說不怪老包，她是自願的。老六看著哭得一塌糊塗的王梅，難以相信自己的耳朵。王梅說，我想過上好生活啊，老六，我下輩子再報答你吧。老六揪著王梅的領子，惡聲惡氣地說，他有老婆孩子，你想當二奶呀。王梅只是捂著臉哭。

老六想狠狠揍王梅一頓，可瞧著王梅悲痛的樣子，摔門離開。老六找見老包，拍了老包一磚頭。老六想把老包的腦袋拍碎，可他提的是一塊次品磚，老包的腦袋只裂開一個口子。

這是一個老掉牙的故事，類似的故事每天都在發生，一不小心它就砸在了老六身上。老六雖然說大丈夫何患無妻之類的話，但他的心實實在在被捅了幾個血窟窿。

那一天，老六收到我的信。我在信中告訴老六，我新做的辦公桌又寬大、又結實。

老六罵聲操，將信扔了。

◆七

和老六一個組的，除了司機老馬，還有一個叫悶瓜的後生。悶瓜的綽號不知是誰起的，真是恰當極了。悶瓜一天不說幾句話，幾乎讓人懷疑他是個啞巴。老六起先不好意思呼他悶瓜，後見眾人都這麼叫，便也隨著叫。老馬穩成、隨和，是知足常樂的那種人。兩個人都很好相處。

批發部的業務不錯，在這兒幹個三年五載的估計不成問題。老六一直想弄清小丁和批發部的關係。小丁越是不說，老六越是想知道。那天，在送貨回來的路上，老六很隨意地問老馬，怎麼見不著老闆？老馬說，只要給咱發工資，見老闆幹啥？老六說好奇。老馬嘿嘿笑，就是不說話。老六不便再問，那份好奇卻越發強烈了。

那一陣子，老六被小丁搞得焦頭爛額。小丁三天兩頭約老六吃飯，當然，兩人不再去檔次很高的酒店，老六陪不起。有時小丁請老六，有時老六請小丁，多數是小丁請老六。這分明是一對戀人的樣子，小丁還常常撒嬌，要麼捶老六一下，要麼擰老六一把，也夠百分之八十的打情罵俏了。可是老六要有什麼動作，比如蹭蹭她的乳房呀，碰碰她的屁股呀，小丁就顯得很生氣，彷彿老六占了她多大便宜。老六保持同志間的距離，小丁則又酸溜溜的，不時譏諷老六兩句，責怪老六不懂情調。老六琢磨不透小丁，呼機一響就頭疼。城裡的女人真是難對付。

一天晚上，小丁約老六在街頭的大排檔吃炸麵。老六故意吃出一副惡相，他眼角瞄著小丁，小丁並沒什麼反應。那天，老六決計幹點兒什麼，吃完麵，他又要了一瓶二鍋頭。小丁奇怪地問，怎麼吃完飯了才喝酒。老六說在我們老家，新女婿頭次上門，都要這麼款待。老六是編出來的。小丁說，什麼破規矩呀？看新女婿是不是酒囊飯袋？老六說，錯了，在老家，沒有酒量和飯量的男人不是男人。小丁搶白，這兒不是你老家，沒人相你。老六四下瞅瞅，那沒準，一不小心啥事都發生。小丁突然站起來，我不等你了。老六頭也沒抬。小丁結了帳，背著挎包走開。老六一直盯著小丁的背影消逝。小丁的背影總讓老六想入非非，魂不守舍。老六大口地喝酒，一瓶酒快喝光的時候，小丁又回來了。小丁臉色很難看，她坐在老六對面說，這不公平，每頓飯你都比我吃得多。老六說，我也不知道怎麼回事，每次和你吃飯都特別能吃。小丁說，鬼話！老六說，有半句假的，你割我的舌頭。小丁說，你欺負人。老六故作驚訝狀，我怎麼欺負人了？小丁說，讓我割你舌頭，不是成心害我呀。老六說，沒關係，我爹是醫生，回頭讓他給我安個羊尾巴。小丁哈哈笑起來。老六趁機說，咱們走吧。兩人誰也沒說去哪兒，就那麼漫無目的地走。後來，小丁問，你要領我去哪兒？老六想開個玩笑，可怕小丁羞惱，遲疑了一下，說我送你回家吧。

兩人打了輛計程車，半道上小丁突然喊停車。下了車，老六忙問怎麼了，小丁說暈車，並且吐了幾口。老六忙拿出餐巾紙，這一招是小丁培養出來的。老六心想，媽的，我都成啥人了。

兩人步行往回走，小丁說，這麼好的夜晚，打車是浪費。

老六說，是啊，多麼迷人的夜晚。老六怕小丁說他酸，趕緊講了個笑話，小丁大笑不止。講笑話，老六是強項。小丁說，你真壞，我都笑頭暈了。老六便適時挽住她。

老六想今天該發生點兒什麼事，可到了家門口，小丁依然不讓他進屋。老六裝不明白。老六喝了酒，有過失，是酒的過，怨不著他老六。老六說，我還有兩個笑話沒講呢。小丁說，留著明天講吧。老六說，明天就爛了……開門呀，我又不是強盜。小丁說，你今天喝多了，走吧。小丁推了老六一把，老六猛就抱住小丁。小丁慌慌張張地喊，你放開，然後就打老六一巴掌。小丁生氣了，她攏攏頭髮，打開門，閃進去。砰得一聲，老六就想，這下完了，媽的，驢雞巴撞火爐，自個兒找罪受。

老六回到批發部，呼機嘟嘟響起了，老六賭氣沒看，呼機連響了三次。老六想，她又玩什麼鬼玩藝，摁了一下，呼機上是三句話，對不起！對不起！！對不起！！！

老六不想和小丁捉迷藏了。老六可以付出，但不想被人耍了。他決定戳一戳小丁的把戲，試探試探她。

第二天，小丁呼了老六幾次，老六沒回電話。活一幹完，老六就躲了出去，喝酒喝到半夜方回來。次日沒有動靜，第三天傍晚，老六正要出去，小丁出現在門口。老六和小丁打招呼，小丁冷著臉說，又要出去躲？你這人怎麼回事，屬耗子的？老六佯說，沒有啊。小丁說，算了，算了，去哪兒吃飯？老六說，你說去哪兒咱去哪兒。小丁哼了一聲，朝外走去。老六貪婪地盯著小丁豐滿的臀部，那是一朵怒放的花。

兩人找了個小飯館，落坐後，小丁主動給老六要了半斤二鍋頭，並且特霸道地說，以後只許你喝半斤。老六一副無精打采的樣子。小丁聲音低低地說，對不起，那天……我嚇壞了。老六剛有點兒癢癢，小丁又撅著嘴說，以後可不許開這種玩笑了。老六說，以後肯定不會了。小丁聽出老六話裡有話，便盯住老六。老六不動聲色地說，我想離開批發部。小丁靜了半晌，問，嫌錢少？老六忙說，不是不是，我想找個地方學開車。小丁說，那可不行。大概覺得唐突，改口道，在批發部也能學開車嘛，回頭我跟老馬說一聲。老六說你別開玩笑了，批發部變成駕校，老闆還不炒了我。小丁說，這樣吧，你幫我辦一件事，辦完再走，怎樣？老六等待小丁的下文，小丁卻央求道，答應我，好嗎？老六問，很難辦？小丁點點頭。老六喝了一口酒，狠狠燒了一下胃，然後才說，我答應，為了你，我可以去死，說吧，什麼事？小丁笑起來，那張臉竟圓了許多。小丁說，沒那麼嚴重，先吃飯吧。

那天晚上，小丁破例讓老六走進她的屋子。那是一個一居室，屋內乾乾淨淨，飄蕩著單身女人的味道。

那個晚上，小丁交給老六一個任務。小丁說批發部的老闆是她哥，自批發部生意日漸紅火後，她哥就很少回家了，她父母和她嫂嫂懷疑她哥在外麵包了女人，因此想讓老六調查一下，她哥是不是包了女人，那個女人是誰？

老六疑疑惑惑地說，你不是編出來騙我的吧？小丁說，我編什麼故事？我還沒那能耐，批發部那些人都是我哥的親信，我只能靠你。老六琢磨了一會兒說，你哥不會懷疑？小丁說，懷疑什麼？他又不知道我打探他的私事，再說，他知道你是我的朋友，透過這幾天接觸，我覺得你扮我男朋友還說得過去。老六有一種受了愚弄的感覺，後一想，小丁並沒有承諾他什麼，他也並沒有吃虧上當，本質上是一場交易吧。可是老六怎麼也提不起精神。小丁觀察著老六的神色，問，你是不是怕你對象知道？老六說，我哪有對象，光棍一條。小丁搖搖頭，我不信，你這麼英俊的小夥子會沒女朋友？老六故意哭喪著臉說，有是有一個，可惜是假的。小丁頓悟過來，要捶老六。老六躲開了，他馬上意識到小丁剛才是有意伸出觸角試探他。城裡的女人，心眼兒就是鬼。

老六想，小丁布置的任務是工作以外的，應另加工資才是。老六沒說出口，突然笑了一下。小丁問老六笑什麼，老六說，我小時候最大的願望是當偵探，沒想到今天竟然實現了，我拿什麼感謝你呢？小丁很敏感，馬上問，你是不是要錢？老六矢口否認，沒那意思，我吃你的，喝你的，我再提條件，成啥了？小丁說，你當律師才對，這樣吧，事情有了眉目之後，我給你介紹個對象。老六說，你說話可要算數。小丁說，你要什麼樣的？老六說，就你這樣的。小丁紅了臉，罵老六耍賴。

老六待到很晚才回，當然，僅僅是待著而已。小丁對於老六，依然是一團迷霧。她只告訴他，房子是她租來的，她正在學電腦。其餘的，隻字未提。

老六是狗鼻子，沒有什麼事能難住老六。一旦鑽進去，老六除了興奮，還感到前所未有的刺激。媽的，天底下怎麼到處都是老包？

幾天後，小丁從呼機上告訴老六，她哥要去批發部，讓他做好準備。下午，老六正裝貨，強子喊他進去。

老六走進那間很少開門的屋子，一個男人背對著老六看牆上的地圖，男人無疑是老闆了。老六站了一會兒，老闆方把臉轉過來。老六看到一張又窄又長的刀削臉，和一雙鷹一樣的眼睛。

老闆審視了老六足有二十秒的時間，直到在老六臉上扎出坑，才問，你是新來的老六？聲音裡透著威嚴。

老六說是。

老闆問，你怎麼認識小丁的？完全是審問的架式。

老六略去小丁送他進派出所的細節，只講他抓小偷的事。老六始終望著老闆，他並不感到膽怯。老闆臉上沒有表情，看不出他是相信老六的話，還是懷疑。

隨後，老闆又問老六是什麼地方人，家裡的情況等，老六一一做答了，不知小丁對他說了些什麼，看樣子好像是審查老六是否有資格做小丁的男朋友。

老六等待老闆說出讓老六好好待小丁或者反對的話。但老闆沒說，老闆只說，好好幹，我不會虧待你。

老闆像一口深深的隧道，讓人望不見底。

◆八

如果沒有王梅和平演變的事，老六也許僅僅是一個優秀的業餘偵探。可是王梅演變了，所以，老六的故事只能朝著另一個方向發展。

老六在那座神祕的白樓附近轉遊，腦裡老是想著王梅。老六默念著一個數字：608。他猶豫著，不知該不該上去。從嗅出蛛絲馬跡到咬定 608 這個數字，老六費了不少周折。僅僅是費周折而已，沒什麼事能難住老六。老六說，有志者，事竟成，老六說，世上無難事，只要肯攀登。

老六推斷女人會出來散步，陽光明媚的日子，一個寂寞的女人在屋裡是待不住的。這樣想著，老六決定再等一會兒。為了不讓保安生疑，老六向鋤草的老花工走去。老六和老花工已很熟悉了。

……老六找王梅可沒這麼猶豫過。

老六摁了門鈴後，半天沒有動靜，但老六知道王梅就在門旁站著，西瓜的味道已沸沸揚揚撲出來。王梅一定在貓眼裡觀察他，老六有些惱火，王梅已學會了貓眼看人。老六舉手欲再次摁門鈴，門開了。

王梅堵在門口，臉上浮著誇張的驚喜，老六！老六的眼球被扎了一下，王梅肥碩的肚子如一枚紅氣球。嘀嗟，老六的心滴了一滴血，可老六臉上平靜如水。老六說，不準備讓我進去？王梅做恍悟狀，我真該死。紅氣球慢慢挪開，彷彿不小心就會爆炸。

老六挨屋子轉，樣子很隨意，像是在自己家裡。結果老六在王梅臥室裡看見了老包和王梅的結婚照。西裝革履的老包怎麼看怎麼像桶，披著婚紗的王梅抿著嘴，想幸福又不敢的樣子。難道老包和王梅結婚了？老六覺得不可能，可那張照片分明是答案。老六狠狠地盯著，想從照片上看出鮮花插在牛糞上的字樣，但沒有。事後，老六曾感嘆地說，為什麼鮮花常常插在牛糞上？鮮花離不開牛糞，沒有牛糞，鮮花就不開放。

王梅在身後小聲說，老六，我倆結婚了。像是為了證實她不會欺騙老六，她從抽屜裡拿出結婚證。

老六瞄了一眼，笑著說，党是信任你的。

王梅說，老包和鄉下的女人離了，他是真和我好呢。

老六說，不管是社會主義，還是資本主義，有錢是硬道理。

王梅一下很悲傷的樣子，老六，對不起，我不是有意的，我也不知道怎麼回事。

老六說，這話你早就說過了，我不怪你，我要有一張漂亮臉蛋，也會奔著命嫁到城裡。

王梅悲悲切切地說，我是誠心誠意給你來著，可……這是命。老六聽出了王梅話裡的意思，不是我不讓你啃，是你不會啃。

王梅給老六沏杯茶，讓老六喝著，她去做飯。老六說他是來拿自己的存摺的，飯就不吃了。王梅從抽屜裡拿出兩個存摺，上面都是老六的名字。王梅解釋說，一張是老六的，一張是她給老六的。老六將自己的裝了，另一張則丟在桌上，這算什麼？老六想，青春損失費？感情補償費？

王梅說，我知道你看不起我……

老六打斷她，不管白貓黑貓，會抓錢的絕對是好貓，用錢的時候我會跟你借的。

老六要走，王梅非要留老六吃飯。老六問，你不怕老包撞見？王梅說老六你說笑話呢。老六看著王梅，手不由擱在王梅的胸脯上。王梅的乳房像兩個大棒錘。王梅叫聲老六，慌慌地往後退了一步。老六本來是無意識的，王梅的舉止激惱了老六。老六將王梅逼到牆角，剝開她的扣子，撕開乳罩。王梅的乳頭像兩粒晶瑩剔透的紫葡萄，乳暈周圍有兩排牙印。王梅沒有反抗，可她的眼淚出來了，她小聲央求，別……老六的手慢慢縮回來，他明白，這個西瓜和他沒有任何聯繫了……

老六說，西瓜結籽了。

老花工愣了一下，問，哪來的西瓜？

老六哦了一聲，抬頭看見了那個女人。她從樓裡出來，漫無目的地在甬道上走走停停，停停走走，分明是懶懶散散的樣子，卻又像在思考什麼問題。她細瘦細瘦的，顯得極挺拔。老六站起來，向女人走過去。女人看見了老六，她的目光虛虛散散。老六對她笑笑，向她打聽賈老闆住在什麼地方。女人茫然地搖搖頭。她當然不可能知道，假老闆嘛。老六從女人眼底深處看到了憂鬱、傷感，甚至還有絕望。老六還想問些什麼，見保安朝這邊走過來，忙走開。女人看老六的神色有些怪。

事情已塵埃落定，老六完全可以交差，可失意女人的眼神勾起了老六的興趣，老六想把女人看得更清楚一些。說穿了，是想看看這類女人有什麼下場。會和王梅一樣，弄到一張結婚證嗎？

老六怕小丁問起此事，想好了種種藉口，可小丁從來不提。小丁像是怕知道結果，老六甚至懷疑她讓他調查的用意。

那天晚上，老六給我寫信，鼓動我來燕北市闖天下。老六說，你那個破民辦有什麼幹頭？三百塊錢還不夠喝二鍋頭呢，燕北市才是英雄用武之地。

老六在調查老闆包二奶這件事上確實表現出了超人的嗅覺。老六不但知道那個女人是老闆的二奶，而且知道她受到了老闆的冷落。老闆現在另有他人。老六不知老闆的錢有多少，但絕對七位數以上，不然，老闆怎麼頻頻更換女人？那時，老六已開始琢磨，批發部的利潤究竟有多大。老六無法走進批發部的心臟，無法弄清它的祕密，可是老六是個不會服輸的傢伙，越不清楚，越喜歡琢磨。

那天沙塵暴肆虐燕北市，老六和老馬、悶瓜在屋裡貓著。老六正給兩人講笑話，呼機嘟嘟響起來。老馬嘲笑他，你要那玩藝幹啥？那是拴狗繩。老六來不及反駁老馬，匆匆忙忙出來。小丁說她病了，要老六立刻去她那兒。老六打車過去，剛上樓梯沒幾步，呼機又殺豬似地叫起來。小丁告訴他，她已到了第四醫院，讓他速去。老六趕到第四醫院，小丁正在門診外的椅子上坐著。她罩著頭紗，老六看不清她的表情。

老六直奔過去，抓住小丁的手，問她什麼地方不舒服。老六不放過任何一次抓手的機會。

小丁說你怎麼才來，忽然哽咽起來，且不時地捶打老六，招惹得許多人投過目光。

老六說對不起，計程車司機全是沙眼，一遇這種天氣，他們分不清東南西北，能找到這兒就很不錯了。

小丁撲哧笑出聲，罵老六鬼話連篇。

老六說，我的小乖乖……

小丁捂住他的嘴，不許你這麼叫，多肉麻呀。

老六說，我的小西瓜。

小丁說，別貧了，什麼西瓜，還冬瓜呢。

老六說，我喜歡吃，看見人都香。

小丁罵老六是披著羊皮的狼，說我以前怎麼沒發現，讓你害了還不知道呢。

小丁抽出手。老六問她哪兒不舒服。

小丁說，吹眼裡沙子了。

老六像是見了鬼，鼓著眼球，定在那兒。折騰了半天，僅僅是因為幾粒沙子？

小丁沒在意老六的表情，說，剛才一哭，全出來了……你發什麼呆？

老六說，我家的祖傳祕方，怎麼讓你偷了去？老六把自己的不悅掩飾過去。小丁沒長出可愛樣——當然是正面看，卻常常玩嬌氣。這一點兒無論如何不及王梅，甭說眼裡揉沙子，就是扎幾個釘子也不會大呼小叫。

老六突然覺得沒意思。老六想把他的調查告訴小丁，讓這一切馬上結束，可是小丁纏了老六的胳膊說，我們走吧。老六只好把快要吐出來的話咬碎，咽回去。

兩人吃完飯，回到了小丁那兒。老六第一次產生了逃離的欲望，可小丁將他摁在沙發上。小丁的情緒很好，她給老六削蘋果。削好了，並不遞給老六，而是將蘋果切成小塊兒，用牙籤扎了，讓老六咬。老六怕咬了小丁的手，每次用牙齒咬住，先拽回嘴裡，然後才開始咀嚼。一個蘋果沒吃完，老六的脖子和牙床都發痠。小丁問老六吃不了，老六忙說不了，我牙不好。其實，若是大口嚼，老六一口氣吃七八個蘋果不成問題。

小丁打開電視，讓老六看，她則翻閱一本雜誌。電視頻道是小丁調好的，裡面一個精瘦的廚師正教人們如何做菜。老六喜歡武打片，他摁了半天，選中一個。小丁瞄他一眼，看點兒別的吧，打打殺殺的多沒品味。不由分說又調了過來，又說，你不是愛吃嗎？會做才會吃。老六的腦袋被味精、麻油、醬油一攪合，腦仁幾乎要流出來。小丁忽然湊近老六撒嬌道，餵我瓜子。老六便剝了瓜子，餵小丁。老六剝一粒，小丁伸一次舌頭。蛇信子一伸一縮，伴著嘶嘶的響聲。

老六在教我如何應付女人時，舉例說，小丁把孫子兵法用上了。在軍事上，這叫占據有利地形，進可以攻，退可以守。

餵了一會兒，小丁忽然要洗腳。她打來一盆水，將腳伸進去，用力啪了幾下後，讓老六給她搓。老六陡地站起來，小丁的眼裡撲嚕飛出兩隻吃驚的鴿子。老六卻將袖子挽了，蹲下去。老六沒看小丁，但他知道小丁的耳根紅了。老六站起的一剎那，確實有些生氣，想走，可他馬上又意識到這可能是小丁拋過來的一個信號。

小丁的腳白白胖胖的，很綿乎。老六輕輕揉捏了幾下，小丁便呻吟起來。小丁閉著眼，兩頰漸漸湧上潮紅。老六看見她的胸部微微顫著，如微風中噙著露珠的花朵，身子向四外攤著，兩手卻想抓住點兒什麼。

老六覺得機會來了。啃不上西瓜，白菜也得啃一棵吧。

老六將一隻手擱在小丁胸部，小丁沒什麼反應。老六正要動作，小丁突然睜開眼，問，幾點了？時鐘已指向十點。

小丁把腳拽出來，天不早了，你回吧。

小丁輕而易舉地恢復了常態，老六卻不行。他的思維僵著，身子僵著，好半天才站起來。

◆九

我投奔老六是在冬日。那個冬天溫度居高不下，過去白茫茫的壩上草原如今黃朦朦、灰乎乎的，狗舔了一樣。我和喬小燕約會都不用穿棉衣了。隔著單衣，我一下子就能摸著她的乳頭。雖說這樣的冬天讓人發慌，可也為我和喬小燕提供了方便。我想讓喬小燕去我的辦公室，那張辦公桌把我的邪火全勾了出來。可是喬小燕和我進樹林、鑽草垛，甚至去她家的糞房，就是不去我的辦公室，我不明白，喬小燕沒被蛇咬，咋也怕井繩呢？

放假前夕，我和村長吵了一架。我的工資提了，但至今沒發到手，民辦教師的工資理應由鄉里出，可村裡沒交齊提留，鄉里便把工資抵頂到村，據說叫轉移支付。村裡的提留都是由鄉里收的，收起的鄉里已拿走了，沒收起的村裡當然也沒辦法收。我找鄉里，鄉里讓找村裡，我找村裡，村裡讓找鄉里。我不敢和鄉長吵，但我敢和村長吵，誰讓村長是我二叔呢。村長吵急了，說，該著也是錢，全村人都倒欠，就你兜裡有票子聲，你有啥不知足的？

我一氣之下，離開了壩上草原。沒有錢，我怎麼娶喬小燕？就算喬小燕同意，我也有臉呢。我計畫只幹一個寒假，可一到那兒，老六就沒再讓我回來。這麼說有點兒冤枉老六，桃紅柳綠的燕北市讓我饞呢。

那時節，老六已和那個寂寞的女人上了床。

事情的結果是老六始料未及的。那天，老六喝了一瓶二鍋頭，可怎麼說也不是二鍋頭惹的禍。老六的酒量已經恢復了，一瓶酒算個鳥。那天，小丁原說讓老六陪她回家，可走到半路上，小丁忽然想起她約了人看電腦去的，撇下老六，匆匆走了。老六在街頭吃了碗拉麵，喝了瓶二鍋頭。老六已請了假，批發部他可回可不回。老六行走在高樓大廈之間，他自然而然地想起了那個女人。她現在幹什麼呢？這個問題鉤得老六眼皮子直跳。

老六到了那兒，已是下午。老六不清楚女人是否會出來，他和老花工聊了會兒天。老花工說他的兒子和兒媳正鬧離婚，他老伴勸說不住，喝藥要脅，差點送了命。老六正想安慰老花工幾句，那個寂寞的女人從樓梯口閃出來。她沒有像別的女人那樣抱只貓或牽只狗，而是空著兩手。沒等老六做出反應，她已向老花工和老六走過來。老六呆呆地望著女人，不知她要幹什麼。

女人徑直走到老六面前，問老六能不能幫個忙。女人說她想把傢俱挪個地方。老六沒有理由不同意，他跟在女人後面上了樓。有幾次，老六踩空，險些閃了腳。那個女人瞄著他，眼神怪怪的。

進屋後，女人啤地將門鎖了。老六覺得什麼地方不對勁，心虛地對女人笑笑。女人二話沒說，抬手扇了老六一個耳光。老六愣了一下，叫，你憑什麼打人？女人豎在老六面前，像一根缺少水份的竹子。她冷冷地盯著老六，問，是不是他讓你來監視我的？老六說，我聽不懂你的話。女人說，他有什麼理由監視我？為什麼他不來？老六說沒有誰讓我監視，你弄錯了。說著，老六就要走開。女人攔住老六，不說清楚，你今天別想走。女人一旦胡攪蠻纏，鐵嘴鋼牙紀曉嵐也沒轍，何況老六？老六開始考慮脫身的辦法，可是女人推搡著老六，老六栽在沙發上。

女人漸漸安靜下來，她甚至為老六倒了杯水。女人說，這些日子你一直監視我，別以為我不知道，那天，我悄悄跟蹤了你，看見你走進了批發部，我就曉得怎麼回事了，別怕，我不會告訴他，現在，你只回答我一個問題：那個女人是誰？她在什麼地方？

這是一個被醋泡得幾乎發脹的女人。老六盯著女人鮮豔的嘴唇，莫名其妙地笑了一下。老六想起了王梅，他不明白為啥包養對女人有如此大的魔力？她們不懂得恬不知恥，個個振振有詞。這實在讓老六之輩絕望。

女人說，你嘲笑我？

老六說，沒有。

女人霸道地說，那你笑什麼？

媽的，老子連笑的資格都沒了。老六忽然問，他沒答應和你結婚？

結婚？女人突然笑起來，眼淚都出來了。好半天，女人才收住，她恢復了冷漠的表情，道，別說廢話了，回答我的問題。

老六說，我真的不曉得。

女人叫，說了半天你玩我。

老六怕女人再次發作，站起來直奔門口。可是，女人的速度比老六還快，她往前一撲，將老六撲倒。女人已經發作了，她連罵帶咬，還抓老六的臉，老六躲避著。

那件事不知怎麼就發生了。老六回憶過，可關於那個過程，他腦子裡一片空白。

事畢，老六慌亂無措，不知如何收場。女人的暴躁被老六澆滅了，她攏攏頭髮，卻突然說了一句讓老六心驚肉跳的話：你強姦我！

老六猛一哆嗦，沒……我沒……

女人冷酷地說，我一句話，他們就會把你抓走。

老六盯著女人，冒出一個念頭：馬上逃離燕北市。這樣一想，他反而不害怕了。老六逼近女人，將她抱起來，老六的胳膊嘩嘩地抖。女人駭然道，你要幹什麼？老六惡狠狠地說，強姦！女人掙扎了一下，沒有掙脫。老六發了狠，他要毀滅女人，也要毀滅自己。在這個過程中，女人發出愉悅的呻吟，老六頓時一頭霧水。

老六臨走，女人又說出一句石破天驚的話。女人說只要老六答應每星期來一次，她就不告他，而且還可以給老六錢。女人說，我喜歡你。

老六答應了。那一陣，老六一腦袋糨麵漿糊。

從樓裡出來，老六像是做了一場夢。老六胸有成竹地啃西瓜，沒啃上，小心翼翼地啃白菜，也沒啃上，現在突然無緣無故啃了一片菜幫子。老六想，她是讓我陪她睡覺呢，去他媽的。

老六想逃離燕北市。可第二天，他莫名其妙地癢癢起來，像是有幾百隻蟲子撓著，怎麼都控制不住。老六把尋呼機關掉，去了女人那裡。

次日，小丁問老六怎麼不回話，老六說沒電池了。

老六上了癮。每次老六都把自己罵得血淋淋的，而且發誓下次絕不再去。可過了沒幾天，老六就犯了癮。老六不再像過去油腔滑調的了，小丁說老六穩成了。並補充說，男人就應該穩成些。

老六周旋於女人和小丁之間。老六不知自己更需要哪一個。那些日子裡，老六是迷茫的。

我就在那個時候來到了燕北市。

老六替我在市郊租了房子，開了家食品店。這是老六的主意。老六說人掙錢難，錢掙錢易。老六在批發部幹了一年多，已有了一定的經驗。

我和老六就這樣開始了合作。老六特別忙，除了送貨回來，我一般見不著他。有一天，老六難得地回來了，他提了兩瓶二鍋頭，一包豬耳朵，說是我來這麼長時間了，還沒請我喝過酒。我見老六神色疲憊，問他是不是特別累，老六說，闖天下，累算什麼？一副臥薪嘗膽的氣派。剛啟開瓶蓋，老六的呼機哼吱起來。老六看了一眼，說單位呼他。臨走沒忘了抿一口二鍋頭。

其實，那天是小丁呼他。

小丁讓老六陪她回家。上一次，小丁陪朋友看電腦沒回成，之後小丁一直沒提，老六早就把這事忘了。老六已經知道小丁家在郊區，父母都是菜農。種菜收入不低，可小丁不喜歡，小丁說她學電腦，是為了換一種新的工作。

小丁在不知不覺中揭掉了她的神祕。

彷彿為了斷絕老六不該有的念頭，小丁說老六和她回家是有任務的，她的父母一直為她不找對象數落她，今天拉老六充充數，堵堵父母的嘴。小丁說，你不介意吧？老六笑笑，願為你兩脅插刀。老六想隨便一些，可小丁不幹，她陪老六買了一套西服，讓老六理了髮。那套西服花去八百多元，好在錢是小丁掏的，她說權當是給老六的報酬。

小丁父母十分客氣。客氣是一種距離，客氣的背後是冷漠和拒絕。小丁父親稍好一些，小丁母親則用一種挑剔的目光剝著老六，一副開膛破肚的架式。老六忍受不了這種目光，心裡很彆扭，想走。後來，老六見到了小丁的嫂子，他掐斷了自己的想法。他說不清楚是怎麼回事。小丁嫂子不好看也不難看，從她對公婆的態度上，一望便知是那種老實、善良的女人。

吃飯時發生了不愉快，起因是老六突然問有沒有二鍋頭。老六的話使小丁父母愣了一下，小丁母親精，你喝不喝？結果，那頓飯雙方都吃得沒滋味。事後，小丁說老六是狗肉上不了臺盤。指著桌上的燕北春說，這酒很貴的。老六說我沒那個意思，我就喜歡二鍋頭。小丁生氣地說，家裡有酒

◆十

老六終於發現了批發部的祕密：批發部一半是真貨，一半是假貨，借著真貨的掩護批發假貨。那天，老六的眼珠像充了電。他把他的計畫跟我說了，我吃了一驚，問這行嗎？老六說別人能賣咱們為什麼不能賣？到處是假東西，根本沒人管。假貨的利潤饞得我都流口水了，我說那就幹吧。

不久之後，喬小燕來到了燕北市。我已知道了老六和王梅各奔東西的事，怕喬小燕被人摘去，讓她住幾天就回。可喬小燕說怕我在城裡學壞，要守著我，掙夠了錢，回去結婚。

老六從批發部搬了出來，和我們一塊在郊區租房子住。我和老六住一間，喬小燕住一間。老六讓喬小燕在家裡做飯，不讓她介入食品店的事。這一點兒讓我受用。我一直以為老六從批發部搬出來是因為那兒不方便，可是我很快就發現不是這麼回事，老六似乎是為了監視我和喬小燕。他把喬小燕看得很緊，就連喬小燕穿什麼衣服他都管。要是喬小燕衣服的開口低，老六多半會說，別學城裡人，多難看。我和喬小燕沒有親熱的機會，吃一口桃要費不少周折。那時，老六的計畫已經生根發芽，但老六還沒有具體實施，大約是沒有機會吧？

那些日子，無論多晚，老六都要趕回來。

我把喬小燕辦掉的念頭越來越強烈。其實，這個主意最初的創造者是老六。我偷偷把食品店的地址

告訴喬小燕，老六一走，喬小燕就跑到食品店，在老六回來以前趕回去。我倆成了地下工作者，食品店沒人時，我就和喬小燕親熱，但是一直沒能把她辦掉。

一個陰雨綿綿的日子，喬小燕沒來店裡。沒有顧客光顧，店內冷冷清清。我翻著一本舊雜誌，百無聊賴地打發著時光。門突然開了，老六渾身透溼走進來。我問他是不是有事，為什麼不打車。老六沒回答我，讓我給他弄一瓶二鍋頭。老六沒有讓我，他背對著我，獨自喝起來。

老六和那個寂寞女人鬧崩了。那個女人和老六工作時，嘴裡老說一些莫名其妙的話，諸如疼死我了，你個傻傢伙，想死我了。老六不知這是調情緒，以為女人確實喜歡他，這讓老六陰暗的心多多少少有了一絲安慰，他是和一個愛她的女人做愛呢，並不是生意。可那天，女人把老六的頭摁到她的下身，示意老六舔她。老六一下火了，他說老子還賤不到這個份兒上，他穿了衣服要走。女人冷冷地說，別忘了我們之間是有協議的。老六說，那你就告吧，老子才不怕呢。這時的老六已不比當初，他把這個女人看透了，知道她絕不敢告他。老六把女人絕望的嚎叫聲甩在身後。

老六離開女人後，也躲了小丁幾天。那一陣子，小丁執著地對老六進行強化訓練。小丁很霸道給老六定了幾條紀律，如老六可以喝低度白酒、啤酒、乾白乾紅之類，就是不能喝二鍋頭；小丁每天檢查老六的手指甲，看是不是有汙垢；老六吃飯不能大口地嚼，不能弄出聲音等等等等。老六實在煩透了。小丁明顯想把老六改造成她心目中的樣子。小丁撒嬌的次數多起來，但絕不讓老六動手動腳。

小丁呼了老六好多遍，老六都沒有回電。小丁氣乎乎地找到批發部，找老六問罪。小丁見老六明顯消瘦了，當著眾人的面在老六臉上摸了一下。老六小聲說，別這樣。小丁說，這樣咋啦？我願意。

老六和小丁回到小丁的住處。老六恍恍惚惚，老是心神不定。小丁追問再三，老六就說，我見到了你哥包養的女人。可是小丁的臉上平平淡淡的，一點表情都沒有。小丁說，其實，知道了又咋樣？沒人管得了他，我只是覺得嫂子怪可憐的。小丁突然意識到什麼，她緊緊逼住老六，你什麼意思？老六說，我有啥意思，這不是你交給我的任務嗎？小丁問，你是不是想離開？沒等老六說話，一場暴風雨劈頭蓋臉砸在老六臉上，小丁罵，你不就是想走嗎？走，走得遠遠的，你這個沒良心的……小丁縮在沙發上，嗚嗚哭起來。她的膀子一聳一抽，萬分悲傷的樣子。

那一刻，老六確實感動了。他坐在小丁身邊，抓住小丁的手。小丁抽出去，讓老六滾遠點兒。老六扳小丁的膀子，小丁猛地拱到老六懷裡。老六抱緊了小丁。之後，老六和小丁咬在一起。小丁含混不清地呻吟著，身子癱軟如泥。但老六不敢造次，不敢碰她別的地方。

終於分開了。老六舔舔嘴唇，嘴唇有些麻。

小丁揉揉眼，說，你真流氓。

老六訕訕笑著。他沒心思油滑。

小丁去衛生間洗了臉，出來之後她平靜地問老六打算什麼時候離開她。她的樣子一本正經，絕對不是開玩笑。

老六疑惑了。

小丁說，我不怪你，人各有志，你走吧。

老六站起來，向門口走去。他感覺到身後小丁的呼吸硬了。

小丁突然喝道，老六，你這個王八蛋。

小丁奔過來，狠狠砸著老六，你走！你走！！你走！！！可是她的胳膊將老六纏住了。

小丁恨鐵不成鋼地說，我喜歡你，你這個傻瓜。

老六一直盼望小丁能說出這句話，可小丁表白後，老六不但不感到驚喜，反有些沉重。她像一塊兒石頭堵在了老六心口窩。

半個月後，老六和小丁有了實質性的進展。那天是小丁的生日，兩人喝了一瓶乾紅葡萄酒。小丁兩腮帶著醉紅，臉雖然長了些，但一副玲瓏剔透的樣子。小丁問老六愛不愛她，老六說愛，小丁讓老六對天起誓，老六按小丁的要求做了。小丁說了句掏心窩子話，她一直很自卑，是老六讓她看到了生活的美好。小丁讓老六一輩子都愛她，她一改往日的含蓄，說要在生日這天把她鄭重地交給他。

一切都朝著老六預想的方向發展。

老六洗澡出來，小丁已在床上躺著了。她身上蓋了塊毯子，可是曲線分明。她的眼睛躲閃著，一半膽怯一半含羞，什麼是含苞待放？這就是。老六走過去，揭了蓋在她身上的毛毯。小丁的身子潔白、豐滿、迷人。老六的腦袋脹了一下，艱難地咽口唾沫。這時，小丁努了努嘴，老六看到床頭上的避孕套。老六遲疑間，那個寂寞的女人跳到老六面前，攔住了老六。老六不忍心這麼欺騙了小丁，小丁還是顆嫩白菜呢。

老六坐在床頭，講了那一切。

老六被小丁趕了出來，到了大街上他才感到小丁那一巴掌的利害，他半個臉都腫了。和小丁的結束意味著工作的終止，老六沒再回批發部。

那天，我耍了點兒小計謀，喬小燕同意讓我辦她，我當即關了食品店的門窗，我知道過了這一陣喬小燕沒準又改了主意。我像一個竊賊，狠狠地剝著她的衣服。食品店的門就是那時被砸響的，我和喬小燕未能如願。我打開門，看見了幾個穿灰色制服的公家人，臉立刻綠了。

他們不是衝我和喬小燕來的，他們是衝食品店來的。

東西在那兒擺著，無需費什麼口舌。他們沒收了東西，查封了門店，當然還要罰款。順藤摸瓜，燕北市最大的假貨批發部浮出水面。

這件事本來和老六與小丁的破裂沒關係。可發生的湊巧，老六便有了告發老闆的嫌疑。

◆十一

老六說，無論那個寂寞的女人，還是小丁，誰也沒有愛過她。老六說，小丁愛他不假，可她僅僅愛他這個人，她不喜歡他的身分，厭惡他身上所有的習慣。老六和她們的距離不是錢的事兒，就是有錢，她們未必瞧得起他。若說來燕北市掙錢是初級階段，現在老六已進入高級階段了，他決心在燕北市生根發芽，當然還要結出果實。

那幾日，為了躲避老闆的報復，老六領著我和喬小燕從城南逃到城北，從城東逃到城西。老六臉上沒有「洩氣」這兩個字，他依然信心百倍，終究要打出一片天下的樣子。

日子平靜了一段後，老六和我分頭出去找工作。老六已不滿足於為別人打工，他考察了燕北市的書報市場，決定搞報刊批發。老六說，報刊批發看著不起眼，其實是塊兒肥肉。

辦下執照後，老六領著我和喬小燕逛了趟商場。喬小燕來一年多了，還沒有正二八經進過城。商場裡琳琅滿目，看得人眼珠子都是藍的。喬小燕拽著我，怯怯地邁著步子。喬小燕的嘖嘖聲讓我慚愧，我發誓，以後有了錢開著卡車來買東西。

從商場出來，迎頭遇見王梅。真是沒有想到。王梅推著一輛兒童車，車內坐著兩個白白胖胖、一模一樣的嬰兒。王梅雖不是珠光寶氣，但她的打扮很難使人相信她是從喬家園子走出來的，曾經是老六要啃的西瓜。

王梅很高興，她說一直想去看我們，可不知我們在什麼地方。

老六掃了王梅一眼，目光便咬住了那一對雙胞胎。雙胞胎集中了王梅所有的優點，他們的脖子尤其靈活。老六的預言很準，王梅絕對是一塊肥沃的土地，就老包那鬆樣，還能種出倆來。

喬小燕想摸摸嬰兒的臉，老六咳嗽一聲，她忙縮了回來。

老六笑著對王梅說，恭喜你，改日來玩哦。拉著喬小燕走開了。

那天吃飯時，老六老是盯著喬小燕看，眼神怪怪的，讓人琢磨不透。老六開始構造他的計畫了。但是，老六不給我和喬小燕透露半點兒，只是輕描淡寫地說，小燕也該出去找個工作。

喬小燕一臉喜色，我早就不想在家裡呆了，我都快長出毛了。

我說，咱們一塊兒幹吧。

老六沒吱聲，他把頭深深地埋下去，似乎要把碗吃掉。

我和老六開始了報刊批發，沒想到生意很火。老六讓我負責批發，他顛來顛去搞週邊。

老六給喬小燕找了份工作，是鐘點工。對方是燕北大學教授，工資不低。老六的口氣似乎這份工作是他湊巧碰上的，他沒有把找這份工作的過程講出來。我不明白老六為什麼不讓喬小燕幫忙批發報紙，而去幹鐘點工。老六說你不懂，咱們這個行當說不定有風險。

果然讓老六說中了。那天，我和老六在地道橋遭到了幾個不明身分人的毆打。起先以為是老闆的人，後來才知道他們也是批發報紙的，他們要老六和我滾出他們的地盤。老六哪會服軟，無奈對方人多，老六和我頭破血流。

其實那點傷算不了什麼，真正讓我受傷的是老六。我和老六回家後，喬小燕嚇壞了，她打來水讓我倆洗臉。吃飯時，喬小燕突然說她不想再去當鐘點工了。老六斜她一眼，怎麼？你也想嘗嘗挨打的滋味？喬小燕沒再說話，可她的樣子很委屈。

我覺得喬小燕肯定有什麼心事，飯後，我把她拽到一邊。喬小燕告訴我，那個姓梁的教授老是對她動手動腳的。我擔心的事發生了，我怒火中燒，想去把那傢伙揍一頓，喬小燕攔住我。我抱著喬小燕，說，放心，我不會再讓你去了。喬小燕淚眼朦朦地點點頭。

我跟老六說了，老六臉上什麼表情也沒有。半夜裡，老六把我喊出去，來到城郊的田野。

老六說，有些想法，咱們應該勾通一下。

我有點兒緊張，我還沒見老六這麼嚴肅過。我看不清他的面孔，但他的聲音告訴我，他和我說的事非同一般。

老六說了他雄偉的計畫，我懵了，如遭雷轟。老六想讓喬小燕留在燕北，做一個真正的燕北人，老六要讓喬小燕做第二個王梅。

片刻的驚呆之後，我叫了一聲，突然撲向老六。我沒想到老六變得這麼殘酷，即使不為我想，怎麼也得為喬小燕想吧。梁教授四十多歲，這顆鮮桃怎麼能讓他咬去？老六一聲不吭，任我的拳頭在臉上、頭上、兩肋上砸著。

老六被我砸倒。我也累了，呼哧呼哧喘著氣。

老六聲音冷酷地說，如果你喜歡小燕，你就應該讓她幸福。

我說，去你媽的吧，讓她嫁給四十歲的男人，你這是往火坑裡推她。

老六說，我理解你，我也同樣痛苦過。可是你現在看看王梅，她哪兒不比咱們強？小燕肯定要比王梅的結局好，梁教授有文化，工資高，他和妻子兩地分居，感情一直不好。

我質問他，原來是你故意安排的？

老六說，我不打沒把握的仗，小燕是委屈了些，可她的下一代就是真正的燕北人，胖子，這一切你能給她嗎？

哦，對了，我就是那個為了出氣讓老六偷家裡雞的胖子。二十年前，老六替我拿主意，二十年後，依然如此。

我嘿嘿怪笑起來。

老六說，你笑什麼？

我說，你讓喬小燕去吧，反正我是把她辦了。

老六嗖地坐起來，他揪住我的領子，你再說一遍。

老六的氣急敗壞讓我解恨，我故意大聲說，我—把—喬—小—燕—辦——了！

我日你個娘！老六猛地掐住我的脖子。老六想把我掐死。我拚命掙扎，無奈我力氣太小，老六的手如兩隻巨鉗。

我快要窒息了，老六突然鬆手，捂著臉哭起來。我沒見男人哭過，尤其沒見老六這樣的男人哭過，他哭聲不大，哽哽咽咽，悲痛欲絕，像是被人騙了。

我開始考慮老六的話了。我愛喬小燕，千真萬確，我為她可以把五臟六腑掏出來。可是，除了掏出這些雜碎，我還能給喬小燕什麼？那顆鮮桃終究會被壩上草原長年不絕的西風榨乾。夜色茫茫，我突然有了一種悲壯感。

我說，別哭了，我是想辦她，可還沒來得及。

老六停止了抽泣，他想從我的臉上證實一下。我的臉隱在夜幕的後面，老六看不見。但老六聞出來了，老六是狗鼻子嘛。

老六拍拍我的肩，這是老六自信外露的表現。老六說，小燕不會掉價。

天亮時，我和老六互相攙扶著走了回去。喬小燕看我倆渾身是血，臉都變白了。喬小燕讓老六報警，老六唬著臉說，你走你的。喬小燕看我，我說，打江山哪有不流血的。

喬小燕遲遲疑疑地走了。

我的心砰的一聲斷開了。

那些日子，我老是夢見喬小燕被追殺，她渾身是血，哭喊救命，我想救她，可我的手被人綁了，我想喊叫，可我的嘴被人封住了。我從夢中驚醒，大汗淋漓。

白天，我和老六拼拼殺殺的。燕北市有兩家報刊批發商，他們容不下老六。老六說，我們沒有退路了，江山是打出來的，豁出命，怕它個卵。我一向怯懦，可那些日子打架比老六還玩命。

我和老六總算有了一塊地盤。

那天，老六為了慶祝我們暫時的勝利，買了一包豬耳朵，一瓶二鍋頭。我拿著酒瓶倒酒時，突然抽搐了一下。酒瓶碎裂了，二鍋頭灑了一地。老六問怎麼了，我沒回答。我知道，喬小燕被梁教授啃了。

◆十二

事情像老六預料的一樣，梁教授喜歡上了天生麗質的喬小燕，並讓喬小燕懷上了他的孩子。梁教授答應和感情不和的妻子離婚，娶喬小燕。喬小燕的肚子一天天大了，梁教授的離婚證也沒拿到。梁教授千不該，萬不該，不該提出讓喬小燕做掉孩子。

老六帶我去找梁教授談判。這個一臉肥豬肉的傢伙什麼條件都答應，就是不答應和喬小燕結婚。他說，婚我是離不了，你們看著辦吧。

我不能讓喬小燕白白受了委屈，想著喬小燕那悽楚的樣子，我狠極了。我抓起暖水瓶，砸到梁教授臉上……

沒錯，那個戴手銬的人就是我。我不後悔，有啥可後悔的?老六說，小燕終究會成為燕北人。老六說，坐牢也是資本，許多暴發戶都坐過牢。老六說道路是曲折的，前途是光明的，誰也別想把咱踩倒。

我知道，老六又有了下一步的打算。

龍門：

市井小民的愛恨糾葛，真相藏在人間煙火中

作　　者：胡學文
發 行 人：黃振庭
出 版 者：崧燁文化事業有限公司
發 行 者：崧燁文化事業有限公司
E-mail：sonbookservice@gmail.com
粉 絲 頁：https://www.facebook.com/sonbookss/
網　　址：https://sonbook.net/
地　　址：台北市中正區重慶南路一段六十一號八樓 815 室
Rm. 815, 8F., No.61, Sec. 1, Chongqing S. Rd., Zhongzheng Dist., Taipei City 100, Taiwan
電　　話：(02)2370-3310
傳　　真：(02)2388-1990
印　　刷：京峯數位服務有限公司
律師顧問：廣華律師事務所 張珮琦律師

定　　價：450 元
發行日期：2024 年 01 月第一版
◎本書以 POD 印製
Design Assets from Freepik.com

國家圖書館出版品預行編目資料

龍門：市井小民的愛恨糾葛，真相藏在人間煙火中 / 胡學文 著 . -- 第一版 . -- 臺北市：崧燁文化事業有限公司 , 2024.01
面；　公分
POD 版
ISBN 978-626-357-881-4(平裝)
857.63　112020738

電子書購買

臉書

爽讀 APP